马昌华 ◎ 著

青蒿药神

QINGHAO
YAOSHEN

百花洲文艺出版社
BAIHUAZHOU LITERATURE AND ART PRESS

图书在版编目（CIP）数据

青蒿药神 / 马昌华著 . -- 南昌：百花洲文艺出版社，
2025.1. -- ISBN 978-7-5500-5717-3

Ⅰ . I247.5

中国国家版本馆 CIP 数据核字第 20242MC082 号

青蒿药神

马昌华　著

出 版 人	陈　波	
责任编辑	杨　旭　嵇福平	
书籍设计	黄敏俊	
制　　作	许晨婕	
出版发行	百花洲文艺出版社	
社　　址	南昌市红谷滩区世贸路898号博能中心一期A座20楼	
邮　　编	330038	
经　　销	全国新华书店	
印　　刷	江西省和平印务有限公司	
开　　本	787 mm×1092 mm　1/16	印张　27.5
版　　次	2025年1月第1版	
印　　次	2025年1月第1次印刷	
字　　数	360千字	
书　　号	ISBN 978-7-5500-5717-3	
定　　价	58.00元	

赣版权登字　05-2024-294

邮购联系　0791-86895108
网　　址　http://www.bhzwy.com
图书若有印装错误，影响阅读，可与承印厂联系调换。

目录

第一章　女大学生村官

一

一下火车，苏子媚便匆匆挤上从融州县城开往桥拱乡的班车。

拥挤不堪的车内没有空调，人们像被塞进蒸笼里的一排排倒挂的沙丁鱼，相互粘贴着挤压着。苏子媚站在靠后的走道上，感觉快要成为肉饼了，胸口闷得慌，连喘气都有些短促起来，她想稍微挪一挪僵硬的身子，调整一下位置，可是，发麻的双脚无法动弹。

刚刚还一脸美丽憧憬的苏子媚，不禁皱起了眉头。

又一股热浪从四周袭过来，苏子媚艰难地抬手撩着粘住前额的汗湿的刘海儿，一边用手背揩拭不断渗出额头的细密的汗珠。而背上的卡其白背包也像一张被挤扁的困顿痛楚的脸，十分应景地露出一副张皇无奈的苦相。

苏子媚兀自怅惘间，不意被身边同样被挤成肉饼的乡亲们的交谈深深地吸引了。

苏子媚不时拿水灵的大眼睛悄悄瞟一下说话的人，深蓝的粗布对襟壮衣，裹着一副黧黑结实的身板，古铜色的脸上透着一种原始的粗犷与率真，虽然看上去面容憔悴满身疲惫，却并无半点不满的神态，一路上"叽里呱啦"地说着苏子媚听不懂的壮话，表情愉悦毫无拘束，仿佛正在享受着一场心满意足的快乐旅程。

苏子媚静静地倾听着，虽然不知所云，但从兴奋无拘的神态和会心的笑声里，可以体会到彼此间心无芥蒂的坦诚豁达与朴素纯良。乡亲们毫不顾忌的言谈，让局外人的苏子媚感到既新鲜有趣，又神秘莫测，就这样一直被车内热烈乐观的氛围所感染、所融化，一时竟忘了被挤成肉饼的窘迫与不快，一想到自己马上就要与这样嘻嘻哈哈说壮话的乡亲们工作生活在一起，打成一片，便有一种发自心底的亲切和释然。

对于即将到来的一切，苏子媚怀揣着一种难以抑制的小激动，充满无限憧憬的同时，也禁不住有些懵懂与忐忑。毕竟，刚刚从学校踏向社会，远离家乡，进入一个完全陌生的全新世界，这既是自己工作事业的美丽起点，注定也将是漫漫人生道路上，第一块真正意义的里程碑。

作为莘莘学子中的佼佼者，苏子媚是幸运的，大学生村官职位竞聘的每一步严苛审核，她都有惊无险地完美通关，经过层层淘汰筛选，过五关斩六将，最终脱颖而出，成功获得选派古板村的任职资格。

接到组织委派通知的时候，对于即将任职的桂北融州四十八峒这个地处偏远的壮族山村，她的脑海里其实没有半点概念。但有一点却是心照不宣，经济落后条件艰苦偏僻闭塞的山村，一定盼着像自己这样品学兼优的大学生村官，带去先进的气息、先进的思想、先进的理念、先进的知识、先进的方法，从而开启贫困山村建设的新风尚、新气象、新面貌、新成效，实现脱贫致富的宏图大业。

苏子媚当然明白，自己所肩负的光荣使命和沉重担子，不仅是组织对自己的肯定与信任，更是对自己的考验与鞭策。别看她外表清秀长相斯文，但她委实是个要强好胜的女子，骨子里有一股不让须眉的巾帼气概。来四十八峒之前，满怀期待和憧憬的她，就在心里暗暗鼓着劲，不止一次地叮嘱告诫过自己：广阔天地，大有作为，一定要在未来的岗位上，干出一番事业来，给自己的青春年华一个无怨无悔的交代，同时让所有的人对自己刮目相看。

车子行到桥拱乡街上便不再往前走了，这里是本趟班车的终点。说是街道，还不如叫作羊肠小巷，凹凸不平的路面泥水四溅，车子连个掉头转身的地方都难找，一路摇摆着开进泥泞不堪的车站停车场。

司机沙哑着嗓子喊一声："到站了，请各位拿好自己的行李物品下车。"

车子还没停稳，便是一阵短暂的混乱，车上的人们一"哄"而起，又是一窝蜂般争先恐后地往车门处挤，生怕慢了就下不了车。混乱中各自拎着提包麻袋之类的"行李"，一边打着招呼相互道别，而满脸堆积的笑容灿烂依旧。

苏子媚最后一个下车，背上背着背包，手里拖着行李箱，走出车站大门，茫然四顾，却找不到一辆开往古板村的车子。车站门口有一个卖茶叶蛋的壮族大婶，苏子媚走上前去，买了两个茶叶蛋，然后用柳普话向大婶打探道："阿婶，请问在哪里可以搭去古板村的车子？"

"古板村？去那边的车子好少有咯，你可以在这里搭去往岩脚村的高顶篷或三马车，到岩脚村后，再走一截小路去古板村，大概还要走四里路的样子。到古板村的路，太难走了，一般车子都不进去的。"大婶将茶叶蛋装进一个小塑料袋子，递给苏子媚，耐心细致地指点着。也许，两个茶叶蛋的生意，唤起了大婶高涨的热情。

说话间，一辆车头玻璃上贴着"桥拱——岩脚"的破旧高顶篷开了过来，卖茶叶蛋的大婶指着车子告诉苏子媚："喏，就是这个车。刚刚在门口绕过一圈了，你赶紧坐上去吧，等下人多坐不下的啵。"

"谢谢啊！"

苏子媚谢过壮族大婶，坐上了浑身泥浆的高顶篷。果然，没过多久，车子在街上兜过一圈，人便挤得满满当当的，两边座椅之间的过道上，也摆了好几张小板凳，都还不够坐。

高顶篷驶出桥拱街，走了一段沙石路之后，扭头爬上一侧的山坡机耕道。机耕道又陡又滑，高顶篷在路面上艰难地走着S，时而前轮起跳，坐在车上的人们便前俯后仰地发出阵阵惊呼。

苏子媚再次皱起眉头，心里不由犯起了嘀咕，别的地方村村通工程早已搞得热火朝天，从一村到另一村的水泥路网连贯得四通八达，而这偏僻闭塞的四十八堃，车子却只能勉强走这坑洼不平的机耕道泥水路，甚至连泥水路都没得走。哎，差距实在太大了！

"要想富，先修路。"

在高顶篷艰难的颠簸中，苏子媚算是有了最直接最迫切的感悟。道路没修好，山里的东西拉不出去，山外的东西运不进来，就连人员的进出流动都是个问题。靠肩挑手提两脚走，乡亲们哪辈子才能实现脱贫致富的目标啊！

"师傅，你开稳点嘛。"

刚才与邻座说着悄悄话的一个十四五岁的女孩，怯怯地用桂柳话向司机提起了"意见"。

"这种鬼路，你也想稳？老实坐好点，小心别磕到头。"

司机也用桂柳话回道，没有半点好气，眼睛一眨不眨地盯着前方的路面，双手像一对老虎钳，紧紧地把着方向盘，不敢有丝毫的懈怠。

"开稳开稳，只怕车子一稳就溜坡到底了，呵呵。"

有人借机嘻哈起来。对于高顶篷在陡峭的机耕道上划 S 跳"迪斯科"，他们早已见怪不怪，习惯成自然了，甚至还能在这种危险的行进中获得某种别样的刺激与快感。

说这话的是个油光粉面的男青年，有人叫他喜宝。

"喜宝，屌你公龟的（骂人的话，此处带着戏谑的口吻），又克哪凯（去哪里）潇洒来？"

"潇洒个屁嘛，口袋比脸还干净，得眼看别人咯……"

叫喜宝的男青年，擤一擤鼻子，自嘲的话里却透着几分小小的兴奋。

"得饱眼福也不错啊，城里姑娘嫩白生生，几鬼水灵亮眼！"

有人更加肆意地调侃着。

苏子媚特意仔细观察了一下，男青年长得倒真有点喜庆，圆圆的脑袋配合着圆圆的脸庞，却与大多数穿蓝粗布对襟壮衣的乘客不同，一身运动T恤衫，在一帮山里汉子中，倒显得格外时髦亮眼。苏子媚猛然想起，眼前的男青年正是刚才与自己同乘一趟班车从融州到桥拱乡的，现在凑巧又一起坐上了开往岩脚村的高顶篷。

"喜宝，你个狗屎，可以啵，古板村除开'脸疤子'，就数你牛逼了。"

叫喜宝的男青年眼里放着光，显出一副唯我独尊的神气来，似乎并没觉出，人们实际是在调侃逗笑乃至嘲讽挖苦自己。

能与威风的"疤老大"相提并论，足以让眼前的男青年嘚瑟得鼻孔朝天。

苏子媚后来才了解到，原来人们口中奉承的"脸疤子"，确切的外号叫"疤老大"，便是古板村赫赫有名、人见人怕的混混仔覃瑞龙。

在岩脚村村部门口下了高顶篷，接下来到古板村的路，只能靠自己的两条腿走了，卖茶叶蛋的大婶果然没有蒙自己。苏子媚本不知往古板村该怎么走，正发愁呢，这下好，问题解决了，眼前的帅哥就是现成的向导兼同伴，悬着的心总算可以放下来。

"喜宝帅哥，你也是回古板村吗？"

苏子媚跟在喜宝后面，亲热地打着招呼。

喜宝被苏子媚冷不丁一叫，回头一看，两个眼珠子都快掉出来了，一时灵魂出窍傻傻出神，像触电一般僵在前面，竟迈不开步来。

"美、美、美女，你是在叫、叫我吗？"

喜宝用手指着自己的鼻子，疑惑道，眼睛里放出一团绿光。

"不叫你叫谁啊，莫非这里还有两个喜宝不成？"

苏子媚咧咧好看的小嘴，笑成了盛开的水莲花。

"你、你怎么晓得我的名、名、名字？"

喜宝一激动，舌头就不听使唤，口吃起来，说不出一句利索的话。他就这德性，其实并不是真的结巴，是见不了场面。

"刚才车上的人不都叫你喜宝吗？"

苏子媚依旧笑意盈盈，露出两排整齐洁白的牙齿。

"是噢，刚才是有人叫过我，呵呵。请问美女你是哪、哪里来的，要到哪里去、去、去？"

喜宝搔搔溜光水滑的大分头，显出一脸可掬的憨态，态度热情得像天上的太阳。

"我是从龙城那边过来的，正要去古板村，不晓得怎么走呢。"

"你要去我们古板村？"

"是啊。"

"你有亲戚在我们村、村里吗？"

一听眼前的美女要去古板村，喜宝的兴致更加高涨起来。

"没有。我去古板村工作呢，我叫苏子媚，是到古板村任职的大学生村官。很高兴认识你，喜宝哥。"

苏子媚一边自我介绍，往前紧赶了几步，与喜宝并排走起来。这让喜宝突然萌生出一种想迎上去握手的冲动，想想觉得不合适，刚欲伸出的手，又赶紧缩回去，交叉在身前揉搓着，掩饰抑制不住的兴奋与紧张。

"大学生村官啊，真的吗？"

喜宝第一次听见大学生村官这个名字，觉得十分新鲜。

"是的，我就是古板村的大学生村官，今天特意来报到上班。你可是我认识的第一个古板村的人，缘分啊。"

苏子媚对巧遇喜宝表示出内心的高兴，无论如何，这是一件值得将来回忆并可以随时提起的有趣故事。

"欢迎欢迎。你算碰对人了，我这就带你去村委会。回我家要经过村委会的。"

"那太好了，谢谢啊！"

"不谢不谢，我来帮、帮你吧。"

喜宝殷勤地抢着为苏子媚扛起行李箱，大步走在前面引路。

苏子媚跟在后边，一边打量着健步流星的喜宝，一边想：这个外表憨逗的小哥，人倒是蛮可爱的，样子看上去有点油滑，却又油滑不起来，似乎脑子还缺根筋，从谈吐上判断，肯定也没读过什么书——只不知他家里情况怎么样。

二

"喏，看见么，那个房子就是村委会了。"

喜宝用手指指前面不远处的一栋旧式砖瓦建筑。

气喘吁吁的苏子媚停下脚步，定睛一看，呀，村委会前面的地坪怎么黑压压地挤满了人。

"噢，苏村官，刚才忘记告诉你了。你来得正好，今天村委会有热闹看呢，我就是赶回来看热闹的，嘿嘿。"

喜宝突然兴高采烈地对苏子媚来了这么没头没脑的一句。

"什么热闹，喜宝哥？"

苏子媚有些好奇。

"等下你就晓得了，嘿嘿。"

喜宝嘻笑着卖起了关子。

离村委会还有一段距离，突然听到村委会前的地坪上燃响起震耳欲聋的鞭炮声，把苏子媚惊了一跳。

"哇，这么热闹啊，究竟什么大喜事嘛。"

苏子媚捂着耳朵，对走在前边的喜宝大声喊道。

村委会门前，鞭炮响处，呼啦啦一大片人群挤满了地坪，一个个脸上喜气洋洋的，看到这热闹场景，苏子媚不知不觉被感染了，心想自己来得可真巧，仿佛这噼里啪啦的鞭炮声，是对自己这个新任大学生村官的热烈欢迎呢，因走远路而累得有些憋红的脸，也显得更加光彩照人了。

地坪上的人们发现了越走越近的苏子媚与喜宝，骚动并欢呼起来。

苏子媚的不期而至，尤其与喜宝一同出现，立刻引起人们的极大兴致，纷纷将惊异的目光聚集在苏子媚身上。

"鞭炮一响，欢迎姑娘，古板村破了天荒，时来运转——"

"哟，喜宝，从哪里拐来这么靓的美女？行得狗屎运了哈。"

有人带着并无恶意的坏笑，冲喜宝和苏子媚嘻嘻哈哈地调侃起来，也不管姑娘尴尬不尴尬，难堪不难堪。

"嘿嘿，送货上门来了，也不知道是谁家的菜。只怕喜宝这个癞狗卵，又要给人白打工，不晓得替哪个卵仔做大媒啰。他这条憨蛆，哪里守得住这样的天仙美女哈。"

说话的人越来越放肆，也越来越毫无顾忌，以调笑喜宝和一个陌生姑娘作为低级乐趣。山里人嘻哈惯了，开起玩笑来是没有什么底线的。

被水（调侃）的喜宝倒是一副洋洋得意的损样，跟在后面的苏子媚却闹了个大红脸，没想到一来竟遇上这么一档子，一时窘迫得不知如何应对。

"你们这些狗东西，一点斯文也没有，瞎起什么哄呢，没见人家是个眼镜姑娘吗？"

这时，人群中有个年轻小伙挺身而出，义正词严地制止着起哄胡闹的人们。说也奇怪，小伙一声呵斥，众人便立即噤若寒蝉，一个个像见了猫的老鼠，收敛起放肆的表情，顿时安静下来。

小伙子拨开人群走到苏子媚跟前，很绅士地询问道："请问姑娘有何贵干？"

却撇开一副趾高气扬的喜宝，正眼都不瞅他一下。

小伙彬彬有礼的样子，让在场的人本能地觉得，那貌似威严的外表下，藏着某种不可捉摸的暧昧企图，你瞅瞅我，我瞅瞅你，讪讪地给他让道。

"喜宝这个卵仔没戏了。"

人们交头接耳。

人不可貌相，这个看起来彬彬有礼的年轻人，便是横行四十八寨的地头蛇，人人畏惧的"疤老大"覃瑞龙。

不过，这回乡亲们揣摩错了，覃瑞龙一反常态，并非要打苏子媚什么主意。

"疤老大"覃瑞龙向来是喜宝崇拜追随的英雄偶像，有时也跟着他在外边混吃混喝搞事儿，没少罩着自己，这当儿见"疤老大"直接来到苏子媚面前献殷勤，为避免误会，赶紧趋前主动介绍道："龙哥，这是来我们村的大学生村官，叫苏、苏、苏子媚……"

"什么，大学生村官？"

覃瑞龙打断结巴不清的喜宝，再次打量着苏子媚，疑惑地问道。

"没错，我就是古板村新来的大学生村官，我叫苏子媚。"

苏子媚自报家门，冲覃瑞龙莞尔一笑，露出两排好看的银牙。

"噢，是苏村官啊，欢迎欢迎，热烈欢迎。"

覃瑞龙说着，像模像样地鼓起掌来，仿佛他就代表着村委会领导和村民百姓，代表着整个古板村。

现场的人们见覃瑞龙带头鼓掌，也跟着拍起手来。

"请问这位帅哥是？"

苏子媚也没有觉察出覃瑞龙有什么"笑里藏刀"的企图，他的热情问候，倒让自己心里有些暖融融的。而脸上那块显赫的梅花疤痕，反使她有一种眼前一亮的特别感觉。

"苏村官，敝人覃瑞龙，村里的义务联络员，以后有什么需要效劳的，尽管吩咐，千万莫要客气。"

覃瑞龙头脑就是得转，居然临时给自己安了个无中生有的联络员身份。

"谢谢啊，以后少不得要麻烦——请问支书在吗？我来村里报到。"

"哎呀，真不巧，韦支书没来呢。"

"这样啊？"

苏子媚面露难色。今天是周末，的确来得不是时候，不应该这么着急忙慌的，原本想给领导一个主动积极的印象，现在弄巧成拙了。

"苏村官，你不用着急，稍等一下，我马上通知韦书记过来接待你。"

覃瑞龙说着便指挥一旁呆立的喜宝，让他帮苏子媚把行李一起放置在办公室外的走廊墙边，然后像训马仔一样，指令围聚在门口地坪的人群："各位乡亲，听我讲，今天你们鞭炮也放了，热闹也凑了，该出的气也出了，现在可以回家去了。"

人们似乎没有听见覃瑞龙的话，依然嘻嘻哈哈立在原地不走。

"我跟你们讲哈，别给脸不要脸，杵在这里影响村委接待苏村官的工作。再不散去就是聚众闹事，信不信我一个电话，就有人来收拾了。"

覃瑞龙提高嗓门，口气也变得严厉起来。

有人识趣地开腔："散了吧散了吧。"

人们这才三三两两地散去，热闹的场面一下子变得安静下来。

喜宝还没走，覃瑞龙把眼睛一瞪："喜宝你也回去吧，这里有我陪着苏村官就行了。"

喜宝撇撇嘴，与苏子媚道了再见，很不情愿地离开村委会，独自往家走去。

覃瑞龙拿出手机打电话："喂，书记啊——我阿龙啊——没事，我没事，有个女大学生村官来村里找你报到，对对对，是小苏同志——

放心放心，我先帮您接待着，您快点来村委会吧，我们等你啊——"

那语气，好像自己也是村干部中的一员。

苏子媚本不想麻烦覃瑞龙，但人生地不熟，却不过对方的热情，只得由着他咋咋呼呼地忙个不迭。看他刚才说话的气势和做派，倒真像个一言九鼎的人物。

三

苏子媚自然不晓得，眼前这个对自己热情得有点过头的小伙子，其实并非善茬，别看他长得文质彬彬，骨子里却是个狠角色，村里出了名的混混仔。瞧他那驱散村民的架势，就能感觉出他在村民心中的分量，这种强大不是心甘情愿发自内心，而是条件反射不由自主。当然，人家额头上并未刻着字，苏子媚又没有孙悟空那般火眼金睛，一时反被覃瑞龙的殷勤打动了，禁不住生出些由衷的好感。

"谢谢啊，阿龙帅哥。"

"乐意效劳，我叫覃瑞龙，叫我阿龙就好了。"

覃瑞龙倒显得谦虚，也许这就是一物降一物吧。这个平常在人前八面威风流氓无赖，面对陌生的女大学生村官，竟莫名地变得如此温和亲近，却不带半点亵渎的意思，一本正经的连自己都不敢相信。

"喂，阿龙哥，你是哪个屯的？"

苏子媚觉得两个人干等着有些尴尬，便主动挑起话题。

"我家在龟背屯，离村委会有点远咯。要翻过对面那座山——喏，你看，连大路都不通的。"

覃瑞龙说着顺手指点起来。

"对了，今天村里放鞭炮，这么热闹，是有什么好事？"

"你不晓得，天大的喜事呢。"

覃瑞龙嘿嘿应着。

"噢？"

村委会前聚集了这么多的人，还热热闹闹放起了鞭炮，欢天喜地的样子，可是，所有办公室的门都是关着的，苏子媚不见一个村干部出来，心里很是纳闷。

"今天星期天嘛，村干部没上班，乡亲们才选了这个日子来庆贺，不至于给他们难堪呗——这是群众自己的喜事，与村干部没毛线关系咯。"

苏子媚这才猛然意识到，本不该今天提前来村里报到的，村干部们都在家休息呢，自己的一番积极主动，算是表错了情，白费一片用心。可听覃瑞龙一说群众自己的事与村干部没关系，越发困惑不解了，侧过头问道："这怎么讲？"

"嗨，苏村官，你刚来，自然不晓得。我们古板村呀，刚刚大地震过！"

"大地震？"

苏子媚眼睛瞪得老大，以为自己听错了。

"是啊。"

覃瑞龙诡秘地点点头。

"不明白，你讲清楚点来。"

"不是真的地震，是村委班子地震咯。"

"村委班子地震？"

苏子媚若有所悟，却依旧不明就里。

"对。是这样，我们村的前任村主任覃顺水，前些时候被判刑了，刚抓走的时候，村里还保密。原来的村支书也因为管理不得力，被上面撤换了。支书、主任都下课，这不就是大地震了嘛。"

原来是这样子，苏子媚舒口气，追问道："那现在呢？"

"现在？有新的村支书和村主任了——哟，说曹操曹操到，你看，那就是新上任的韦支书。来得还蛮快的啵。"

顺着覃瑞龙手指的方向，一中年男子正匆匆往村委会走来。

来人正是新任的村支书韦家能。若在往常，作为村支书，即便是星期天，也会习惯地到村委会打个转，万一有群众来找，也不至于让人家白跑一趟。可今天偏偏遇上有个本家亲戚办好事请客，推托不得，他去吃酒，又兼帮忙，不想便有人趁机聚在村委会搞事情。

好巧不巧，新任的女大学生村官苏子媚，也在这个时候前来报到，目睹了今天这个令村两委班子蒙羞的场景。

接到覃瑞龙的电话，韦家能放下手中的活路，火急火燎地往村委会赶。他原本已经接到过上级通知，说要派遣大学生村官来协助村里工作，不想来得这么突然，倒搞了他一个措手不及。

四

韦家能将苏子媚让到自己的办公室，然后把覃瑞龙拉到一边，略显不满地悄声道："阿龙，辛苦你啊——对了，今天在这里放鞭炮搞事情，该不会又是你生的风吧？这样可要不得，群众影响多不好呢。"

韦家能往回赶的路上，便得到了有群众趁机在村委会前放鞭炮搞事的消息，心里早就骂开了。这帮无法无天的"耿卵"（愚蠢且固执），唯恐天下不乱！

见了覃瑞龙，韦家能心里就更来气，自然把煽动群众放鞭炮搞事情同他联系在一起，以为是他在背后生风捣鬼，还让初来乍到的苏子媚看了一场不该看的丑戏，把村委会和自己的面子丢光了。

"书记，这你可冤枉我了，他们自己要来放鞭炮，我事先也是一点没打着信。本来我是到村委会找你谈那个砌路基坎的事，我想人少好说话些——你往时不都是星期天加班的嘛，想不到你今天没来。碰巧有人在村委会放鞭炮，原来是庆贺村里旧班子下台新班子上阵，不过是迟来的恭喜啊。书记怎么说这是搞事情呢？"

覃瑞龙把自己撇得干干净净，同时不忘对韦家能恭维一番，特意在"旧班子下台"后面，擅自做主加了一项"新班子上阵"。

哪晓得，覃瑞龙拍的马屁，韦家能并不买账，反而冷着脸给他敲起警钟来："恭喜什么。你们这帮人哪，我还不晓得？就是唯恐天下不乱——只要你不给我添乱搞事，我就感激不尽了。阿龙，你给我记住，现在是你老韦叔主持村里的工作，你莫要再到处给我出难题捅娄子啊，拜托！"

"晓得嘞。我一定全力支持书记挂帅古板村，任劳任怨当好你的马前卒。"

覃瑞龙今天脾气出奇地好，被呛的他依旧笑意盈盈，不与韦家能顶撞。

"好好好，就为今天帮我接待了小苏妹子，我谢谢你——回去后要记得你说的话噢。"

覃瑞龙很醒龙（明白），支书把话说到这个份上，是委婉地下逐客令，他要接待苏村官，肯定没空搭理自己，至于那个砌路基坎的事，只能等以后再找机会与支书单独细聊了。

覃瑞龙识趣地与苏子媚挥手告别："苏村官，那我走啰，你和韦书记慢慢聊哈。"

"再见阿龙哥，后会有期。"

苏子媚爽朗地回应着，目送覃瑞龙出了村委会。

"这个收账鬼！小苏妹子，以后少招惹。"

看着覃瑞龙远去的背影，支书韦家能郑重地嘱咐起新来的部下。

"为什么？"

苏子媚不明白韦支书的话。

"这家伙就是个混混仔，村里的祸根根。你来村里的时间长了，慢慢就会晓得。"

苏子媚当然不能质疑村支书的话，但凭直觉，这个村支书口中的混混仔，怎么看上去不像个十恶不赦分子呢，他刚才对自己所做的一切热心之举，莫非真是伪装出来的？

不过，苏子媚眼下最关心的，还是自己的工作问题。初来乍到，对村里的情况一无所知，接下来要做什么，该怎么做，她想先了解一个大概，心里也好有个谱，免得日后做起事来没有头绪，吃力不讨好。

"小苏妹子啊，你能到我们村来任职，我们求之不得，非常欢迎，但实不相瞒，恐怕要委屈你了。四十八峒本来就是穷山恶水，我们古板村，更是个鸟不拉屎的苦地方。你——能待得住吗？"

"不委屈。放心吧书记，我也是农村长大的，保证能待得住。今后还请书记多帮助指导。"

苏子媚微笑地望着韦家能，一脸坦诚。

"这就好。"

"对了韦书记，我们这里的村村通工程什么时候能搞起来？我看乡亲们出行实在太难了，连个高顶篷都进不来。"

苏子媚想起刚才来村里时，一路上的艰难情景，禁不住问道。

这一问把支书韦家能问住了。

"是啊，这个路确实让大家心里添堵。眼下，村两委班子正在努力争取呢。"

"那争取的情况怎么样了？"

苏子媚有些迫不及待，到底是未经世事的年轻人。

"我想应该快了吧。小苏你刚来，对我们县的经济可能了解不多，我们融州是国家级的贫困县，县里财政很困难，村村通工程只能一个片区一个片区排队解决，我们四十八峒片区排在不前不后的位置，听说明年开春就可以逐步铺开来搞，到我们村应该也不会太久了。"

韦家能在说这些的时候，其实心里并没有多大的把握。

"那就好。等村村通搞起来，乡亲们的盼头就大了。"

苏子媚瞅一眼窗外连绵不断的山野，似乎看到了不远的将来，村村通工程像一张巨大的水泥路网，连通着整个四十八�的角角落落家家户户。电子地图一点，随心所欲，车子想去哪就去哪，一脚油门的工夫，比一个屯里串门子还方便快捷。

"但愿如此吧。"

韦家能敷衍着，苏子媚的乐观期待反让自己内心平添几分惆怅。严峻的现实使他乐观不起来啊。

谢天谢地，韦家能这次说得没错，也就是说村村通工程计划实施并没有放空炮，真在第二年的春天落实开工了，不到半年时间，与周边几个村子的水泥路便相互连通，接上了乡道。通车的那天，村里还举行了隆重的庆典，鞭炮纸又一次红了村委会门前广场一地。虽然这并非自己的功劳，但苏子媚心中的喜悦难以掩饰，一向不敢挨近鞭炮的她，竟主动亲自点火放起鞭炮，脸上的欢笑如半空炸开的绚丽烟花。当然这是后话了。

韦家能话头一转言归正传："小苏啊，你刚到村里，对村上的基本情况还不熟悉，为了方便今后工作，我还是先给你讲讲吧，以后有时间，你自己再慢慢深入了解。"

韦家能显出一副心事重重的表情，从口袋里掏出一包烟来，抽出一支，接着又掏出打火机，刚准备打火，看了看面前满脸期待的苏子媚，想想似乎觉得不妥，将纸烟在手里把玩一番，再放到鼻子下嗅一嗅，然后又塞回了烟盒，连同打火机一同揣进衣袋。

"书记您说。"

苏子媚双眼望定韦家能，毕恭毕敬地回应道。

韦家能清了清嗓子，开始就村里的情况，详细地向苏子媚做起介绍来。

第二章　我的地盘谁做主

一

古板村的现实，那真叫一个寒碜：放眼一望，整个四十八峁到处是光秃秃的石山漠漠，典型的石漠化地区，地少土薄，几乎没什么值钱的出产，牛羊不嗅的野青蒿倒是满山满坡仗势欺人，砍都没法砍，简直成了一大祸害，地里一点点肥力全被这贱生的野青蒿吸光了，哪里还长得好庄稼。稀稀拉拉的花生、洋芋、红薯、黄豆磕磕巴巴没个囫囵样，干枯的苞谷秆秆更瘦得站不稳脚跟，风一吹就想往地上倒，哪有什么收成。乡亲们面朝黄土背朝天，辛辛苦苦一年到头，却终究撇不脱一个潦倒的"穷"字。

比如龟背屯的成宋老汉，几年前还是个与婆娘共穿一条裤子的主，这在村里可不是当闲话说的。也不光成宋老汉，一家人共穿一条裤子的事，前些年在古板村乃至整个四十八峁，还真不是个别现象。可给村两委班子脸上抹黑了。

韦家能说得囫囵，苏子媚如听天方夜谭，随即陷入了沉思，不禁忧从中来。

关于成宋老汉的家史，其实有不少生动版本，虽然大同小异，却掺入了好事者添油加醋的苟且渲染，听起来，让人唏嘘的同时，更令人忍俊不禁。不过，苏子媚从多处综合听来的以下情节，似乎更忠实于故事原貌。作为村巷田舍、青蒿野地，人们茶余饭后、劳作间歇津津乐道的笑谈，成宋老汉的过往故事，充满了传奇般幽默诙谐的戏剧意味，可在女大学生村官苏子媚的脑海里，猥琐滑稽、冷嘲热讽的表象之下，却是不忍心听的血泪辛酸——

茫茫苍苍的九万大山，最叫得出名头的，怕是要数这高高低低、长长短短、深深浅浅的四十八峎了。四十八峎方圆百十公里，岩险谷幽，溪峒交错，从这个峎头到那个峎尾，几天几夜都走不出来。

四十八当然不是实数，而是虚指，言其多也。任你站到元宝山顶的元宝石上，掰着手指头，从东到西，从南到北一峎一峎地点着卯数，就算数上七七四十九天，怕也数不过来，太庞款（多而杂）。

声名远扬的四十八峎，可不是浪得虚名。要在新中国成立以前，山外人一提起四十八峎就会尿裤子：

"猺獞"佬儿出山峎，米坛婆子要遭凶！

有人把它编成民间俗谚，当歌来唱。

厉害吧？这里头的故事来由，简直就是一篇篇惊世骇俗的今古传奇！

自古以来，偏僻闭塞的四十八峎就出产两样：一是"穷"，二是"悍"。正是这伴峎而生的"穷"与"悍"，不知成就了多少口若悬河的说书人。

穷是根本。立在哪一个峎口，起眼一望，到处都是鸟不拉屎的崖山峎峎，石头片子摞宝塔，少见一个土疙瘩，种不出东西来。好容易找块能种出产的薄地吧，还没两个巴掌宽，一屁股都不够坐的。石头底子的地深耕不得，再如何细作也是那个鸟样子，死性得很，下一场雨，地里的泥巴便洗得几无踪影，还没晴上两天，蔫不拉叽的庄稼随便可以点得起火来，就连根粗茎糙的苞谷秆秆，降生在这样的石头窝窝，都可能因为缺水少土营养不良而半途夭折。

你说，一辈子窝在这样的山峎峎里，能不穷吗？

悍是天性。生活在大山深处的"猺獞"人家，"穴处岩居，惟事剽掠"，可是载入了史册，有据可查的。山峎人家原本就性格彪悍，一是一二是二，做事绝不含糊，穷也要过日子，没有就得去争去要，只要还有一口气儿。再不济，那就去偷去抢。不然怎么办？活人总不能被尿憋死！

打明朝至民国，无论怎样改朝换代演化更迭，四十八弄的“徭僮”们，一直是些“东流西土”皆管不着的“化外”之民，变乱不断，成了远近有名、令人闻风丧胆的山贼庄子土匪窝窝，以至于官府的往来文告里，毫不顾忌地把“徭僮”直接写成了“猺獞”，意在山弄里的人们，本质与动物野兽无异，以示官府的轻蔑不屑与深恶痛绝。

直到新中国成立，“土匪窝窝”的名头才算被彻底革除，迎来了真正的和平新世界。数十载的社会教育与潜移默化，四十八弄早已脱胎换骨旧貌变新颜，居住在四十八弄地区的壮、侗、瑶、苗、汉等各族同胞也渐渐过上了和平安宁的好日子。

然而，石漠化严重的“穷山恶水”，却一直是贴在四十八弄眉心上无法撕掉的标签。即便改革开放几十年，乡、村领导走马灯似的换了一批又一批，可“贫穷”的帽子还是没能如愿摘下来，一直倚仗刀耕火种的古老传统，过着与山外世界几乎隔绝的闭塞日子。

物产匮乏的石山弄弄，见缝插针的野青蒿却能满山满坡地疯长，看起来倒是十分蓬勃茂盛，野青蒿的盎然生机更加反衬出四十八弄的贫瘠与荒凉。更讨人嫌恶的是，它散发出来的难闻气味，连吃百样草的牛羊嗅都不愿嗅一下，只干瞪着硕大的眼珠子，讪讪地敬而远之，真是贱出了骨头！

牛羊都不嗅的臭青蒿唯有一样好处，《本草纲目》里也曾有过明确记载：可以清热、凉血、退蒸、解暑、祛风、止痒，能作阴虚潮热的退热剂，也可止盗汗、中暑等，同时还有抗疟疾的作用。山弄里但凡谁家有人染上了这些毛病，便在坡地边随手扯一把野青蒿，拿回去支上鼎锅，生起柴火，煎煮熬汤，捏着鼻子一碗黑水咕嘟服下，三下五除二，病一准就好了，甚是神奇。

漫山遍野可以充当药材使用的臭青蒿，终究当不得饭吃，在吸尽了地里少得可怜的小小肥力之后，只能变成一把连柴火都做不利索的枯草，自生自灭，让石漠化日益严重的四十八堎越发贫瘠，看着就闹心。

你可别见笑，搁以前，四十八堎穷得夫妻两人或几个孩子共穿一件新衣服一条新裤子的事，可不是什么摆古段子，稀松平常得很呢。

龟背屯的成宋老汉就是与婆娘麻花共穿一条裤子的主。

五十出头的成宋老汉，看上去与实际年龄不太相符，老相得多，大家便理所当然地叫他"成宋老汉"。成宋老汉在四十八堎古板村穷到什么程度没法说，屋里没一件像样的家当，用家徒四壁形容也毫不夸张，甚至四面斑驳的老土墙都没有一面是囫囵的，到处千疮百孔残缺漏风，立在屋内仰望屋顶直可通天，用成宋老汉自我调侃的话来描绘，便是"晴天夜里可以眯着眼睛数星星，雨天可以睁起眼来观瀑布，逍遥得很"。别的还没什么要紧，最让他耿耿于怀的是，五十来岁的老男人了，还要与二脑壳的婆娘麻花共穿一条裤子，说出来简直要羞死先人。

但又能有什么办法呢？树活一张皮，人活一张脸，哪个不想甩掉这个背时倒灶的穷根子！好在像他这样的落魄怂货，也没个正经人平白来理识自己，倒省却了不少交际上的窘困尴尬。

可是，不正经的呢？

每每想到这里，成汉老宋的后颈窝便仿佛长了颗未曾穿皮的大疖子，摸碰不得。

然而，偏偏有人成心要捅他这颗锥心的大疖子，还要强行揭它的皮，痛到窝心肉把里去。把他娘的！

"成宋，又把你婆娘藏起来啦？"

一见面，屯东头的杨癞痢便带着叵测的眼光，故意挑逗起成宋老汉来。好家伙！

杨癞痢是条老单身狗，一身的骚劲却没个地方发泄，也只有偶尔找成宋老汉打打趣，过一下邪恶的嘴瘾。他心里打的什么拐子主意，自己面上装憨蛆，旁人却是看得清楚明白。屁股还没抬，就晓得他要拉稀还是要拉干了。

"成宋，叫你婆娘出来一起讲下白话嘛。"

讲白话就是平常的扯闲天，说故事侃板路。

村西边的莫老歪倒是来得直截了当，不拐弯抹角，一脸坏笑的样子，丝毫也不掩饰想占成宋老汉的便宜，简直明目张胆十恶不赦。

"成宋，婆娘是用来摆厅堂的花花，不是用来装坛子的腌菜呢。你这样子藏着掖着，不怕捂出蛆来啊？"

吴得水阴阳怪气地调侃着，眼睛使劲儿往成宋老汉的里屋瞟，眼珠子里挤得出一箩筐的坏水来。

三尖坳单屋里的狗牯仔喜宝也混在这帮屌丝里起哄，闹腾得最起劲。这个没皮没脸的溜达鬼，仗着"疤老大"的威风，便人五人六的，不晓得天高地厚，欺侮起猥琐孤寒的成宋老汉来，那才真叫有恃无恐！有一次，在同伙的挑唆下，居然壮起胆子，当着那些狐朋狗友的面，要闯到成宋老汉屋里去"寻"麻花，搞得成宋老汉如临大敌，如丧考妣，用几根大方条将门死死撑住，才使张狂的喜宝没能得逞，最后在人家大门口撒了泡黄狗尿，骂骂咧咧地扬长而去。其实，"疤老大"覃瑞龙也并不怎么罩着他，平常连正眼都没看过他，憨蛆的他只是自我感觉良好，以为自己就是天王老子了。

每每，村上不三不四的人们别有用心地"撩贫"成宋老汉的时候，成宋老汉总是千篇一律地搪塞：

"出洋相，莫开玩笑，上不得场合，上不得场合的。"

语气不愠也不火，实则是态度不卑也不亢，甚至在内心深处还有些小嘚瑟。

"狗日的，以为老子不知道你们心里的九九！老子偏不鸟你们，当你们全是些犯了花痴的癫狗卵，回家自个敲床板去吧，哼哼！"

成宋老汉表面一团和气，骨子里却恨得咬牙切齿。太欺负人了，就因为自己穷，就因为自己穷也能有个如花似玉的二脑壳麻花做婆娘，难免有人羡慕嫉妒眼睛红！最可恨的是，那些与自己一样穷得响叮当的贼牯子，明里暗里觊觎着自己的婆娘，开起玩笑来肆无忌惮，却难断他们究竟是真是假，这就更让他气不打一处来。

当然，成宋老汉也有自知之明，毕竟人穷志短，没有什么好牛掰的。除非哪天创世神布洛陀爷（神话中的壮族先祖）显灵，让自己行了狗屎运，像布袋粜的蓝善财一样，也去四盘岭哪个岩洞里掏得一坨狗头金回来，那就敞开大门，光光鲜鲜扬眉吐气做大爷了，看谁还敢唧歪放肆在太岁头上动土，揭自己的脓疮疤疤！

可高高在上的布洛陀爷，竟也是个嫌贫爱富的势利货色，从不肯理识他，帮衬他！任凭成宋老汉在心里默默祈祷了千百回，愣是不为所动。好运气转过来转过去，就是转不到自己的头上，连寻常的照面都懒得打一个。

不过气归气，终究也奈何不得，小心才能驶得万年船，没别的法子，只好努力提防着，尽量不给那帮心怀不轨的人渣们来钻空子讨便宜。

"狗日的命呢！"

成宋老汉朝地上狠狠地啐了一口浓痰，长吁一口恶气，竟自轻松许多。

二

婆娘麻花是成宋老汉十多年前从粤外"捡"回来的，人脑壳有点不得劲，分不清好丑也记不住事物，连现在叫的名字也是成宋老汉带回来后给起的，只因第一次见面时，一向抠搜的成宋老汉给她吃过几根麻花糖，便灵机一动，"麻花麻花"地叫开了。

那年春上，成宋老汉还没有成为成宋老汉，人们管他叫成宋大汉。

天上的月老婆婆竟鬼使神差地给自己牵起了红线，用成宋大汉后来的话，叫作"运气来了门板也挡不住"。

别无所长的成宋大汉，一把子蛮力不知如何使唤，有次到镇上去赶集，见有人挑着柴火卖，猛然触动了自己的心思，便想这砍柴火卖的行当，倒是个生财之道，自己也可以做啊。于是，有空就背把柴刀上山砍柴火，然后挑到镇上去卖，一担柴火能卖两三块钱呢。

这天早上，成宋大汉赶了二十几里山路，挑担柴火到砦云镇上去换钱，天刚放亮就启程了，一路气喘吁吁紧赶慢赶，好不容易才到镇子上，将柴火脱了手，在羊肠子一般的街巷里胡乱逛了一圈，也舍不得吃碗滑滑粉填一下空空荡荡的肚子，回程的时候已经过了晌午，突然感觉肚皮贴到了后背，实在饿得慌，两腿直发软，走路像打机关枪。

成宋大汉想再坚持坚持，昨天晚上煮的一锅洋芋粥，今早来时，匆匆喝了两海碗，还留得一大半，等回到家就好办了，到时候便可以敞开肚皮，喝它个够——对付这一餐应该还是绰绰有余的。

再从瓦罐坛子里捞几根酸豆角出来伴餐，喝一口洋芋粥，吃一口酸豆角，不仅解饥馋，而且别有一种美妙滋味。成宋大汉继续憧憬着。

"要是再有碗米二酒来喝，那简直就是神仙过的日子了！"

沉浸在美妙遐想里的成宋大汉，禁不住自言自语地向往起来。他如何不知道，这个时候的家里，除了那半锅特意留存的洋芋粥，只往外出不往里进的瓦罐坛子，不知已反复打捞过多少遍，里面或许还漏有几根未捞干净的酸豆角——或许一根也没剩下。但米二酒是断断不可能有的，挂在土墙上那个旧军用水壶，几个月没挪过位置，都蒙了三寸厚的灰尘了，嗜酒如命的成宋大汉，怎么能容忍壶里有酒而安然地睡觉呢？况且，就是那半锅老洋芋粥，也不晓得是不是被饿痨的老鼠精给翻出来糟蹋了。最近，屋里的老鼠也成了灾，白天夜晚地上地下疯蹿，闹得沸反盈天的，甚至趁着人迷糊，跑到床头咬起耳朵来，像是吃了熊心豹子胆。

成宋大汉这样胡思乱想着，一路忍耐一路往回赶，可似乎忍耐不太管用，饥饿竟如一个死缠烂打的催命鬼，越甩反而越抓巴得紧。

这可如何是好！

成宋大汉饿得头昏眼花，远远看到前面的路边有一个小卖部，便不由自主地走了过去。为了赶走这该死的饥饿，平时一毛钱都捏得出水来的成宋大汉，已经顾不了那么多，无论如何，今天得豁出去，破一回财了。

小卖部里可供填肚子的零食真不少，让饥肠辘辘的成宋大汉看得眼花缭乱，使劲地睁着灯笼般的眼珠子，在琳琅满目的零食架上扫过来扫过去，他想精心挑一样既省钱又能填饱肚子的"坚货"，却一时拿不定主意。

成宋大汉每手指一样东西便问一次价格，"这个多少钱，那个多少钱"，摆在货架上的小零食差不多被问了个遍，问来问去，问得小卖部的癞头老板忍不住发毛，不耐烦地反过来问成宋："没见有你这样问价的，你倒是响快一点，到底是买呀，还是不买？"干皱的脸上明显挂着几分嫌弃与不屑。

"就要一包那个。"成宋大汉被老板顶得不好意思，只好下定决心，指着一包麻花糖说道，"那个麻花糖吧，来一包！"

成宋大汉抖抖索索从衣袋里摸出一把零钱，在老板面前晃了晃，显示自己有的是钱，不要瞧不起人。然后却仔仔细细地在满是老茧的手掌上排出五毛八分钱来，将其余的钱转塞回衣袋，在口袋外面使劲按一按，生怕一不留神那钱会自己重新跑出来。然后，吐口唾沫在手上揉捏揉捏，反反复复地将手上那五角八分钱数了一遍又一遍，才一张一张依依不舍地放到柜台玻璃上，推给小卖部的老板，显出一副神气活现的姿态来：

"喏，给你钱，你怕我没得钱，数不起呀！"

小卖部老板将成宋大汉推过来的、刚刚还被他捏得皱巴滚烫的零钱，顺手扫进柜台下的小钱屉里，数都懒得数（或许在成宋大汉反复数点的时候，人家早已看得一清二楚），转身从货架上取下一包外包装落满灰尘的麻花，丢在柜台上，正眼都不瞅一下色厉内荏的成宋大汉。

花五毛八分钱买一包麻花，成宋大汉左掂量右掂量，总觉得有点不合算，实实地心痛了一回，这个钱原本不在今天的花销计划里，是被饿瘪的肚子临时逼迫的，花得真是有些冤枉有些亏。但既然花都花了，就得让它花出最大的效益来，以减轻心中的痛惜与失落。麻花既是填肚子的临时应急品，同时也应该是可资尽情享受的人间美食，就算开回"洋荤"，也算是一举两得了。想着想着，心里仿佛平衡了许多，咀嚼起来也觉得脆生生的特别香甜有味。

成宋大汉一路惬意地嚼着麻花，一路放肆地四下里打着野眼，赏玩沿路的景致。肚子问题解决了，便不再急着赶路，反正到家也是一个人坐冷板凳睡"素"觉（不是那种两口子搂在一起睡的独身觉），就算走点夜路也没关系，今早出门前已在口袋里预备了手电筒，夜了顺便在路上捉几只山蛤拐回去，正好可以做明天的早饭菜。

成宋大汉一路闲游着往回走，不承想竟然有个披头散发的懵懂女子，若即若离地跟在屁股后面，足足跟了一里多地才被自己发觉。

成宋大汉回头看时，浑身打了个激灵，啊呀呀，只见那人一副蓬头垢面的邋遢模样，好比刚从垃圾桶里钻出来的黑色幽灵，面目不清，远远看去竟分不出是男是女。

成宋大汉不由停下脚步，好奇地打量起一路盯梢的怪人来，定睛细看：哇，原来是个女子呢，上身穿着一件不知是男装还是女装的破棉絮，磨损脏污看不出本来的颜色，下半身差不多是光着的，一块烂布条胡乱缠裹在腰间，走起路来一掀一掀，仿佛细碎的飘带，啧啧，里面春光全晃荡出来了。可是，看那女子面色，并没有半分的羞耻难堪，嘴角不时流露出一丝古怪的哂笑来，两只眼睛放着贪婪的绿光，定定地盯着成宋大汉手中的麻花直出神呢。

没看花眼吧，这荒山野崮的，平白冒出来这么个不声不响的古怪女子，莫不是遇上撩人的山魈精了？成宋大汉心里咯噔一下。

传说，旧时候，这一带山崮崖岩间，曾经有过山魈出没。真正的山魈长什么样子，谁也没有亲眼见过，只听说此物在山崮崖岩间行走自如，健步如飞，神出鬼没，性情多变喜怒无常，并且专爱在人间搞些恶作剧。如果它碰巧跑到谁的家里，此时千万不可以喝骂家里不懂事的小孩，否则让山魈听见，会以为是在骂它，山魈心眼小，很爱记仇，绝对会再来捣乱报复。但山魈很通人性，懂得知恩图报。如果你不得罪它，让它觉得你待它友好，说不定哪天突然发现米缸里的米无缘无故变多了，那只有一种可能，是感恩的山魈从别处偷来报答你的。

普通的山魈尚且如此，成了精的山魈那可不得了了，它们能幻化成人形，老人小孩都能变，但最喜欢变成年轻美貌的女子在山间游荡，常常出没在僻静的小路岔口，引诱过往的年轻男子，定力不强的人，往往被美丽的山魈精捉弄得魂不守舍，从此隐居山林乐不思归。当然，间或也有纨绔浪荡的登徒子，因得罪了山魈精，最终命丧山野，那只能怪他自个儿不知好歹咎由自取。

有个故事传得有鼻子有眼，说是很早以前，四十八崮四荣崮莫老爷家，有个十八岁的独生儿子莫小可，平常酷爱读书，但却不喜科举的八股文，也无意求取科场功名，偏偏对那些狐仙鬼怪的志异传奇很是着迷，痴迷到大不知春秋，小不辨晨昏。望子成龙的莫老爷怒其不争，咒为不肖。莫小可嗤之以鼻，丝毫不在乎莫老爷的态度，照样我行我素，整天沉迷于狐仙妖精的玄幻志怪中，自得其乐。

一个月明星稀的夜晚，莫小可坐在书房，依旧手不释卷地读着他的《聊斋》，一位姑娘竟然径直走了进来，看上去姿色绝美，笑眯眯地对莫小可说："小公子，看书看累了吧？我给你捶捶背。"

莫小可一抬头，顿时惊出了一身冷汗，连忙摆手拒绝。可是那姑娘蹲下身来，伸出纤纤玉手，捉住了他的两条腿，不紧不慢地继续说道："小公子，那我给你捏捏腿吧，好舒服的。"

果然，莫小可被姑娘揉捏得骨头酥软灵魂出窍，把持不住，一把将她抱入怀中，云雨一番。

从此，每到夜深人静之时，那姑娘便如期来到莫小可房间，然后隐约传出阵阵令人销魂的嬉笑声。如是半年有余。

再后来，莫小可患上了严重的谵妄症，神志错乱茶饭不思，没折腾多久便一命呜呼，都说是那山魈精作的怪，被吸尽了阳气，形容枯槁精尽而亡，想起来就让人叹惜、胆寒。

不过传说归传说，传得再邪乎也唬不了现时的人们，毕竟也没谁亲眼见过山魈精长啥模样。

成宋大汉仔细一端详，我的娘呃，哪有什么山魈精，真真切切一个妹姑娘！

成宋大汉心想，这女子脑壳一定很不得劲，不过看起来皮相应该不错，洗干净了还是入得眼的，关键年纪还很轻，顶多也就二十一二岁的样子。

成宋大汉瞧瞧四下无人，活到快四十了还从没挨过女人的他，顿时有了一种喜从天降的非分之念。

怪不得早上出门时，那对花喜鹊在门前老枫木树上，叽叽喳喳叫得欢呢，当时还嫌它们声音难听，吵了自己，哪个晓得是提前给自己报喜来的，布洛陀爷这回终于显灵照拂自己了。

"他娘的，今天硬是让我碰到桃花运，老子就豁出去，破了这个童子身，把你当作山魈精收了！"

成宋大汉麻着胆子，用手撮起一根麻花，试探地伸向女子，问她想不想吃。女子奉着眼不住地点头，一边窸窸窣窣靠近，伸手去接成宋大汉递过来的麻花。

成宋大汉把手一收，女子没接着麻花，人却被贼精的成宋一把拉进怀里。

成宋大汉掰开女子的右手掌，将那根麻花放到她掌心里，女子望望成宋，再报以一个古怪的回笑，然后双手撮着麻花糖往嘴里塞。

成宋大汉用几根麻花糖将神志不清的女子"捡"回家，做起了自己的婆娘。从此，他也告别了单身狗的孤独日子，可以在寨子里人模人样地昂起头来走路了。

女子记不起自己的名字，成宋大汉顺口给起了一个：麻花。

"一包麻花糖结成的野姻缘，从此你就叫麻花吧，老子的麻花，哪时想扭就扭上一把，哪时想吃就吃上一口，又香甜又爽脆，几鬼销魂几鬼爽，嘿嘿，嘿嘿，嘿嘿嘿……"

进了门就算拜堂成亲，虽然谈不上光明正大明媒正娶，也算从此相依为命了。

麻花成了成宋大汉的婆娘，低头不见抬头见，在龟背屯很快便无人不知，尽管两人没有去乡民政登记，但乡亲们都心照不宣，默认了这对名义上的两口子。

纸终究没能包得住火，"成宋娶了个漂亮婆娘"的消息还是不胫而走，慢慢传遍了古板村，甚至成为整个四十八峁的花边新闻。

没多久，乡民政和派出所的人，在村干部陪同下，破天荒来到成宋大汉家里，把成宋大汉唬得不轻。

派出所和民政的人问起成宋大汉娶回麻花的来龙去脉，成宋大汉不敢隐瞒，只得一五一十坦白，知道事到如今也瞒不住，只是一个劲地为自己辩白，一再声明麻花不是自己拐来的，是她愿意跟自己过的，并当着派出所和民政的人发起誓愿：若有半句谎言，愿遭天打雷劈。

麻花当然愿意，在成宋大汉之前，没有谁给过她任何温暖，连口稀饭都不曾施舍，更别说收留过日子。

这下倒把派出所和民政的人难住了，最后问起成宋大汉，知不知道麻花的娘家在哪里。

"我哪里晓得噢。只听她说过一回崩冲，也不知道是不是地名。她脑壳二，不信你自己问嘛。"

麻花自然一问三不知，只会呵呵地傻笑，除了摇头还是摇头。

但民政的人似乎心里有了眉目。前些日子，有对新人来民政登记，听双方聊天，那女的娘家在良坳村岗尾屯。女方提出要拍婚纱照，却仿佛听那男的唠叨过"你们崩冲的人就是爱讲究"，女的当时还生了气。

"崩冲莫不就是良坳村岗尾屯的别名？"

民政的和派出所的人一商量，决定一道前往良坳村岗尾屯做一番调查了解，弄个水落石出。

半个月后，民政的再次来到成宋大汉家，专门为他和麻花送来了盖着大红印章的结婚证。这令诚惶诚恐的成宋大汉既意外又感动。

原来，派出所和民政的人特意去了一趟良坳村岗尾屯，还真就是那新郎口中所说的崩冲。调查得知，岗尾屯的确有一个父母双亡、精神失常的女子，特征与麻花完全吻合，但家中兄嫂并不关心这个可怜的傻妹妹，任她在外游荡，也不去寻人。当民政人员告诉他们，麻花被古板村龟背屯成宋大汉收留后，竟然高兴地表示：

"好啊好啊，老天照看，人家修好处不嫌弃，收留了我那傻妹子，也算她从此有个落脚依靠，省得我们空头挂牵了。"

民政的人回单位，将事情的原委汇报给领导，领导一听，觉得应该成人之美，于是便决定同意给成宋大汉开这个绿灯，也算成就了一桩快活姻缘。

领到结婚证的当晚，成宋大汉还特地杀了一只从寨上赊来的叫公鸡（卖柴得的钱要做别的花销），神龛上供起三炷清香，专门敬谢显灵的布洛陀爷。

后来，在民政人员的开导动员下，成宋大汉大方地领着麻花去到良坳村岗尾屯，上门认了麻花的娘家兄嫂，两相欢喜自然不在话下。

然而，好事多磨，天上掉馅饼的桃花好运，渐渐也给成宋大汉带来了不可避免的烦难事。俗话说得好，饱暖思淫欲，到了成宋大汉头上，却倒了个个儿，成淫欲思饱暖了。

往时成宋大汉是一人吃饱全家不饿，无牵无碍，自在逍遥。自从麻花进了门，一下子凭空多张吃饭的嘴，家里开销无疑大起来。不会来钱又不会划算的成宋大汉，搞得年年寅吃卯粮，青黄不接，光靠砍柴火卖几个零钱，哪里填得满家里越来越大的经济窟窿。两个四肢发达的壮年人，便算两个主劳力，又无别的负担，政府的救济补贴，摊过来摊过去，都难得摊到成宋大汉头上，只好靠挨家挨户借粮度日，可借一容易借二难，再说，谁家又有几多余粮，舍得给"老虎借猪"的自己呢。知道根由的人，或能略表同情，力所能及地接济一二，不懂原委的人，不仅不肯施以援手，反而指责成宋大汉不争气："一家两个赖怂货，不少胳膊不缺腿，有的是力气，倒把日子过得人不人鬼不鬼，活该！"

成宋大汉听了，脸上惨兮兮的，只能尴尬地苦笑以对，但也不能着急上火，与人家瞪鼻子上脸，这个憋气的穷，是他成宋大汉甘领愿受，怪不得人家一丝半毫。

俗话说得好，砂罐煨粥快乐无忧，其实穷也有穷的开心，抛开缺粮少食的憋屈日子不算，与过去孤寂无聊的单身时光相比，切切实实滋润得上了天堂。

麻花脑壳是不得劲，但终究会给成宋大汉暖被窝，会随时随地和成宋大汉"欢喜"，还要死要活的特别能嚎，配合着那散架的床板震颤，往往能整出地动山摇的快活气势来，这倒合了成宋大汉的胃口。拿成宋大汉的话说，小猫子叫春不丢什么人，又没碍谁，用不着扭扭捏捏畏畏缩缩。

"那两个牲口啊，真能折腾！"

成宋大汉和麻花成了四十八峁一对鸳鸯活宝，免不了有专听墙根的好事者万千感慨于一叹。

但"欢喜"起来能嚎能嗨的麻花，自从进到成宋大汉家，外人却很少能见到她的人影，她可是轻易不出四角门的。不是不想出门，是被成宋大汉严严实实地藏在屋子里，不让出门。时间越久，人们就越发好奇，越要挖空心思，揭开这道暧昧的谜底。

不出来见人，不全因为麻花脑壳不灵醒，实在是身上没有一条遮体的裤子，见不了人。麻花倒是无所谓，遮不遮体没关系，但死要面子的成宋大汉羞呀！怎能轻易让不相干的人尽览春光呢？这是每个男人骨子里的尊严。

天地良心，麻花除了脑壳二，模样确是蛮周正，瓜子脸蛋水蛇腰，前面拱屁股翘，真要是给人好好打扮一番，涂上胭脂搽上粉，说不定还是个难得的美人坯子呢。外人初次见了，难免会惹出一丝怜香惜玉的感叹来，以为一朵鲜花插在牛粪上，浪费资源，天理难容啊！

"这兜臭青蒿，也有人喜见！"

知道内情的人，心理更不平，往往情不自禁地想入非非，甚至振振有词："成宋搞得，我搞不得？"理直气壮得很。

都是些爱占人便宜的阿Q，不，比阿Q坏多了，横多了，也难缠多了，简直就是那无法无天可恨可气的王老虎，保不齐哪天就要跟他成宋大汉明目张胆地抢人呢。

成宋大汉肚子里没有墨水，一向孤陋寡闻，自然不知道哪个是阿

Q，哪个是王老虎，没有一个与他沾亲带故，连照面都未曾打过，究竟怎么坏怎么横怎么难缠，他如何估摸得出。但成宋大汉清楚地知道，四十八峁那些个老少光棍汉们，愣头的狗牯仔，都不是省油的灯盏，一个个虎视眈眈，眼红得要死！他们一天搞鬼搞神的，居心叵测地在成宋大汉家房前屋后转悠游荡，没完没了，弄得成宋大汉时时提心吊胆不得安宁。

俗话说，不怕贼偷，就怕贼惦记。成宋大汉有种山雨欲来危机四伏的隐忧。

时刻警惕的成宋大汉，只能采取主动防御的措施，不单平常日子里不让麻花轻易出门，每当有人来家串门辞拦不住，就先命麻花躺到里屋的床上去藏匿起来——惹不起总躲得起！

可日子长了，也难免百密一疏，藏得一时，躲不得一世啊！

"他娘的，老子的地盘，还做不了自己的主！"

成宋大汉自言自语，狠狠地咒骂着，一副咬牙切齿的神态，怒目金刚似的，有些滑稽的愤懑。一拳头砸在缺角的桌子上，立时跳起来，疼得龇牙咧嘴，脸都变了形。

然而，骂谁呢？好像谁都该骂，甚至草木皆兵的自己。

三

十多年过去，腰板强健的成宋大汉渐渐熬成了成宋老汉，雄风不再，不仅脸上眉间的皱纹开始多起来，背也有些微微打弓的趋势，只有头上的"穷"字，依旧坚挺如故。好在十多年来，二脑壳的麻花，除开脑壳依旧二，身体还算争气，从未闹过什么大病痛，正如广告词里说的：身体倍棒，吃嘛嘛香。

穷得"墙上挂脚鱼（烂竹斗笠）"的成宋老汉，家里养了一只生蛋的芦花老母鸡，这是眼下唯一轻松来钱的"财神婆"，可稀罕了。

老母鸡孵过一窝又一窝的小鸡崽，一窝又一窝的小鸡崽长成健壮的大叫鸡，最终兑换成一张张花花绿绿的票子，为成宋老汉家创造着改善生活的有限财富，不厌其烦地接济着捉襟见肘的艰难日子，也算是任劳任怨鞠躬尽瘁功不可没了。

鸡蛋也是成宋老汉家必不可少的油盐荤腥。

芦花老母鸡不仅是家庭经济的大功臣，也是成宋老汉和婆娘麻花心心相印难分难舍的心肝宝贝。

尤其二脑壳的麻花，简直与芦花老母鸡成了一对心有灵犀的好姊妹。

日久生厌，现如今的成宋老汉，被生活搞得焦头烂额，早没了多年前的豁达与乐观，不高兴时，也会成天黑着个雷公脸，"鸟"都不"鸟"麻花，还经常拿副阴森的鸭公嗓子吼人家，一点也不亲切。又不准她出门，又不准她见生人，真是太无聊，实在憋闷得慌。板凳疙瘩的他，根本不体谅麻花内心的想法，头脑里全装着自己的利益与感受，疑神疑鬼，患得患失，神神道道，不可理喻。

在这间晴天夜里看星星、雨天屋内观瀑布的破棚屋里，只有头脑简单的芦花老母鸡，与孤单的麻花互不嫌弃，甚至惺惺相惜。麻花最得意的事情，就是精心照料芦花老母鸡。她费尽心血把芦花老母鸡喂养得肥嘟嘟的，毛色光滑油亮，精神抖擞亢奋，好多下蛋多抱鸡崽呢。芦花老母鸡感念麻花的悉心呵护，投桃报李，不仅生产多，一窝能下二三十个蛋，而且个个又大又圆又靓色，孵出的鸡崽也像它们的娘老子，健康活泼长得快，而且老天照看，居然从没发生过鸡瘟之类的病害，每一窝鸡崽总能圆满到头。就是单卖鸡蛋也能卖得好价钱，拿到圩场，人们抢着要。把个成宋老汉欢喜的，简直了！

麻花一天到晚守在鸡窝旁边，形影不离，常常与抱窝抑或下蛋的芦花老母鸡四目相对，彼此含情脉脉的样子，营造出一派温馨祥和的友爱气氛。

看着芦花老母鸡蹲伏在鸡窝里全神贯注地下蛋，麻花眼里便放出几分希望的光芒，脸上也呵呵地挂满了幸福的傻笑。有时眼见滚圆的鸡蛋，从张大的鸡屁股里慢慢探出头来，麻花就止不住亢奋，麻利地把手伸到了鸡屁股底下，小心翼翼地接着，耐性十足。芦花老母鸡下蛋下到一半，感觉到麻花的举动，也不惊慌，也不挪窝，伸长脖子，与麻花对望一眼，依旧撅着圆圆的大屁股，继续全力以赴下它的蛋，它能体会麻花纯粹的善意，对满怀期待的麻花，充满了无限的信任。它知道，任何时候，麻花都是它不离不弃的守护神，定然不会伤害它和它的蛋宝宝。

"咕咕嗒，咕咕嗒。"

下完蛋的芦花老母鸡从容地立起身，先在鸡窝旁兀自欢叫起来，亮上几嗓子，作为一种捷报式的宣告，然后一溜烟离开鸡窝，钻出屋墙门缝，跑到屋子外面继续高声炫耀去了。它是全家的大功臣，虽不居功，但也不能默默无闻地为主人无私奉献，它无法低调，它内心的激动难以抑止，它的骄傲响彻整个山崀。也许这朴素的骄傲里，还带着对忠诚陪伴的好姊妹麻花的由衷感激呢。

麻花捧着热乎乎的鸡蛋，也跟着惬意地叫唤起来："咕咕嗒，老母鸡又下蛋蛋了，啵——好大一个，你看嘛。"

有时也捧给在灶塘边抽闷烟或在床上幽会周公的成宋老汉看。

"你个臭娘们，号丧呢，自己又不会下个蛋，光会打栏走风的败家货！"

每每这个时候，成宋老汉的某根神经便被怦然触动，竟会撩得他无名火起，"啪"地给麻花一个嘴巴子，泰山压顶般灭了她的兴头。

成宋老汉不耐烦，不是没来由的，除了穷，更有一份难言的隐衷，一直折磨着他。

俗话说，人心难满蛇吞象。

有了婆娘，日子长了自然便会有传宗接代的意愿。随着时间的推移，这意愿只会越来越强烈，越来越难以释怀，像根深叶茂的大树牢牢地扎在心里。然而十多年过去，麻花的肚子一直平平扁扁的，从没见过大起来的迹象。这让成宋老汉不免有些失落，在麻花面前越发飞扬跋扈颐指气使肆无忌惮。

当初，成宋老汉费了老大的心劲，把麻花从几十里的岽外带回家来，图的就是有个“欢喜”对象，这样的桃花运，全四十八岽掰起手指数，估计也就他成宋一人撞着了。怕是整个四十八岽的单身牯们，都在心里暗暗怨怪布洛陀爷的不公呢。至于会不会下蛋生崽，喜出望外之际，哪里顾想到这一层去，原本并无所谓。“不会下蛋”是后来才冷不丁冒出的无端烦恼，而这后来冒出的烦恼，却成了岁月的杀猪刀，直戳到成宋老汉的心子窝，开始对麻花生出些隐隐的嫌恶的念头来。有时竟觉得，那芦花老母鸡都比麻花还能干有用，起码会下个蛋抱窝鸡崽仔。

看来，这辈子想要延续他莫家的香火，怕是没得指望了。人过五十才想起不孝有三无后为大，禁不住悲从中来。

“麻花呀麻花，你他娘的二就二点啦，老子从来不嫌弃，你要是晓得给老子生个一儿半女出来，哪怕和你一样二一样木蔸，老子也认了，也心满意足了。你这样一坨肉疙瘩也屙不出来，叫我怎么对得起死去的爹娘，怎么对得起列祖列宗，将来去到那边，怎么向他们交代啊？”

成宋老汉一腔怨气，说这些话时，大概早已忘记，自己当初是如何欢喜地将麻花“捡”回家来的，“不嫌弃”的话都能脱口而出了，好像自己从来就拥有“嫌弃”的资本。

不过说到底，成宋老汉“嫌不嫌弃”，是他自己的事情，麻花是从来不会计较的，所以她有随时都能撩拨出来的快乐，发自内心，绝无半点的杂念，是真正的纯粹与美好。

四

乡村脱贫攻坚的春风刮了一场又一场，四十八崾到处都是春天将临的蓬勃气息，落叶的树木枯萎的草，都攒足了劲想要拱破这层层的冰皮冻土，绽露出新生的芽苞来。崾里立档建卡的帮扶户们，一个个满心期待，正盼着政府送钱送物送项目，结对帮扶他们脱贫致富振兴家园呢。

然而，帮扶户资格审查有严格的指标要求，还得按照人口比例、家庭经济状况、贫困原因等综合因素，先由小组摸底，征求意见，填写申请表，再通过村里评定上报，这个程序，成宋老汉早已多次打听核实过，错不了。

成宋老汉也想碰碰运气，申请一个帮扶指标，弄点政策补贴什么的，家里也不至于这么拮据难熬。

关于申请帮扶指标的事，往年也曾试过，甚至还填了不止一次两次的表格。至于表上具体写的什么内容，成宋老汉自然一概不清楚，反正从头到尾都是人家帮自己舞弄的，只是让他在填写好的表格上面胡乱摁个手印，根本没细看——他也不认得几个字呀，看也是看天书，满眼的星星。每次摁完手印，人家就嗷嗷着让他耐心等待上报评选结果，但评选来评选去，就是轮不到他成宋老汉家入选。

成宋老汉私下里曾多次向屯长莫大枝询问根由，态度卑躬虔诚。

屯长是他和村委会之间隔着的那层油皮纸，捅不破，点不着，好比天上隔着银河的牛郎织女，缺了座鹊桥。

"屯长，你看我成宋也不是无理取闹的人，都这么些年了，风水还轮流转呢，今年是不是应该轮到我？请你在村里帮忙说说好话，我成宋一辈子不会忘记你的大恩大德。"

成宋老汉低声下气地向莫大枝恳求着，只差跪地作揖了。

成宋老汉想起了电视剧《西游记》里那个无法无天胆大包天的孙悟空来，人家就敢说“皇帝轮流做，明年到我家”，他自己心里也这样盼望着，嘴上说出来却没有了孙悟空那种硬气和霸气，反倒成为一种可怜的乞求。

屯长莫大枝亲切地扶着成宋老汉有点微驼的后背，贴着耳朵安慰他:“领导说了,这回指标不够分配噢,等下次吧,下次有机会一定帮你。”

不是不帮，屯长也有屯长的难处，实在心有余而力不足。

在四十八弄，村村寨寨都是出了名的穷，那些立档建卡的帮扶户，真正像成宋老汉这样经济条件差的虽然也不少，可他家里还有麻花这个需要照顾的二脑壳女人呢，怎么就不能加个分优个先？事实上，比成宋老汉条件好的人家，也不是没有评上过啊，比如麻石坳的王四宝，稠树塘的韦老元，尧送屯的莫根生，野鸡坡的廖开喜……但这些人家似乎就是比成宋老汉有神通，就能冠冕堂皇地把帮扶指标搞到手，奈何不得。

“说话算数？”

成宋老汉双眼直勾勾地盯着屯长莫大枝。

“放心吧，当然算数啦！”

莫大枝拍着胸脯，发出啪啪的响声，有些动人的铿锵。

但每到临头，指标的事到底还是落了空。

成宋老汉自以为悟出了其中的道道，屯长说话算数，不等于村干部把他的话当数呀，屯长也有说话不灵的时候，心有余而力不足，一个小小的方块三，在村上，在乡里，位卑言轻，甚至未必有发言权。方块三是乡亲们对于屯长一职的民间戏称，也是屯长们的自我调侃。在行政序列中，屯长这个职位是最小的，就好比一副扑克牌里的方块三，或许连行政序列都没资格进入，甚至都还不如扑克牌里那个可以风水轮流转的方块三呢。

成宋老汉觉得很不公平，既然屯长帮不了，便决定亲自到村上去找村干部们当面论理，问他们一个所以然。

成宋老汉揣了一肚子的理论来到村委会，指名道姓要找主任、书记给说法。

结果可想而知，不仅帮扶户的指标安排没问出什么名堂，反被接待的村干部一顿狗血淋头，训斥得卵索索的，面子里子都没了。

"你成宋倒不知羞，还有脸来村里耍赖皮啊？一家两个人，全是壮劳力，又不缺胳膊又不少腿，一个一个都打得死老虎——要是还有老虎的话。你上无老下无小，什么负担都没有，虽说你婆娘麻花脑壳二点，但也是肩能挑手能提，做活路个顶个的强，我说得没毛病吧？也就你做得出来，五十岁的大男人，早该知天命的年纪了，成天到处郎当个什么玩意，还能不能出点息？有工夫来村委会磨叽胡闹，何不带着婆娘踏实去做活路，老话说，地里出黄金，你把该打理的山场田地打理妥了，一年也能多些出产，再把你那个鸡窝一样的家弄干净利落点，有个人住的样子，别一天惦记着吃低保要救济——光彩得很？嗯？"

成宋老汉无言以对，铁青着脸一声不吭地退出了村委会。他揣着一肚子的怨气，却又无可辩驳，论理的自己，反倒成了无理取闹不守本分的刁民！

可自己说不过义正词严的村干部啊！村干部没有放空心炮，数落的句句是大实话，点到了成宋老汉的七寸。抱愧呀，别人家哭穷，总说穷得裤裆里撅得过大谷箩，而他成宋老汉穷，是穷得连个帮扶户的指标都没得资格争取！

被奚落的成宋老汉心里并不服气，当面说不过，便兀自在背后骂娘。可人家不在面前，骂一千遍万遍也没有卵用，连放个屁都不如——

放个屁还臭一下呢。

也有人悄悄跟成宋老汉吐过交底子的话：舍不得孩子套不住狼，这年头办什么事不得请客送礼意思到位？人家怎子要帮你，凭哪样嘛！千万记得一条，无利不起早，人家跟你一不沾亲二不带故，又没得着你一分半毫的好处，哪个会费力不讨好地蛮强出脸，硬来帮你争办这号瞎眼捡元宝的事情——给谁办不是办呢！

经人一点拨，成宋老汉算是开了窍，可立马又犯起难来，请客送礼，真是站着说话不腰疼。拿什么请，拿什么送？一头的雾水。左掂量右掂量，家里竟掂量不出一样拿得出手的东西来，自然不知道如何去请去送了，听人家说这里面学问大着呢，可惜自己孤陋寡闻不得要领，只好叹气作罢，于是一直耽搁下来。

数落归数落，懵懂归懵懂，但那都已是翻过篇的陈谷子烂芝麻了。

这回搞的是精准帮扶，而且要求范围全覆盖，口号喊得山响，应扶尽扶，一个都不能少。听说是一层一层立了军令状。当然，一个萝卜要对一个眼儿，不允许出差错，现实明摆着，不抱希望的成宋老汉，在村里一大堆帮扶调查对象中，总算挂上了号。

这天中午，屯长莫大枝引着村主任覃顺水，摸打着来到成宋老汉家做调查登记。

红光满面的村主任覃顺水，听着屯长莫大枝的介绍，先是将成宋老汉家里里外外仔细看了个遍，边看边装模作样地现场提问，成宋跟在旁边唯唯诺诺一一作答，每有说不清楚道不明白的地方，则由屯长莫大枝帮着补充、解释。

覃顺水公事公办地填写着帮扶对象调查表，嘴里说道："唔，看样子条件是差不多符合，但今年争指标的人家更多，回去还得开会商量，统一了意见才能正式确定，你慢慢等着听结果吧。"

"还要等啊？"

成宋老汉的脸上立即现出了猪肝的颜色。

覃顺水心知肚明，像成宋老汉这样的人家，再不纳入到帮扶户的队伍中保护起来，就真有点抹黑四十八嶪这些年来的扶贫成效了。成宋老汉家都算不上帮扶户，那四十八嶪的帮扶户究竟应该穷困潦倒到什么样子呢。至少在古板村，不能再有这样的穷根子。

"等嘛肯定是要等的，现在还只是填表摸底阶段，要经过村领导班子集体讨论评定之后才能算数。这是程序，你耐点心吧，有了结果村里会及时公布通知。"

覃顺水一本正经地说着，语气上公事公办不徇私情，态度表情却有些居高临下。

"还请领导多多为我们家说说好话呢。"

成宋老汉卑躬地恳求着，样子可怜兮兮。上回去村委会论理受到无情训斥，晓得吃一堑长一智了。来硬的不行，没人把自己当个屁，再折腾也起不了什么风浪。来软的说不定还好使一些，博同情嘛，人一旦生了同情心，态度就会有偏向。

"这个自然，你不说我也会，但丑话还是说在前头，我也不能给你打这个包票啊。"

覃顺水哼哈着，表情俨然。

覃顺水在说这话的时候，目光却很确切地落在了里屋门边的鸡窝里，那鸡窝好像有股特别的魔力，强使他不由自主目不转睛。

此刻，成宋老汉家的芦花老母鸡，正蹲在鸡窝里一心一意地履行着下蛋的光荣使命，它已经连续为主人家下了十多天的蛋了，依然精神抖擞，乐此不疲，真是一只下蛋母鸡中的战斗机！

芦花老母鸡见有陌生人在家里到处观望，指手画脚，哇哩哇啦，便一直竖起脖子，昂着威风凛凛的鸡头，仿佛也在侧耳倾听他们的谈话，乌亮的大眼睛骨碌碌打着转转，警惕地注视着堂屋内陌生人的一举一动。

填写完调查表，村主任覃顺水便坐在木墩做的小凳上，悠闲地抽着烟，有一搭没一搭地与屯长莫大枝扯"十不闲"。烟是莫大枝敬奉的红真龙，成宋老汉抽的是青叶子，老旱烟卷喇叭筒，覃顺水说这个太呛喉，受不起，实则是不屑。

眼看着日过中天要到晌午，覃顺水也没有起身离开的意思，眼睛仍不时地往里屋门边的鸡窝里瞟，只不作声，与骨碌的鸡眼形成了一种别有深意的对峙。

来者不善，实力悬殊的对峙之下，芦花老母鸡终于抵御不过覃顺水目光锐利的逼视，一种不可避免的危机感油然而生，眼中凝滞的敌意渐渐变换成游离的惊恐，开始在草窝里躁动不安起来，瑟瑟着身子本能地挪动了好几回，一时立起来一时又卧下，下蛋的心思全乱了。芦花老母鸡猜不透这个陌生人的底细，骨碌的眼睛鼓突得更加厉害，这架势明眼人一看便知是故意虚张声势，实际已在寻思着伺机胜利大逃亡！

"咯咯咯……"

突然，芦花老母鸡心惊胆战地从鸡窝里腾跃而起，扑棱着翅膀，连跑带跳，贴着覃顺水的脸颊夺路而出，尖利的鸡爪子差点就勾上了覃顺水红扑扑的国字脸。覃顺水猝不及防，吓了一大跳，慌忙伸手遮脸躲避，谁知屁股一挪竟坐空了，只听"哎哟"一声，整个人便仰跌在凹凸不平的地台上，四脚朝天，像个翻盖的王八，再也"矜持"不起来。

莫大枝一见覃顺水这副窘态，连忙从背后将他扶起来，哈巴着问道："没吓着吧，主任？"

没吓着，几个意思？都让你们几个土鳖子看笑话了！

覃顺水拍拍沾满灰尘的屁股，忍着痛重新坐回小木墩上，嘴里说没事没事，心里却窝着一团老火。都到了这个点上，光面子上的留饭话都还没听到一句，反被这孽禽恶鸡给搞得狼狈不堪，真他娘的晦气！

"这个细毛装憨的抠门鬼，怪不得年年帮扶指标没有你的份，真是活该！"

覃顺水在心里骂着成宋老汉死脑筋不开窍。

"芦花鸡飞了，芦花鸡飞了——噢嚯，窝里是空的，蛋还没下咯。"

麻花原本遵照成宋老汉嘱咐，一直老老实实蜷在里屋床铺上，这下再也按捺不住，裹着床单竟自跨出了门槛。

"你个不知羞的臭婆娘，号什么丧呢，成何体统，还不快给老子滚进里屋去！"

成宋老汉对着麻花厉声呵斥，眼睛瞪得像两个牛蛋。

麻花一听，满脸的兴奋顿时消弭了，像个犯错的小女孩，怯怯地涨红着好看的脸，赶紧收声闭嘴，弓起身子，顺从地退到里屋的门背后面，缩回床上。

麻花裹着床单的模样，一下让覃顺水瞳孔放光，眼睛都绿了，顿时生出一种情不自禁的怪异感觉。裹床单的女人果真别有一番撩人的风韵，何况这麻花天生就有几分姿色。平白嫁给这狗日的成宋，实在是一朵鲜花插在牛粪上，暴殄天物啊。

"成宋你个鬼打的，当真不给婆娘好衣服穿呀？"

覃顺水的目光依旧在里屋门口不停地逡巡。

"羞先人呢，让领导见笑了。"

成宋老汉猛吸一口喇叭筒，发出几声带浓痰的咳嗽。一脸歉意的他，哪里估摸得出村主任的言外之意——他是不敢以小人之心度君子之腹呢。

"这样吧，大枝，你明天去村委会领两套女人衣服给麻花，别让成宋再丢人现眼。这么好看的女人就该穿得体面点，怎能大白天蜷在床上裹条破床单不下地呢？成何体统嘛！"

覃顺水郑重其事地交代莫大枝，却故意不看一眼窘迫得无地自容的成宋老汉。

村委会前阵子收到几麻袋外地捐赠来的衣物，准备给村里帮扶户派发，新的旧的掺杂在一起，堆在会议室里还没来得及整理登记。作为村主任，覃顺水当然有这个处置的特权。

莫大枝也向里屋门口瞟去，对于覃顺水的话心领神会："嗯嗯。明天我指定去把衣服领回来给麻花穿上。"

"不是你给麻花穿上，是成宋给麻花穿上，想揩油啊？"

覃顺水用手指戳戳莫大枝的胸口，不阴不阳冒出一句，既像玩笑又不像玩笑，引得莫大枝也不由心猿意马起来。

"当然是成宋给麻花穿啦，我哪来这个福气哟。"

莫大枝看着成宋老汉，故意拖长声调，意味深长地挤眉弄眼。

"谢谢主任关心。"成宋老汉连忙冲覃顺水点头哈腰，一张黑炭老脸已红到了耳朵根子，不过他还算清醒，终究没有忘记村主任和屯长今天来家里工作的主要目标，"你看，还有这个帮扶指标……"

"哎呀，帮扶指标的事刚才不是说过了嘛，这个不能草率，还得回村委会商量研究后才能决定，我一个人哪好做主拍板，民主讨论，不能搞一言堂。"

覃顺水慢条斯理地说着，眼睛像是被里屋门背的风光施了魔咒，定住了。

"嗨，商量是自然的，不过民主集中，最后总归要集中，还得领导来定的嘛。主任你就费心把把关，送佛送上天，好人做到底，回去做做其他干部的工作，统一一下意见，只要你和支书点了头，哪个还好意思唱反调？指标给谁都是给，成宋又不是不符合条件。再说……"

热心肠的屯长莫大枝，现在一心想要促成落实成宋老汉的帮扶户指标，这件事办妥当了，也好对屯里有个交代。不光是帮扶指标，这两年屯里得的其他扶助政策，也总比别的屯寨少，乡亲们都有些不待见自己了，甚至怀疑他要么没水平没能力去争取，要么就是把心思放歪，拿该得的政策指标送人情，或者直接换成一己私利进了自家腰包。其实真是冤枉了，莫大枝自己也一肚子憋屈，觉得怪没面子，每每思想起来，心里老不是个滋味，再不给乡亲们弄点实惠政策来镇一下，只怕真没几个人再愿意向着自己，那他这个"方块三"的屯长位置也行将不保，快要当到头了。

说实话，这个屯长当不当，原本无所谓，反正也没什么油水可捞，一年到头辛苦操劳不说，还要受挤对，两头不讨好，但佛争一炷香，人争一口气，"方块三"再小也是个地方职务，威名摆着。平白被人家撸下去，落选丢了职位，那是很没面子的，往后在乡亲们中间还怎么抬得起头来，怎么扬眉吐气，怎么树信立威，怎么号召指挥这一屯的人马。

无论如何也要拼一两件功德出来，让乡亲们信服，思来想去，成宋老汉家这个帮扶指标算是最可靠的一件。

"有困难也不是成宋一家，总要全盘权衡。其他领导有其他领导的看法，村民利益的大事，你当那么好调和呢！"

覃顺水不接莫大枝的茬，又装模作样打起了官腔。

这个老滑头！

"所以才显出领导的重要来嘛，都说领导出马一个顶俩，明年村里换届选举，还得是您来做。别的屯寨不晓得如何操作，反正我们龟背屯保证全力以赴拥护您继续革命到底。"

莫大枝不失时机地打出了明年的选举牌，一个屯的选票关键时刻也能起到决定性的作用，这个道理人人都懂，村主任覃顺水如何不清楚？

这一招还真管用，果然抓住了覃顺水的七寸。

覃顺水不自然地搔着头皮，口气软了下来："尽量吧，我尽量就是。"

"不是尽量，领导您得打包票，让成宋吃了这颗定心丸。我们屯也给明年的选举打包票，不亏呢！"

莫大枝紧揪不放，背过成宋，咬着覃顺水的耳朵。他不能将什么话都向成宋露底，毕竟他是个内心没涵养口中无遮拦的鲁莽汉。

"那行吧，我指定做通其他领导的工作。"

覃顺水终于给了句皆大欢喜的痛快话。

"有主任这句话就得——成宋，听到没有？你这回可以把心放到肚子里去了，要相信领导一定帮你办得妥帖。"

眉开眼笑的莫大枝瞟一眼成宋老汉，再次从口袋里掏出那包红真龙来，恭恭敬敬地给覃顺水递上。

成宋老汉杵在一旁唯唯诺诺，脸上放着豪光，嘿嘿地憨笑不停，反反复复一句"多谢主任"，却搓着一双满是老茧的粗手，不知往下该做些什么。

按说，事情办到这个程度，工作算是完结了，可覃顺水依然没有挪步辞行的迹象，稳坐在小木墩上，吱吱地吸着莫大枝孝敬的香烟，眼睛不住地朝门角的鸡窝瞟，目光顺势投进门后的里屋。

莫大枝会意地看看手机，猛然惊叫一声："啊呀，主任这工作一谈起来就忘了时间，真是废寝忘食啊，晃眼就十一点多钟，都快到晌午的点了。"

"呵呵，正常正常，下屯工作哪顾得上几点几点的，总得把事情办妥才算。"

覃顺水干笑起来，继续内心的小九九。

成宋老汉搞不懂莫大枝大惊小怪的用意，照旧嘿嘿地憨笑，并无心领神会的表示和响应。

莫大枝见成宋老汉还没醒龙（省悟，领会），便故意扯着嗓子提示道："成宋，你个木苋，领导为你这个破事辛苦老半天，光面话都没有一句啊，怎么着也得留领导吃个便饭吧？"

转过头又佯装征求地看着覃顺水："要不还是到我家去喝两盅？"

"不用了吧？太麻烦了，回回一下来就喊吃饭喊喝酒，多不好意思呀。"

覃顺水言不由衷地推辞着，目光从里屋门口依依不舍地挪开。

"哪、哪能去你家呢，就在我家吃，就在我家……"听罢莫大枝与覃顺水的对话，憨蛆的成宋老汉终于明白过来（或许刚才就是故意装糊涂），连忙抢着留客，"只是家里太、太穷了，没得什么招待，我都不懂怎样感谢领、领导呢。"没有底气的成宋老汉，说话也结结巴巴。

成宋老汉说得没错，他实在想不起家里还有什么拿得出手的东西，可以用来招待大恩大德的村主任。

"这还不好办？杀鸡呗！酒到我家去拿。我家还有一坛没开封的重阳糯米酒，正好拿来陪领导猜两码，就着这个机会向领导学习学习，好久没有过码瘾了，嘿嘿。"

莫大枝的话如板上钉钉。他跟领导跟得久了，对乡里和村上每个领导的习性嗜好，基本摸了个大概，晓得村主任覃顺水专好这口，到哪个家里，就会盯着人家的鸡窝笼子不眨眼。这是此地无银三百两，看你识相不识相。今天要是没吃上这餐晌午，不杀掉那只芦花大母鸡来祭了这尊活菩萨，帮扶户指标这个事，就算是煮熟的鸭子，只怕还有再飞的可能，玄乎着呢。成宋这个憨脓包，不明事理，不懂得人情世故，更不晓得见风使舵，不是成事的料子，得替他担着点，帮他做一回主，哪怕自己也忍痛放点血，奉献一坛珍藏了几个月的重阳糯米酒，省得以后被人指背皮，说自己光占茅坑不拉屎，不为乡亲们办实事。

"杀鸡？噢，对对对，杀鸡，杀鸡——"

成宋老汉恍然大悟的样子，于是吆喝着去屋外撵鸡。

莫大枝把话说得这么明白，成宋老汉再不行动，就真是太不识好歹了。

老实说，杀鸡是成宋老汉最不情愿的事，他万万没想到屯长莫大枝会提出这么个馊主意来，明摆着是断他的财路，要他的小命呢，心里哪能爽快得起来。

可不杀鸡又拿什么来招待领导呢？何况屯长已经把话挑明了。不把领导招待好，帮扶指标的事又如何能够到手？巴望着煮熟的鸭子不再飞，但要想确保不飞，除非把村主任招待舒服，顺了他的毛，不然的话，哼哼……

成宋老汉再迟钝，也懂得屯长这是在帮自己，不得已而为之——连自家珍藏几个月的重阳酒都舍得豁出来，多仗义啊，以前算是冤枉他了。这个账他虽不会算，起码还会蒙，倘若能把帮扶指标争取到手，抵得几多的老母鸡呢。

成宋老汉也曾听说过，早前得评帮扶户的人家，不知赚回了多少好处，年年给的这样那样的扶助和补贴，数都数不过来。别说什么鸡种鸭苗、送猪崽、送羊羔、送牛犊都是常事。当然更多是送钱，政策上给的不算，对口的帮扶干部每回下村入户，都少不了带点扶助金或是别的慰问品之类，再不济猪肉也得割两斤来。谁掏的腰包管不着，反正不能空着手进门，不然有些个势利的帮扶户肯定不给好脸色，理都懒得理识你，想要帮扶户签个字摁个手印什么的，哼哼，等着吧！老子不满意，签什么字？他们感觉自己似乎已经摸到结对帮扶干部的死穴，没有帮扶户的签字认可，他们的工作就等于白费，回去交不了差，什么绩效呀奖金呀，都得打个大大的折扣，嘿嘿！难怪有人说，当了帮扶户，等于进了保险箱，躺着干要，吃穿用度样样再也不愁。当然，林子大了什么鸟都有，这些传言真真假假，成宋也闹不明白，或许中间掺杂了故意夸张的成分也未可知，但无风不起浪，总该不会全是无中生有空穴来风吧。

成宋老汉一咬牙：钓鱼的要条蛆虫，钓蚂拐的要个布絮坨，钓帮扶户指标，最起码也得一只芦花老母鸡，他娘的，豁出去了！

成宋老汉又不由想起了不知是谁说过的那句话来："舍不得孩子套不住狼！"而今眼下，芦花老母鸡就是成宋老汉家唯一宝贝的"孩子"，也是唯一拿得出手的招待菜，关键时刻不得不舍。

五

芦花老母鸡显然没有参透主人的心思，对屋内充满杀机的气氛，虽然有所警觉，却并未意识到危险已经迫在眉睫，在外面百无聊赖地溜达了一圈之后，觉得也没什么意思和逛头，于是决计自个回到屋里重新上窝。它没有忘记下蛋的宗旨和职责，刚才离窝出走，只是一时惊慌下情不自禁的冲动，作为一只历经岁月沧桑的老母鸡，自觉太没城府太没定力，它本该有遇事不慌、处变不惊、临危不乱的应对心理才对，否则便辜负了主人的信任。

芦花老母鸡仔细思量，决心一改刚才的莽撞，竭力做一只乖乖的下蛋"战斗鸡"，继续获得主人青睐，维持在家中的优渥待遇。

平常，芦花老母鸡有时候也很同情作为女主人的麻花，就它和女主人来说，尽管"下蛋"的含义各不相同，但男主人老是将自己与女主人相提并论，甚至把自己和女主人当成竞争对手来看待，它就不得不在关键时刻与女主人一比高低了。虽说无意争宠，但只要这种局面不被打破，它就必须时刻准备下蛋与抱窝，这是它制胜女主人，确保绝对优势的不二法宝。当然，多数时候，它与女主人麻花的相处还是十分融洽的，甚至亲如姊妹，这也得益于麻花平常对它无微不至的关心与呵护。它那舒适精致的鸡窝，还是麻花亲手布置的呢！别人家的母鸡，很多根本没有自己固定的鸡窝，下个蛋就像屙屎粑粑，随时随地没个讲究，经常檐前屋后柴堆草垛胡乱一屙了事，甚至田脚地头东躲西藏，不知被蛇鼠之流祸害过多少，总之安然不得，和自己无法比。

麻花倒是不这么想，她与芦花老母鸡的感情纯朴而自然，完全出自内心关爱。即使不下蛋不抱鸡崽，她也断不会嫌弃它，更不会与它争宠夺爱，这一点与势利小气的成宋老汉截然不同。多数时候，芦花老母鸡也是麻花云遮日罩的精神依托，很有惺惺相惜的意味。在成宋老汉那里得不到好脸色，抑或受了委屈，可以半天待在鸡窝旁，与抱窝或下蛋的芦花老母鸡无言相对，在默默交流中感受彼此的心灵抚慰。

杀鸡决定引起了麻花的极端反感。

麻花蜷在里屋床上，竖着耳朵在听外边的人说话，她好奇成宋老汉怎么有那么多的话和他们讲，却不愿意对自己多说一句。并且每次对自己说话时，总是那么面无表情，凶相巴巴，从来没有好声气。

麻花听见成宋老汉连说几个"杀鸡"，条件反射般慌张起来，一个激灵从床上跳起身，裹着床单窜到外屋，竟然不顾成宋老汉气急败坏的大声呵斥，口中不住地喃喃："不要杀鸡，不要杀鸡，要下蛋抱鸡崽崽的——"

芦花老母鸡显然没有预料到大限将至的危机，它只把注意力放在提防陌生客人身上，对主人却不存半点戒备，溜进门后，眼见得覃顺水与莫大枝两个心怀叵测的陌生人，依旧盘坐在火塘边抽烟聊天，一副目空一切的架势，就放轻脚步，弓起身子，先是抬头缓缓而进，待经过二人身后时突然加速，头脑与脖子并成一条与地面平行的直线，箭一般奔向里屋门角前的鸡窝，就像电影上穿越敌占区、突破敌人封锁线的突击队员一样，机警果断且敏捷利索。

芦花老母鸡刚一上鸡窝，麻花就在窝边手舞足蹈地将它往外撵，口中不停地念叨着："噢兮噢兮，不要杀鸡，要下蛋抱鸡崽崽的，噢兮噢兮。"

芦花老母鸡没有领会麻花的良苦用意，却被麻花的举动搞得心神不定，歪着鸡冠，睃一眼神情沮丧的麻花，有些不知所措，扭扭捏捏地再次从鸡窝里跳出来，在堂屋内打了几个仓皇的转转，正准备越过两个陌生客人夺门而出。说时迟那时快，成宋老汉一脚从外边闯进来，反手把门关上，将芦花老母鸡堵在了堂屋里。

芦花老母鸡出不得堂屋门，被成宋老汉满屋子撵，一会儿上蹿下跳，一会儿扑棱着翅膀乱飞，几次翅膀被抓在手，又几次奋力挣脱。

一场人鸡大战打得如火如荼，尘埃四起。

眼看成宋老汉孤军突进战事不利，莫大枝连忙丢掉手中的烟头，卷起袖子，果断地加入到围捕行动之中，只有覃顺水主任处乱不惊，仍然端坐在火塘边，继续抽着莫大枝敬奉的红真龙烟，吐着圈圈，会心地观摩着这场毫无悬念的生死较量，不时拿眼角暧昧地瞟着里屋门前的麻花——裹着床单的麻花脸色惨淡，茫然无措地倚门而立，半蜷的身子开始瑟瑟发抖，脚下是业已空空荡荡散发着余热的鸡窝。孤独无援的麻花，是屋子里唯一明确反对杀鸡的人，此刻正为芦花老母鸡的命运胆战心惊悲从中来。

与旁观者覃顺水暧昧的眼神相遇，让麻花错觉地以为，覃顺水不去动手抓鸡，也是和自己立场相同的反对派，顿然生出对同盟者无限的好感，惨白的嘴角冲着覃顺水咧开一道茫然乖张的笑。

麻花的古怪反应，让心旌摇曳的覃顺水猛一咯愣，禁不住暗自雀跃。

在两个大男人的合力围捕下，芦花老母鸡已到了精疲力竭穷途末路无处可逃的绝境，情急之中慌不择路地夺门而入，钻到了里屋的床底下。

哪里逃！成宋老汉操起一根两尺多长的树棍子，往黑暗的床底一阵乱捅，捅上鸡身时，那芦花老母鸡便从里面痛苦地发出一声声生无可恋的惨叫，再努力缩着身子寻机挪个地方继续躲避，任成宋老汉在床外边跳脚骂娘，就是不肯出来主动就擒。

"他娘的，老子就不信抓不到你！"

成宋老汉一边骂着粗口，双手一撑地，匍匐着身子，也往床底下钻。

不一会儿，床底下便传出芦花老母鸡撕心裂肺的哀鸣和翅膀扑腾的啪啪声。

"抓住了抓住了！"

成宋老汉的鸭公嗓子在床底兴奋地叫唤着。

成宋老汉撅着屁股艰难地退出床底，一手掐着芦花老母鸡的大腿，芦花老母鸡拼尽全身力气，扑腾得成宋老汉一头一脸的灰尘和鸡毛。此刻它依然不太明白，这已是自己的垂死挣扎，是主人家别无长物限制了它可怜的想象力。它无法预卜自己的生死，它如何意识得到，平常对自己呵护有加的主人，在下一秒，就要举起寒光闪闪的屠刀，义无反顾地对自己痛下杀手。

成宋老汉站起身，将芦花老母鸡高高举过头顶，神色夸张地拍着还在扑腾不止的鸡翅膀："他娘的，害老子拱床脚底。等下进了锅头看你还躲不躲！"一边咧嘴对着莫大枝和覃顺水嘿嘿憨笑，一口参差不齐的大黄牙，照得幽暗的屋子多了几分磷火般的亮光。

麻花窜到成宋老汉身边，望着被成宋老汉紧紧攥在手里的芦花老母鸡，知道无辜的它已在劫难逃，心里替可怜的老母鸡悲哀着，眼圈一下子红了起来，晶莹的泪水在眼眶内不停地打着转转，成宋老汉喊她去烧水，竟久久没有反应过来。

麻花浑身哆嗦着，一只手提着缠裹在腰上的破床单，另一只手怯怯地伸出来，想抚摸一下芦花老母鸡油光水亮的羽毛和肥厚鲜红的鸡冠子，却被成宋老汉不耐烦地一把薅开："你个败家娘们，耳朵聋了吗？还不赶紧烧水去，等下就要烫鸡。"

出都已经出来过几轮，也顾忌不了许多，裹床单就裹床单吧，反正村主任也吩咐过屯长，明天就去村委会帮她拿新衣服，索性就由她在村主任面前多晃几眼吧，免得自己又要平白被两位领导叨杠一餐。

杀了芦花老母鸡，就不能下蛋抱鸡崽崽了。麻花脑壳再二，也能估摸得出这样的后果。

麻花磨磨叽叽，不想烧水，嘴里含糊地嘟囔着，结果又被成宋老汉狠狠地一番呵斥，才扭扭捏捏地拽着百衲衣般的花床单，提起鼎锅去墙角的瓦缸里舀水烧。

"嘎——嘎——"

芦花老母鸡在成宋老汉的手中拼力挣扎，发出生命中最后的惨叫，有些歇斯底里的悲怆，并透过烟熏火燎的梁顶，传出四面漏风的屋外，传向纵深的山峁，传向遥远且叵测的天际，并引起一阵凄厉哀婉的回响。

芦花老母鸡的头被成宋老汉反摁在双剪的翅膀间，脖子喉结处的毛拔掉了小半圈，露出腥红点点的皮来，两只利爪本能地在空中徒然地乱蹬乱抓，一任乱飞的鸡毛满地飘零。

成宋老汉一手把着钝口的菜刀，在鸡脖子上拔过毛的地方艰难反复地划拉了大半圈，顷刻之间皮肉分离，汩汩的鲜血在无谓的挣扎中飞泉般喷涌，溅满了他的双手、胸前和脸上。

约莫有几秒钟，成宋老汉突然像犯了失心疯，竟把持不住自己的手，生生让挨了刀的芦花老母鸡将接盛鸡血的青花大碗给踢蹬翻了，在原地打了几个转转。浓稠的鸡血泼洒了一地，沿着凹凸不平的地皮四处流淌扩散，渐渐渗入地表，现出一张半湿不干的深褐色地图。

成宋老汉乱了方寸，一不留神，菜刀在虎口划拉出一道殷红的口子，嗷嗷着将血溅不止的芦花老母鸡狠狠地掼在地上，龇牙咧嘴地从衣兜里掏出一撮老旱烟丝来，揉碎了敷住伤口。这止血的土办法，听说有立竿见影的奇妙功效。

喉管没有被完全割断的芦花老母鸡，一息尚存挣扎不止，鲜血淋漓的头高高昂起，头上肥硕的鸡冠像一面迎风招展的战旗，两条腿也战战兢兢地站了起来，顽强地继续迈向前方，左看像一个大义赴死的英雄，右看却似一个踉跄的找不着归路的醉酒斗士。

"他娘的，死到临头还恁昂切(傲气)哈，老子看你到底有几条命。"

成宋老汉骂骂咧咧地扑上前去，追了半圈才追着，一把抓起浴血前行的芦花老母鸡，再重重地在原来的刀口处补了一刀，这回直接让芦花老母鸡成了名副其实的断头鸡，鸡头和脖子只剩下最后一丝薄皮勉强粘连着。两刀之后已无力回天，倔强的鸡脖子机械地往上打着挺，每次举不到一半又重重地垂下去，展示着徒劳的悲壮。被菜刀无情割断的鸡头，吊在脖子上像打秋千，又像个鲜红的陀螺，再没有任何反应，脖子断处，汩汩的鲜血不再喷涌，成了时断时续的细细涓流，很快又干涸了。鸡冠也如血染的战旗被胜利的敌军攫倒在地，整个身子在地上做着无意识的机械弹跳。几个回合之后，终于彻底瘫痪下来，然后两腿一蹬，归于静止。两只小眼睛睁得滚圆滚圆，真正的死不瞑目，只有一地的鸡毛，与细微的尘埃一道，在血光泛滥中招魂般飞舞翻跹。

六

生鲜的蒿草闻起来臭味难忍，晾晒干了当柴火，虽说火力不够威猛，也不经烧，却有一股宜人的芬芳，用干青蒿煮出来的饭菜还特别香喷喷。

半个时辰之后，香气扑鼻的老母鸡炖汤便热气腾腾地上了桌，欢快的母鸡宴终于如愿开席。

屯长莫大枝没有食言，特地跑回自家扛来了一坛还没开封的重阳糯米酒。这重阳糯米酒可是四十八弄数得着的特产之一，从“徭僮”人家传统工艺得到真传，现在已经进入作坊式小工厂批量生产。不过得利的是那些投机的生意人，他们在弄里投资办厂，把一个个的山洞开发成囤酒的窖子，美其名曰洞藏重阳，价格翻着倍往外销，这样五斤装的小土坛，在城里得卖一百六十块钱呢，运到外地就卖得更贵了，弄里人反倒没几个喝得起，真要喝还得按祖传方法在自家的小锅台上自己酿做。在龟背屯，屯长莫大枝大小也算得一个人物，平时家里囤几坛重阳糯米酒，自然不在话下。

麻花见三个男人围坐在桌边准备开席，也禁不住往桌前凑。她似乎忘记了摆在桌上的美味，半晌前还是自己亲亲热热、心心相印、相依为命的鸡姊妹。

成宋老汉横一眼兴致勃勃的麻花，黑着个雷公脸，恶声呵斥道：“夹点菜去里屋吃，别在这里丢人现眼！”

麻花立在桌前，噘着嘴，眼睛闪过一丝迷茫的失落，然后伸出筷子，夹起一块鸡脖子放到自己碗里，怯怯地往后退去。对她来说，一家之主的成宋老汉的话就是圣旨。

“麻花你别走，就坐这儿，哪能吃饭不上桌子呢！”覃顺水看不惯成宋老汉的霸凌样，扽扽筷子发话了。一边拍了拍自己身边的空位置，趁便拉着麻花绵柔的手，硬要麻花落座，一边还拿眼睃着皱眉瞪眼的成宋老汉：“你成宋别样不卵行，这大男子主义的威风倒是耍得很溜啊！”

“哎呀领导，婆娘家二脑壳，可别惯着，你看她这个样子，衣不蔽体的，羞先人呢，哪能上得了台面——”

成宋老汉还想撵麻花离桌。

“看你嫌这嫌那的，卵名堂还真不少。二脑壳婆娘不是你婆娘啊？往后可不许这样对待人家，夫妻两个人人都是平等的！喝完这一餐，明天起麻花有的是新衣服穿，到时候上不了台面的，我看怕是你成宋啰——来来来，喝起喝起！"

覃顺水举起酒杯，反客为主。

终究拗不过覃顺水的坚持，成宋老汉无可奈何，只得端着酒杯尴尬地自啜了一口。

"你成宋这辈子撞了狗屎运，老牛吃到嫩草，还嫌呛口磨舌，这么靓水的婆娘也不晓得贵气宝贝。不是我揭你的疮疤，你自己不贵气，莫非还要别人替你贵气不成？小心哪天捡顶绿帽子给你戴稳，你就晓得自己几斤几两！"

屯长莫大枝也半玩笑半当真地数落起成宋老汉来。

覃顺水给麻花倒了一杯重阳酒，送到她的嘴边，热切地说："麻花，来，你也喝！"

麻花想喝又不敢喝，眼睛看看成宋老汉，嘴里囫囵说着："不喝不喝，会醉死的，嘻嘻。"

成宋老汉连忙摆手："婆娘家喝不得酒咯。"

"醉不了的，喝点酒保养身体，更有水色，更加漂亮呢。"覃顺水端起酒杯，执意要与麻花碰杯，"不理他，喝一口先。"

"要不这样，我替她敬领导吧。"

眼看阻拦不成，成宋老汉慌忙伸手过来拿麻花的酒杯，却被覃顺水用力按在桌上不放。

"怎么，成宋你什么意思，不给面子啊，请麻花喝杯甜酒都不行？"

覃顺水的脸立马由晴转阴。

"才十几度的重阳酒，头一杯总要敬的嘛。"屯长莫大枝也在一旁起哄，"来来来成宋，我和你两个干了，麻花和领导随意。"

到了这个份上，再推三阻四就显得自己太没诚意，不懂礼数，不识抬举了。本来这一顿就是下了血本，特意为村主任而准备，可别一开席就因一杯酒扫了领导的兴，弄不好今天的老母鸡就得白吃，这可太不划算，帮扶指标八字还没一撇呢，稍安勿躁稍安勿躁，再别扭也得顺着领导的毛来，不就一杯甜酒嘛，反正也喝不死人，再说又是在自己家里，只要领导高兴就行，万不可因小失大拂了领导的意，到头来功亏一篑。

成宋老汉只得就驴下坡，与莫大枝举杯相碰，"哐当"，两人一饮而尽，任由领导与麻花"随意"了。

麻花端起酒杯凑到嘴边，轻轻抿了一下，情不自禁地说道："酒酒好甜。"

"好甜是吧？好甜就一口闷，干了。"

覃顺水举着自己喝干的空酒杯，倒扣过来，在麻花眼前不停地晃动着。屯长嘴里说着让自己和麻花"随意"，自己偏偏不与麻花"随意"。

"喝完去？"

麻花睁大汪汪的眼睛，怯怯地问覃顺水。

"嗯，喝完去。"

覃顺水两眼放光，满含肯定与鼓励。

麻花便学着桌上所有的人，把脖子一仰，"咕嘟"真干了。

从未沾过酒的麻花，一杯下肚便上了脸，倒衬出些容光焕发的神采来。

覃顺水夹起一只鸡腿，在桌子中央亮了一下，由衷赞道："这鸡腿香的，啧啧，又黄爽滑嫩又扎实紧致，和那个笼养的饲料鸡硬是不同哈！"

"正宗的土鸡嘛，饲料鸡肯定没得比，主任今天好口福。"

莫大枝给村主任陪餐，也不是一回两回，早摸透了领导的喜好，晓得村主任特爱这一腿，以为与往常一样又要当仁不让。

成宋老汉也在一旁恭维："领导喜欢，两个棒腿一起，成双成对。"

说话间，成宋老汉将筷子在碗里一阵打捞，想找出另一只鸡腿来，孝敬给村主任。

不承想覃顺水夸完鸡腿，并没有往自己的嘴里送，却稳稳地夹放到麻花碗中。

"麻花，来，吃鸡棒腿。"

覃顺水敲了敲碗边边，弹音响亮，金石般清脆。

覃顺水的举动，让莫大枝与成宋老汉两个看得面面相觑。

习惯了覃顺水平日喜好的莫大枝，更是暗暗惊奇：主任今天居然不按套路出牌，其中定有因由！话说事出反常必有妖，莫大枝隐约觉得，接下来只怕还有别的好戏要上演，却吃不准，好戏将是哪一出，又会演到什么份上。

"我吃？"

麻花狐疑地看着覃顺水，犹豫着没有立即下筷子。

"对啊，当然是你吃啦，桌上属你最小嘛。老规矩，最小的就得吃鸡棒腿。屯长，你说是不是？"

覃顺水先是别有深意地望着麻花，继而又将目光转向思想跑马的莫大枝。

"老规矩，小的吃。"

莫大枝会意地附和着，心里却暗暗咒骂起来："好你个天杀的老色鬼，真是一点也不顾忌啊！"

麻花轻轻张开嘴凑到碗边，露出两排整齐好看的牙齿，就要开始咬鸡棒腿，脸上嫣然显出一对浅浅的、微带羞怯和兴奋的小酒窝来，竟有些楚楚动人的意趣。

对面的成宋又要起身阻拦："主任千万使不得，这是要折我的寿呢，哪能让你来给婆娘家夹鸡棒腿，应该你吃才对！"

成宋老汉说罢就要伸筷子到麻花碗里把鸡腿夹出来，转揣给覃顺水，好在麻花还未曾动过筷子，碗也一直是干净的。

覃顺水用手把碗一罩，推过一边，嘴里说着："成宋，你是要我吃麻花的口水啊，都夹到她碗里了，你还好意思再捡给我？"

细听上去却又像是开了个半荤半素的小玩笑。

莫大枝早已听出其中的道道，只是憨蛆的成宋老汉依旧蒙在鼓里，没有察觉，但他怎好当面戳破这个中暧昧，免得坏了村主任的雅兴。万一惹毛了村主任，到头来脸一翻，帮扶指标的事岂不前功尽弃，又是竹篮打水，自己也白白忙活了。于是只好干坐在一边，心照不宣地装懵懂，既不好添油也不敢加醋。

要说领导不好吃这鸡棒腿，那是哄鬼，打从一进门，覃顺水的眼珠子就绕着鸡窝里的芦花老母鸡打转转，那真叫一个"馋"！今天这一顿的目标本来很明确，就是这只已成盘中美味的芦花老母鸡。没有它，这顿饭还真就吃不成呢。当然了，姿态嘛还是要摆一摆的，总不能一上桌就自顾自地大快朵颐，那岂不失了领导身份？现在姿态已经亮过，接下来，鸡头、鸡屁股、鸡胸脯、小棒腿、鸡肠鸡肝鸡肾子，便顺理成章地成了自己的"最爱"，尤其是两个鸡爪子，不对，应该叫作"抓钱手"，更是让村主任啃嚼得"酣畅淋漓"，吃相恣意，兴味盎然。此情此景，不由得让人联想起很久以前电视里经常播放的哑剧《吃鸡》。

香鸡佐酒，总得有点助兴的活动才有气氛，也才能尽兴，光是你一杯我一杯，太没意思，不过瘾，还容易醉人。一日三餐都想闷在酒缸里的山崮人家，有的是助兴的节目，那就先来个文的，换酒，一桌人同时换，覃顺水喂给成宋老汉，成宋老汉喂给莫大枝，莫大枝喂给麻花，麻花喂给覃顺水，绕一圈大团圆。

麻花不会喂，莫大枝便捉住麻花手把手教她，让覃顺水伸长了脖子拿嘴接杯，覃顺水的嘴伸得老长，像个猩猩，结果麻花的手一哆嗦，覃顺水没接稳，酒泼洒了一大半到衣服上，衣领子都淋湿了，还有一部分酒直接顺着下巴流到了脖子里。

"啊哈，麻花弄我湿身了。"

覃顺水揩着身上的酒液，眯眯笑着，一语双关地自我解嘲。

"不行，这杯不算，得重新来过。"

莫大枝看着拿手揩酒的覃顺水，不依不饶。他早已窥透了覃顺水的心思：醉翁之意不在酒，在乎给自己喂酒的麻花。

覃顺水装作拗不过，只得再让麻花重新喂了满满一杯。

三杯之后是三个男人战三国，棒子老虎鸡，玩完六圈不过瘾，又猜码数柴棍子，赢家走官，输家喝酒。

"来就来呀，一心敬你二妹靓，三蚊鸡啊四季财，六位高高七巧巧，八匹骏马久长久，十全十美开手来……"

成宋老汉是码瘟屎，逢猜必喝，几轮通关下来，几乎杯杯是他中标。

翻扑克牌也很讲究技巧和心理战术。成宋老汉虽然嗜酒，但家里平素少有人往来，更难得像今天这样几个人聚在一起喝酒，扑克牌这种高雅的娱乐工具自然不会预备。莫大枝变戏法般从口袋里摸出一副崭新的扑克牌来，"啪"一声甩在桌子上。原来他在回家拿酒时，想到成宋老汉家不会有扑克牌，便早早准备下了。成宋老汉哪能与久经沙场的覃顺水和莫大枝比这个，牌的点数小了不跟，得喝，谁知后面还有比他更小的，牌的点数大了就一跟到底，结果人家个个比他大，还得喝，红黑一概通喝到底。

"你以为领导是那么好当的吗？没有几把刷子，只怕一上场就被你们撂倒啰。就好比这翻牌，必须讲究权谋，要懂得揣摩学会平衡，还要能伸能屈能忍耐，审时度势，真真假假虚虚实实，摆迷魂阵打迷惑战，嘿嘿。"

覃顺水撂出话来，一套一套的，春风得意，也不再顾忌自己的形象。

"什么，大的喝？跟——完了完了，沉不住气，大意失荆州，挨卵了，愿赌服输，喝酒——"

一不留神，覃顺水也得了满满一大杯。

然后是唱壮欢酒歌。唱壮欢酒歌是成宋老汉的强项，"同啊表咧"，一首一杯，算是扳回几局。但终究不胜酒力，喝到后来就犯起了迷糊。醇酽香甜的重阳糯米酒，筛起来扯着金黄的丝线，喝起来口感宜人，滋润通透，可醉起来也是不知不觉的。成宋老汉就在大杯小杯的觥筹交错中，不知不觉地趴在了桌子上。

从中午一直喝到日头偏西，酒局仍在继续。莫大枝的婆娘蓝金凤来寻老公，说家里有当紧的事情，让他立马回家去。

莫大枝反正喝也喝足了吃也吃够了，陪领导陪到这个份上，算是尽心尽力尽到了位，现在借机离席，也不为失礼。

覃顺水本来是要耍点领导派头的，见莫大枝婆娘脸黑黑的像个母夜叉，好像不怎么把领导当回事，为避免场面尴尬自讨没趣，只好来个阴天转晴，反帮着莫大枝的婆娘说起话来：

"既然夫人来叫你，家里有事要紧，就别磨蹭耽搁了，快回去吧，今天已经喝得差不多，过一会我也要散了。"

说着伸手将莫大枝往外推。

莫大枝歉疚地站起身来，红着脖子与覃顺水告辞，还不忘摇醒酣睡的成宋老汉，嘱咐他："一定要让领导喝起、喝高兴、喝到事儿办成！"

"喝高兴……喝——"

成宋迷糊着应声道，翻了翻白眼，头却趴在桌子上动弹不得。

覃顺水起身送莫大枝出门，一边打着酒嗝，一边拍着莫大枝的肩，深有感慨地说："大枝啊，你看看，我们这些做基层干部的，芝麻大点官，全是靠拼出来的啊，迎来送往，与谁都得小心应酬打成一片，胃都奉献牺牲了。你说现在当个小差、办点小事得有多难——噢对了，千祈记得年后换届的事，切莫大意啊，从现在起你就帮我去做工作打基础，一定要细，要做到家，到时按照人头票数，该兑现的，我指定一分不少给你。"

酒后吐真言，这也是覃顺水掏心窝子的话。

莫大枝拍着胸脯保证，口吐飞沫："领导你就把心放到肚子里吧。别的屯我不敢说，我们龟背屯，我给你打包票，那是坛子里摸乌龟，一个也跑不掉。哪个要是敢不听话，以后什么帮扶指标、低保政策、无息贷款、种养补贴、危房改造……哼，想都莫要想——嗝——"

"好，我就喜欢你这种做事风格，识大体，有担当，不含糊，靠得住，过得古（经得起考验），让人放心！"

覃顺水对莫大枝表的忠心非常满意，当着莫大枝的婆娘，给了莫大枝一个大大的熊抱，在酒精的破裂作用下，也顾不上领导形象矜持不矜持，得体不得体了。

七

送走莫大枝，覃顺水转身回屋，成宋老汉果然又趴在桌子上打鼾扯炉，怎么摇也摇不醒，看来酒量到顶了。

只有二脑壳的麻花夹起一块鸡脖子，独自很投入地啃着，看上去"很傻很美丽"，看得覃顺水满眼绿光，加上酒的催化作用，顿时血往上涌，起了孟浪之意。

"麻花哎，鸡脖子要送酒的啵。"

覃顺水顺手把门闩了，坐到桌子边，往麻花的杯子里继续倒酒。嘴巴凑到麻花酡红的腮帮子上。

"再喝会醉的，你看嘛，他也醉了。"

麻花迟疑地摇摇头，对着成宋努起嘴来。

"再喝了这一杯，等下我给你变个把戏，又不醉又不困。"

覃顺水一手举着自己的酒杯，一手端起麻花的酒杯递过去，麻花本能地用手去拦，却被覃顺水将手与酒杯握在一起攥紧了，顺势用力往怀里一拉，两个人便面对面贴在了一处。

"来，麻花，我们先喝了这一杯。这杯喝了明天就有新衣服穿。"

覃顺水把酒送到麻花的嘴边，热情的话语充满了美丽的诱惑。

"有新衣服穿，真的吗？呵呵呵。"

麻花瞪着眼问覃顺水，一边发出傻傻的喷笑，心里是多么向往漂亮的新衣服啊！

"当然是真的啦，你穿新衣服才漂亮呢。"

覃顺水哄小孩一样哄着对新衣服满怀憧憬的麻花。

麻花听话地喝了杯中的酒。

"乖麻花，我们再来喝个交杯酒吧，几鬼好玩的。"

覃顺水开始涎起脸来。

"还有什么胶杯酒，我家喝的都是胶杯子呀，个个摔不烂的，不信你试下嘛，嘻嘻。"

麻花自喜道。

麻花快活地想，这人真是个大傻（hà）宝（大傻瓜），手里端的明明都是红胶杯子，怎么还说要喝胶杯酒。

"是这样，这个交杯酒可不是你家桌子上的胶杯子，是你喝你杯子里的酒，我喝我杯子里的酒，不过呢，我们两个人的手要交在一起，喏，就像这样子。"

覃顺水按捺不住，抓起麻花的手，认真地做起示范来。

麻花直勾勾地看着覃顺水，若有所悟。

"这样啊，那我也会。"

麻花为自己一下就懂得如何喝交杯酒而兴奋不已，端起杯子就与覃顺水比画起来。

喝完了交杯酒，麻花的头脑里开始打起了转转，从来没喝过酒的她显然喝高了。

"我醉了，我要去困觉了噢。"

麻花想站起来去里屋，然而浑身没有力气，像一摊黏黏的苞米糊糊，直往地上蜷缩。

覃顺水瞧了瞧趴在桌子边上的成宋老汉，甚至用力推了一把，而此时的成宋老汉正酣声如雷，全然不觉屋里发生的一切。

覃顺水顺势抱起沉醉的麻花，径直往里屋走去。

八

看着蜷在床上的睡美人，不知怎的，覃顺水竟一时掠过一丝莫名的失落与愧疚。口中喃喃自语，却不知道自己在叨咕些什么，然后颓然地摇摇头，一边扣着衣扣，一边蹑着脚步往堂屋走。

堂屋里的光线越来越暗淡，成宋老汉依旧趴在桌子边上扯呼噜，与周公通着不着边际的春秋大梦，猪肝色的脸陡然抽搐起来。覃顺水以为他要醒，脊背像灌了一瓢雪水，刺溜冷到骨髓，咚咚乱跳的心也提到了嗓子眼。

桌上海碗里的鸡汤还剩下大半瓢，覃顺水突然觉得喉咙有点干，多半是糯米重阳酒烧的，便端起大海碗来猛灌了一口，准备出门走人。做贼心虚，覃顺水惴惴地想着，必须尽快逃离这个是非之地，自己一念之间，做下了这等龌龊之事，实在有些不齿，万一让酒醒的成宋老汉逮住不放，有口莫辩，如何是好，那就不仅仅是颜面不保的问题，血光之灾恐怕也在所难免了。

真是怕什么来什么。也许是因为心中虚怯，覃顺水一不小心绊翻了脚下的小木墩，砸到成宋老汉的脚趾。

成宋老汉被痛醒了，迷糊中睁开惺忪的死鱼眼，看到只剩下覃顺水一个人，便立即打了鸡血一般，条件反射地坐起身来，口里咕哝着：

"主任，我再——再——与你再打、打一轮——通官——"

"你看你，都喝趴了还喊打通官，算了吧——我也有点懵嚓嚓了，刚送大枝屯长回家去，改天再喝吧。"

覃顺水故作镇定，小心应付着醉得迷糊不清的成宋老汉，生怕露出马脚来。

"那泡、泡壶茶喝再走？"

成宋诚意挽留，但头脑还是有点木木的，没有精神。

"不喝了，天快黑了，得回家去，等下黑漆漆的路不好走呢。"

覃顺水摆摆手，脚已经跨出了堂屋门口。

"那领导要记得啵，那个帮扶指标——"

成宋老汉站不起来，腿上似有千斤之力拽着，勉强目送着跨门而去的覃顺水。酒醉心里明，帮扶户指标的事，是今天杀鸡醉酒的唯一目标。

"放心吧，帮扶指标的事，我回去一准就给你落实下来。"

覃顺水当然晓得，对于成宋老汉来说，这个帮扶指标是梦寐以求的，在他只不过是随意一念而已，简单得很。

"日落西山红霞飞，战士打靶把营归，把营归……"

覃顺水摇摇晃晃地走在弯曲逼仄的沿河小路上，迎着向晚的霜风，情不自禁地吹起了轻快的口哨，脑海里温习起耳熟能详的歌词，切合着此刻的美妙心境。

夜已降临，天空中稀落的星星在向他眨巴着迷蒙的眼睛，远远望去，有点叵测的深邃，于是冷不丁打了个寒噤，一边解开皮带，立在路坎边恣意地"窸窣"起来。

覃顺水再次打了个尿噤，自语道："蒙滴心情谷里该，谷滴心情蒙米罗（壮语，意思为'你的心情我理解，我的心情你不懂'）。"

成宋老汉目送罢村主任，回过头来，一眼瞅见门角边空空如也的鸡窝，与面前杯盘狼藉的缺角餐桌一样落寞，戚戚的心猛然一阵凄惶，四周环顾，便再也坐不住了，硬撑着站起身来，踉踉跄跄走到里屋门口，再看到床上卷着床单酣睡的麻花，一脸梦幻的春光，似乎一下子明白了什么，一时百感交集，痛心疾首地捶着自己的胸脯，发疯一般号啕大哭："天杀的，我日你八辈祖宗啊！"

怒从心中起恶向胆边生，成宋老汉嗷嗷着一把将沉睡的麻花从床上拉起来，剥了那条裹身的破床单，扯起一枝青蒿草，倒过来朝麻花雪白的身子上一阵狂抽，又嫌不解恨，自己也脱得一丝不挂，发疯一般骑在麻花光溜的身上，抡起老茧累累的巴掌劈头盖脸地掴过去……

九

转天，霜冻的清晨，有早起的村民撑着竹排在砦云河里起竿收夜钓和鱼笼，猛见得不远处有人在河里猫石头，屁股光光的好瘆人。村民好生奇怪，以为这大冷的天气里，是哪个不要命的昂仔（笨蛋）在石头边摸大鱼，可近前仔细一瞧，立马吓得脸都白了，差点没掉下竹排去。乖乖隆的咚，原来是平日里风光无限的村主任覃顺水，不知被谁剥光了衣服，身体全裸，头上倒扣着一条花内裤，双眼被蒙得严严实实的，脸上尽是血道道，浑身打着哆嗦，两只手被反剪起来，用铁线牢牢地绑在一根手臂粗的木桩上，动弹不得，嘴里还塞着一把干枯的青蒿草。村民四下环顾，周围却寻不见一件衣服。

"哎呀呀，主任你这是怎么啦？"

村民连忙上前帮覃顺水解开反绑双手的铁线，并脱下自己的外衣外裤给他穿上，关切地询问缘由。

"嗨，别提了，今日算是倒了血霉，遭强人了。"

覃顺水满脸涨成猪肝状，嚅嚅地支吾着，完全没了往日高高在上颐指气使的凛凛威风。

村民心头一惊，不应该啊，四十八岽多少年没出过强人了，虽然岽里不少人都是强人之后，但如今哪个不是普通百姓标准良民？个个安分着呢！纵然偶尔有个把在岽里充王充霸打架斗殴，乃至偷鸡摸狗、强抢恶要之徒，譬如村上人人痛恨的“疤老大”，那也不过是年轻莽撞的浑小子。何来强人之说？其中必有蹊跷！

“怕是有人蓄意谋害！朗朗乾坤，岂容害人的坏蛋逍遥法外！”

村民于是掏出手机来，说是通知村支书带人过来把主任迎回去，又说要报警，让警察来破案，绝不能便宜了那作恶的歹人，更要还四十八岽一个太平世界。

覃顺水见状，急忙扯着鸭公嗓子阻止道：“求你了，千万别让支书过来，也不要报警。实话和你说吧，是我和几个兄弟昨夜钓鱼打赌，谁输了谁光身猫石头到大天亮，不巧我走背时运，赌输了。愿赌服输，他们便罚我在此猫一个时辰，我想时间也差不多了，他们也该快来解放我了，嘿嘿。如若报了警，上面必定查下来，我堂堂一个村主任，搞这种损己不利人的赌博，如何收得了场？传出去多不好听。”

“不报警也可以，那你帮我家把那个帮扶户的指标解决了吧。”

村民隐约听出了覃顺水话里的几个意思，迟钝的脑袋一下子开了窍。

“一码归一码，这帮扶户指标的事，我一个人做不了主的，得集体评定呢。”

覃顺水哆嗦不止，看来他真是被冻坏了。

“你就别糊弄人了，在四十八岽，哪有你覃大主任做不了的主？这事没商量！要么让书记带人过来迎你回去，要么报警，要么呢——就痛痛快快帮我家把帮扶指标解决了！”

村民原本忠厚的眼神里闪过一道凌厉的寒光，直刺得覃顺水成了冰人，僵在石头上，久久回不了阳。

直到覃顺水满口答应保证解决帮扶指标，村民才肯罢休，眉开眼笑地冲覃顺水一拱手："多谢主任关照。衣服主任先穿着，过些天我到村委会去找你要，顺便把帮扶户的手续一块办了。"

　　村民说罢，从容地撑着竹排飘然而去，在他的身后，"王三打鸟"的调子腔快意地缭绕在小河上空：

　　　　今日啊天气啊，

　　　　好啊是好晴朗啊哪嗬嘿，

　　　　扛起鸟枪上山冈啊上山冈，

　　　　哎呀得儿呀嗬哎呀咿哎哟，

　　　　扛起鸟枪上山冈啊上山冈，

　　　　一心啊要见啊，

　　　　毛呀子毛啊，

　　　　毛呀毛姑妹，

　　　　飞起双腿跑得欢呀跑得欢，

　　　　哎呀得儿呀嗬哎呀咿嗬嘿，

　　　　飞起双腿跑得欢呀跑得欢……

　　再过些日子，便有传言纷起，说是村主任覃顺水被人从家里带走了，好多天都没看见他去村委会值班。他是被哪里来的人带走的，谁也弄不清楚，都是胡乱猜测，有纪委检察说，有公安法院说，有更加离谱的黑社会说，甚至强人入室说，还有一种说法，覃顺水和人家合伙到外面投资做老板，发大财去了。反正各种说法不一而足。

总之，那段时间没有人确切知道，覃顺水究竟去了哪里，去干什么。

有人麻着胆子想向村干部们打探内幕，得到的回答一律是："别信谣，别传谣，更别造谣，把好自己的嘴，当心吃官司！"

不久，"村主任被带走"的消息终于得到了证实，原来还真是与贪腐案有关！乡亲们闻讯，居然为之兴高采烈，纷纷奔走相告，额手相庆。

但也有人开始忐忑不安起来："他娘的，老子的帮扶指标还没得批呢，这回谁来给我做主呀！"

忐忑的人们中，有那天解救了覃顺水的打鱼佬，有已经打点与未及打点的村民，他们一个个躲在暗处顿足捶胸，赌气哼哼地骂娘，喊咒。

可是有个毛用啊！

十

且说覃顺水的事情彻底曝光后，全村的男女老少一个个欢天喜地拍手称快，有人甚至还买了千子响的鞭炮，特意跑到村委会门口去燃放，以示庆贺，嘴上带着高音喇叭，引来了一大群看客，好家伙，比逢年过节开大会还热闹。

鞭炮一响，村委会门前便沸腾了，围观者中有人情不自禁地欢呼起来。

"好呀，为民除害，老虎苍蝇一起打。这回，还真打了只臭苍蝇，打得好，打得妙，四十八崀的天从此该清朗了！"

只有那些为获得帮扶指标在覃顺水身上使了手段却未得回报的人，背地里无可奈何地跺脚骂娘，骂的自然是覃顺水，满心的希望寄托在他身上，结果肉包子打狗有去无回，当然心疼难舍，当然心有不甘，当然心里起了鬼火，牙齿咬得咯咯响，怪老天爷瞎了眼。

按说，被覃顺水戴了绿帽子的成宋老汉，听到这样的欢呼，应该打心眼里高兴才对。俗话说，善有善报恶有恶报，这回，天杀的覃顺水进了铁笼子，且不管他造下的孽会不会被一起清算，总归是帮他出了一口恶气。可是，忧喜参半的成宋老汉心里，却像打翻了五味瓶子，并不是滋味。想当初覃顺水春风得意的时候，成宋老汉恨不得想扒了他的皮抽了他的筋，奈何自己没这份能耐，只能打碎了牙齿往肚里吞，暗暗盼着老天报应。如今不用自己出手，人民政府把狗日的给收拾整治了，这大快人心的好消息反倒令自己若有所失，愁云满脸。这人啊，真是个怪东西贱东西。究其原因，与那些使了手段求取帮扶指标的人一样，无非担心帮扶指标的事落得个竹篮子打水一场空。芦花老母鸡白瞎了，二脑壳婆娘八成也白瞎了。

　　有人来通知成宋老汉去村委会放鞭炮庆祝，成宋老汉剜一眼来人，冷冷回道："你们闹腾你们的，老子不去。"

　　卧病在床的韦大壮倒是没什么反应，有没有这个杂碎货当村主任，红黑不关他什么事。自己这个久咳的肺病，说起来还是大集体那时落下的根子，这么些年挨过来，半死不活，也没人真正关心过，过问过，不知何时起，反成了村里人嫌弃的对象。幸好住在这孤零的三尖坳上，自己平素不出四角门，也少有人上门来嘘寒问暖，眼不见为净，耳不听为静。什么指标不指标，山高皇帝远，他既不太明了也不很在意。村里人在村委会放鞭炮庆祝覃顺水进笼子的事，他是偶然从不成器的儿子喜宝的碎嘴里听到的。

　　"狗日的覃顺水也有今天，进笼子了，报应——那次他到城里公安局领老子出来，还戳老子的鼻梁骨，装模作样教训老子，说什么做人要走正道，不能走歪路。大尾巴狼，装什么装！现原形了吧，呵呵，一坨臭狗屎！"

　　喜宝兴高采烈地呱唧这事时，一脸幸灾乐祸忘乎所以的样子，仿佛自己隐忍多年的冤屈，一朝报仇雪恨，终于可以扬眉吐气了。

原来，半年多前的一天，喜宝在城里溜达，不知从哪里听来的风声，说华宝制药厂停产，厂里的职工都下岗了，一些没有班上的女工，偷偷跑到二花街的暗门子去抢生意，跟那些从外地来的住店姑娘压价，乐坏了一帮寻欢作乐的好色鬼。喜宝心里痒痒的，也想捡个便宜，去找个制药厂的下岗女子乐呵乐呵，便揣着身上唯一的一百元钱到了二花街，还真是瞎子狗撞着稀屎，在一个暗门子里果然找到一位打扮妖娆的半老徐娘，两人四目一对，心领神会，半老徐娘便将喜宝引进旁边一间出租屋。那女子倒是大方，并不忌讳自己的身份，告诉喜宝说，自己原是制药厂的化验员，老公在外面有了别的女人，两人便离了婚，有个女儿跟前夫生活，因为她下岗没收入，实在养不起，自己还得出来赚这种见不得人的外快过日子。喜宝竟然被女子的鬼话感动得善心大发，原说好的一次八十块，结果一出手将兜里唯一的一百元大钞甩给对方，豪爽地说："不用补了，余下的给你当小费吧。"装出一副牛逼哄哄的大佬样，把那女子欢喜得什么似的，第一次碰上这么个出手阔绰的主！也是乐极生悲，正当两人快活之际，被突然破门而入的便衣逮个正着。喜宝在拘留所吃了七天现成饭之后，村主任覃顺水去把他领了出来。也就在回家的路上，覃顺水戳着喜宝的鼻子，教训他要洗心革面改邪归正，把家里搞好，将来娶个媳妇，做个正经人。真是站着不知腰疼，饱汉不知饿汉肚，说教起人来冠冕堂皇头头是道，像个道德判官，哪个晓得，原来却是个臭肠烂肚的腌臜货！

喜宝的话无头无尾无细节，只一个囫囵，也言不由衷，更像是无厘头的自言自语，家里就两个听众，平常就很少言语沟通，他也不稀罕，但他要发泄，发泄的声音要传达，心想那就算是对牛弹琴吧，尽管这个比喻很不恰当，也顾不得了，谁叫自己读书少呢，可读书少能怪谁，怪自己吗？

老娘莫美珠，一个大字不识的妇道人家，眼睛不甚灵光，腿脚也不甚利索，喜宝说上面那些怄气话时，她正在灶塘烧火做饭，拿个吹火筒，鼓起腮帮子，对着塞满湿柴棍的灶塘可劲地吹，吹得满屋子乌烟瘴气的，喜宝嚎的什么，一句都没听清楚。一辈子只晓得逆来顺受，别人家的事她管不得那么宽，也不想管，何况是村主任，狗咬岩鹰远在天上，当然听不进去。

韦大壮也不关心，更懒得去求甚解，自然水过鸭背，左耳朵进右耳朵出。他覃顺水算个毬，进不进笼子是他的造化。自己病在床上这些年，他当村主任的又不是不晓得，也没见来关心过问过。谁都是靠不住的，早看淡了，管他们马打死牛，牛打死马，都与自己不相干呢。喜宝呱唧这事，引不起他半点兴致。再说，自己虽然病卧在床，却仍旧是一言九鼎的一家之主，儿子这种不油不盐的八卦，就算所言非虚，又能如何？但喜宝竟敢没脸没皮地扯出自己进局子的糗事来，不说还好，一说便惹得韦大壮心中无名火起："不知廉耻的东西，你还嫌自己脸丢得不够吗，羞祖宗啊！"

儿子既没出息又不思进取，成天吊儿郎当东游西荡，到处丢人现眼，快三十岁的人了，还单身狗牯仔一个。不是不想娶老婆，是不能，哪个脑壳正常的姑娘家看得入眼啊！可是人有七情六欲，没法回避，在城里进局子，也是耐不住身上那一股无处发泄的臊气。韦大壮恨铁不成钢，要是自己有力气能动弹，早一烧火棍撂他下百丈崖了，还管他香火不香火。当然这也是气不过时偶尔冒出的一闪之念，过后便变化成无可奈何的叹息，只能一次又一次地任由他去。因为家里穷，独苗的儿子喜宝书读得少，小学毕业就辍了学，如今这么大的人了，也说不上个媳妇，自己心里也只能干着急，莫非韦家的香火真要断送在儿子这里？每思至此，便油然生出一丝愧疚与不安。儿子今天的不成器，不争气，到底与自己培养缺欠有关，但扪心自问，家境就是这个家境，自己又有什么法子呢。除了唉声叹气，还是唉声叹气，只盼着哪天布洛陀爷开了眼，赏他个金元宝，改了八字。

作为"疤老大"的忠实跟班，"要在村委会放鞭炮庆祝"的消息，早就传到了喜宝的耳朵里，心里可欢了。而他心中的那份欢喜，却与"疤老大"一样，是唯恐天下不乱的心怀鬼胎。

喜宝得意地告诉韦大壮，过两天村里要放炮庆祝覃顺水进笼子，问他去不去看热闹。

韦大壮横眼喝止道："没廉耻的东西，你发什么羊癫疯，去凑这种热闹！"

"不去拉倒，你管得着我！"

喜宝一下便飙出屋门，嘴里哼哼着，头也不回。

今天早上，喜宝特意从融州赶回村子，为的就是亲眼见证这一"破天荒的欢庆时刻"，遗憾的是，居然没有人问他几时回来参加庆典，连"疤老大"也没告知他一声具体的放炮时间，害得他差点错过。好在来得早不如来得巧。他领着大学生村官苏子媚刚刚走近村委会，冲天的鞭炮便噼里啪啦地响炸，倒仿佛是专门迎接苏村官的到来与自己的衣锦荣归，心中便更加得意洋洋，脸上竟自红光焕发起来。

十一

新增的帮扶户指标下来了，这次全村共有六户人家得批，其中一个是蚀了芦花老母鸡的成宋老汉家，一个是三尖坳上的老病秧子韦大壮家。那个救了覃顺水的打鱼佬，却没有他名字。

但人们并不知道，成宋老汉家与韦大壮家这次入选帮扶对象，实际上与覃顺水没有半毛钱的关系。最后评定，是村两委新班子集体讨论的结果。不过那已是覃顺水被法院正式宣判两月以后的事了。

帮扶户的批准通知，都是由新来的大学生村官苏子媚亲自送到每家每户的。

当苏子媚来到成宋老汉家的时候，敲了半天才把门敲开。屋内的情景让苏子媚顿时傻了眼：四向空无一物，几块土砖围成的柴灶，猥琐地横在屋中间，灶上那只黑卤密布的铁鼎锅，像只阴森的独眼怪，冷冷地盯着跨门而入的苏子媚，几只缺角的空碗，胡乱撂在墙角的地坪上，提示着今天还没有人光顾过。

成宋老汉手里拿着一根竹棍，手还微微地抖着，"不知好歹"的麻花刚刚吃了他一顿"笋子炒肉"。

"成宋大叔，你手里拿根竹棍做什么，不是在打人吧？麻花婶呢？"

苏子媚不解地问道。

成宋老汉向里屋努努嘴，苏子媚走近没有门板的里屋门口，但见披头散发的麻花正蜷在里屋墙角瑟瑟发抖。

之前曾听人说起过，成宋老汉别的不行，打二脑壳的老婆倒是把好手。今日一见，果然并非乡亲们妄言。

苏子媚将麻花拉出外屋，一边从口袋里掏出两百元钱来，塞到麻花手里，一边好言安慰："婶婶别怕，大叔以后不会打你了。"

转而对成宋老汉说道："成宋大叔，你以后能不能不打我麻花婶婶？有什么话好好说嘛。"

成宋老汉嘴里咕噜着："哪个想打人，打人还费力呢，谁让这个丧门星一天到晚不顺老子的气！"

但对于苏子媚塞给麻花两百元钱，成宋老汉嘴上没说什么，心里还是十分感动。这么多年了，还真没见人对自己和麻花这么大方过。眼前这个小妹仔，新来的大学生村官，立马给他留下了良好的第一印象。

"成宋大叔，你们的家庭困难，政府一定会想办法帮助解决。但关键还得自己努力啊，你和麻花婶婶两个，有的是力气，以后政府有什么好的政策下来，你可要多配合啵。"

　　"一定的，一定的。苏妹子，噢苏村官，谢谢你啊。"

　　成宋老汉唯唯诺诺地点着头。而他的内心，此刻却像打碎了五味瓶。

第三章　你有没有前科

一

农村扶贫工作搞得风生水起的时候，以城市工厂为主体的国有企业却正经历着一场艰难的凤凰涅槃，山雨欲来风满楼，企业所有制改革的劲风，不可阻挡地吹遍了神州大地。

在市场经济大潮中风雨飘摇的国营华宝制药厂，也不得不面对残酷的现实，完成了企业所有制改革。从前当家做主的国家干部、国家工人，一下子失去了"国家"的头衔与身份。

"辛辛苦苦几十年，一夜回到解放前。"这是流行在改制企业中一句最最辛酸的顺口溜。既是调侃，更是一种现实的无奈。

曾经红火一时的华宝制药厂，改制后的名字叫做仙雅堂制药有限责任公司，听起来很高大上，实际上早已金玉其外败絮其中，改制不到一年时间就被迫宣布停产。除少部分留守之外，原本"月月发"的同事、工友们，一夜之间都成了下岗待业人员，在一片怨声载道中，被迫各奔前程，各寻生路。

一向循规蹈矩、明哲保身的李子洲，在华宝制药厂供销科干了十多年的业务员之后，稳当当的铁饭碗被彻底打破。

工厂停产的原因很简单，企业改制后，由于产业政策的调整，加之市场因素的困扰，经营不善，导致仙雅堂公司目前已无新的药品批文，更没有资金进行技术投入，市场信息滞后，营销手段老套，销售渠道单一，欠下的债务已累计两千多万元。现在银行不仅不再给予贷款，还将公司告上了法庭，账户被封，供电公司也拉闸断电……

"同志们，这也是没有办法的办法，但是请相信，困难是暂时的，你们安心去找生活，等公司有了新的项目，重新生产，一定在第一时间将大家召集回来。你们是公司永远的功臣，公司绝不会忘记你们的！"

董事长兼总经理刘波说到动情处，禁不住流下了愧疚的眼泪。

董事长就是工厂改制前的厂长，本是个不服输的汉子，但现在他也无能为力。要是在过去，国有企业停产了，政府还会通过财政借款或者别的形式给职工们发放基本工资或生活补贴，华宝厂那时就是这么执行的。但现在是民营了，一切都得靠自己，自负盈亏，自生自灭。有钱就多发，没钱就不发，政府也管不了这么宽，鞭长莫及。

"我们要工作，你们不能剥夺了我们劳动的权利！"

职工们可不听董事长红口白牙的忽悠，有工作才是王道。于是，被宣布停薪下岗的职工，天天到公司办公室找董事长，弄得董事长都不敢在公司露面，只能由办公室主任出来作挡箭牌。

"我们要见董事长，请他给我们一个说法！"

"不是还有人留守吗？不行就轮流来，一人轮他十天半个月，凭什么你们能轮，我们就不能？"

"企业没改制我们都是主人，一改制，我们倒成了随时扫地出门的多余人了，这是哪家的王法？工厂停产，难道怪我们吗？"

见不到董事长，职工们一个个情绪激动，不肯善罢甘休，把满腔怨气一股脑全撒到办公室主任身上——谁让你来当这个冤大头呢！

兔子急了还咬人。其实职工们也晓得，董事长也根本没有办法，要是有办法，何至于此！

但明知没有结果，还是天天聚在办公室闹嚷不休。不找董事长又能找谁呢？

不过，闹嚷也有闹嚷的好处，不知不觉，一天时间就被打发了，别的烦愁便缠不上身。这也是一种逃避现实的自我麻醉。

面对死寂的车间和闹哄哄的职工，董事长刘波一夜间愁白了头，说到底也是自己没能耐，害苦了这么多职工。

李子洲也混在闹事的人群中间，但他从不出头说话，也不知道说些什么，这个曾经口若悬河的供销部业务骨干，现在已没了半点用武之地，真要理论起来，产品长期推销不出去，自己恐怕也脱不了干系。

二

别无一技之长的李子洲，只好暂时赋闲在家，勉强做个家庭主夫。

平素养尊处优惯了，一下子失去依靠，仿佛天塌地陷一般，人也变得成天像个霜打的茄子，蔫不拉叽地全没了精神。老实本分的李子洲，在供销部门混了这么多年，工作上从没出过什么差错，也算是左右逢源，本以为可以一直风光下去，至少能够平稳过渡。结果傍身的技术没学到一门，一朝被放逐到社会，自然远比不上那些车间工人吃得开，真是应了那句俗话：三十年河东三十年河西。心里窝了一肚子的委屈，就是没处倾诉——可这又能怨谁呢？用销售副总肖风章的话说：谁叫你早不去当公务员啊？听听，烙心不烙心！

“你就不会去找领导说说情？没有功劳有苦劳，十多年工龄和经验的老业务员，不能就这样说下岗就下岗吧？”

刚放“长假”那会，老婆吴妮还怂恿李子洲去公司闹，以为可以摆摆老资格。想当初，李子洲是整个供销部业绩前三的销售明星，也曾深得公司领导的赏识。

“十多年工龄又怎么样？工厂都停产了，就算上班，经验也用不上啊！”

李子洲摇着头，无力地长吁短叹着。此一时彼一时，如今都不需要销售了，连生产车间都已解散，即使自己留在公司，也做不了什么事。

其实他已与不少老职工到公司“闹”过不止一回两回了，只是没敢让吴妮晓得。

可是，一个大男人老待在家里吃现成，也真不是个事，况且儿子上学也正用钱，光靠吴妮一个人上班那点工资，哪里够花。

李子洲便动了心思，想去街上摆个地摊什么的补贴家用，这活路倒也不需要什么技术，也不算太累，无非需要卖力吆喝，而吆喝正是自己的强项。然而思来想去，老觉得拉不下这个面子——好歹自己也是在科室里混了十多年的"机关人员"了，一下子落魄到去街边摆地摊赚吆喝，那还不让人笑话死。瞧瞧过去那帮工友，眼看着在公司闹腾不成，便一个个凭自己所长各找门路去了，开修理门面的开修理门面，开电器商店的开电器商店，再不济也有人请去做师傅，或去别的厂子当技术工人，比起在仙雅堂的待遇，并不差，有的甚至还能高出一大截来。连自己名义上的徒弟何浪，一个新兵伢子，都被一家大商场聘去做了主管，听说一个月光基本工资就可以拿到两千多，还不算业绩提成。

心里不平衡也没有用啊，这叫八仙过海各显神通，人家凭的是自己的本事。

要说李子洲一点本事没有，那绝对是不公正的，也不是事实，他也曾是厂里搞销售的业务骨干，有过不俗的业绩，有过属于自己的辉煌。但此一时彼一时，好汉提不了当年勇。出了这个厂子有谁理会认账？

"销售做得好，怎么还把厂子做停产了？不就是因为卖不出去，才走投无路的嘛！"

别说，你还真不能反驳，人家数落得一点不假，事实胜于雄辩，摆在面前。

不过，与李子洲一样找不到好工作的人也不在少数。不少家在农村的工友，眼看别无出路，甚至干脆卷起铺盖回了老家，连四十八崤的韦善富、莫虚干都回去了，不管怎样，到了家乡，或借或租或承包，总还可以勉强谋块山地来侍弄侍弄。也有个别原本就不太正经的女工，想图快活钱，偷偷跑到二花街，无师自通地走起了暗门子生意。虽然做得隐蔽，可终究纸包不住火，在小小县城搅起不小的风浪。"制药厂的女工好玩得很，又便宜又干净。"成了寻欢作乐的好色男人之间口口相传的公开秘密。真是一粒老鼠屎弄坏了一锅汤，把仙雅堂的名声都搞臭了。

从前作为家庭经济支柱的李子洲，一下子工作没了，社会尊严也跟着没了，成为靠老婆养活吃现成的孬角色。他有点恨自己，甚至恨到不能容忍，却又不知从何恨起。兢兢业业不是他的错，小心谨慎不是他的错，唯唯诺诺也不是他的错，作为厂里的业务骨干，凭良心说，他的工作一直挑不出毛病，甚至可以说是出色的、优秀的。但现在自我反省起来，身上似乎又少了点什么。

究竟是什么呢？李子洲摸着头脑，极力搜肠刮肚。

对，变通的思维，应变的能力，未雨绸缪的先见之明，这些都是他缺乏的。如今，这个性格缺陷终于在自己命运转折的当口全部凸显出来，成了自己人生路上的绊脚石。

可是面对命运，除了逆来顺受，怨天尤人，还能怎样？抗争，那是命运本不该如此的人的作为。

"愁死了，愁死了！"

烦躁的李子洲一片迷茫。他不甘心眼前的落魄处境，却又一筹莫展无计可施。这个当年被"挖"进厂里的第一批大学生代表，彼时企业的香饽饽，第一天报到上班，可是在全厂开了欢迎会的，而今竟然成了无人问津的"狗屎"，被遗弃的屈辱与愤懑满缀心田，却又没法向谁诉说——谁愿意没事听你瞎掰神叨，说不定就是揽事上身，躲都来不及呢！

怨天尤人没有用，唉声叹气也没有用，愁死了的李子洲还得活人，不为自己也得为老婆孩子，总不能就这样长久赖在家里吃老婆的下巴饭，白靠老婆养着。

可是，怎么活呢？

"要不，咱就开个专卖店？反正你干了那么多年的销售，开店应该是你的拿手好戏，也不丢你的人。"

李子洲的唉声叹气感染了吴妮，晚上睡觉的时候，吴妮搂着男人的胳膊，细言细语地建议，声音温柔得像一团暖和的棉花。她感觉自己的男人下岗待业这段时间以来，和以前相比简直变了个人似的，心事太重，吃饭饭不香，睡觉觉不甜，人也瘦了不少，眼圈都黑了，到底有些不忍。以前，老公是家里的顶梁柱，工作体面受人敬重，甚至有些令人羡慕嫉妒恨。和李子洲自己一样，吴妮也从来没有想到过，一直工作顺利的老公，竟会有无班可上的一天！

吴妮是个善解人意的女人，不仅没有甩脸子，还帮着李子洲出谋划策。在她的心里，男人永远是自己的主心骨，是不可坍塌的精神依靠和力量支柱。这和平常撒娇发气使性子不同，关键时刻得替他担待。

吴妮自然明白，造成眼下这局面，都不怪李子洲，怪不上他呢，他又不是领导，不能左右工厂的生死大权和人员去留。何况，领导又能怎么样？还不是扛不住。

"开专卖店，那得要多少钱啊。"

李子洲翻过身，一脸茫然地望着臂弯里的吴妮。吴妮平常性子急、脾气陡，李子洲有班上的时候常常被吴妮无端数落，甚至无理纠缠过，但李子洲涵养好，从不和吴妮正面交锋，只知道息事宁人家和万事兴，久而久之都习惯了。如今待岗在家无事可做，成天掉了魂似的，东游西荡，吴妮非但不像以前那样对他横挑鼻子竖挑眼，反而温顺有加，总是好言宽慰，又帮着自己出主意，实在令他大为感动。

但专卖店不是说开就能开的，得一定的资本投入，又要租门面又要进货，还有这样费那样税的，听说加盟费也不少，李子洲心里没有

药青
神蒿 QINGHAO YAOSHEN

半点谱。况且自己也不懂行。

“你银行卡里不是还有两万多元嘛，加上我的工资卡上的两万多，租店、开张应该差不了多少，实在不够的话再到处借一借，办法是人想出来的，总强过天天守在家里看电视玩手机。我们先租个不当大街的小店面，往后有资本了再换临街的大门面，生意也不是一天做大的。”

吴妮显得很有见地，也很有信心。

李子洲并不知道，他赋闲在家的这些日子，老婆吴妮可是一点也没有闲着，到处为他张罗这张罗那的，如今终于理出点眉目来，就等着最后下决心了。

“我的钱你不是拿去给你弟弟盖房子了吗？”

李子洲瞪着眼睛反问吴妮。

前段时间，小舅子新房装修，开口向他姐借两万，一开始他姐没有答应，说没有钱，你姐夫还闲在家里没事做，吃现成的呢。李子洲过意不去，把自己从厂里改制时得的两万多元身份置换金悉数交给了吴妮，想卖这个人情给小舅子。这个身份置换金，李子洲特意存到另一张银行卡里，压在箱底一直不敢动，直到上次小舅子问他姐借钱盖房子，没招了才狠心拿出来给小舅子救急的。

如今自己的存折里怎么突然又冒出两万多来了？李子洲莫名其妙。

吴妮噘了噘嘴：“我弟弟那里，我帮他到银行去办了信用贷款，一共两张卡，每个月去套取，现在不着急还。我们手头就这么点钱，你现在又没了工作，不找点事情做，今后日子怎么过？你一天在家当伸手保姆，我可没这个能耐养活你一辈子。再说，儿子后年就高考了，不准备点钱，到时候他读大学，问天爷爷去要学费？”

李子洲心里一阵温暖，他很感谢老婆的谅解和体贴，更感谢老婆想得这么长远周到。

"那做什么好呢？"

李子洲心里还是没谱。

"要不，我们就帮人家代理品牌吧，除了加盟费、门面转让费和押金，进货的钱，上级代理会帮我们垫支部分。我的一个同事开了个运动服装专卖店，生意还不错。我们也去找个品牌来代理吧。"

"你有什么路子能搞到代理？"

李子洲有些犹疑。在他的意识里，凡能够做代理的人，一定是很有些来路的，像自己这样没有任何关系，又无半点经验，门都摸不着，如何代理？再说，人家凭什么信任你？

"现在好多厂商都在找代理，我那同事说了，如果我们想做的话，她可以托人帮我们去找关系。服装、鞋子或别的品牌都行——她的路子宽着呢。"

吴妮极力打消李子洲心中的疑虑。

"那我们就代理鞋子吧，你看行不？"

李子洲试探地问吴妮，在这件事情上，他得让吴妮全力做主决策。

"嗯，我也是这个意思，我觉得鞋子比服装要好代理些，明天我就和同事说，请她赶紧帮我们联系。"

李子洲突然觉得鼻子有点酸。他对这个平日大大咧咧又好吃三喝四的老婆，有点佩服，有点感激，又有点说不出口的惭愧和内疚，不由得将搂着老婆的手箍得更紧。他感觉到久违的激情又回到了自己的体内，蠢蠢欲动，于是开始在吴妮柔滑的身体上惬意地摩挲着。吴妮乖巧地报以热切的回应，张着喘息发紧的嘴迎上去，将湿湿嫩嫩的小舌头在他的脸上、脖子上、胸脯上一阵狂舔，舔得李子洲心花怒放，激情的火山爆发，李子洲力气倍增，使出浑身解数，直到将两人的身心彻底放飞。骤雨初歇，他们就这样静静地相互拥抱，继续保持着刚才狂风暴雨的姿态，回味从未有过的激情与放纵。

末了，心满意足的吴妮在李子洲并不圆润的屁股上重重地扭了一把，嗔道："你个死鬼，今天吃了什么药，发懵癫啊？像要吃了人家似的。"

"是吗，那往后我要天天发懵癫，你说好不好？"

李子洲轻轻地咬着吴妮的耳朵。吴妮的耳朵根子还是热得发烫。

吴妮侧过头来，与李子洲对视着，脸上放出幸福红光，两人相互搂抱的双手箍得更紧，更紧。

今晚，山穷水尽的他终于柳暗花明，在徘徊踌躇的十字路口，豁然看到了继续前行的奋斗方向，他感觉到自己的壮年人生，又将迎来新的希望，新的奔头，他要好好报答为他找到这个生活突破口的吴妮，相濡以沫的爱人。

电视里唱的，看人生豪迈，只不过是从头再来，他李子洲也要打起精神从头再来了！

"明天我们去找门面吧。"

直到热情完全退却，吴妮轻轻提醒着李子洲。

"嗯。"

"等我同事帮联系好了就去签代理协议。"

"嗯。"

"找好门面签好协议就去办工商登记。"

"嗯。"

"还有税务登记也要办。有你忙的了——"

"嗯。"

"死鬼，你就会个'嗯'啊？"

黑暗中，吴妮冷不丁推了一把李子洲。

"嗯。"

……

三

李子洲睡了个大懒觉，真的太累了，昨晚一场久违的暴风雨，把自己折腾得体力严重透支。

吴妮很体贴地提早起来做了可口的鸡蛋面，还煮了新鲜的豆浆。自打李子洲待业在家，一应的家务事都是李子洲一人主动包揽，好久没有动手做饭的吴妮，手艺还是这么精熟。

李子洲吃了两大碗面，两个荷包蛋，喝了一大杯鲜豆浆，这顿早餐虽然简单，却也十分丰盛，李子洲吃得有滋有味，美美的幸福享受，是芝麻开花般充满了生活希望的那种。

吃早餐的时候，吴妮顺便给同事打电话："阿兰啊，我们家那位说了，还是代理品牌运动鞋吧，学生的好卖些，'七小童子'怎么样？"

整个融州地区目前还没有"七小童子"的品牌代理店。同事说代理肯定没问题，过些天确定好了，就可以去南宁直接找厂商总代理，签订分代理协议。在龙城只能找二级代理，利润分成低，不划算。

"好，听你的。"

吴妮的脸笑得像早开的迎春花。

联系厂商总代理的事，同事阿兰答应负全责帮忙。

打完电话就去找门面。在街上转了几个圈圈，门面招租的倒有好几家，现在经济不景气，生意不太好做。其实，先前吴妮就搞过地下侦察，摸得很熟了，逛来逛去，相中一间小巷子店铺，是二手转的，倒不用怎么装修，转让费比大街上的便宜得多，明码标价八千块就可以转租，租金不算在内。不过地段也还合适，都是服装鞋类居多，也比较成行。两人一合计，然后讨价还价定下来。准备到外地发展、急于转让门面的老板最终做了让步，转让费六千五百块一次交清，租期还有三年到期，租金每月七百元，按月提前交纳。吴妮又打电话让同事过来帮忙参谋参谋，同事来看后也觉得很划算，交完转让费就可以直接进场了。

两个星期后，"七小童子"青少年运动鞋品牌融州地区代理意向确定好了。门面转让费也如数交纳，开始进场清理店面，找广告公司更换商铺招牌，只等执照办妥就准备进货开张。

李子洲拿着代理协议、门面租赁合同和自己的《再就业优惠证》，到工商所去办理营业执照，一切还算顺利，跑了五个趟儿总算把执照办了下来，还赚得九块多钱的再就业优惠办证工本费减免。

办好营业执照又去银行开对公账户，以便与片区总代理及厂商资金业务往来。需要先刻制一个专卖店的公章，在银行保留印鉴，作为今后业务存取款的验证凭据。银行业务人员交代：印章必须选硬材质的，比如木头或牛角，不能用橡胶等软材质，软材质的印章容易变形，不符合保留印鉴的要求。银行业务人员还特别告诉李子洲，印章刻得快的话，今天还能把对公账户办妥。明后天是双休日，如果今天办不妥，便要等到下星期了。

时间就是金钱，速度便是效益。下星期还有好多事等着去做呢，税务登记也得抓紧办理。

李子洲在公司上班时，曾听办公室的人说起过，刻公章似乎要经过公安局的允许，要不然人家不给刻。为慎重起见，他还是找到了那家写有融州公安局指定公章刻制点的门市部，果然，门市部的老板告诉他，得先去公安局治安大队开条子过来，才可以刻公章。

李子洲来到公安局治安大队，问刻公章需要办理什么手续。一位正在忙碌的年轻女警察，头也不抬地一伸手："拿你的营业执照正本和复印件来。"

营业执照倒是带来了，复印件却没有准备，只得小跑到街上复印店去复印。李子洲明明看到治安大队的办公室里就有复印机，但人家不对外提供服务，心里便有些龃龉。

"刻个章也这么多啰嗦规矩，明明有复印机也不讲帮复印一下，又不是不给钱，真是的！"

在去往复印店的路上，李子洲不满地牢骚着。

女警察收下营业执照复印件，递过一张打印的公章刻制备案通知单，让李子洲到融州公安局指定的公章刻制点去办理刻章。

李子洲返回融州公安局指定的公章刻制点门市部，将通知单和营业执照的复印件递给老板，然后问价钱。

"一枚印章二百五十元。"

老板头也不抬。

"这么贵呀，人家街上好像才收二三十块钱呢——老板，你看能不能少点啊？"

李子洲吃了一惊，这样的买卖真有点漫天要价的味道，吃得也太咸了。

"这是上面定的价，我怎么给你少得了？"

老板板着脸，没有丝毫通融的余地，独门生意垄断着市场，来此刻章的人根本没资格讨价还价。再说了，这也不是老板说降就能降的，他这不过就是个收发站而已。

李子洲有些心痛，但既然人家说了价钱没得商量，只能忍痛，二百五就二百五吧，今天就豁出去当个二百五了，只要能快点把章刻出来就行。

偏偏又快不了。

"这章又不是我自己能刻，要拿到市里去统一电脑刻制的，今天是星期五，最早也要到下周三才能拿章回来噢。"

老板不急不忙地告诉李子洲，让李子洲又吃了一惊。

"什么？要到下周三？"

"嗯，星期六星期天人家都不上班的，接不了单啊。"老板继续慢悠悠地解释，"况且每个星期市里只发一次货来，一般要到星期三才发货，你就是昨天来前天来，也得等到下周三以后呢。"

"可是银行现在还在等我拿公章去留印鉴咯。"

李子洲很是急惶。

"那我这里没办法了。如果你真想快要，可以到街边摊去现刻，随便你。"

老板虽然古板，倒也还算开通。

李子洲想走捷径，便恳切地问老板："麻烦告诉一下，哪里有现刻公章的？"

"河东中医院门口一带就有摆摊刻章的，你自己去找吧。"

老板给李子洲指了一条捷径——过后他曾怀疑过这个现刻公章的点是不是老板自家人弄的，要不然哪有将到手的生意主动往外送的。

"不过，可别怪我没告诉你，在外面现刻的印章都是没有保障的。"

老板提醒李子洲。

"谢谢了！能用就行。"

李子洲向老板拱拱手，就奔河东中医院门口一带去找刻章的摊点，还真就巧，没费什么工夫便让他找着了。然后摊主告诉他，公章要去店里才能现刻。

李子洲依照摊主的指点找到门店。这是一家以制作香火牌位为主要业务的电脑广告店，也兼营印章刻制。门口有块小招牌，上面写着：电脑刻章，立等可取。

经营广告店的是两个年轻男女，二十多岁的样子，看上去像一对小夫妻。

李子洲问店主人刻不刻公章，男店主满口回答说："刻的刻的。"

李子洲便将"七小童子融州代理店"的名字写给男店主："这个可不可以刻？"

"可以啊。"

爽快的男店主语气肯定。

"时间长吗？我等着要用呢。"

李子洲有些急促。

"一下子，电脑刻章很快的，十五分钟就好。"

说话间，男店主已经在电脑上操作起来。

"顺便问下，你们店有没有刻公章的资质啊，不是说刻公章要到公安局办手续的吗？"

李子洲还是有点不放心，他甚至差点把自己到公安局开证明的事也透了店主人。此时，那盖着公安局治安大队大红印章的刻章通知单，正静静地躺在自己的衣兜里。

"当然有资质啦，要不公安局还不早来封了我们啊。不过大的单位刻公章是要到公安局备案，像你这种个体小店铺，是不用的。"

男店主言之凿凿，打消了李子洲的疑虑。

"有没有牛角的印章？"

李子洲在一大堆印章材料前浏览着。

"有啊，喏，这个就是。"

店主拿起一枚印章样品在李子洲面前晃了晃。

"多少钱一枚？"

李子洲问价钱。

"六十块。"

正在业务 QQ 上聊天的女店主主动抢答。

"太贵了吧！"

"不贵啦，阿哥。你去公安局那里刻一枚得二百五十块呢，我没说错吧？我们只收取薄利，主要是拉点人气过来。"

"能不能再优惠点？"

李子洲还想砍点价。

"阿哥，你看我们和公安局的价钱相比，差几多倍啦。再少也只少得十块钱了。这样吧，五十块，我帮你挑枚质量上好的。"

女店主露出好看的笑容。

"那你们快点，银行那边等着要留印鉴呢。"

"放心，保准耽误不了你。"

男店主胸有成竹地宽慰李子洲。

李子洲终于赶在银行下班前，用五十元钱刻制的"七小童子融州代理店"印章，到银行预留了印鉴，办理好开户手续，心里暗自庆幸，今天办事真顺利，有如神助，既节省了时间，又节约了钱，一举两得。只是匆忙间没有记住那家电脑广告店的名字，也忘了问店主要张刻章的发票或收据。

四

办完税务登记，税务局又要求办理定税申报，对于开店做生意，李子洲完全是门外汉，没办法，只得听人家的，申报就申报吧。可定税申报得先刻制税务专用章，才能领取定税发票。办税人员特别交代，应上级要求，从现在起，税务专用章全部要求到公安局备案，否则无效。

李子洲只好又去公安局治安大队申请刻制税务专用章。

万万没想到，这回麻烦大了。

问题恰恰出在那份申请书上，负责办理备案登记的女警察接过申请书一看，没好气地对李子洲说："你申请书上盖的公章不是在我们这里备案的。"

李子洲没吱声，既不否定也不肯定。

女警察顺手拿出一份别人的申请书给李子洲："看到没有？经过我们备案的印章是这个样子的！"

李子洲愕然。原来公安备案的印章真有专门标记，自己的公章确实来路不正，到底逃不过警察同志的火眼金睛。

"你的公章带来了吗？"

女警察冷冷地问。

"带来了。"

李子洲怯怯地答。

"拿给我看看。"

女警察有些例行公事的刻板。

李子洲迟疑着将公章从口袋里拿出来，小心翼翼地递给女警察。

"你这章是在街边找私人摊刻制的吧？"

女警察接过李子洲的公章，只瞟了一眼，继续问道。

"……"

"这章不能用。"

女警察顺手将公章放到办公桌靠里边的一个小盒子里，没有退还李子洲的意思。

这时，一位男警察走进来，女警察连忙向男警察汇报："刘大，你看这个怎么处理，他的公章是在外面私人摊刻制的。"

叫"刘大"的男警察看来是治安大队的头儿，听了女警察的汇报，转头看看瑟瑟的李子洲，脸上露出一股难以捉摸的表情。

"你的章是在哪里刻的？"

叫"刘大"的男警察态度倒显得平和，不似女警察这般冷峻。

"在街上。"

李子洲嗫嚅着，不敢隐瞒。

"具体是在哪个地方，摊子还是店铺，名字叫什么？"

"是在河东中医院门口一带，是个店铺，具体名字不记得了。"

"那你有刻章的发票或收据吗？"

"没有，那天因为太匆忙，忘记要了。"

"那店里有些什么人，你总该还有印象吧？"

"有一男一女，好像是对年轻夫妻。男的中等个子，有点偏瘦，女的是个小圆脸，大概二十多岁吧。"

李子洲想尽量回答得详细点，坦白从宽嘛，他想取得"刘大"的好感，希望尽快发回被收缴的印章。

"那家店子是不是也做香火牌位？"

"刘大"接着问，似乎对这家店铺很了解。

"好像有做。"

这一点李子洲记得比较清楚，当时进到店子里，就见店内放置着一大堆制作香火牌位的材料，还有几个做好的香火牌位成品。

叫"刘大"的男警察简单问询后，断定是融江路口过去不远某家店子。说前些时间自己有个亲戚还在那里订做过香火牌，是他帮去取的货，店面还蛮宽敞的，有电脑刻字、招牌制作，等等，名字好像叫"大众广告"。"刘大"曾经特意向那家店子的主人了解过，是不是有私刻公章的行为，店主信誓旦旦的，硬说没有，没想到踏破铁鞋无觅处，得来全不费工夫，这下可抓到把柄了。

"回头找人再去收拾他！看他还敢不敢蒙骗！"

"刘大"说得轻描淡写，却让李子洲听得心里直打哆嗦，背脊发凉。

"这样吧，麻烦你先到里面讯问室去做个笔录，留作证据。"

"刘大"指着一间门楣上写有"讯问室"字样的房子，对李子洲说，一边招呼另一位男警察过去负责做笔录。

于是李子洲被请到了治安大队的讯问室。

讯问室的气氛显然比刚才在接待室紧张多了。做笔录的男警察用手指指桌子旁的一张椅子，示意李子洲坐下回答，脸上的表情冷淡而严肃，不怒自威，还没开场就让李子洲感觉到自己是在被当作犯人审讯。

男警察摊开本子，一边问话一边记录。

"姓名？"

"李子洲。"

"性别？"

"男。"

"学历？"

"大学专科。"

"出生年月？"

"××年××月××日。"

"籍贯。"

"××省××县××乡××村。"

"现住地址？"

"××街××号××厂宿舍区××栋××楼。"

"几岁开始上小学？"

"7岁。"

"在哪里上小学？"

"在××县××乡××村小学。"

"几岁上初中？"

"13岁。"

"在哪里上初中？"

"在××县××乡中学。"

"几岁上高中？"

"16岁。"

"在哪里上高中？"

"在××县××中学。"

"几岁上大学？"

"20 岁。"

"上的什么大学？"

"上的 ×× 大学。"

"什么专业？"

"×× 专业。"

"什么时候参加工作？"

"×× 年 ×× 月参加工作。"

"工作单位？"

"×× 单位。"

李子洲觉得这讯问的男警察简直有毛病，问得太琐碎太鸡毛蒜皮，便麻起胆子说道："警察同志，可不可以问简单点？我还有事等着要去办呢。"

负责讯问的警察没有理睬李子洲，继续不紧不慢，按部就班。

"结婚没有？"

"结了。"

"什么时候结的婚？"

"×× 年 ×× 月结的婚。"

"对方姓名？"

"×××。"

"对方年龄？"

"×× 年 ×× 月出生。"

"工作单位？"

"×× 单位。"

"小孩姓名？"

"李 ××。"

"小孩几岁？"

"××岁。"

"在哪里上学？"

"请问，这些问题有必要吗？我觉得有点啰嗦了。"

李子洲终于忍耐不住，想要爆发，他觉得这样的问话侮辱人格。

"当然有必要，问你什么，你必须如实回答。什么叫啰嗦？不问清楚，就是一天一夜，你也得在这里配合！"

男警察拍拍桌子，更是没有好声气，脸上的横肉立即凸了出来，并涨成了吓人的猪肝色，显然对李子洲的无端冒犯有些愠怒和不可接受。

做笔录的男警察正想借机发作，叫"刘大"的警察走过来，对做笔录的男警察说，像李子洲这种情况，笔录可以做得相对简单些，不用问得太复杂，李子洲只是当个证人，录个证词，主要是收集材料，好收拾那家违法经营的黑店。

"刘大"的话果然管用，后面的问讯不再像刚才那样"查祖宗三代"了。但是，有个主要问题却让李子洲实在难以回答。

"你有没有前科？"

做笔录的男警察声调有些阴森。

"什么……前科？"

李子洲被吓了一跳，更是一头雾水。

"是的，有没有前科？"

男警察重复一遍，口气不容分辩。

"警察同志，你好像不应该这样问吧？"

李子洲不解，认为私刻公章没有到公安部门备案，是情有可原的，大不了不受法律保护，没有安全保障而已，觉得自己并没有违法，又哪来的"前科"呢？

况且，他们的"刘大"刚才也说过了，他李子洲只是当个证人录个证词罢了，怎么就扯上"有没有前科"了呢？实在令人匪夷所思。

李子洲感觉受到了极大的屈辱，这是他无法容忍的。什么叫"前科"？他虽然并不知道具体的含义，但是从字面理解，从男警察的态度和口吻，也能感觉到性质的严重。

"让你回答就回答，有没有前科？"

男警察极不耐烦地提高了嗓门，话硬冷得像颗嵌进木头的钢钉，脸上的横肉又开始往外鼓突。

"没有！"

李子洲有点丧气，胳膊拧不过大腿，此时此地，他知道自己的处境，终究拗不过面前的警察。

在李子洲看来，不管是回答"有"，还是回答"没有"，都表示承认自己"犯案"是铁定的，只不过是有没有"前科"而已。

李子洲觉得很冤，甚至比窦娥还冤，却又无可申辩。没奈何，现在是背时倒霉，栽在人家手上脱不了身，只求能够早点做完笔录，离开这个是非之地。刚才男警察明确说过，就是需要问上一天一夜，他也必须待在这里老实配合！

好不容易做完笔录，已经快到下班时间，李子洲在讯问笔录上每按一个红手印，心就像被锥子锥了一下，殷殷地滴着血。他感到一辈子的老脸这回全丢光了，自信遵纪守法几十年，临了却被这个毛头警察一再追问"有没有前科"！尤其按照警察的要求，在笔录最后一页签署"以上笔录我看过，与我所讲一致"的意见时，更是气得热血直往脑门上冲，但又不得不老老实实一字不漏地"照抄不误"。

签完笔录，男警察又让李子洲在一张收缴扣押清单上签字，这样，他私下刻制的公章算是正式被当作"物证"收缴了。

五

如临大赦的李子洲从治安大队讯问室出来，憋了一肚子怨气，正没处可出。对自己"有没有前科"的问题，一直耿耿于怀想不明白。为弄清"前科"的准确定义，于是在手机网页上百度起"前科"一词来。这不搜不知道，一搜吓一跳，果然性质严重。

百度上说，"前科"是指上一次的犯罪事实及受到的刑罚，常用于有前科，即以前因犯罪受到过刑罚。有前科的人又犯新罪，如果符合累犯的条件，就构成累犯，要从重处罚。还明确规定，犯有某种前科的人，不能担任某些特定的职务。百度上又说，曾有违法行为，受过行政处罚的，不能视为有前科。

"他娘的，老子今天被黑了！"

看完百度的解释，李子洲更加愤懑不已。

这时老婆吴妮打电话，交代他去菜市场买菜，她下班可能有点晚，今天事情比较多。

李子洲心意难平，一边答应着老婆吴妮，一边对那个负责讯问的警察耿耿于怀，竟把自己这个老实良民当作犯人对待。

"可恶，狐假虎威的王八蛋！"

李子洲在心里狠狠骂道，不觉来到菜市场。

李子洲在水产品摊位前流连，一眼瞧见旁边刚好有个卖"水鱼"的，便径直走过去，从大盆里掂起一只小王八，一问价钱：一百三十八元一斤。

"这么贵？好像不是野生的噢。"

李子洲提起小王八一边掂量一边说道。

"当然不是野生的啦，野生的起码得三百元一斤呢。"

卖"水鱼"的摊贩倒是直言不讳。

"可以少点吗？"

李子洲想砍砍价。

"少不了，平本的生意，不骗你的，老板。"

水鱼贩子不肯让价。

"要了。"

李子洲一咬牙，打算出一回血。

李子洲决定晚上吃王八，一解心头的憋屈，当然主要还是想给吴妮补补身子，作为对她这些日子以来操心劳累的回报。

敢情李子洲把小王八当成了那个让他难堪的警察了。平素掐着手指头过日子的他，这回倒显得慷慨起来，也懒得再还价钱，便让老板称了，刚好一斤二两。

老板用草绳将王八扎好，递给李子洲。

李子洲提着王八在街上走着，那王八大概因为草绳扎得不舒服，一路上不时伸出头来东张西望，四个爪子在空中胡乱划拉。李子洲一见，再次触动了心中的火气，便用手指头磕着小王八的头，一边恶狠狠地呵斥道："老子看你还嚣张，一会回家就炖了你个狗日的。"

小王八八成被磕痛了，只得将头缩进硬邦邦的壳里去，再不敢贸然伸出来。

李子洲正走间，后背冷不丁被人猛戳了一下，把他吓了一跳。下午在治安大队被讯问了大半天，虽然结论是"没有前科"，但自己也被问成了惊弓之鸟。

李子洲回头一看，原来是厂里的小同事，曾经名义上的徒弟何浪。

"你个鬼打的，人吓人，吓死人，晓得不？"

李子洲叨咕着，停下了脚步。

"这大白天的你也吓，又没做什么亏心事，怕什么嘛。"

何浪前些时候在一家商场找了个销售主管的活，做得还算顺心，刚出来的大学生，只要舍得吃苦，还是有大把地方要的，不像人到中年的李子洲，高不成低不就。

"哟，师傅，今天要开大荤呀，发情懂财啦？"

何浪看着李子洲手上拎的王八，像哥伦布发现了新大陆，故作惊呼之状，伸手便去摸那王八的背。

"不发财就不兴改善生活啦？年轻人学着点，人不死粮不断，该享受就得享受，不能亏待了自己，瞧见没有，难得的野生塘角鱼，嘿嘿！要不要去我家喝两杯？"

李子洲将手里拎着的王八往上提了提，在何浪眼前一晃，带着意味深长的笑，顺便发出口是心非的邀请。他就是要扬眉吐气一回，纾解心中愤懑。当然，这个中的因由，是不足为何浪道的。

"算了吧，听师傅这口气就没诚意。晓得师傅怕师娘，等下我去了，师娘一黑脸，只怕师傅自己也吃不成，呵呵呵。"

"臭小子，不去就不去，整出这么多屁话来黑你师傅，小心天上雷公叫！"

李子洲与这个名义上的徒弟还是蛮投缘的，要不是公司停产，大家下岗，说不定他们还真能好好合作一把，干出点成绩来。可惜时运不济，一直没给他们机会。至于将来能不能，就只有老天晓得了。

"对了师傅，这两天有空吗，带你出去耍一圈怎么样？"

何浪突然无头无脑地问李子洲。

"哪天都空，请你师傅免费旅游？"

李子洲知道，吹牛不交税的何浪，一向贫嘴惯了，平常总爱信口开河，张口就来，不晓得哪句话是真，哪句话是假。于是，就着何浪的话头，反撩贫起他来。

"行啊，那你听我的通知。"

何浪打个响指，吹着口哨走了。

回到家，李子洲把下午的遭遇一五一十地跟老婆吴妮说了，并带了点夸张的色彩："奶奶的，差一点你今晚上就要给我送牢饭去了。"

老婆吴妮听了李子洲的诉说，也为他感到愤愤不平，然后戳着李子洲的额头说："你个死猪头，不晓得打个电话给杨叔啊，活该你！"

"杨叔"是李子洲老丈人的伙计弟，公安局的副政委，大小是个领导，在小小县城也算得上一个呼风唤雨的人物，应该是能讲得话的。杨副政委当年还是乡派出所杨教导员的时候，曾经请李子洲的老丈人给所里打省柴灶，一来二去就熟络了。杨教导员为人随和平易近人，一点也不端领导架子，与李子洲的老丈人脾性相投，很讲得来，又因为两个人是同年同月出生的，久而久之就认了伙计老同，相当于结拜弟兄。如今虽然仍偶有往来，却已不是十分密切，李子洲的老丈人住在乡下，毕竟不太方便，其实，他一个老实农民，也有些不想高攀的意思。后来，经老丈人的介绍引荐，李子洲与已经位居公安局副政委的"杨叔"有过几次"亲密接触"，慢慢竟成了自己的忘年之交。

李子洲听吴妮一点拨，觉得这事是得向"杨叔"诉诉委屈，找回一点面子，如果能够仰仗"杨叔"发个话，撤消那个讯问笔录更好——不管怎么样，那也算是自己在公安局留下了案底，终归是一个人生污点。于是便拨通了杨副政委的电话，想请"杨叔"为自己"雪冤"。

电话那头，杨副政委听着李子洲断断续续的诉说，起初以为是李子洲被治安大队罚款了，便很爽快地说，这事没什么大不了的，如果真是治安队错罚李子洲的款，他可以找治安队通融一下，让他们收回成命便是。

李子洲解释了几番，才让杨副政委明白自己的意思：款倒没有挨罚，就是对今天做笔录的警察不舒服，不分青红皂白把自己当犯人审问，最主要的还是"你有没有前科"那句问话让人太难堪。这可是在治安大队白纸黑字红手印留下了案底的，从此，清清白白了几十年的自己，历史上就真有了不可抹煞的"污点"了，岂不是天大的冤枉！

本以为"杨叔"听了自己的解释会给自己撑腰解恨，没想到"杨叔"的态度竟也很撇脱（随意，不当回事）："原来就为这个啊？这就是句例行的问话，做笔录一般都会这样问，很正常的。你回答没有就好了，不会有什么事的，放心吧。"

原来，"有没有前科"只是人家讯问时正常不过的一句例行问话，并不针对他李子洲一个人。

没事就好！李子洲长吁了一口气，但依然如鲠在喉，很憋屈很难受。

终究，有了"杨叔"的解释和宽慰，李子洲心里坦然了许多，看来，"有没有前科"的讯问，并不会影响自己安然地做"七小童子"的融城代理，不过就是晚几天去办定税而已，既然如此，晚就晚点吧，也不耽误店面开张营业。不该省的程序还是省不得，过两天，老实再去公安局办个刻章手续，事情是急不来的，也省不得，弄不好又要出什么幺蛾子。

晚上吃了炖王八，李子洲觉得白天被整没了的精神恢复了许多，和吴妮亲热起来劲儿倍增，表现得也格外耐心和温存，仿佛回到了刚结婚的时候，久违的孟浪，撩弄得吴妮既舒服满意又心生疑惑，仰着发烫的脸，悄声嗔道："死鬼，一只王八就这么雄了，要是吃了老虎鞭，还不把你姑奶奶整死？"

突然，浮想联翩的李子洲咬着吴妮的耳朵悄声问道："说，你有没有前科？"

那腔调，分明就是白天在公安局讯问室里做笔录的警察，透着不容亵渎的威严，仔细品味起来，却是滑稽可笑的戏谑。

"你说什么？大声点，我听不清楚。"

吴妮正在飘飘然，对李子洲灵魂出窍的戏谑一时没有领会。

"你有没有前科？"

李子洲涎脸做了个怪相，凑近吴妮的耳朵，声音提高了八度。

"我有没有前科，你不知道啊？"

吴妮撑起身来，一边喘着气，一边轻轻地咬着李子洲的耳朵，在极度兴奋中也难得孟浪地幽了李子洲一默。然后杏眼圆睁，朱唇紧抿，一脚蹬在李子洲的屁股上，疼得他嗷嗷直叫。

风平浪静之后，吴妮对着李子洲耳语道："对了，下午我也联系了片区的厂商总代理，那边说已经安排妥当，过几天就可以正式铺货，到时候，可有得你忙活了。"

听着吴妮的话，李子洲长长地舒了口气，一边满意地感叹："还是老婆大人办事牢靠，谢谢啊——"

不由得学起电视小品里范大师诙谐的腔调来。白天里所受的一切委屈，早已烟消云散。

良久，李子洲又冒出一句："前两天听人说，公司正在准备对外出让，不知道是真是假？"

"管他是真是假，眼下赶紧把你的专卖店搞起来才是正经。别一天指望你那关了门的公司能够起死回生，谁来接盘都救不了你出苦海。咸吃萝卜淡操心，多卵余！"

"也是，搞好了我就横竖回去上班，搞不好就在一边看大戏。"

李子洲有些言不由衷。对于公司，他心里其实一直有一种难以言表的牵挂。嘴上这么说着，但心里却不似吴妮那般撒脱，再怎么讲，公司还是自己的依靠，他何尝不明白，停产也不是哪一个领导的责任，怨就怨这铁面无情的市场！真要是有个能人来接手，把公司救活了，那就是全公司一百多号人的活观音。至于尚未开张的"七小童子融州代理店"，不过是李子洲人生黑暗期的"惊鸿一瞥"，抑或一块自我救赎的跳板。如此而已。

"知道就好。"

吴妮的嘴继续在李子洲脸上磨蹭着，一副事不关己的口气，似乎并没有察觉李子洲异样的心绪。

六

转天一大早，李子洲接到何浪的电话，问他去不去四十八峁玩。

何浪现供职的商场决定去那边进一批农产品来试卖，他要先进山去联系考察，顺便搞点"土货"回来。原来，何浪说要带李子洲出去耍一圈，并非信口开河，却是趁便的顺水人情。实则是找个去谈生意的伴儿，师傅李子洲是最理想的人选。

"就我一个人，开商场的专车，我想请你陪我去一趟，师傅，伙食我全包，还给你开双倍工资哈。"

李子洲以前跑业务，与人谈判有经验，与那些村民扯嘴皮子肯定不在话下，商场老板给了何浪收购底价，他就想着能不能请李子洲帮自己去压压价，压下来的差价，他可以作为外快收归己有。当然，有多的赢余也是可以分些给名义师傅的，因此，开工资的话并不是何浪打诳语。

李子洲却当何浪是在说俏皮话，不过还是满口答应了，自己确实也想去散散心，反正事情也急不来，何况是去白吃白玩。

两人驱车来到四十八峁，在岩头、高崒几个村子转了一大圈，车子丢在村委，然后爬山过坳走路去老乡家洽谈，又到地里看货，现场就质论价，倒是谈出一点差价，就是太辛苦。两个人一路顶着火辣辣的毒太阳，累得满头大汗，气喘吁吁的。李子洲昨晚吃了王八，兴致之下与老婆吴妮半宿缠绵，身体透支，今天这一晒一累，更是抵挡不住，很快便觉得浑身疲乏，四肢无力，唇干舌燥，并伴有头痛头晕、耳鸣、胸闷恶心的症状，注意力也集中不起来，走路开始打起了机关枪。刚才还是满面潮红，皮肤灼热，一下子又变得脸色苍白、皮肤湿冷、心率提速，双腿沉重得像灌了铅，抬都抬不起来，一步也迈不开。

何浪走在后面，眼见得李子洲如此情状，知道不好，便赶紧上前去扶，看着李子洲血色全无的脸，吓得话都说不囫囵。

"师傅，你莫不是病了吧？"

何浪惊慌失措地问道。

走在最前的家主老哥听到何浪的叫声，也忙回过头来，见李子洲如此狼狈的样子，伸手摸了摸他的额头，皱眉道："这位李老板应是中暑了，先扶到一旁的阴凉处，休息一下吧，给他多喝点水，我去扯点草药来。"

家主老哥就在周边不远处扯了一把草药，找块平整的石头，把草药捣成浆糊状，让李子洲吞下去。

"老哥，这个能行吗，这样也吃得？"

何浪看着那一坨绿粑粑，就条件反射地反起胃来。

"等下看吧，保准有效果。"

家主老哥嘿嘿一笑，胸有成竹的样子。

还别说，一坨绿粑粑吞下去，不到一刻钟，李子洲长长地吁了一口气，终于缓过神来，痛苦症状明显减轻了许多。

"老哥，这是什么灵丹妙药啊，真的神呢。"

何浪被惊得目瞪口呆，好奇地问道。

"这个也不认得嘛，叫青蒿草，也喊作苦蒿，贱得很。感冒中暑将它煨水来喝，百分之百好得快，有特效，很灵的。"

"原来阿哥还懂医术啊？"

人不可貌相，海水不可斗量，何浪一脸的钦佩。

"我哪里懂什么医术，青蒿治感冒中暑，在我们这里，三岁娃娃都晓得，但凡家里有人得了这病，就扯这个来煮水喝，总吃得好，也不用去看医生，又方便又灵验——等下回到家，再煨一罐青蒿水给李老板喝，一准能好脱体。"

果然，一罐青蒿水咕嘟咕嘟灌下肚，李子洲就起立自如，精神也恢复了六七成。

看着李子洲渐渐恢复正常，何浪一时突发奇想地感慨起来："我们公司要是早晓得拿这个青蒿来研制感冒中暑药，说不定就是一款畅销产品，不会像现在这样停产关门，害得大家下岗失业。"

"就你脑壳灵，早晓得投票选你当公司董事长。"

李子洲有力气调侃人了。

"我当董事长，先提拔师傅，至少弄个副总干，供应销售全归师傅统管。"

"那敢情好，你的感冒中暑新药一出，这青蒿贱草就值钱啰，只怕四十八罪的乡亲们都要感谢你呢！"

"师傅你就别水我，我知道我不是当董事长的料，给师傅当个助手打打下手还差不多，呵呵。"

"你行。"

"师傅行，师傅行。"

"师傅不行，还是你行。"

"我不行。"

"就你行！"

两个人你一句我一句地贫聊着，仿佛一罐苦涩却药到病除的青蒿水的加持，真能左右自己的职业生涯和命运际遇。

末了，何浪想起昨天在街上遇见李子洲买王八的事，便借题发挥，附在李子洲的耳边，故作意味深长地打趣道："师傅，你昨天买的那个王八怎么样？得便我也去整一只来美一回。"

"味道不错，正宗。"

"师傅，给你提个醒哈，王八虽好，可不要贪吃噢！"

听鼓听音听锣听声，李子洲听出何浪话中的暧昧，便给了何浪一个反呛："你呀，要算到哪天王八屙蛋，青蒿草变成摇钱树，才买得成啰。"

很久以后再回想起来，李子洲与何浪的这次四十八�之行，居然与青蒿结下了不解之缘，简直是冥冥之中老天的特意安排。

第四章　柳暗花明

一

融州仙雅堂制药有限责任公司是从老牌的国有企业华宝制药厂改制过来的民营企业，主要生产融州特产罗汉果冲剂、甜茶等，改制后的公司领导基本上还是以前的原班人马。

改制不仅没有给原本困难重重的企业带来起色，反而陷入了停产的境地，依靠上班养家糊口的职工，被迫待岗在家，生活一下子没有了着落，闹得人心惶惶的。

无奈之下只好咬牙决定：工厂整体对外出让。

都说这是企业起死回生的最后一根救命稻草，如果这一招还不奏效，那就只能等着破产倒闭，真正的关门大吉了。

要说凑巧还真凑巧。仙雅堂公司挂牌出让的消息，刚好被回乡省亲考察的女老板黄雅琴获知，立马引起了她的关注。

黄雅琴生在融州，长在融州，是从融州中学考出去的高才生，大学毕业后分配到八桂科技师范专科学校，一直做到人事处处长。顺风顺水的她前途无量，不想突然有一天，竟将一纸辞呈递到了校长的办公桌上，说要下海去经商，弄得校长莫名其妙，以为她是对自己眼下的职位不满，一时心血来潮起的冲动，便耐心劝解道："黄处长啊，我知道你是个有大志向的人，也很有工作能力，教学、管理都有一套，我是很欣赏你的，学校也对你寄予了厚望。现在正是用人之际，求贤若渴，这一点，作为人事处处长，你是最清楚不过的——这样吧，只要你安下心来继续工作，我保证，不出意外的话，三年之内准定提拔你为副校长。"

校长想用升职承诺来挽留黄雅琴。

爱惜人才的校长，内心是真诚的。

黄雅琴到学校的时间并不算太长，此时已经升到了令多少老师羡慕不已的人事处处长的职位，很有些破格提拔的意味了。许多比她来得早而且成绩也不俗的同事，至今也没能升个一官半职，还在普通教师的岗位上摸爬滚打。按说，官运亨通的她，本应该感恩知足才对。

可黄雅琴偏偏有颗不安分的心，这种按部就班的工作令她感到窒息。外面的精彩世界，牢牢地吸引着自己的目光，几乎占据了整个思想，她下定决心，无论如何要离开学校，去开创真正属于自己的、全新的人生道路。

"请原谅，校长，我想好了，也不是对学校和您有什么不满，您这些年来对我的关照和提拔，我从内心里十分感激，也将永远铭记。但人各有志，我就是想趁着年轻，自己出去闯一闯。我觉得，我的理想不在学校里，而是在广阔的社会，我主意已定，要下海去广东闯荡，拼搏一番。"

黄雅琴去意已决，毅然谢绝校长的执意挽留，只身去了广东，一个人在风云莫测的商海摸爬滚打。十几年下来，凭着自己精明的头脑和一腔激情，先后从事过化妆品、保健品、医药用品等多种产品的推广销售，果然小有建树，成功代理了金嗓子喉宝、两面针、双歧药业、太极集团、小护士、蓝月亮等系列产品，以及各大品牌的输液产品的地区市场策划和销售，代理范围涉及广东及周边省区市，建立了超市连锁、药店终端、医院、批发市场等多层次多渠道的营销网络。并在珠海特区成功创办了自己的医药公司，目前年营业额已达五千万元以上。生意成功的她，终于闯出了属于自己的一片新天地，成了业内小有名气的企业家。

黄雅琴的代理生意做得顺风顺水，然而她并不满足，苦于没有真正属于自己的产品，寻思着怎样才能创建自己的实业品牌。一直为人作嫁衣的她，渴望有朝一日，自己也能穿上美丽的嫁衣。这次趁着回融州省亲的机会，决定顺便在家乡做一番投资考察。对于家乡融州，黄雅琴总有一种异乡游子纠缠不清的依恋，如今在外面打拼成功的她，总想寻找合适的机会，以自己的力量为家乡做点什么。当然，作为一个以赢利为前提的企业家，毫无疑问，合理的投资回报是必要条件。

这次考察，让黄雅琴感到很满意，靠医药业务发达的她，发现老家融州，特别是四十八峝山区，拥有丰富的南方药用植物资源，开发药用植物萃取产品，具有得天独厚的优势，而且，眼下正是国家民族医药发展的大好时机，前景不可限量，于是脑海里渐渐滋生了回融州投资开办药厂的想法。

真是应了那句俗话：瞌睡遇着枕头，想什么来什么。

适逢仙雅堂制药有限责任公司意欲对外整体出让。得知消息的黄雅琴，如获至宝，经过一番"明察暗访"，决定全资收购仙雅堂公司。她看中的是仙雅堂公司基本完好的生产条件，厂房设备齐全，有关药品生产批文尚在有效期内。让她感到惊奇和欣慰的是，在整个洽谈过程中，居然没有别的单位或个人前来与她竞争，委实省却了不少麻烦。

公司刚开始动员对外出让的时候，职工们倒没有太多的反对意见，反正现在也没有生产经营，都无所谓，再说，这么大一个厂，除了那些家大业大背景大的国营大企业，谁有这个实力买得了啊？卖给国营大企业，说不定又能回到国家工人的队伍行列，重新当家做主人呢。职工们的想法既天真又美好，对公司转让的决定也就持默许的态度，前期工作竟出乎意料的顺利。可一听说最后的局面是黄雅琴个人要来收购，一下子便炸开了锅，大家纷纷聚集到公司，质问公司的原领导："你们这是要卖祖宗啊！好端端的一个厂，凭什么要拱手相让，卖给一个私人老板，莫非你们几个得了人家的好处，就不管全厂职工的死活了？

要卖你们卖，我自己的股份坚决不卖！"

"正是为了职工们将来的出路，才让人家来收购嘛。请大家放宽心，这次收购是有条件的，对方接管，首先必须保证工厂恢复生产，还要加大投资，不是不管我们的死活，而是要让大家生活得更好。协议有规定，如果对方不遵守承诺，我们还可以把工厂收回来嘛！"

面对职工们的责难，公司领导只能苦口婆心地解释。

可是，职工们并不买领导的账："讲得好听，哪个信你们！"

停产下岗，让职工们对公司领导早已失去了信任。

经过反复动员，最后还剩二十多个职工，在股东大会上拒绝转让自己的股权。尽管他们的股份份额占比很小，几乎可以忽略不计。再说，这些不肯出让股份的人，如今也不差钱了，他们一个个都在外面找到了相对宽松的生活门路，回不回公司上班早已无所谓，但在他们的意识里，公司股份是个人身份与地位的象征，一旦出让给别人，再回厂里来上班，永远只能是纯粹打工者的身份。要是不回厂上班的话，那从此一辈子与工厂再无任何关系，彻底拜拜了。

黄雅琴很能理解职工们的心情，经过一番思虑，最终做出让步，愿意出让股份的职工，按当初入股十倍的价格结算出让金，并且现金支付，不愿意出让股份的职工，可以继续持有自己的股份，按股份比例共同承担公司的盈亏。同时郑重承诺，无论股份出不出让，只要工厂恢复生产，都不影响大家回公司上班。

一场闹得沸沸扬扬的反收购风波，总算平息下来，黄雅琴以95%的股份成为仙雅堂公司的新掌门人。

黄雅琴接收仙雅堂制药有限责任公司后，确定了新的发展方向——以医药产品为企业发展的基础，保健品为企业辅助发展的亮点，植物精华素提取物为企业发展的长期目标和重点——这些年的市场经验让她坚信，这样的产品结构布局，应该是一条相对稳妥、充满前景的发展之路。

厂里原来的滞销产品基本被市场无情淘汰，只能重起炉灶。在技术部门的努力下，借助传统瑶医开发的一款新产品——瑶方国药金松止痒液问世了，牌子还用原来的老牌子。由于生产处于摸索阶段，加上产品单一，设备负荷远不能开满，只能先安排少数职工回厂复工，大部分人还得继续在家待岗。不过黄雅琴信守承诺，通过渠道给仍在待岗的职工发放了基本生活费，也算是给这些困难家庭解了燃眉之急。

有总比没有好，职工们也只能在希望中继续等待。

金松止痒液的问世，也给偏僻闭塞的四十八弄带来了一丝希望的亮光，生产金松止痒液的原料，便是九万大山四十八弄地区常见的千里光、白鲜皮等草药材。

然而止痒洗液产品终究没能一炮打响，类似的产品太多了，一抓一大把，远远比不过那些名声显赫的大牌子，加上没有自己的原材料种植基地，只能依靠高价收购当地野生资源，或到外地采购原料，生产成本偏高，产品价格上却毫无优势，根本不具备市场竞争力，无法突出市场重围，销售日渐式微，生产出来的产品，一堆一堆码在仓库出不了货。即便出了货，发到了经销商手里，货款也很难回笼。几乎所有的经销商都以产品卖不出去为由，拒绝付款，问得不耐烦了，便丢过冷冷的一句："要不你们还是把货拉回去吧，也免得放在我们这里占地方。"

听听这口气！话虽然难听，说的却是残酷现实。

也有个别卖出去了的，但就是赖着不结账，他们也有他们的理由："没错，货是销出去了，但人家没把款打来，我们拿什么给你们支付？"

反正都是理，而且理直气壮，不容辩驳。

产品销售遇阻，也让四十八弄采药人的美好希望成了泡沫。

黄雅琴只得调整思路，转而盯上了时下炒得很火的灵芝产品！

这歪打正着走的一步妙棋，主要归功于公司的总工程师柳频。

年过不惑的总工程师柳频，是公司的技术元老。柳频自幼患有一种罕见的怪病——骨结核，历尽艰辛四处求医无果，正所谓福无双至祸不单行，到三十多岁时，又突发眩晕症，长期遭受双重疾病的折磨，使正处壮年的他变得体质越来越羸弱。然而，天无绝人之路，经过无数周折，最后终于寻到了救星，在九万大山访得一位民间老中医，也没有别的复杂药方，就让他坚持用一味药材服用调养，没承想，一年之后，长期困扰自己的痼疾，居然奇迹般地痊愈了。

柳频长期服用的神药，便是后来名满天下的九万大山赤灵芝。

自打大病痊愈后，柳频便与灵芝结下了不解之缘，开始专注于灵芝菌种选育、灵芝人工种植以及灵芝与疾病治疗的研究，二十余年痴心不改，并终有所成，可谓融州灵芝研究第一人，响当当的权威专家，无人不知，无人不晓，也无人能敌。

天地良心，谁都晓得灵芝是个好东西，在未曾普及到老百姓生活的旧时代，一直被誉为治病圣药，是延年益寿的人间仙草，吉祥如意的美好象征。而今，传奇般的九万大山赤灵芝，更是在柳频总工程师的身上得到了完美的印证。

桂北九万大山，世界动植物资源的理想天堂，南方赤灵芝的故乡。

将灵芝产品项目引入企业生产，正合了仙雅堂的名分。

黄雅琴与柳频总工程师就开发九万大山赤灵芝产品进行了反复的动员和讨论，最后说动了柳频总工程师，全力进行赤灵芝新产品开发。

生长在九万大山密林深处的赤灵芝，被以最原始自然的方式请到了仙雅堂的生态灵芝透明工厂。

"灵芝也能这样放在房子里种啊，不是长在深山老林的天然仙草吗？"

职工们一开始都不敢相信，总是发出一连串的质疑。

柳频笑眯眯地告诉大家："你们只管按标准要求做，把菌棒码好来，到时候看结果就晓得了。"

果然，再过一段时间，奇迹出现了。菌棒墙上陆陆续续钻出了一朵朵美丽的小赤芝，渐渐越长越大，越长越密集，长成了你挨我挤的灵芝墙，一排一排煞是壮观。

瞧，透明的玻璃大棚内，一垛垛排列整齐的灵芝墙，正上演着一场奇妙的生命成长变奏曲，墙体的每一格，都安放着一个生机勃勃的圆筒，那是特制的桑枝木培养菌棒，圆筒的一头露出来，那神奇的灵芝就长在圆筒的头上，一朵朵呈美丽的深褐色，菌盖上绕着一圈一圈的纹理，犹如天空中飘移着的祥云，让观看的人心里感到安详、圆满。

独具匠心的妙手巧扮，让工厂内一道道别致的"灵芝如意墙"，成了仙雅堂最神奇的景致：通过先进的智能化声光电和造景方式，全环境模拟菌类天堂九万大山野生灵芝生长的自然生态，使人工栽培灵芝有了最接近野生灵芝的优良基因与生长环境，这是南方赤灵芝培植的一大创举，柳频总工程师也因此而成为国内灵芝创新研究的领军人物。

"用桑枝培植出来的灵芝，孢子粉有效活性成分比普通的灵芝高出一倍，这是我们仙雅堂的独家发明。"

柳频总工程师在成果总结会上高兴地向到会的专家、领导汇报着最新的科研成果。

九万大山赤灵芝仿自然野生栽培大获成功，为赤灵芝系列产品的开发提供了先决条件。很快，在柳频总工程师和技术人员的共同努力下，生态灵芝孢子粉胶囊、灵芝破壁孢子粉、灵芝茶、灵芝酒、灵芝化妆品等系列高科技产品相继诞生了。仙雅堂灵芝系列养生保健产品一经面世，便在市场上一炮而红，供不应求，终于为艰难经营的仙雅堂公司解了燃眉之急。

然而，赤灵芝系列产品刚走上轨道，且人工培植和深加工生产规模非常有限，依然没法解决全部职工的上班问题。继续待业在家的职工，虽然每月有固定的基本生活费领取，但依然生活艰难，这让黄雅琴心中很不是滋味。她清楚地知道，要想让企业能够长久安稳地发展，必须让所有员工的工作和生活问题得到妥善彻底的解决，让他们看到希望，永无后顾之忧。所以，必须继续寻找新的办法，开拓新的路子。

　　"同志们，再给我两年时间，也许用不了两年甚至一年，我一定想办法全部解决大家的工作问题！"

　　当着全体职工的面，黄雅琴给自己立下了军令状。她心里清楚，解决不了所有职工的工作问题，她这个"买来的老板"，迟早得"卷铺盖走人"。

二

　　这天，黄雅琴坐在书房里看报纸。突然，一则消息让她的眼睛一亮。

　　灵芝之后，又一株神奇的仙草不期而遇地降临了。

　　报道很简短，大意是说，世界卫生组织决定未来将从中国大量采购由中国青蒿素组成的复方产品替代奎宁产品治疗疟疾。一般的读者，大概也不会在心里引起什么太大的波澜，可是对于在医药市场闯荡多年、经验丰富的黄雅琴来说，意义却非同小可，简直是天降喜讯！

　　疟疾自古以来就是十恶不赦的流行疾病。史记，在第一次世界大战期间，殖民非洲、亚洲等地的欧洲部队曾经暴发过疟疾，特别是在东非的英军，感染疟疾丧生者高达十万人以上。作为世界上最古老、最普遍、最严重的热带疾病之一，瘟疫疟疾一直是许多贫穷国家的主要传染病，如今仍在疯狂肆虐着人类的生命健康，全世界受疟疾影响者总计超过五亿人，每年约有一百万人死于疟疾折磨，其中百分之九十左右发生在撒哈拉沙漠以南的非洲，而南亚和东南亚，以及中南美洲也是疟疾的高发区。消除疟疾是世界广泛关注且亟待解决的重要公共卫生问题。

然而，此时中国的普通老百姓，甚至很多具有生物学背景的科学工作者，对于青蒿素都知之甚少，对于几十年如一日研究青蒿素并取得伟大成果的杰出医药科学家屠呦呦及其科研团队，竟然一无所知。这是怎样一种悲哀啊！

关于抗疟疾的新药研究，早在二十世纪六十年代便已开始，当时正值越南战争，越美交战双方都减员严重，并非由于战斗残酷，而是因为"第三方敌人"——蚊子，成千上万的士兵，被携带疟疾的小小蚊子叮咬之后，出现群体感染，因没有治疗的特效药物，很快完全丧失行动能力，只能痛苦地等待死亡到来。当时，越南国家主席胡志明，在绝望之中向中国，向毛主席伸出了求援之手，希望中国能帮助他们找到可行的办法，研制出治疗疟疾的特效药。在毛主席指示下，研发抗疟药物成为当务之急，一九六七年五月，中国政府正式启动"五二三项目"，中医科学院中药研究所研究员屠呦呦临危受命，担任科研组组长。为了早日研制出治疗疟疾的特效药，她遍查上百份中国古代医学典籍，从中汲取创新灵感。一天，无意间读到晋代葛洪的《肘后备急方》，书中提到一条处方，说是青蒿能治愈疟疾导致的发热症状。受此启发，屠呦呦将青蒿提取物用于疟疾细胞进行试验，并冒着生命危险，在自己身上反复进行验证，终于获得成功。而这一切，只是在多年之后评选诺贝尔生理学或医学奖之际，英国普罗派乐卫视在制作"一位伟大科学家的传奇故事"的报道时，才被公开披露出来，一时震惊了整个世界。随着世界卫生组织正式将青蒿素列入"基本药品目录"，从此，疟疾在全世界造成的死亡人数下降了近百分之五十，多个国家甚至彻底根除了这种疾病。当然这又是后话了。

屠呦呦与她的团队研究出来的抗疟疾新药，却一直养在深闺人未知，事实上，新中国成立后，特别是近些年来，由于严防严控，作为曾经肆虐中国人健康的传染性疾病，大规模疟疾的发生基本被消灭了。治疗疟疾的新药研制出来后，国内的用药量自然十分有限，也就无需做过多的推广宣传，导致搞医药销售的黄雅琴对此"孤陋寡闻"。

此刻，关于青蒿素产品即将大量出口世界的并不显眼的消息，让黄雅琴心里为之一振，从短短的两行消息文字里，敏感地意识到：辛苦寻找的新商机终于送上门来了，而且这是一个前途无量的巨大商机！

黄雅琴一敲桌子，顿时激动得差点从座椅上跳起来。

"众里寻他千百度，那人却在，灯火阑珊处！"

黄雅琴用手摩挲着报纸上的黑色铅字，不由得兴奋吟诵起来。

"老吴，达令，中午加菜，我们喝两杯！"

黄雅琴对着正在搞卫生的爱人吴晓华大声喊道。

"发癫啊，你小声点行不行，一栋楼的人都听见了！"

吴晓华停下手中的活路，抹了把额头上的汗珠子，两手撑着拖把杆，直直盯着黄雅琴。公司目前运转并不顺畅，灵芝产品销路虽然不错，但毕竟生产规模尚小，产品数量非常有限，加之研发成本比较高，一时还赚不了多少利润，其他产品依旧市场疲软，对他这个挂名的公司总经理兼家庭半边天来说，影响可谓不小。每天进出小区，人们看自己和黄雅琴的眼色，总觉得怪怪的，似有猜不透的深意，但他只能装出一副莫名的神态，以不变应万变。他甚至曾在私下里埋怨过黄雅琴，本来广东的生意做得风生水起顺顺当当的，竟要头脑发热回融州来收购这个停产关门的破烂药厂，还不计成本一个劲地往里面砸钱，如今都成填不满的无底洞了。有时就会忍不住牢骚嘀咕："简直就是魔怔，不可理喻。"

不过爱人的脾性他早已摸得熟透，一旦认定的事，就是十头牛也难拉得回来，干预不仅没有用，还会带来反面效果，只好听之任之，随她去折腾。左右这份事业也是她自己奋斗出来的，话语权握在她手里呢，说句不中听的话，就是把这份家业折腾光，他吴晓华又能怎么样。谁功劳多贡献大，谁就能把握主动，掌控大局，这个自知之明他还是有的。

"中午加菜，好好整两杯。"

黄雅琴降低了声音，轻言细语重复着，表情中带着几分神秘。

"什么喜事把你喏瑟成这样？"

吴晓华并未在意黄雅琴脸上的神情变化。

黄雅琴拾起桌上的报纸，递向吴晓华："喏，你看看这个！"

吴晓华接过报纸，在黄雅琴的指点下，不情不愿地浏览着报纸上的消息。

"我眼拙，看不出有什么大喜事值得你这么高兴，还要整两杯来庆祝。"

吴晓华依旧不以为意。

"喏，看这里看这里，你再仔细瞧着点，这个信息量可丰富了，里面藏着天大的商机呢！"

黄雅琴抑制不住满脸的兴奋。

"我还是看不懂。"

吴晓华将报纸递还给黄雅琴，转身欲继续打扫他的卫生，几天没拖地板，到处落满了灰尘。作为非常时期的公司董事长，日理万机的黄雅琴自个忙她的，没有闲空操持家务，只好全落在吴晓华这个大老爷们身上。

"你听我好好给你说嘛！"

黄雅琴一把拉过吴晓华，将他按在沙发上，自己也紧挨着坐下。

"说吧，我洗耳恭听着呢。"

吴晓华看着黄雅琴，耸了耸肩。

"你看啊，这报上是怎么说来的？"

黄雅琴侧着头问吴晓华。

"我懒得看——莫非还能看出朵花来不成？"

吴晓华故意将脸别过一边，但眼睛的余光却不由自主地重新在报纸的字里行间努力搜寻。只怪自己嗅觉迟钝，终究没能嗅出其中的奥妙。

黄雅琴用手指揿着报纸上关于"世界卫生组织决定未来将从中国大量采购由中国青蒿素组成的复方产品替代奎宁治疗疟疾"的文字，一字一顿地念给吴晓华听。

关于疟疾在世界上的蔓延，做医药市场的黄雅琴并未知晓具体情况，但从报纸上所透露的消息看，既然是世界性的，那数量无疑是巨大的，另一个方面说明，青蒿素复方产品生产的范围目前并不广泛，产量一定也不会太大，但是，国外的病例和药品需求量，至少在非洲及东南亚、中南美洲等一些贫穷落后的国家和地区，那可是十分庞大的天文数字。黄雅琴闭着眼睛也能估摸得到。

"这就意味着青蒿素复方产品的需求量将大幅增加，国内现有的青蒿素产能肯定远远不够，迅速扩大生产规模势在必行。"

黄雅琴一板一眼地对爱人吴晓华分析着。此时的她，多么需要一个热切、知心的倾听者支持者。

"人家扩大生产，你在这里激动什么？有精力还是好好琢磨琢磨我们仙雅堂怎么满血复活吧！百多号人等着你去喂饱呢。"

吴晓华鼻子里哼哼着，还是不能把报上的消息与黄雅琴的兴奋紧密联系起来。

"人家扩大生产，我们是否可以从里面分一杯羹出来？"

见爱人还不开窍，黄雅琴只好把话挑明，继续引导。

"你是说，我们也来搞这个青蒿素加工生产？"

吴晓华眼睛瞪得像两个灯笼。

"难道不可以吗？"

见吴晓华一脸疑惑，黄雅琴不禁反问。

也不光是反问吴晓华，更多的也是在反问自己。黄雅琴反复玩味着报上的消息，越发觉得这就是一个千载难逢的天赐良机。

当然，这还只是黄雅琴个人头脑里临时冒出来的一己意向。她要将这个临时而起的一己意向灌输给身边的人们，征求大家的意见，当然，接下来还要进行项目的可行性研究与论证，绝不搞拍脑袋决定，三个臭皮匠赛过诸葛亮嘛。爱人吴晓华无疑是征求意见的首选对象，最最亲近的左膀右臂。层层关节打通，统一了认识，才好下定决心，申请立项。成与不成，先给它批个八字掐算掐算。

"我觉得这个项目具有很大的可行性，市场前景一定十分乐观，做好了更是功德无量。"

黄雅琴盯着报纸继续说，已经完全沉浸在对这个项目的美好憧憬中。

"你就做你的春秋美梦吧！"

吴晓华起身准备去厨房做饭，对于黄雅琴临时起意的想法并不苟同，仅凭报纸上一句话，就轻率地给企业产品发展方向做决定，太不靠谱，说白了这就是一种随心所欲不计后果的冒险主义。

"梦想总要有，万一实现了呢？"

黄雅琴冲着吴晓华的背咯咯一笑。在其他产品产市场疲软的情况下，这未必不是一条柳暗花明的新路子，很值得试探。

厨房里响起有节奏的锅碗瓢盆的乒乓声。

黄雅琴拿起手机拨通了项目副总林子风的电话："子风，你在哪里？"

"我在公司呢，董事长有什么指示？"

林子风在网上搜集相关的项目信息，筛选了好几个项目，可是一比对，总觉得不太符合公司的实际，而且短期效益和发展前景都不甚乐观，只好无奈地叹着气。正一头雾水间，董事长猛不丁打来电话，让他心中甚是惶恐，以为要追问他项目信息调研进度，不知该如何向董事长汇报交代呢。他知道，找不着合适的项目，董事长比自己还要着急万分。

"你中午来我家一趟吧。"

黄雅琴说得有些突兀。

听董事长这样一说，林子风心中更加忐忑，老久才嗫嚅着回答："好的，我吃了饭就过去。"

"下班就过来，来我家吃饭吧，好久没开胃了，中午和我家老吴整两杯——噢，对了，记得叫上凤章，你们两个一起过来，顺便聊点事情。"

黄雅琴打断林子风的话，对着手机悄声叮嘱。

凤章就是公司主管市场的副总肖凤章，平常做事倒是蛮有魄力，企业刚改制那会，供销部率先取消基本工资，让销售人员按销售额拿提成的政策，就是他提出来并在班子会上讨论通过，最后强制实施的。刚开始的时候，遭到了供销部全体员工一致反对，后来绩效工资一出，立马分出高下，业绩好的一个月甚至拿到过上万元，比他这个副总工资还多出几倍来，业绩差的，那不好意思，给全厂垫底吧，连全厂平均数都不到。成绩面前论英雄，这下业务员没话说了。但这样一来，车间人员又不干了，认为是肖凤章利用职权维护部门利益，搞小圈子保护。肖凤章顶着压力不为所动。然而好景不长，因为产品方向出了问题，光靠销售人员拼命推销，终究无力回天。

黄雅琴知道，这是一位很有魄力的干将，头脑灵活敢作敢当，心中自然十分赏识，接手公司后，供销这一块的所有业务，依然让肖凤章全权掌管把控。用人不疑嘛。

黄雅琴挂掉林子风的电话，心里不踏实，又拨通了肖凤章，让他与林子风一起到家吃午饭，说是有事商量。

打完电话，黄雅琴冲着厨房喊："多做两个菜，我叫了林子风和肖凤章一起过来吃，他们说要和你喝两杯呢。"

"莫非你要和他们在家里谈项目的事？这么大的事情不去公司谈，在家里能谈得出什么板路来？"

厨房里传来吴晓华的抱怨。倒不是不欢迎两位副总来家里，只是觉得这么大的事情，应该有个正式场合来讨论，也显得严肃、郑重其事些，不能一拍脑壳就下决断。

"有什么不能谈的？"

黄雅琴并不认同爱人的观点。在家里就不能商量公司大事，谁打的卦牌？

黄雅琴突然叫林子风与肖凤章去家里吃午饭，还说要整两杯，董事长这葫芦里究竟卖的是什么药呢？两人都丈二和尚摸不着头脑，如坠五里雾中，可是电话里也不好问得详细，只得遵照黄雅琴的吩咐，怀揣着各种猜测，懵懵懂懂地前往董事长家，好在平常大家关系融洽，私底下相互走动得比较频繁，熟门熟路，也不必讲太多客套。

听到敲门声，黄雅琴赶紧起身去开门。

"董事长——"

两位副总齐声问好。

"快进屋，菜一会儿就上来，我们边吃边聊，有个大事要请你们两个过来先商量。"

黄雅琴往屋里让着两位副总，又冲厨房催促道："老吴，菜好了没有？子风和凤章过来了。"

"好了好了，马上齐活。"

吴晓华一手端着一盘蒜苗炒腊肉，一手托着一盘酸辣魔芋豆腐，从厨房里踮着出来，手可能被盘子烫到，走路一下变得有点急促。

"吴总辛苦了，劳烦您亲自下厨！"

两位副总欠身打着招呼。

"没什么招待，炒两个家常菜。"

吴晓华又整出一碟花生米，一碟青菜，一碗丝瓜蛋花汤。

"四菜一汤，标准餐。"

黄雅琴一边调侃着，从餐柜里拿出一个装米酒的小土坛来，给三人一个倒了满满一大杯。自己倒了一杯红葡萄酒。

"你们两个与老吴待遇一样，我搞个特殊。"

黄雅琴一边倒酒一边说，脸上笑容可掬。

"董事长，到底什么大事？"

酒还未下肚，两位副总便忍不住询问起来，他们没法掩饰心中的忐忑和期待。

"你们看了今天的《人民日报》没有？"

黄雅琴抿一口红葡萄酒，右手轻捏着高脚杯的脚把，摇荡着继续醒酒，犀利的眼睛紧紧盯住两位部下。

林子风和肖凤章你看看我，我看看你，疑惑地摇摇头。两人平常工作比较忙，哪有闲心看报纸。

黄雅琴走到沙发旁拿起报纸，递给林子风："喏，你们两个先看看这则消息。"

"世界卫生组织决定未来将从中国大量采购由中国青蒿素组成的复方产品替代奎宁治疗疟疾……"

林子风轻轻地念着报纸上的文字，突然像哥伦布发现了新大陆一般，兴奋地叫起来："董事长，你的意思是，我们也要赶这一趟青蒿素的车？"

"你认为呢？"

黄雅琴不置可否，把问题推回给两位部下。

"这消息说明青蒿素市场将从国内扩大到世界，而且订单有了保障，肯定是个有利可图的长久项目。如果我们能够加入到这个项目当中，把握得好的话，那公司今后的发展前景将不可估量。"

肖凤章说出了自己的看法。

"我也是这么想的。"

真是英雄所见略同啊，黄雅琴满意地点点头。

可怎样才能够搭得上青蒿素这趟车呢，究竟该从哪里入手？这可是个棘手的难题。几个人一时都没能理出个清晰的头绪来。

"这样，你们两个先从网上找找青蒿素项目的有关信息，尽量整得全面深入清楚明白些。到时我们再弄个完整的《可行性研究报告》报到县里去。如果能够引起县里的关注和重视，不管是项目的立项，还是建设资金方面，问题就可能迎刃而解，容易得多。"

酒杯叮当间，黄雅琴向两位副总下达了工作指示。

"行，我们马上分头行动。"

两位副总端起酒杯，脖子一仰，咂咂嘴，齐声应道。

三

关于青蒿素生产的原料来源，从小生长在融州的黄雅琴早已了然于心，成竹在胸。

原来，就在桂北融州，特别是四十八�石漠化山区，连绵无际的山地缓坡上，到处肆意生长着茂密的野青蒿，本是令当地村民十分头疼深恶痛绝的"害人草"。虽然乡亲们也知道，这臭味难闻、牛羊不啃的野青蒿可以当药来使，感冒中暑没钱看医生，就采点青蒿草来熬水喝，也能治病，效果还特别好，炎热的夏日还能点燃干蒿草，靠着它散发的浓烈苦味驱赶密集的蚊虫。然而却没人了解，它所潜藏的惊人的经济价值，因此一直被人们视作"贱草"而遭到厌弃。更何况，"蒿草满地"从来就是贫瘠、荒凉的代名词，越是遍地丰茂，便越是目不忍睹，令人揪心。多少年来，这种从不被当地人待见的野青蒿，成了压在乡亲们胸口的一块心病，他们在心里祈祷着："什么时候布洛陀爷显灵，让这漫山遍野泛滥成灾的臭青蒿，都变成绿油油的花生、芋头、红薯、土豆，那该多好啊！"

乡亲们感受太深了，每到流火七月，长势迅猛的蒿草蹿到一米多高，甚至盖过大人的肩膀、头顶，那架势，简直要占据乃至无情地吞没整个四十八�呢。

"三月茵陈四月蒿，七八月时当柴烧。"乡间的民谚道尽了青蒿草在老百姓心中的价值观，青蒿药性最好的时候就在农历四五月间，到七八月时药性就要大打折扣了，充其量也就是"当柴烧"，并且是极不理想的柴火。

没有人能够预见，终有一天，长期被当柴烧的臭青蒿，也要摇身一变，成为四十八�人脱贫致富的"摇钱草"了。

"如果在融州建设青蒿素初加工生产工厂，就目前来说，完全可以就地取材，现成的野生青蒿遍地都是，丰富得很。据了解，除融州外，周边几个石漠化较严重的县份，比如罗城、宜州，甚至更远一些的环江、巴马，大抵与四十八�差不多，都是野生青蒿草生长的密集区。"

肖凤章也把自己了解到的情况汇报给黄雅琴，并建议既然要建这个青蒿素厂，就应该"当机立断，宜早不宜迟"，免得让别人抢占了先机。

"唔，肖总这个意见很好。现成的野青蒿是我们建厂得天独厚的原料优势。先把厂子建起来，以后要扩大发展，我看可以人工种植，完全没有问题。"

想不到，贫瘠的四十八�把青蒿素生产的原料问题给提前解决了，这是最令黄雅琴欣慰的大喜事，兵马未动粮草先行，四十八峁方圆百里，真是一个天然的聚宝盆啊！千里光、白鲜皮、九万大山赤灵芝之后，又是遍地丰茂的野青蒿——

再看看青蒿素市场的动向，更是形势一片大好，前景光明。世界卫生组织向中国扩大青蒿素产品购买量的决定，很快引发了国内青蒿素产品收购的热潮。市场上青蒿素半成品每公斤价格从两千元一下猛涨到八千元，整整翻了两番。

"看来，我们这个项目是走对路子了！"班子会上，黄雅琴忍不住感慨起来，"同志们加油，就是脱层皮也要提前完成项目建设，争取在明年青蒿收获季实现投产，来个开门红，大家有没有信心？"

黄雅琴目光犀利地望着在座的所有人，眼睛一眨不眨。

"有！"

在场的人都被董事长的情绪感染了。几个月来，为了早日建成青蒿素生产车间，个个都没日没夜地忙活，但大家心里都有一杆秤称量着，没有人比董事长更操心，更辛苦劳累。

还好，原来闲置的部分车间和生产设备是现成的，稍作整合改造就可重新启用，不仅节省了项目的投资，同时还加快了建设的进度。

对于这个项目的建设，县里态度非常明确，用县长郑明文的原话说，"也是前所未有的重视"，在立项申报和资金筹措方面，给予了不遗余力的支持。

一旦青蒿素生产获得成功，无疑能够带动四十八峁等青蒿资源丰富的落后山区经济发展，对于这些地区农民群众依靠青蒿收益改善生活乃至脱贫致富，都具有不可估量的积极意义。这一点，不仅黄雅琴心领神会，县领导们的心里，更是明镜一般。

四

仙雅堂青蒿素生产线正式建成之际，正好赶上青蒿收获季节。原先待岗在家的职工，终于全部回到公司上班了。

从新闻上得知，我国已在中非合作论坛北京峰会上庄严承诺：今后三年内，将向非洲提供巨额无偿援款帮助防治疟疾，用于提供青蒿素药品及设立三十个抗疟疾中心……

这个振奋人心的好消息，对于正在开拓青蒿素产品的仙雅堂药业公司来说，无疑是"春雷一声震天响"！

竣工祝捷大会上，黄雅琴当着全体职工，动情地说："工友们，实在对不起，一年多来，很多同志都没有班上，家庭经济发生了极大的困难。但是，公司领导没有一个闲着，为了新的项目，付出了不少心血，相信同志们都能够理解。从现在起，大家又回到了工作岗位，又有班上了，机会的确来之不易，我们一定要万分珍惜，在自己的岗位上发出自己的光和热。大家说，好不好？"

"好！"

供销部的李子洲第一个带头鼓掌，紧接着全场响起了雷鸣般的掌声。

李子洲的"七小童子"运动鞋专卖店磕磕绊绊开到现在，除开房租和税收，虽不说白打工，终究也没多少利润。以前因为没地方可去，只好勉强支撑着。现在新项目已经建成，投产在即，马上可以回公司上班了，便一心想把专卖店盘出去。

老婆吴妮也知道，不赚钱是一回事，不属意是另一回事。归根到底是李子洲的心根本不在这上面，回公司上班才是他梦寐以求的心愿。他无时不眷恋着工作了多年的厂子，那才是他真正的用武之地。

肖凤章带着供销部的人马，一呼啦全开到四十八寮，然后分散到各个乡镇村屯去收购青蒿草。

李子洲十分珍惜能够重回公司工作的机会，深有感触的他，一路上不断地训导着与自己同为一组的何浪："小何呀，我们还能够一起出来跑业务，一定要好好干出一番成绩来，要不就真辜负了这次转产的好机遇了。停产待岗的日子可真难熬。"

科班出身的何浪大前年大学毕业，阴差阳错应聘到了仙雅堂，本以为学市场营销的自己，从此可以在供销部大显身手，却偏偏一来不久便碰上了公司被迫停产，一身武功不得施展。不过，他倒不像李子洲这样的死脑筋，在公司停产的这段时间，很快便找到了新的工作，在一个大商场里做销售主管，待遇也不错，但他也念念不忘仙雅堂，对仙雅堂似乎情有独钟，一天到晚打听公司何时恢复生产，好重新回到仙雅堂的怀抱。一听说公司即将转产青蒿素，立马报名回公司上班，早早把大商场的销售主管之职辞掉了。

李子洲与何浪来到古板村，先去找村委会，准备先在村委办公楼前挂一横幅，做个热身，再请村干部引导他们到各个屯寨去现场宣传，这样可能收到事半功倍的效果。

在村委办门口，两人迎面碰上一打扮清凉的姑娘，双手捧着一个文件夹，正从二楼匆匆下来，一身浅白碎花短裤裙倒显得精干伶俐，看上去也就二十二三岁的样子，人长得很标致，粉嫩的瓜子脸白里透红，像打了脂粉，其实什么也没搽，一对长长的睫毛像凤凰展翅，双眼皮一眨一眨地煞是灵动，黑白分明的眼眸水灵圆润，顾盼生辉，嘴角的笑随时都挂在脸上，如迎风而开的山百合。

那姑娘见了李子洲与何浪，竟老远主动打起招呼来："两位老乡好，请问有什么事，我可以帮到你们吗？"

态度热情得可以，就像夏天里的一把火，差点把猫在李子洲后面的何浪烧化了。

敢情是把李子洲与何浪当作哪个屯寨上的村民了，以为又是到村委会找茬儿来的金刚菩萨。俗话说伸手不打笑脸人，何况还是这样一副美丽得难以拒绝的笑脸，单是那一脸亲热的真诚，就足以化解所有的不痛快——如果真有什么不痛快的话。

听口音就知道，姑娘不是本地人，而且来到村上的时间也不会太久，对村上的人事似乎并不是十分熟悉。

两人的猜测没错，眼前的姑娘正是新来不久的女大学生村官苏子媚。

"请问支书和主任在吗？"

还是李子洲老练一些，欲与苏子媚套近乎。

"你们到底是要找支书还是主任？"

苏子媚一脸正经地望着两位不速之客，反问道。

"支书、主任都得。"

跟在李子洲后面的何浪抢着回答。

"不巧得很，支书和主任两个刚好今天都不在噢。"

苏子媚遗憾地笑笑，露出两排雪白整齐的牙齿，两个小酒窝尤其妩媚迷人，看得何浪两眼发愣，张着嘴巴想说什么，却全忘了词，半天没憋出一个字来。

听姑娘说两位主要领导都不在，李子洲心中虽然泄气，却也不想就此罢休，于是清清嗓子，小心翼翼地说道：

"支书主任不在，找其他领导也一样。"

苏子媚以为被缠上了。便停下来不慌不忙地整了整身上的裙子，脸上依旧笑容可掬："老乡，那先到里面办公室坐吧，有什么事跟我说也是一样的，能解决的我尽量解决，解决不了的，等支书和主任回来，我再汇报给他们，一起商量解决。你们看好不好？"

"找你解决，请问你是？"

"噢，我是村上新来的大学生村官，我叫苏子媚，你们叫我小苏也行，叫子媚也可以。"

苏子媚从容回答，真把李子洲与何浪当成了到村委会来"搞事情"的村民。

"原来你就是传说中的大学生村官啊？"

何浪听完苏子媚的自我介绍，一下来了兴致，不再张口结舌，说话也利索得多。

"是啊——"

苏子媚看着一脸兴奋的何浪，疑惑地皱了一下眉，迷人的笑容也收敛了不少，但脸上的热情依旧不减。

"我也差点成了大学生村官呢，呵呵。"

何浪庆幸终于找到了可以交流的话题，抑制不住心中的兴奋。

"噢？"

苏子媚侧着脑袋，感到很好奇。

"骗你做什么——不过后来还是放弃了报考。"

何浪颇为自负地甩了甩遮到额上的头发。

"那你现在？"

苏子媚不禁问道，对于眼前的村民有些刮目相看了——虽然依旧猜不准他们来村委会到底是何用意。

何浪趁机王婆卖瓜起来："我叫何浪，大浪滔滔的浪，是大前年从八桂科大毕业的，本来也申请了大学生村官的职位，可是后来还是打起退堂鼓，应聘进了企业。"

"你是八桂科大毕业？"

自称苏子媚的姑娘惊奇地叫了起来。

"对啊，怎么啦？"

何浪不知苏子媚为何表现出如此的惊奇。

"这么说我们还是校友了，我得叫你一声学长师兄哈。你是哪个院系毕业的？"

苏子媚有些喜出望外，没想到在这个山旮旯里遇到了同校学长。

"经济与管理学院市场营销专业。"

何浪颇有些自负。

"我是马克思主义学院——"

苏子媚倒也不输何浪。

"幸会幸会，那我该叫你学妹啰。"

"学长好——"

"学妹好——"

"我去年刚毕业，申请了大学生村官的职位，不想分到了古板村，也算是见识了什么叫四十八崤——原来你们不是村上的村民啊？"

苏子媚长吁一口气。

"你是怎么把我们当成村上村民的呢？"

何浪有些丈二和尚摸不着头脑。

"哎，说来话长，最近很多村民为了帮扶户指标的事，三天两头来找村里，有些人根本就不符合申请条件，可是又不跟你讲道理，死缠烂打，非要村里解决不可。村支书和村主任都被缠烦了。刚才你们两个来，倒把我紧张了好一阵子，我想都没想，以为你们又是来村委会找麻烦的呢——对不起，惭愧啊！瞧你们这架势，与那些横竖闹帮扶指标的人根本就不是一个路数哈，我怎么这么眼拙！"

苏子媚一边自我解嘲，一边向何浪与李子洲道歉。

"这么说，确实经常有村民到村委会来找麻烦事啰？"

何浪听起来觉得新鲜，他似乎忘记了公司停产那段时间，下岗待业的职工，三天两头涌到公司办公室，吵着闹着要找领导给说法，害得领导好久都不敢进公司大门的事。

"谁说不是啊！"

苏子媚深有感触地慨叹道。

"这样说来，真的有点不像话！"

李子洲冷不丁从旁插上一句。

刚才，李子洲听着一见如故的两个年轻人没完没了地聊，好似旁若无人，心里也畅快，一到村里就遇见这么热心的女大学生村官，也是碰到好运气，省却不少口舌功夫。嘚瑟的何浪，抢了他这个带队组长的风头，这倒没什么，只要沟通顺利就行。可缺心眼的何浪却把话题给聊偏了，与眼前的女大学生村官道起了学妹短学妹长来，就是聊不到今天来的正题，这不尽是废话嘛！李子洲心里有些着急难忍，又不好贸然打断，怕万一败坏了这个大学生村官的兴致，惹她不痛快，给个闭门羹吃，那后面的正经事不知该如何办。正憋得难受，猛听苏子媚这样一感叹，便不失时机地附和起来，也是恰到好处地刷了一下自己的存在感。

"不过，说实在话，这也不能全怪乡亲们，家庭困难的人太多，照顾到这个，照顾不到那个。"

苏子媚轻轻叹着气，脸上的笑容完全褪下来。农村基层工作，不是人们想象的那么简单。

"就是，十个手指还不一样长呢。"

何浪也讨好地附和。

"学长说得对，不过，乡亲们也有乡亲们的无奈啊！嗨，说到底，也是村里的责任没有尽到位。"

苏子媚摇摇头，继续感叹着，显出有些不合时宜的沉重来。

"现在好了，村里的乡亲们福气来了。"

李子洲觉得此时引入今天来村里的正题，应该顺理成章、水到渠成。

李子洲冷不丁这么一说，苏子媚如听天书，不解其意，便睁着水灵的大眼睛，定定地望着李子洲，脸上露出狐疑的神色。

"对了，这位大叔，还没请教尊姓大名呢，你们今天来村里是有什么事吗？"

苏子媚话语中带着一丝歉意，大概意识到刚才只顾与不期而遇的学长海聊，冷淡了同来的李子洲。

"是这样，我来正式介绍一下吧，我们两个是县仙雅堂制药有限责任公司供销部的业务人员，今天到村里来，是有一件特别重要的事情，要请村里配合支持——"

说到关键处，李子洲却有些卡壳。

"没问题，您说。"

听李子洲说有事找村里配合，苏子媚立马恢复了刚才的热情。无事不登三宝殿，不管是不是来找麻烦，红黑都得应付过去。既然要应付过去，与其冷对还不如热处，起码第一印象得个好字，也不至于背后遭人吐槽唾骂。再说，村委会的工作宗旨就是服务群众，为群众排忧解难，解决问题。眼前来人说不定是哪路神仙也未可知，万一是颗福星呢？刚才对方不是说过村里乡亲的福气来了吗？能张口说出这样的话，谅也不是随便跑来放句空炮，装个大尾巴狼这么简单。何况对方已经亮明了仙雅堂业务员的身份。

"是这样的，我们仙雅堂公司最近引进了一个青蒿素加工生产的新项目——青蒿素知道吗？"

李子洲一本正经地进入主题。

"抱歉得很，还真不知道。"

苏子媚不好意思地再次摇摇头。

"青蒿素是治疗疟疾的良药，就是从青蒿草中提炼出来的。这药可宝贝了，我们生产的青蒿素，是要出口到世界各地去救治那些疟疾患者的，在外国被称作中华神药呢。"

说到这里，李子洲不由得眉飞色舞。

苏子媚似懂非懂地点点头，青蒿素是个比较陌生的名词，好像在哪里见过，但一时又记不起来。至于青蒿草，那就太熟悉不过了，每天必须面对的烦难课题都撇不开青蒿草，在四十八峁做农村基层工作，可以看不见村民种的庄稼地，看不见地里稀疏寥落无精打采的花生芋头红薯苞谷，却绝对不能无视漫山遍野趾高气扬的臭青蒿！谁都明白，地里的庄稼，与混杂其间的野青蒿，向来是一对你死我活却又力量悬殊的冤家对头。往往，不受待见的野青蒿，凭着顽强的生命力，争抢着地里有限的土肥和阳光雨露，反将备受呵护的花生洋芋等农作物欺压得抬不起头来，在野青蒿的淫威胁迫下垂头丧气苟延残喘，让一年到头辛苦劳作的农人痛心疾首。

苏子媚想破脑袋也没意料到，有朝一日能够乾坤倒转，遭人嫌恶心欲除之而后快的臭青蒿，竟会来个鹞子翻身，变成人人争相抢夺的摇钱树！而且，这个突如其来的美丽时刻，是如此的毫无征兆猝不及防，一下子把苏子媚搞蒙了。

"屠呦呦知道吧？"

看着回不过神来的苏子媚，何浪小心翼翼地征询着。

这一问让苏子媚有了印象，终于想起来了，对，就是屠呦呦，青蒿素的主要发明者之一。苏子媚仿佛记得曾在哪里看到过关于屠呦呦与青蒿素的报道，只是印象不很深刻，有些模糊。此时，功勋卓著的医药科学家屠呦呦，离举世瞩目的诺贝尔奖还有一步之遥，不像后来那么家喻户晓如雷贯耳，窝在村委基层工作的苏子媚，没能牢记屠呦呦和青蒿素治疗疟疾的医学发明，也属情有可原。

"如今，我们公司的青蒿素生产线已经建成，马上就要投产。生产用的原料就是四十八峁的野青蒿草，我们受公司的委托，特地前来与村里商量怎么组织乡亲们采收青蒿草。"

李子洲尽量把话说得简单明了。

"对对对，老李说得对，我们就是代表公司来村里收购青蒿草，谈业务合作的。把青蒿收购这个事做好，对我们企业，对村里的乡亲们，就是双赢。"

何浪生怕苏子媚听不明白，赶紧抢着补充。

何浪说得没错，收购青蒿草，对村里的乡亲们来说，就是一条增加收入的好门路。除了人工，什么也不需要投入，简直就是天上掉馅饼的大好事。苏子媚隐约觉得，古板村的发展，将以此为契机，恐怕真的要风雨之后彩虹将现。

前些时候，苏子媚曾向村领导班子提议，在村里引进一些特色种养项目，觉得这是乡村经济发展一个可行的方向，将来，一村一品特色经济，定会成为一种可借鉴推广普及的理想模式。至于具体引进什么可行项目，一直没能确定。

讨论来讨论去，项目引进最后却被搁置起来，除了资金技术之外，对于特色种养，村里其实是有前车之鉴的，几年前那场声势浩大最后却无疾而终的油茶种植，在乡亲们心里，留下了至今无法抹去的阴影，就连现在的村委班子，也讳莫如深，轻易不敢谈及。一朝被蛇咬，十年怕井绳啊！

为特色种养项目方案被搁置的事，苏子媚已经郁闷了好一段时间。今天，两位不速之客带来了青蒿草采收的合作请求，让苏子媚心里为之一亮。

"原来是这样啊，恁子（这样）的话，的确是件大好事。请两位放心，这件事我会尽快跟支书和主任汇报。不过我现在就可以代表村委会向你们明确表态，村里完全支持贵公司的青蒿收购工作，到时有什么具体要求，尽管提出来，我们一定全力以赴积极配合——对了，你们的青蒿收购价格是怎么定的,方便透露一下吗?我们也好先在村委班子层进行一下经济测算,心里有了底,到时向群众做宣传时也能事半功倍,容易说服动员。乡亲们都很现实,有钱赚,数字也都清清楚楚算得出来,肯定没二话,抢着做。哪个还嫌钱赚得多,怕扎手嘛!"

苏子媚问得在理。李子洲与何浪也想明明白白向村里交实底,这样才有友好合作的前提条件。否则,心里没谱的事,怎么放手发动群众?说白了,谁能平白无故地相信你,听你的?

"一级品,就是采割整齐、晾晒干爽、没有霉变的青蒿草,每斤四块钱。"

"四块钱一斤?"

苏子媚以为耳朵听错了。

"没错,四块钱一斤,而且是就地收购价格,送到村委指定地点,过磅算数。每天一结。现款。"

李子洲点头肯定。

"干的还是湿的?"

"当然是干的啦,刚才已经说过了,须是齐整干透没有霉变的,干不透的,得看情况扣除水分噢。"

"还有吗?"

"等级低的价格肯定会适当降低些。总体来说,每个等级的质量要求,都有具体的标准,我们会提前把质量等级的标准公布出来,让大家知晓,按照标准分类采收。到真正开始采收的时候,我们公司也会派出技术人员前来村里,给大家做现场示范和培训指导,这个不用你们担心。"

四元钱一斤,的确可观。到时候仙雅堂公司少不得要与村里签订一个青蒿草收购的框架协议,以确保收购工作的正常进行,这样白纸黑字大家也不用担心"杨白劳"。

但苏子媚想得更周到更细致。青蒿收购自然不会有人反对，有钱不赚是傻瓜。可是，破天荒的第一次大规模采收野生青蒿，全村全乡以至整个四十八峰都来参与，其规模可谓前所未有，大家一哄而上，谁敢保证不出一点乱子？何况，既然是野生青蒿，意味着任何人可以到任何地方任意采收，毕竟群众的觉悟参差不齐，稍有管理不当，难免出现各种意想不到的突发情况，甚至哄抢、斗殴的恶性事件都可能发生。真要是这样的话，到时候怎么应急处理？谁来负这个管理责任？

如何维持青蒿采收的正常秩序，这个问题还得及早筹划，做好全面防控的预案。防患于未然，必须做到万无一失才行。

苏子媚先在自己的脑海里盘算了一番，然后分别给村支书韦家能和村主任莫红兵打电话。

"好消息，县仙雅堂公司要到四十八峰来收购青蒿草生产青蒿素，我们村青蒿草最多，乡亲们有赚钱的机会了。"

苏子媚将李子洲与何浪前来村里联系青蒿收购的事一五一十地向两位领导进行了详细汇报。并提示这么重大的事情，绝不能草率含糊。

听完苏子媚的汇报，村支书韦家能高兴得直拍胸脯，抑郁的心一下亮堂起来，连忙嘱咐苏子媚："小苏，你先稳住仙雅堂公司的人员，他们要提什么条件，尽管答应下来，让他们吃上定心丸，至于具体如何操作，不用着急，过后我们再慢慢合计。你现在最重要的任务，就是好好招待两位客人，我这立马就回村委会。"

村主任莫红兵，与韦家能支书的意见几乎完全一致，这让苏子媚心里也彻底有了定数。

前些年，村里被前任领导班子搞得一团糟，老支书莫怀忠胆小怕事不敢作为，任由村主任覃顺水一手遮天，胡搞乱作，群众的艰难疾苦不仅没有减轻，反而日益加重，怨声载道却敢怒不敢言。最后，一个黯然落选，一个落得身陷囹圄身败名裂的下场，给村两委的继任者们敲响了警钟，也增加了极大的压力。有了前车之鉴，新上任的村两委领导，一个个做事十分认真，也十分下力气，生怕一不小心步了前任们的后尘，那就太不值当。

然而，村两委班子的兢兢业业，并没有收到预想的效果，尽管也想了不少改善经济的办法，但由于自然条件的限制，一直难有太大起色，对村干部们抱有成见的老百姓，响应的积极性并不高，守着过去日出而作日落而息的老黄历，日子仍然过得拮据艰难，龃龉村干部的牢骚怪话依然时有所闻，听起来像是拿着刀子在剜心，辣辣地痛呢。可是，又能怪得了这些冷眼恶语的群众吗？心里的苦和盼，不向村干部倾诉，又向谁倾诉？他们的困难，不找村两委解决，又找谁解决去？

总而言之，脱贫致富的道路走不顺畅，正是本届村两委班子集体所揪心焦虑的，穷根一日不除，心内一日难安。

踏破铁鞋无觅处，得来全不费工夫。仙雅堂公司要来村里高价收购青蒿草的消息，让村两委的主要领导如获至宝，冥冥之中觉得，仁慈的布洛陀爷似乎也眷顾起偏僻贫瘠的四十八峷来了。回村的路上，村支书韦家能突然觉得一身轻松，走起路来，脚下虎虎生风。

五

"没出息的货，没见过美女啊？"

趁苏子媚出门去打电话，李子洲瞅个空当，戳了戳何浪的胳膊肘。

何浪顿时觉得脸红耳热，连忙矢口否认："师傅你莫要乱扯，哪有呢。"

心里却不由得翻起了小浪花。

"你别不承认，师傅我可是火眼金睛，你是看不见自己，瞅人家姑娘的眼睛都直了，只怕你小子的小魂早已被勾住啰！"

李子洲从口袋里掏出一包真龙烟来——当然是最便宜的那种红真

龙，抠出两支，递一支给何浪。

何浪摆摆手："我抽不来，你自己抽吧。"

想想觉得好像哪里有什么不妥，接着用手指了指门口："师傅你到外面去抽嘛，屋里烟雾大，熏人。"

"噢噢，我到外面去抽，忘记了这是女士办公室。"

李子洲刚把烟点燃，经何浪一提醒，立马明白过来，夹着烟往外走去，正好碰上打完电话回来的苏子媚。

"不好意思苏村官，我出去抽支烟。烟瘾上来了，有点犯困。"

李子洲抱歉地冲苏子媚笑笑。

"就在屋里抽嘛，没关系的。"

苏子媚客气着，鼻子和脸却暴露出明显的不适感。

"我出去抽，出去抽。"

李子洲走到门口才敢抽第二口。

第一个烟圈吐出来，李子洲突然想起了以前在公司培训班上，董事长黄雅琴极力向大家推荐过一本书，是什么来着——对，好像叫作《细节决定成败》。别的内容记住没记住，但题目就很警醒人。刚才多亏了何浪的提醒——抽烟应该在哪里抽，就是典型的细节问题，差一点自己就犯了这个细节上的大错误！

李子洲在办公室外面走廊抽烟，给何浪创造了与苏子媚单独接触的条件。小伙子心里暗自庆幸，今天来村里，不仅工作进展十分顺利，更重要的是，在这里偶遇了漂亮热情又知性善感的小学妹。他有一种美妙的预感，并非自己孟浪，不出意外的话，桃花运只怕就要降临了，打着灯笼也难找的机会呢。

趁着李子洲不在场，何浪的鬼怪名堂明显多了起来，一双眼睛滴溜溜在苏子媚的办公室内到处游移，最后目光落在桌子上的一堆书籍里。

"哟，没想到学妹还是个妥妥的文学青年啵！"

何浪盯着书堆最上面一本叫《麦田里的守望者》的外国小说，发出夸张的惊呼。

"水我呢学长，文学青年谈不上，来到这个偏僻闭塞的山旮旯，平常也没有什么可以消遣，刷手机刷腻了，就看看书来打发无聊的时间，倒觉得安然些，嘻嘻。"

苏子媚微笑着，两个酒窝盛满了青春的妩媚。

"不对不对，学妹谦虚了，《麦田里的守望者》，伟大的 J. D. 塞林格，美国文学史上的怪杰，全世界年轻人追捧的大文豪，太了不起！读这种书的人，心中一定有一匹奔腾的烈马！"

好在何浪也恰巧刚刚读过《麦田里的守望者》，对 J. D. 塞林格一知半解，在学妹苏子媚面前还能勉强炫耀几句，以显示自己并非没有素养的小白丁。

何浪一句"心中一定有一匹奔腾的烈马"刚出口，深深触动了苏子媚敏感的神经，一种心有灵犀的亲切感油然而生。

"我只是闲暇时拿来消磨无聊的时光而已，可没有学长说得那么文艺，更不敢妄谈心中有什么烈马，能有一只小小的叫天子作伴就很完美了，呵呵。"

苏子媚望一眼何浪，口吻中带着轻描淡写的随意，不矫揉不造作，却浑身散发出一种诗意的纯美，透过窗外照进的阳光，在何浪的眼中和心里，烙下了无限美丽的憧憬。

"海阔天空，你的神采藏不住飞扬的青春！"

没想到自己竟然也能憋出这么一句神来之诗，关键时刻不掉链子，何浪觉得有点匪夷所思，把自己也镇住了，平素里，他可从来没有这样妙语连珠口吐莲花的灵感。

"哇，学长出口成诗啊，佩服佩服——不过你说得没错，每一个人都能在青青麦田，找到属于自己的青春痕迹，可以让年轻的质问、怀疑和逃避得到应有的发泄与认可，这一点我倒是颇有感触，也很赞成。"

苏子媚拢一下飘然的长发，眨着闪烁的双眸，莞尔一笑。刚才何浪说自己是个文学青年，嘴上不好承认，心里还是接受的，她喜欢阅读各种文学名著——当然，对于历史、哲学、经济、科学等知识也时有涉猎，本来自己的专业就是马哲呢，更爱在学习中保持自己的独立思考。

正是这个一拢长发的动作，让何浪看入了迷，心中油然涌起想要凑上去醋然一嗅的冒昧冲动来。

"要死啊，师傅眼睛太毒辣，真被他一语说中了，这分明就是一见钟情的节奏呢！亏得自己刚才还矢口否认，看来，以后跟着师傅混，一切都逃不过他那双火眼金睛噢。"

何浪在心里暗暗感叹，却刻意装出一副没心没肺的模样来，以蒙蔽眼前清纯无邪的小学妹。

"不过，我虽然并不完全苟同作者的思想，但确实很喜欢作者飘逸空灵的叙事风格。单就小说文字来说，还是很有魅力，挺吸引人的，也许这是翻译的功劳吧。"

在貌似满腹学识的学长面前，苏子媚试着说出自己的读后感。

"爱是想要触碰又收回的手，爱是未经触碰却在颤抖的心！"

何浪再次脱口而出，这两句不像刚才被苏子媚盛赞为诗的"你的神采藏不住飞扬的青春"，绝对不是自己心血来潮的杜撰。他不记得是在哪里看过，是原著里本来就有，还是别人论述中所作的如是评判？但不管出处源自哪里，如此印象深刻的话语，正切合了自己此刻的心意，再没有比这样纯粹的心灵独白更加合适的知性表达了。他很感喟，一定是美丽的爱神、诗神和智慧女神同时附体，一齐来成全自己了。

“想不到学长还有这么高深的文学造诣啊，说真的，你应该去当作家才对，否则真是委屈你这满腹的文才！”

苏子媚拱手作揖，再次恭维。

“哪里哪里，我不过是拾人牙慧，在学妹面前班门弄斧而已，还得向学妹学习才对。学妹的真知灼见，既充满诗意又蕴含哲理，不愧是马克思主义学院的高才生。”

何浪说得倒没错，他就是拾人牙慧。诗也好，文也好，反正刚才嘣出的那些被苏子媚称之为诗的句子，除了那句莫名其妙的“你的神彩藏不住飞扬的青春”，都是借别人家的文字来过自己的嘴瘾，并非原创，不过却有如神助，在对的时间，对的地点，恰到好处地卖弄了一把，不着痕迹地实现了传情达意的美妙效果。但苏子媚的谈吐和见解，也委实令何浪刮目钦佩，闪烁着思想的火花，真正能让人开悟。

“反正我就觉得学长在这方面比我强得多，真心盼望能够得到学长的指点。对了，学长不介意的话，我们留个电话吧。”

水到渠成，却不想竟是小学妹先主动！

两人互相交换电话号码，相视一笑，从此算是正式“建交”。

“烦请小学妹到时多多给予方便，我代表仙雅堂公司，先行谢过。”

何浪双手一拱，言归正传。

苏子媚连忙还礼道：“学长客气。仙雅堂公司来四十八岽收购青蒿，就是为四十八岽的乡亲们带来福音，大功一件。我们一定全力配合好你们的工作。”

就这样，在村支书与村主任赶回村委会之前，何浪与苏子媚，两人在默契中，将青蒿收购的事圆满敲定，甚至连带队的师傅李子洲都成了使不上力的配角。为此，苏子媚受到韦支书和莫主任两位村领导的大力赞赏，当面夸她办事果断利索，有大将风范，说得苏子媚脸上红云满布。不过，这的确是她到村里工作以来，独自经办的第一件大事，心里还是蛮有成就感。

何浪也被李子洲一通夸奖，趁他去办公室外抽支烟的工夫，还没等自己发力，这小子就把事情办妥了，真正的后生可畏呢。

因为青蒿草的收购业务，何浪在这个鸟不拉屎的四十八峜结识了新上任的女大学生村官苏子媚；因为一本《麦田里的守望者》，何浪在这个乡愁弥漫的僻野荒村，与同样怀抱青春梦想的小学妹结成了志趣相投的知音，并在不远的未来，最终成就一桩令人羡慕的美妙姻缘。多年以后，每每回想起来，何浪的心里依旧忍不住偷偷发笑，师傅李子洲说得太对了，他就是被美丽动人的苏子媚迷了心窍，从一见面便心怀叵测地蓄意谋划着，如何获得这位美女村官的芳心，将其变成自己的另一半，而且居然依照自己的心愿大功告成。有时候，与早已做了妈妈的苏子媚打趣调笑，还不忘抖出来自我炫耀一番，惹得苏子媚一脸涨红，杏眼圆睁，拿眼角的余光狠狠地剜他，一边卷着袖子，翘起纤纤玉指在他眉心上使劲地戳。

"小人得志，你就是一头披着羊皮的大尾巴狼！早知道当初与姑奶奶套近乎是怀了这样的狼子野心，就不该理识你，让你嘚瑟不成，也免得被你祸害一辈子。到现在，被蒙骗着上了你的贼船，想下也下不了，我好好一朵鲜花，硬生生插在了你这泡讨厌的臭牛粪上，你就会搬出这些陈芝麻烂谷子来欺负人。哼，你你你——你赔本姑娘的青春来——"

苏子媚说着说着，竟变成了戏台上夸张的调子腔。

何浪见势不妙，慌忙软下来，唯唯诺诺赔着小心和不是，见苏子媚还不解气，便一把拉过苏子媚的手，往自己的脸上打，再不行就自己抽起自己的嘴巴来，一下一下"啪啪"作响，在空旷的客厅里发出怪诞清脆的回声，一边涎着脸央告："别生气了姑奶奶，小的知错，都怪我这张管不住的臭嘴，活该找抽。"

当然不是真打，尽管声音响亮。

苏子媚一边正告，一边就势捏住何浪的大耳朵。"你也知道错？看来不给你点颜色，你就是不长记性。"

"哎哟，痛痛痛，放开放开。"何浪夸张地嚷嚷着，趁苏子媚一愣神，嘴里又禁不住自鸣得意地在喉咙里喋喋起来，"检讨检讨下次再搞——"

声音虽小且含混不清，却依然逃不过苏子媚灵敏的耳朵。

"什么，还敢有下次？我看还治不了你了！"

苏子媚捏着何浪耳朵的手变成了扭，并且加大了劲道，这回真的让何浪痛得龇牙咧嘴，连声求饶。

当然苏子媚并不是真的生气，两人的拌嘴不过是平凡生活中的美妙插曲，平静水面掠起的小朵浪花，伴着浓浓的戏剧味，彼此心里通透得很。这是别具一格的夫妻恩爱的幸福模样。对于嫁给何浪，苏子媚是心甘情愿，也是心满意足的，她从未后悔过，甚至有些庆幸。虽然有时候嫌他嘴碎了些，但适者生存的道理谁都懂得，一个长期做业务管理的人，天天要与各色各样的客户打交道，主要得靠嘴巴吃饭呢，得练就一副铁齿铜牙才行，要是连个嘴皮子都耍不来，还怎么在风云变幻的市场上摸爬滚打左右逢源叱咤风云？

六

仙雅堂公司要来收购青蒿草，而且价格高达四元钱一斤，这个消息让整个四十八峁一下子沸腾起来。

"这是真的吗？莫不是布洛陀爷给我们送福来了？"

村民们犹豫地问着仙雅堂公司的业务人员，千百年来牛羊不嗅无人问津的青蒿"贱草"，一夜之间竟变成了来钱的宝贝，虽说这是天上掉馅饼的大喜事，动员会上也已经说得清楚明白，可大喜过望，还是有人半信半疑，心里不落妥。

"当然是真的啦，不过呀，不是布洛陀爷，而是县里的仙雅堂公司，仙雅堂公司生产的青蒿素，需要我们四十八垦的野青蒿做原料。从前人不待见、牛羊不啃的野青蒿，如今就要变成我们的摇钱草了。乡亲们，有力气多砍些青蒿草来卖，都是哗哗的票子呢。"

一旁的苏子媚替仙雅堂公司的宣传人员响亮地回答。

"苏妹子的话我们相信！"

听的人你看看我，我看看你，相互点着头，表示肯定。

"苏妹子的话我们相信！"这话对苏子媚真是莫大的鼓励与嘉奖。

自从来到古板村，苏子媚一心扑在工作上，无论乡亲们有什么大事小情，哪怕是些鸡毛蒜皮，也不管属不属于自己的职责范畴，只要碰上，便都往自己身上揽，尽心尽力得很。做得圆满的说是应该，是分内，做得不完美的，还要一而再，再而三地跟人家解释道歉，倒好像成了她的错。总之一句话，她是真把自己的心力全都交给了村里的父老乡亲。

人人心里都有一杆秤，熟悉她的人没有一个不钦佩的："一个女娃崽，离开父母家乡，肯到我们这样的穷山窝窝里来工作，又没有几多报酬，还这么费心巴力地操劳大家的事，真亏难她，不容易呢！"

但林子大了什么鸟都有，何况最难揣摩的就是人的心思。

全村三千多号人，不说家家户户穷得响叮当，掰着手指头过日子的也不是个别。

俗话说越穷越出鬼，这话一点也不假。今天这家来村里吵，明天那家到村里闹，喊得天崩地裂不可开交，有反映实际困难的，也免不了胡搅蛮缠的，什么角色都不差。但既来村委会，吵也好闹也罢，终归是要解决问题，情况各不相同，解决起来结果自然也会不一样，解决好了满意而去，解决不好继续骂娘不休不止的，也大有人在。

可是，怎样才算解决得好呢？往往是这家满意了那家不舒服，有时村干部们被缠得不耐烦，也难免爆粗，群众就会揪住小辫子，说村干部只会高高在上作威作福，吃粮不管事，不把群众的利益放在眼里，甚至公开质疑村干部的思想作风与工作能力。何况前面还出了个令村干部蒙羞的反面教材覃顺水。

"占着茅坑不拉屎，不会当就别当，老子不求你们！"

骂起人来恶狠狠的，半点不留情面。可骂归骂，事情没能如其所愿地解决，是决不肯轻易罢休的。

只有新来的女大学生村官始终笑脸盈盈，毕恭毕敬细致耐心，为了村民一丁点的小事情，也会不辞劳苦不厌其烦，分内分外，从不皱眉推诿。一对比，还是觉得这小姑娘温暖贴心，真心实意向着他们，有气也消气了。

苏子媚在村两委成了谁都离不开的救火队员。

再遇到难缠的人和事，有人立刻就会想到"叫小苏出面去解决一下"。

或者，来村里找事的人也会公开声明："喊苏妹子出来同我们讲，我们信她！"

苏子媚也不推脱，还屁颠屁颠地乐此不疲，觉得这不仅是一种信任，也是一种挑战，很锻炼人。

久而久之，便成了习惯自然。

事实上，当初刚来村里时，什么都懵懂，而现在的工作已经得心应手得多，也赢得了干部群众的一致好评，属于两头讨好的"明白人"，这就是自我磨练的结果。

苏子媚站在村委会办公室前，就青蒿收购的具体事项，耐着性子给村民们做解释的时候，何浪与李子洲两个则像树桩墩一样，立在一旁嘿嘿笑着，不时会意地点点头，表示苏村官说的没有错，是真的。有苏村官挡在前头，哪里还用得着他们两个再多费口舌，几鬼撇脱。

何浪时不时拿眼睛瞟着苏子媚，比起李子洲脸上的笑来，又多了一重难以言说的暧昧意味。

满山满坡的野青蒿，砍下来就是哗哗的票子！

四十八峉周边几个乡镇全都动员起来了。村民们明白过来后，便迫不及待地出动全家老小，做得了的做不了的，齐齐上阵，一个个打了鸡血一般，山坡洼地到处都是黑乎乎攒动的人头，第一次弄出如此大的阵仗，成千上万的人同时参与其中，漫山遍野人山人海，争先恐后互不相让，那个热闹壮观场面，啊呀呀，真是见所未见。

七

天还没亮透，成宋老汉便早早地起了床，就着朦胧的曙光磨好了柴刀，从今天起，他也要拉着二脑壳的麻花，一起到坡上去砍青蒿赚现钱呢。

家里别无长物，这块方方正正的磨刀石却是个稀罕宝贝，半年前成宋老汉在三尖坳那边的黄泥石山里偶得。当时成宋老汉背着这块磨刀石路过坳上韦大壮家门口，被正在门口晒太阳的韦大壮一眼瞧见，硬要成宋老汉停下来，让他瞧个仔细，韦大壮双手把玩着磨刀石，两眼放着绿光，对磨刀石大加赞赏，一连夸了三个"好"字，说成宋老汉走运，好久没见过这号坚货了。这块磨刀石的确不一般，通体青色中带着黄釉，砂浆细腻匀净间透着绵柔的劲道，磨出来的刀刃雪光放亮锋利无比，砍树如削泥，砍柴如割黄毛草，剁骨头好比切白菜，妥妥的磨刀石中的极品。

成宋老汉双手摁着柴刀，在磨石上反复来回地摩挲，一股一股青黄相杂的细腻砂浆，随着柴刀的来回运动，从磨石面上汩汩地渗出来，顺着两边往下滴溜，然后附在两边石壁上渐渐干涸，形成一条条粗细不均大小不一的"毛毛虫"。成宋老汉磨一阵，便拿大拇指在刀刃上轻轻刮试两下，直到认为磨得十分锋利为止，才将磨好的柴刀用清水洗净抹干，塞回木制的刀夹中，挂回墙头。又在屋内四处转悠一番，找出几副捆柴火的麻索来。然后折到床边，伸手将床上的被子用力一掀。

此时的麻花，躺在床上睡得正香，光溜雪白的身子蜷缩成一把月牙形的弯弓，一动不动，像一幅凝固的画。倘在往时，天刚放亮，睡不着的成宋老汉便要起床大解，这是雷打不动的老习惯，成宋老汉一起，醒来的麻花，也跟着窸窸窣窣地起了，不晓得做什么事，便开始满屋子和早起的老母鸡玩捉迷藏，没少被成宋老汉奚落训斥。昨晚，成宋老汉在村里老同家吃了狗肉回来，身上的劲儿特大，麻花被他一顿折腾，欢喜过了头，早上实在困得不行，便顾不得响应成宋老汉起早床，安然地睡起了回龙觉。

成宋老汉照着麻花的屁股，一竹竿拍下去，口里不住地碎哝着："懒婆娘，一天只晓得挺尸叫春，龙脉都被你睡死了，还不晓得起床吗？"

成宋老汉这一竹竿下去，麻花像触电一般，"嚯"地从床上弹起来，睁开惺忪的眼睛，看看面前凶神恶煞的成宋老汉，揉摸着被抽疼的身子，喃喃道："天还没大光光嘛，困得很咯，要睡觉觉喱。"说罢扯着被子往身上一盖，又倒了下去。被成宋折腾空的身子骨散了架似的，到现在元气还没恢复过来呢。

"败家的扫把星，还不快点给老子滚起来，要等到太阳出来晒屁股？"

成宋老汉黑着脸，继续骂骂咧咧，再次掀开麻花身上的被子。

麻花脸上露出疑惑的表情，却又不敢违背成宋老汉的意志，只得很不情愿地坐起身子，开始摸索着穿衣服。麻花现在不再裹床单了，自从前任村主任覃顺水许诺后，时不时便可以到村里去领取从外地捐赠来的新旧衣服，覃顺水出事下台，新上任的韦支书和莫主任并没有破改这个规矩，每有新到的衣服鞋袜，倒是先想起挑一份留给麻花。

其实，帮扶户的指标，最终也是经过韦支书、莫主任与其他村干部商量讨论，一致确定批给成宋老汉家的。没有覃顺水这种搅屎棍，村里的大小事情，办起来反而更加简单，更加顺就。

"这么早起床做什么嘛。"

麻花穿好衣服下床，一边揉着惺忪的眼睛，自顾自地嘟囔着。

"起床做什么，老子把你惯成懒猪了。等下同我一起到后山坡上去砍青蒿！一天只想吃现成，哪有这多现成给你塞嘴巴！"

成宋老汉手中的竹竿，依旧在另一只手上拍得啪啪直响，拍得麻花条件反射似的浑身哆嗦。为了显示自己在家里的权威，成宋老汉动不动就朝麻花打板子，有次恰好被下屯的苏子媚碰见，把成宋老汉狠狠教育了一通，后来才改了这个喜欢对老婆动粗的坏习惯，今早情急之下，一时忘记了对苏村官的承诺，麻花的皮肉可就遭了难了。

从宣布正式采收青蒿的第一天起，满坡满野就是一片热闹的混战景象。各家各户倾巢而出抢占地盘，你争我夺各显神通，有人公然画地为牢、占山为王，"这一块是我们家先占的""这一块谁也别想来砍"，甚至弄到为了几株青蒿草究竟该归谁采收而大打出手刀兵相对。那场景，真是一个你争我夺热火朝天，好一部现实版的《三国演义》！连一向八面威风的村支书村主任都压不住阵脚，只能眼睁睁看着大家乱成一团，气得七窍生烟却又无可奈何。谁都不听劝告，谁都是先下手为强，抢得赢才是赢。

"乡亲们，同志们，不要乱抢，不要乱占，都讲点风格，讲点规矩好不好？"

村支书韦家能一开始还想凭借平常的威信，对抢疯了的村民们发号施令维持秩序，可是任凭他哈着个破喇叭筒，从这个山坡到那块洼地，喊破了喉咙，就是没人肯听，指挥自然也就失灵了，争抢的局面一时难以控制。大家开始时一窝蜂地哄抢着长得高大集中的蒿草，结果那些矮小稀疏的就被糟蹋遗弃掉，这样一直持续了近半个月，囫囵砍了头一遍，再回过头来捡漏收割第二遍，反而损失了不少。

抢到占到就是赚到。连二脑壳的麻花都能明白的道理，还有谁会无动于衷呢？

不过总体来说，场面乱是乱了点，但乡亲们个个欢天喜地的，争过吵过之后，立马又投入了下一场的抢夺，一个个忙得不亦乐乎，哪还有心思听村干部们在一旁唠叨。只有当苏子媚出现在现场维持秩序的时候，乱哄哄的抢夺者，才会稍稍收敛，纷纷与笑嘻嘻的女大学生村官打招呼套近乎。

"叔伯大爷，砍这么多啊，发了发了。好好砍，一次砍干净来啵，都珍惜着点，千万别糟蹋了，每一棵都是哗哗响的票子呢。回头再来砍二次，费力费时又浪费，不划算噢。"

苏子媚指着村民们身后一片狼藉的场景，脸上依旧笑容灿烂。

"听苏妹子的，我们不再乱抢，好好砍好好砍。"

对于苏子媚的劝导，众人虽然照样阳奉阴违，但当着面还是唯唯诺诺，答应得爽快。

成宋老汉领着麻花也混在哄抢的队伍里，麻花脑壳不得劲，手上功夫倒是不赖，成宋老汉一教她就会了，哄抢起来比头脑正常的人还要手脚麻利，就是砍得不齐整，有些零零乱乱的不太好收拾。不过对于两人的收益来说，倒也没有什么影响，反正一把一把捆起来，挑回去晒干，再挑到设在村委会的临时收购站一过秤，拢成堆，车子直接拉到仙雅堂公司，照样一分钱不少。

"哟，成宋大叔，你家麻花婶婶这么厉害，一下就是一大堆，你捆都捆不赢啰。"

苏子媚特意走到成宋两口子旁边，声音有点夸张。

"苏村官见笑，傻（hà）宝婆娘就会做点傻（hà）宝事咯，嘿嘿。"

成宋老汉在手心里吐口唾沫，用力搓一搓，嘴上嗫嚅着。

"不傻（hà）不傻（hà），婶婶能干得很呢。"

麻花撅着个大屁股在前面起劲地砍着青蒿，一下又放倒了一大片，火辣的太阳下挥汗如雨，好像一点也不晓得困累——晓得也是空的，不敢停下来，成宋老汉会拿柴棍子抽屁股呢。成宋老汉跟在后面归拢扎捆，往日大老爷们干的活路，而今却让一个俊俏的二脑壳婆娘唱了主角。

经苏子媚一说，立马有人往成宋老汉两口子这边瞅，嬉皮心思随即活泛起来，免不了又要水上一番，也不避讳苏子媚。

"哟，成宋你个狗屌，看不出来啵，婆娘几时被你训练得这么活巧，你这架势是铁了心要将大伙的钱都抢到自己口袋里去哈。看你家麻花勤快麻利的，哎呀呀，从今往后，你怕是要当老太爷跷二郎腿，坐享清福了，啧啧，牛逼啊！"

"一枝狗尾巴花插在你这坨干牛粪上，还不懂得怜香惜玉，哎，可惜啊！"

有人嘻嘻哈哈地打趣成宋老汉。两只贼眼却像钉子一样，死死地盯着麻花弯腰时那两坨吊拱拱的肉团子，露出狡黠的馋笑。

"滚滚滚，少拿你爷爷寻开心。"

成宋老汉啐一口浓痰，继续埋头拢他的青蒿团子，他知道这些人一个个没安什么好心，不想理识他们。

待众人各自无趣地继续忙着自己手上的活路，成宋老汉定下心来，在后面仔细看看麻花大汗淋漓的样子，别说，还真他娘的有几分撩人的风韵呢，心里的某个地方就柔软下来，忍不住伸手到麻花的前额上，轻轻地给她拂拭雨点般滚落的汗珠。人家说他不懂得"怜香惜玉"，明明是拿自己逗乐取笑，但细想起来，似乎也有几分人情道理。婆娘是自己的，自己不贵气，谁帮你贵气呢？傻宝傻宝，终归也是一宝啊！

往后再不该动不动张口就骂抬手就打，得好好善待才是。

这样想着，脸上不由得显露出一丝不易察觉的久违的笑意来，感觉手上拢青蒿团子的动作也轻松许多。

麻花被成宋老汉突如其来的温存弄得不知所措，也回过脸冲成宋老汉吃吃地笑起来，语无伦次地说着些憨痴的话："好多好多，天多地多，砍不完啊，何得了啊，呵呵呵呵……"一时竟忘了继续挥动手中砍刀。

成宋老汉一见，又有了训斥的冲动，这是多年来一种不过头脑的惯性。可这回很奇怪，刚一张嘴，便立马自觉打住，不仅止住了骂人的念头，还破天荒地与麻花一唱一和起来："是呢，好多好多，砍不完呢，我们要发财啰！"

成宋老汉一边说着，抬手揉了揉浑浊的眼睛，发现竟莫名地有些湿润。

八

一季的野青蒿收割下来，从仙雅堂的收购点把账一结，嘿嘿，几乎每家的口袋都美美地鼓了一回。

成宋老汉与麻花两口子拢共卖得了将近三千元钱，第一次见这么多的红票子，可把成宋老汉高兴坏了。

成宋老汉关起门来，上好门栓，从里屋的夹墙缝中将裹钱的塑料袋小心翼翼地掏出来，一把捏在手上，良久，再像剥粽子般一层一层慢慢打开，然后开始在铺好的床单上一张一张地仔细排列，不一会儿，便铺满了大半张床，除了大片红色的百元大钞，更多的是五十元、二十元、十元乃至五元、二元、一元面额的各色票子，真正的琳琅满目。

成宋老汉两眼凝视着满床红红绿绿的花票子，反反复复数了一遍又一遍，意犹未尽，然后用手指在残缺的床沿很有节奏地敲着，平日

150
青蒿药神
QINGHAO YAOSHEN

里三副石磨都压不出一个响屁（闷嘴寡言）的他，居然一边敲着床沿打拍子，摇头晃脑有板有眼地哼起了俏皮的风流山歌来：

一路唱歌一路来，

一路唱得百花开，

妹是花开香千里，

哥是蜜蜂嘛万里来。

……

有钱能使鬼推磨，

有钱好找妹娇娥。

要是娇娥嫌哥穷，

拿钱砸死你亲家母。

……

临了，抬起手臂擦一把嘴角的白沫子，惬意地慨叹着："他娘的，想不到老子两个月不到竟赚了这么多，一辈子都没见过呢，又没出着半分本钱，真是布洛陀爷显灵了哈。明年再发狠点，争取卖得更多——"

兀自高兴的成宋老汉，陷入了无限美好的遐想。

麻花在鸡窝旁边守着下蛋的新母鸡，要是在往常，只要它一上窝，没多久就能很痛快地把蛋屙出来，母鸡高兴得绕着屋子咯咯叫唤，麻花也拍着双手尽情乐呵，其乐融融，可是今天不知怎么的，母鸡在鸡窝里装模作样地蹲了老半天，就是忍着不肯将蛋屙出来，害得麻花白白守了半个多时辰，有点失落与迷惘。

成宋老汉见麻花一直猫在鸡窝边发呆出神，便扯起喉咙大声喊道："麻花——你个没出息的傻（hà）婆娘，一天到晚就晓得盯着个鸡屁眼不放，还在那里发什么癫啊，快点过来，看我们挣了一满床的票票呢！"

麻花被成宋老汉一声叫唤，只好舍了鸡窝，趋到成宋老汉的身边，当看到床上琳琅满目红红绿绿的票子时，两只眼睛立马放出惊奇的绿光来。

"哇，好多钱——"

麻花情不自禁大声惊叫着，不由自主地伸出双手去抓床铺上的钱。成宋老汉两眼一横，先是一巴掌打在麻花绵软的手背上，接着又在她撅着的大屁股上轻轻地补了两巴掌，闷声闷气地警告道："你个败家婆娘，也晓得是钱啊？不傻（hà）了啵，慢着慢着，手别乱动，老实看就得了！"

麻花赶紧将手缩了回去，看看成宋老汉的脸上并无以往的凶恶相，倒生出几分难得的温存，于是听话地拿眼睛对着满床的钱扫来扫去，眼眶里竟然挤出两颗带笑的泪蛋蛋来，在幽暗的屋内闪烁着青幽的光芒。

"这么喜见啊，真是头发长见识短！明天去街上买个猪脚回来，给你开回大荤！"

成宋老汉咕哝着，将满床的票子一张一张地捡起来，叠得整整齐齐的，再认认真真地数过三遍，又拉过麻花的手，按在那叠票子上，嘴上说道："你也好好摸摸，蛮厚一打呢。"然后把它们重新装回塑料口袋中，卷成一团，小心翼翼地放到枕头底下。

麻花还沉浸在成宋老汉刚刚许诺明天买猪脚回来开大荤的憧憬里，手上摸着厚厚的钱叠子，情不自禁地嘟嚷着："喔喔，发财啰，有猪脚吃啰，吃猪脚啰！"

看着麻花的高兴样，成宋老汉也被感染了，突然想起那天在岭坡上，苏村官夸赞麻花能干的话来，心里就忍不住笑，嘴巴却喃喃不止："你个傻（hà）宝婆娘，就晓得吃猪脚啊，到处要用钱，还得办不少事呢。"

　　麻花不关心成宋老汉还要办多少事，她搞不懂，也关心不来，而明天买猪脚吃，才是令她最开心的大事情，脸上挂着两片绯红的云彩，像两只阳光下翩翩飞舞的彩蝶，在成宋老汉的面前晃来晃去，晃成一片美好的祥光，照耀着心中向往的未来。

第五章　动迁风波

一

古板村最偏僻的三尖坳上，住着韦大壮一家，在行政管辖上属于龟背屯，但与龟背屯却隔了一道陡峭的大山坡，是个远离屯子的独门独户。

村支书韦家能与大学生村官苏子媚一起，陪着县里来的蹲点扶贫干部陶丽虹翻山过岭，气喘吁吁地赶往三尖坳，来到对口帮扶户韦大壮家"认门"的时候，韦大壮正蜷在床上咳得几乎岔了气。

整整半个冬天，大多数日子就这样在床上蜷着咳着窝心着，由腿脚不便的老伴莫美珠服侍，没有几天能够顺气下床的。

"大壮，在家吗？"支书韦家能对着紧掩的门轻声唤道。见没人应声，便扯着喉咙大声喊起来："大壮，开开门啊。"

苏子媚是第三次来韦大壮家了。第一次是来送帮扶指标批准的通知，第二次是核对大壮家的医保资料。两次都是敲了半天才敲开门。送帮扶指标批准通知那次，不仅没得句暖心的话，反被躺在床上的韦大壮一顿奚落，说村里不关心自己，指标没地方安了才想起给他们家，这么多年为什么不给他家评，把苏子媚数落成了个大红脸——村里工作没做到位，她这个初来乍到的女大学生村官不好辩解呀。核对医保资料那回，也是遭了冷眼，任凭苏子媚如何解释动员，当家的韦大壮就两个冷冰冰的字一口回绝："不办！"

这次与韦支书一起陪县医保局的陶副主任来，不知又会是什么情况。

在韦支书喊门的当口，陶丽虹就开始对自己的对口帮扶对象认真地"评估"起来——真心还没见过这样破落的房子，但见：

门上的木板残缺不全，下脚的边围处豁着个半圆的大洞，应该是顽强的老鼠们"前赴后继"的功劳，或许还曾留有黄鼠狼、野山猫尖利的爪痕。从门洞外面窥进去，却是一道乌森森的虚空，像极了一只对望的眼，透着些卑微的暗淡的固执，黢黑而且漠然，仿佛还兼有些隐约的戒备、怨艾甚或敌意。一阵罡风从屋角斜扫下来，如一只突袭的老岩鹰，窸窸窣窣刮起椽檐下土墙表面剥落的尘粉，有随时坍塌的架势。

陶丽虹心里一咯噔，不由得打了一个寒噤，咧咧嘴想说什么，却在喉咙里咕噜一下又咽了回去，下意识地裹了裹身上的风衣。

这一路攀爬过来，陶丽虹算是饱尝了山高路远前路坎坷与寒风料峭的百般滋味。刚才在半路上，苏子媚就曾不住地小声提醒着她："陶姐姐，山路陡，当心脚下打滑。"

但还是出了意外，跨越一个小坎时一不留神，鞋子磕在滑溜的石头上，把左脚鞋跟也崴脱了胶，好在没扭到脚脖子，要不然麻烦就大了，这崇山峻岭坡陡路滑的，谁背她回去啊！

"韦书记，韦叔家怎么住得这么偏？"

陶丽虹本能地感觉到，这是极不适宜居住的地方，便不解地问走在前面的村支书韦家能。

"哎，说起来话长了。听说是抗日战争那时，为了躲避日本兵，大壮爷爷就住过来了，后来一直没搬出去，满打满算已是整整四代人了。"

韦家能的话有些答非所问，不过也多少道出些缘由。

"算起来整整四代人，如果儿子喜宝争气一点，早娶了媳妇，只怕五代都有了。"

苏子媚在心里盘算着，不由得摇了摇头。

本来到古板村之前，陶丽虹就曾犯过嘀咕：万万没想到，自己负责联系的帮扶对象，居然在全县最边远落后的四十八峁！要知道，在过去，这里可是土匪搭窝的地方！

谁料想，这三尖坳却是四十八峁最最偏僻的山旮旯！苏子媚早已见怪不怪了，再说自己原本就是小山沟里长大的，可对于城市娇宠的陶丽虹来说，简直不可思议。

起初刚接到定点对口帮扶的分配任务时，陶丽虹本想找局长说说情，给她换一户离县城比较近、交通条件相对好一点的人家。不是她嫌弃、挑剔，实在有自己难以启齿的苦衷，她家那口子在县丝绸公司做销售主管，经常出差顾不着家，儿子小蒙眼看就要中考，关键时刻没个人照顾真不放心。谁都明白，这年头上什么样的高中，很大程度上就确定了将来能上什么样的大学，走什么样的人生。

可怜天下父母心。儿子的前程容不得半点马虎和疏忽，万不敢掉以轻心，否则将后悔一辈子！

陶丽虹怯着胆子往局长办公室走，一边思忖着如何开口，怎样才能让局长答应自己的请求。她的内心其实是非常矛盾的，若非万不得已，本不想来求这个情，人活一张皮，一求情便觉得自己不光在领导面前失了本来的颜面，在所有的同事面前都矮了一大截。

刚走近门口，就隐约听到局长在里面发飙，因为门关着，不知道不幸被"剋"（训斥）的是哪位"不安分"的"冒失鬼"。只听得局长压着嗓子训斥道："你在这里和我讲条件，挑肥拣瘦不要去这不要去那，可你有没有想过，那里的帮扶户们要是知道你有这样的想法，抱着这样的心态，又该怎么看待？你当我们的帮扶工作是去游山玩水看风景，去悠哉乐哉图享受的吗？好好反省反省吧，我们的干部觉悟究竟哪去了？我们的党员党性究竟又去哪了？嗯？"

陶丽虹吓了一跳，敢情被局长如此上纲上线训斥的人，也是与自己一样，来恳请局长调换条件方便的人家做帮扶联系点的吧？没承想，结果却事与愿违，对口帮扶的联系户没得调换，还自讨没趣碰一鼻子的灰，被局长骂得狗血淋头，丢人丢大发了！

陶丽虹悻悻地退了回去，不敢再听墙根。她很庆幸，这位不知姓名的"倒霉蛋"抢先一步，算是给自己挡了一凶，否则，如果自己行动再快点，挨训斥丢面子的就是自己了，那以后还怎么在领导面前树立良好形象，怎么追求进步？

况且，局长早已在干部动员会上说得很明白、很透彻：有任何困难自己克服自己解决！

果然，局长说得没错。到了四十八峁，到了古板村，到了三尖坳，到了韦大壮临崖孑立、破败不堪的家门口，陶丽虹仿佛一下子醒悟过来，自己曾经的想法是多么的幼稚，多么的狭隘，多么的自私自利，多么的不可原谅。她有些内心自责，又有些暗自欢喜，幸亏没有让领导察觉到自己当初的内心盘算。

陶丽虹转过身，回望着来时的路，极目所至是群山万壑，是壁立千仞，是雾霭迷蒙，禁不住倒吸了一口冷气。孤零零地挂在腊风口的小土房，一半土坯、一半石头开着豁口的老破墙，仿佛随时都会顺风而倒随风飘散。面对着如此险恶的环境，心中突然涌起阵阵难以抑止的悲悯。

其实，苏子媚第一次上三尖坳时，也曾被这场景惊呆过。虽然自己从小生长在偏僻的小山村，但与四十八峁的三尖坳放在一起，简直就是小巫见大巫，根本没法比较。不过现在的她早已习惯，每天在古板村的崎岖山峁里奔走其间，见怪不怪。然而韦大壮家的境况，仍旧令苏子媚一见之下半天说不出话来，比自己想象的还要艰难得多，用不堪入目来形容也毫不夸张。最让人无语的是，久病在床的家主韦大壮，每每将村干部们的关心当作"别有用心"的算计，不仅很不配合，甚至出言不逊，弄得村干部尴尬难堪，下不来台。连她这个新上任的女大学生村官，都是横眉冷对毫不客气，一点面子也不给。

几个月来，古板村大大小小的屯寨，苏子媚基本走访遍了，并将各家各户的具体情况，进行过单独的分析与相对比较，并正在制作一户一策发展动向设计表。但究竟该如何发展，的确很考验人，具体到每家每户，比如眼前的韦大壮家怎么帮扶，自己也很困惑。县上定点帮扶人员的到来，并亲自主导帮扶工作，让内心焦虑的苏子媚如释重负，终于松了一口气。

"大壮，大壮——"

村支书韦家能对着大门继续喊。

然而，一直听不见回音。

"大壮开下门咯，县里陶主任看你来了。"

韦家能开始搐门板，门板发出"嘭嘭"的刺耳声。

还是没有应答。

"怕是不在家吧？"

陶丽虹犹疑地看看村支书韦家能，心想今天来得可真不是时候，第一次登门就吃了闭门羹，往后可有得罪受了。

"喜宝——"

韦家能没有接陶丽虹的茬，换着名字继续喊。

屋内依旧寂然无声。

喜宝是韦大壮的独苗儿子。路上村支书韦家能对陶丽虹说起过，二十六七的年纪，高不成低不就，既没寻着个正经事做，也找不着个囫囵对象，用他个人的评价，是"烂草一蔸野人一个"，成天东游西荡在外到处瞎混混，像个流窜犯。几个月前仙雅堂公司来四十八峊各个村屯收购野青蒿，韦大壮自己病躺在床，婆娘莫美珠腿脚不利索，还要照顾他，只能偶尔瞅空去砍一点别人落下的尾尾货，儿子喜宝总不归家，不知野到哪里去了，从头到尾就没沾过手。整个古板村数韦大壮家青蒿收得最少，自然也没得几个钱。莫美珠有时砍得一些青蒿草，想让喜宝帮去捆一下挑回来，可他总不着家，连个鬼影子都找不到。有一次，莫美珠砍了一大堆野青蒿，又一个人把它们捆拢来，费力地挑着担子颤颤巍巍往家来，忙活了一天的她，又累又饿，两眼发昏，走路都打着踉跄，差点跌下三尖坳的悬崖底去。要不是后面有人眼尖，发现得快，及时出手扶了她一把，真跌下去，只怕人连渣渣都没了。可浪荡的喜宝才不管你跌不跌下悬崖呢，过后有人把这事当作讲古（讲故事）说给他听时，他竟然不阴不阳地横怼一句："做得了就做，做不了就别做，哪个叫她去逞能的，跌死还好，眼不见为净！"

听听，这就是独苗儿子对娘老子的态度！

扶不上墙的稀泥巴，让人操心死了。

可偏偏谁也操心不上！他就像个独来独往的溜达鬼，与谁都不相干！

"这个鬼仔，想必又到哪里浪去了，不成器的东西。"

支书韦家能兀自低声骂道，口气里透着十分的不满。

韦家能喊得不耐烦，抬起手来在门板上又擂了几捶，还是不见动静，便用力推了一把，不想门吱呀一声，竟自开了——门栓没有上紧。

门一开，一个瘦弱憔悴的身影映入三人的眼帘，原来家里并非没人，而是根本懒得理识他们几位不速之客。

几只还没出月的小乳狗立即欢呼着，翻越门槛，争先恐后地从屋内跳跃而出，在三个人的脚下打着圈地扑腾，对于三位不速之客的到来，显出抑制不住的新奇与激动，代替主人尽着热忱的地主之谊——这群憨态可掬、少不更事的小淘气，正享受着无忧无虑的童真与谐趣，不像它们瘦弱却不失忠诚的狗妈妈，定定地蜷在屋子的中央，瞪着警惕而涣散的眼，甚至发出龇牙咧嘴的低吼，以示警告。

堂屋的一角是几块石头围成的柴灶，灶上架着一个缺了耳朵，外表全黑看不出质地的煮水壶，看起来像个老古董，壶嘴正"咕嘟咕嘟"起劲地往外冒着带白泡的水汽。灶塘里塞满了半湿的生木柴棒，一边流着滋滋滚烫的泪水，一边冒出呛眼的青烟，混合着壶嘴上的水汽，缭绕而上，在卤墨（熏烟灰）重重的屋顶飘忽盘桓，给黯淡空荡的屋子徒劳地增加些虚无缥缈的充盈感。

灶塘边，韦大壮的婆娘莫美珠，双手把着一个竹制的吹火筒，正费劲地鼓动着两个腮帮，往灶塘里猛吹，黯然的眼睛红肿得像一对下垂的猪尿泡，与哔哔剥剥的湿柴棒一起泪流不止。见了韦支书、苏村官与"县上来的陶主任"，也不打招呼——抑或是不知怎么招呼。

"原来在家里呀，怎么也不吱应一声呢？"

村支书韦家能环顾一下屋内四周，皱着眉头对莫美珠说。也许他早已习惯了这一家子古板阴冷的孤僻性格，并没有过多的责怪。责怪又有什么用呢？

"莫阿姨，你没作声，差点我们就要打转回去了。"

苏子媚凑上去要帮莫美珠添柴烧火，想用这种方式打破屋中的沉闷与尴尬，不想被莫美珠一手扒开，生硬地拒绝了她。苏子媚只好蹲在一旁，看着莫美珠兀自忙活。

这时，韦大壮的咳嗽声从里屋传出来，听上去十分微弱，却带着没完没了艰难顽强的急促节奏，间或发出哼哼唧唧的呻吟。

陶丽虹与苏子媚都觉得很奇怪，刚才在门外，怎么就没有听见这幽灵般的咳嗽与呻吟呢？或者是外面的风雨声太过强势，掩盖了屋内的一切？

亢奋的小狗们看稀奇一般绕着客人返回屋子，前呼后拥继续欢快地扑腾。不料忘形之下将地上接雨水的塑料盆打翻了，盆里的雨水泼洒一地，一直流向灶塘，浸到了灶塘里的火灰，"嗤"地腾起一股滚烫混沌的白浪。

小狗们受到惊吓，像一群犯了错误的毛孩子，乖乖地缩回到狗妈妈的腹下，开始拿骨碌的小眼认真地打量起几位陌生的客人来，间或用粉嫩的小嘴叼住狗妈妈干瘪下垂的乳头，一顿猛吸，一边打着翻滚的秋千。只有身材单瘦的狗妈妈，牢牢地蜷在堂屋中央，岿然不动，警惕的双眼一眨不眨，严密地监视着不速之客们的一举一动。

"没听见嘛，这是县上的陶主任，到你家对口帮扶来的。"

村支书韦家能脸上有些挂不住。莫美珠的冷漠，使他在"县上来的陶主任"与自己的小部下面前，失了应有的权威与尊严。

"阿姨你好。"

陶丽虹将带来的一袋水果放在灶边的小方桌上，弓身向女主人问候。

莫美珠还是没有接腔，面无表情地提起灶上的锡壶，弓着腰，对着黑黢黢的壶嘴"噗噗"猛吹两口，然后将壶中的水往桌上的土碗里倒，伴着蒸腾的水汽，一股浓浓的药腥味趁势窜出壶嘴，一下子弥漫了整个堂屋。

莫美珠双手端起药碗往里屋走去，一边转着圈用嘴向碗中的药汁吹着冷气，加速冷却。

里屋的门没有门板，用一块破布做成的门帘隔着，不知是什么年代留下来的老物件，日长月久的烟熏，早已辨不出颜色来，反而增加了屋内的凝重感。门帘隔断的里屋很黑暗，只在破败的后墙上开着一个方形的小窗孔，窗孔用旧报纸糊着，遮挡欲从外面侵袭的寒风，几乎透不进半点光亮。苏子媚估摸出，刚才在前门外面，为什么没能听得见韦大壮咳嗽呻吟的真正原因。

躺在床上的韦大壮痛苦地蜷成一团，像条干瘪的全虫（蝎子）。莫美珠将药碗端到床前，一手扶着韦大壮拼力撑起的背，不耐烦地给他灌喂。韦大壮挣扎着伸手扶住药碗，强蛮地要自己喝，不想手一抖，药水呛到喉咙，一口喷了出来，双泪直涌，衣襟也被药水濡湿一大片。

"慢点啊韦叔。"

苏子媚赶紧上前抚慰，从坤包里掏出一包纸巾来，帮着韦大壮擦拭嘴巴和衣服。

陶丽虹偏过头来，细声询问莫美珠："阿姨，你给韦叔喝的什么药，是医生开的方子吗？"

"自己上山采的草药。"

莫美珠撇撇嘴，淡漠地回答一声，总算是开了口。

"莫阿姨你也懂药方？"

苏子媚眼睛有些泛光，脸上现出惊奇的表情。

"听人讲有用——可吃了半个冬天也没见好转。"

莫美珠还是一副不冷不热的脸孔，神情中透着些许无奈的厌倦与茫然。

"天天这样折磨人，还不如死了算了，早死早超生，咳——"

稍稍缓过气来的韦大壮喘息着自怨自艾，又好像是特意说给韦家能、苏子媚和陶丽虹听。

"韦叔，病成这样子，为什么不去医院看？"

陶丽虹望着韦大壮，身子稍稍往前倾了倾，关心道。

"没得钱咯！"

莫美珠双手扣在胸前，一边不自在地来回摩挲，这回倒主动把话接了过去。

顿了顿，莫美珠又补充一句，仿佛是要洗脱自己的责任："他自己也不愿去，路又远，不方便——"

莫美珠的语气比刚才温婉了不少，听上去有点轻描淡写，但听话的三个人，却分明从中感受到了无助的焦虑、无奈，还有说不清道不明的怨艾。

陶丽虹脸上一沉，隔一阵，从口袋里掏出钱夹来，翻了翻，只有三百多元现金，便从中抽出三张百元来，塞到莫美珠手里："身体要紧，回头让韦叔到乡医院去看看，耽搁不得的，有困难也得想办法治啊。"

苏子媚也从包里掏出两百元来一起递过去："一点心意，先拿着吧，莫阿姨。困难总会过去的。"

作为大学生村官，苏子媚的工资的确不高，时不时还要攒些出来，帮助村里这个，帮助村里那个的，自己反倒经常成了靠快餐面接济的月光族。这两百元不算多，却是她好不容易才攒下来的"盈余款"。

莫美珠接过钱，鼻子一下就酸了，撩起衣襟不停地揩着眼睛。

韦家能听陶丽虹问起韦大壮为什么不到乡医院去看病，瞥了一眼歪在床头的韦大壮，气便不打一处来，连忙向陶丽虹解释原委："陶主任哪，你是不晓得，年年动员他们参加新农合，可他们死活不肯，与那个油盐不进的成宋，是铁屎硬梨一对，总说不花那个冤枉钱，不花那个冤枉钱。"

语气里带着明显的责备。

"唉，一年几百块，全是打水漂，哪个帮出？"

韦大壮喉咙发出剧烈的颤动声，对于农村合作医疗保险的新政策，还是没明白过来，心里总有一种本能的排斥与抗拒。

"韦叔，这样可不行啊，新农合就是帮助大家解决看病难看病贵的问题，参加了新农合，看病才有保障，没有后顾之忧啊。"陶丽虹看看韦大壮，口吻中也捎带着轻轻的提点，然后扭头望望村支书韦家能，脸上露出不解的神情，继续问，"韦书记，这个新农合参保的问题，还有没有办法解决？"

"这个倒还好解决，参保的钱回头我帮他们垫上都可以，再补个手续就行了。关键是这房子——"

韦家能话头一转，抬手一扫，环视四周，一脸凝重。

韦大壮家的房子问题，才是他担心的重点。

说到房子，其实陶丽虹第一眼见到时心里就犯起了嘀咕，只是因为刚到，还没来得及细究。既然村支书主动提起来，那就打开天窗说亮话，敞开来谈，她也觉得还是早点妥善解决了好，免得到时万一出个什么闪失，都没法交代。

三个人走出屋外，仔细打量着韦大壮家的房子，不仅破烂不堪，更是危险重重，矮小的破土屋孤零零地兀立在三尖坳的半山坡上，像一块不忍直视的老疮疤，既扎眼，更扎心。离屋后墙不到三尺远，便是陡峭的石崖，从下往上看，仿佛整座崖壁就是由这座摇摇欲坠的破房子背负着，支撑着，随时都会塌压下来；房子一侧也是刀削斧劈的悬崖，从上往下看，房子就像是别在悬崖半空的一颗布扣，脚下深不见底，怎么看都瘆得慌。

"去年春上，后边山崖因为雨水太勤，曾落下不少碎石，好彩没有砸到人和房子。"

韦家能伸手指向房屋后边壁立千仞的山崖石壁。

陶丽虹一边顺着韦家能手指的方向看，一边掏出笔记本不停地记录着，眉头紧皱："韦支书，既然是这样，村里怎么没把韦叔一家列入易地安置帮扶的对象呢？我看他家的条件很符合嘛，想办法争取易地安置指标，让他们一家搬出去，岂不是好，也省得村里老是为他们担惊受怕的。"

搬出去？呵呵，呵呵，开玩笑呢！不说还好，一说起这个易地安置，韦家能头就大了，火气噌噌地往上冲。

"陶主任，你这话可就冤枉村里了。你是不晓得，当时政策一下来，大壮家是最先一批列入易地搬迁安置申报名单的，为了做通大壮一家的思想工作，村干部们轮流来劝了不知多少回，可他就是一根筋，死钻牛角尖，横竖不同意。还当着村干部的面说了好多难堪的话，我都不好意思学给你听。"

韦家能扯起喉咙申辩。

说到易地搬迁户申报名单，苏子媚也有很深的印象，韦大壮一家的确曾有过申报表的，因为一直没有户主签字同意，只得暂时按了下来，申报表至今还在办公室资料柜的文件袋里躺着。

"为什么呢？"

陶丽虹表示不可理解。这么好的帮扶政策，一般人都抢着申请呢，这韦大壮也不像是分不出好歹的人，怎么就这么不开窍？刚开始还以为村支书是在给自己这个新来的帮扶干部打马虎眼呢。

"几辈子生活在这里，许是散淡惯了，硬说什么吃饭离不开老屋场，生怕搬出去就会失了灵魂没了根底。哎，都不知他从哪里捡来的混账逻辑，把自己整得神神道道的！"

韦家能说着说着又来了气。这回是哀其不幸，怒其不争。

"可住在这里，怕是迟早会出问题噢！又是单门独户的，前不着村后不把店，没个照应，万一出点什么事，都没人听得到音信……"

陶丽虹沉吟着。

"谁说不是啊，县里、乡里都催了好多回，村里工作做不到位，挨上面批也只得甘领甘受。陶主任你也看到了，大壮不光是身体有病，这脑袋……怕是病得更厉害噢！"

韦家能咽了咽口水，用手指轻轻点着自己的脑袋，转而补充道："对面坳那边也有两户人家，与大壮家的情况差不了多少，认真说起来，比大壮家条件应该还好一些，可人家都巴不得早早搬到城里的安置点去，争着抢着申请那个易地搬迁的指标，为了谁先得谁后得，曾经闹得不可开交，好在如今指标都已解决，顺利的话，第一批人家入秋就能搬到城里去住新房了。现在就剩下这个油盐不进的大壮家没有落实，任凭你磨破嘴皮，他就是死犟硬扛，红黑不肯应承。本来准备分配给他家的指标，只好先挪给别个符合条件的人家。牛牵马不行，他家的搬迁问题便只好一直搁到现在——有什么办法啰。"

韦家能一阵牢骚，当然也不是故意要发向陶丽虹，村里的委屈只有自己体会最深刻，但是好比喉咙里卡了根鱼刺，实在是不吐不快。

"前段时间，我在整理村上的易地搬迁动员名单时，还见到韦叔家的易地搬迁调查申报表，但户主签字一栏里是空的。"

苏子媚这话，无非是想向陶丽虹证明，村支书韦家能所说，的确不假。

户主不签字，当然不能擅自申报，更不能强行安排搬迁。现在是和谐社会，讲自愿原则，只能反复宣传耐心动员，硬性强迫可能适得其反，一味霸蛮，搞突击一刀切，弄出社会问题来，谁都负不起责任。在这个问题上，不少地方可是有过深刻教训的。

陶丽虹合上笔记本，打断两人的话："韦书记，理是这个理，可不管怎么说，我们还是得抓紧想办法，把这个问题早点解决了才成——人命关天呢。不怕一万，就怕万一……"

"就是啊，村里时刻都为他家捏着一把汗，提心吊胆的，就怕哪天突然出大事，落石不长眼，砸到哪里都是个坑，别说这个破房子。"

苏子媚对陶丽虹的意见表示完全认可。

韦家能依旧无奈地摇着头："船上人不急，岸上人急死又有什么用咯。"

他本来要说"皇帝不急太监急"的，想想觉得不妥，又改成了"船上人不急岸上人急"。

临走，陶丽虹突然想起韦大壮家有个儿子叫喜宝，便回过头来问莫美珠："莫阿姨，你们家喜宝呢，怎么不见他人啊，外面打工去了吗？"

"打个鬼的工嘛，不晓得上哪里寻魂去了，成天不归屋的收账鬼！"

莫美珠气鼓鼓地应着，将韦大壮吃药的碗"哐当"扔在桌子上，打了几个转转才停下来，差点掉落到地上。

不提喜宝还好，一提起喜宝，做娘的就满腹怨艾，胸口堵得厉害。

二

喜宝前段时间攀上了高枝，村上的"疤老大"覃瑞龙特别亲近自己，甚至把他当成了可靠的"亲信"。

这个覃瑞龙，别看年纪不大，二十三四岁的小伙子，长得白面书生一般，起眼一看斯文帅气，却是远近出了名的狠角色，在整个四十八峒是个横着走的人物，不仅在古板村称王称霸，周边的乡村更是遭其祸害不小。

说起来，覃瑞龙也是个可怜的苦命孩子，自幼父母双亡，年少失怙的他，由于没人管教，小学没读完就辍学了，小小年纪便成天与社会上的一帮烂仔混迹在一起，到处偷鸡摸狗打架斗殴，不仅学会了喝酒抽烟撩姑娘，甚至还一度沾上过白粉，全凭自己一身浑胆，居然拢着一帮小兄弟满乡满村地"捞世界"，无所事事的他们成天到处招惹是非，从这个寨子窜到那个寨子，从本村窜到邻村，从乡下窜到城里。青春年少的狗牯仔，不屈不挠的撩拐帮，精力旺盛得很，到处释放着无法扼制的青春荷尔蒙，缺根筋的脑壳里就一个念头，东方不亮西方亮，南方下雨巴望北方天晴，一天到晚心心念念到处撩骚，讲起哪个寨子里有姑娘家家，就浑身来劲，比打了鸡血还要亢奋。连龟背屯成宋老汉家的二脑壳麻花，都没能躲过这帮小无赖的骚扰，搞得成宋老汉又气又恨又害怕，却也只敢在背地里咒骂人家祖宗十八代，真正面对面见了，卵子缩进肚，寡屁都不敢放一个。

这帮天不怕地不怕的狗牯仔，放出狂言来："我是流氓我怕谁！"

山村小混混们读书不多，居然也能搬得出大作家的小说来，扯虎皮作大旗。

"我是流氓我怕谁"一度成为城市乡村街头巷尾混混们最得意的流行语录，威风威风过把瘾先！甚至有人真把这话当作为非作歹的行动口号。

听听，这没皮没脸的豪横，还有哪个敢轻易招惹？

喜宝照例与狗牯仔们一起到处去撩骚，拈花惹草比哪个都起劲。

"还是喜宝上吧，喜宝东西大，顶得住。"

有人似乎找到了撩拐的法宝，起劲地指着喜宝的裤裆。众人一听，便一齐往喜宝的裤裆处盯，好家伙，小山一般拱起来，真个是生气蓬勃阳刚威武！

"呵呵，没看出来呀，喜宝你个狗屎，还真是个淫才啊！"

一阵哄笑之后，又是一阵邪恶的调侃，甚至有人故意伸手去摸喜宝拱起的裤裆。

喜宝脸上有些不由自主的发烧，下意识地用手护着：他娘的，怎么压都压不下呢！

可悲催的是，真正到了正场合，个个争先恐后当仁不让，喜宝唯有在旁边当电灯泡的份，干陪着人家热火朝天地打情骂俏搂抱亲嘴，却没有哪个姑娘肯理识自己，鸟都不鸟一下，这个憨包，太呆板了，年纪还比同伙们大不少，又不晓得把自己装扮得齐整利落点，根本撩不出半点情趣来。

村上几个二流子甚至在覃瑞龙的鼓噪下，趁着春节期间外出打工回来的妹崽多，特意翻山越岭几十里，跑到隔壁乡的木吉侗寨、大袍苗寨去坐妹闹姑娘，一路所向披靡嚣张跋扈得很。他们不会唱侗歌苗歌，便用壮欢和客家歌凑热闹，要不就是侃板路说笑话，讲些带荤腥的故事段子，居然也能撩得花枝招展情窦初开的苗姑侗妹们心花怒放春情激荡。

横竖这些寨子都是连山共界的比邻，往来频繁，很多语言都相互通晓，习俗也彼此类似，自打新中国成立以后，各族之间互不通婚的习俗早已被打破，如今，单单一个龟背屯，就有汉、壮、苗、瑶、侗等，苗家里又分白苗与黑苗，还有"说侗话唱汉歌"的草苗，往往一家人中就把当地几个民族全都集齐了，是真正名副其实的"民族大家庭"。

覃瑞龙他们去各个寨子坐妹、闹姑娘，也会拿些见面礼放在衣兜里，哄姑娘们开心，当然不过是些又香又甜的板栗呀，金桔呀，土枇杷呀，黄皮果呀之类，家乡的小特产。小伙子带去的小礼物是姑娘们的最爱，个个欢喜得笑逐颜开。作为回报，必不可少的油茶也会让小伙子们喝到肚子装不下，肚子喝胀了还得扯起耳朵灌着喝，要不就是端出自酿的米酒来招待，喝高了喝热闹了就会有好戏上演，各人开始物色中意的对象，在相互推搡取闹中趁机坐到春心荡漾的姑娘大腿上，做起心照不宣的小动作来。只要不让火塘里的火星子飚上屋顶，任凭这帮年轻人弄出多大的动静或故事，姑娘家的大人是很知趣识礼的，定然不会出来干预。这是苗侗人家的民俗风情，也是他们的传统规矩，姑娘成年了，有权自由结交自己心仪的男子，享受原始纯粹的美妙爱情，就像到了春天的花，自然得开放，再不开放就会错过美好的季节，也要凋谢了。覃瑞龙与他的狗牯队很放肆，也很得心应手，每到一个寨子，总有坠入情网的姑娘被他们轻易地放倒在火塘边、绣楼中，或者屋外稀疏盘虬的树林下、野草蓬勃的坡地里。慢慢，便有挺着谷箩般大肚子的姑娘，陆陆续续嫁到人丁兴旺的古板村来，奉子成婚，理直气壮地当起了古板村的能干媳妇和泼辣女主人。而这样的孟浪故事，从来就是四十八峒人的一道恋爱风景，也成就了人们口中最津津乐道的爱情佳话，生生不息源源不断。

成天与覃瑞龙的狗牯队去坐妹、闹姑娘的喜宝，却总不见带过哪家的娘美（侗语：姑娘）或达佩（苗语：姑娘）回三尖坳来亮骚过。有人甚至当面撩贫他："喜宝喜宝，实在不得，就跟成宋老汉学嘛，也到路上捡一个回去，好歹开开洋荤。"

喜宝从不和人理论，咧嘴笑笑便蒙混过去。这点倒很有自知之明。

但即便桃花好运从来落不到他的癞子头上，他也照例乐此不疲。不管怎么样，跟着"疤老大"覃瑞龙混，最起码走到哪里都还能人模狗样地嗷上两句，没人敢乱打岔，偶尔还能跟着吃点香喝点辣，比起滚了一身柴灰的小地龙蜷缩在灶火塘的猥琐样，总强过一万倍，自我感觉还是蛮爽的。

带头干起坏事来天不怕地不怕的"疤老大"覃瑞龙，可不是古板村的一般人物，在十里八乡的名声如雷贯耳。

前些年，开采期满的砦云铅锌矿封矿后，覃瑞龙伙同一帮狗牯仔窜到老矿区，偷抢一个废弃的矿洞，结果被另一帮人多势众的偷抢者堵在黑暗的矿洞里进退不得。双方各不相让，扯起砍刀大打出手，一场混战下来，总算杀出一条血路，同伙们的命都安然了，自己俊朗的奶油脸蛋却被锋利的弹簧刀生生削掉一大块，骨头都露了出来，伤好之后留下一道三寸长的蜈蚣疤痕。从此便得了个"疤老大"的诨名，整个四十八�无人不知无人不晓，仿佛大难不死凯旋的英雄，受到一众小跟班五体投地的顶礼膜拜。

仙雅堂公司在四十八�大量收购野青蒿的消息一传出，"疤老大"覃瑞龙以为发财的机会来了，赶紧纠集一帮游手好闲的小喽啰，想要强占地盘据为己有，趁火打劫大捞一把。青蒿草是野生的，谁占着就归谁，在"疤老大"覃瑞龙的词典里，这叫"天经地义"，谁想要在他们圈定的地盘上收获野青蒿，很简单，得先向自己交纳"资源费"和"保护费"。这和当年盗抢废弃的矿洞一样，就是个无本万利的买卖。

俗话说，人为财死鸟为食亡。当时采收野青蒿的村民个个都抢红了眼，居然没人理识"疤老大"们的恫吓威胁，砍刀架到脖子上也不肯丝毫退让。结果"疤老大"们白白耀武扬威一场，毛都没薅着一根，反而被乡亲们识破他们的纸老虎面目。

"哼哼，都什么年代了，还想当土匪强抢恶要，老子才不鸟（理睬）他这一套呢！"

抢收青蒿的村民偏不信邪，资源是大家的，凭什么要向你"疤老大"交资源费？国家都没收呢！保护费就更加扯淡，青天白日，太平世界，谁要你们几个黄毛鬼保护？

最主要是各乡各村吸取了最初局面混乱的教训，及时调整策略，做了不少防范工作，甚至组织巡查小组进行现场监督，并请来当地派出所协助联防，防止在采收野青蒿的过程中发生意外纠纷。

有正儿八经的派出所联防队，有往来穿梭的村巡查小组随时监控，再加上大家都在拼命地"捞快钱"，谁还顾忌你"疤老大"几个贼眉鼠眼的小毛头！说到底，祖祖辈辈生活在四十八峋的人，谁都不是吓大的怂货，哪个没有点刚硬血性？就连猥琐如成宋老汉，惹毛了都还会骑在婆娘麻花身上抢耳巴子逞威风呢。

最关键还是派出所放大招，镇住了原本志在必得的"疤老大"覃瑞龙。

刚戏开场，"疤老大"覃瑞龙的队伍还没正式集结，派出所闻风而动，自己先被点名请到所里"谈心"，一"谈"便是一天一夜。也不知派出所使了什么法术，反正从里面出来后，一向豪横的"疤老大"，整个人便软了半截，再也没有往日目空一切的嚣张气势。小弟们个个来问几时开始圈地收钱，谁知"疤老大"一时火起，怒骂一声："他妈的，你们想让老子去蹲班房啊，谁再敢打青蒿草的主意，惹是生非，老子剐他十层皮！"

眼看一个采收季下来，野青蒿收割完了，"疤老大"覃瑞龙什么动静也没有。几个小喽啰终于憋不住，竟公然提出不愿再跟他瞎混，扬言要另立门户自寻出路。一时间"疤老大"成了说话不再灵验的光杆司令，众叛亲离，很是落魄。

只有喜宝还死心塌地跟着他，不曾改弦易辙，屁颠屁颠地唯"疤老大"马首是瞻。

这天，喜宝闲得无聊，又浪到融州城里，不期遇上了同在街上游荡的"疤老大"覃瑞龙。

"喜宝！"

喜宝猛听得背后有人叫他，一回头，发现"疤老大"覃瑞龙正冲自己笑呢。

"龙哥——你也来县城？"

喜宝受宠若惊地回应着。往常，"疤老大"可是从来没有拿正眼瞟过自己，嫌自己无血性，没胆识，做事狠不了心，下不了牙，是个不经事的窝囊废，最主要是脑壳不开窍，像颗算盘珠子，拨一下动一下，跟不上他呼风唤雨的思路和节奏。这回却主动跟喜宝打起招呼来，明显是在向自己示好呢。

"废话，我哪天不在县城？"

覃瑞龙手指用力地弹在喜宝光亮的额头上，给他一个嘎嘣脆的"夹巴梨"，蓬勃的优越感立刻满血复活了。

覃瑞龙从口袋里掏出一包蓝真龙来，抠出两支，一支叼在自己的嘴巴上，一支递给喜宝。

喜宝连忙摆摆手："龙哥，我不会抽烟。"

跟覃瑞龙混世界的小弟中，唯有喜宝不抽烟。这也是覃瑞龙平时瞧不起喜宝的原因之一，典型的"没出息"，不像个硬气男人。

"老子叫你抽，你就抽，来什么劲！"

覃瑞龙的语气带着威严的命令式。

"真的抽不来咯。"

喜宝依旧摆着手。

"接着。出到社会混世界，就得学会该抽烟抽烟，该喝酒喝酒。这也是一种江湖功夫，生存之道，你懂不懂？"

覃瑞龙盯着喜宝，一字一顿地教训道，眼睛瞪得像两个牛蛋。

喜宝拂不过覃瑞龙的面，只得怯怯地接过香烟，捏在手里却不知所措。

"这样，你先把烟横在鼻子底下，用劲嗅一嗅，试一下什么感觉。"

覃瑞龙滋溜一声，再缓缓吐出一串长长的烟雾，很享受的样子。然后盯住喜宝，目光中竟透出几分难得的温和。

喜宝按照覃瑞龙教的方法，将香烟凑近鼻孔，一边轻轻嗅着，一边左右来回挪移。真的很神奇哩，那香烟透出的幽幽香味居然有种说不出来的刺激感觉，简直妙不可言。

"现在把它点起来，先抽两口，吞下喉咙，再从鼻孔吐出来。"

覃瑞龙在一旁继续指点。

喜宝接过覃瑞龙递上的打火机，"咔嚓"几回才把火打上，不想火机的出气口调得太大，一股火焰喷出来，差点把眉毛烧着。

"耿卵（笨蛋），打火机不能对着自己打火，一不小心就会烧着眉毛烫着脸，要把火机稍稍朝外竖起来，打着了再凑近去点。"

覃瑞龙说得没错，喜宝按照他的教导，果然轻易就把烟点上了，然后学着覃瑞龙的样子，深深地吸上一口，努力往肚子里吞。

"咳咳——"

喜宝急促地呛起来，喉咙像灌了辣椒水，眼泪一下飙了出来，全没有刚才轻嗅时的美妙快感。

"叫你不要急——来，再吸两口，从鼻孔里慢慢喷出来。"

再呛。

但是这回的眼泪，显然没有刚才飙得那么狠。

"再吸再吐，就像我这样。"

覃瑞龙再次给喜宝做起了吞云吐雾的神仙示范。

说也奇怪，几个回合之后，真的不再呛了，只有一股飘飘然的朦胧感觉传遍全身。一支烟吸到一半多，喜宝终于有些把持不住，他以前从没这么眩晕过。

喜宝仰头定定地望着天空，人是不飘了，但眼前的天空却在莫名其妙地打着转转，还有四周晃荡的高楼的影子。

"还是脑壳晕。"

喜宝小声叨咕着，但已经不再怀着排斥的意念。

"那就坐下来眯一会眼睛吧。"

覃瑞龙瞥一下样子狼狈的喜宝，先自在一间门面的阶梯上坐下来。

喜宝也跟着覃瑞龙坐下，然后尝试着把两只手撑在地上，闭上眼睛。

眼睛一眯，倒是什么也看不见。可身体仿佛被一只无形的大手轻轻托起，慢慢飘升，思维开始进入半睡半醒的混沌状态，脑海里竟一幕一幕闪过些虚虚实实的奇妙画面。虽然也能意识得到，这只不过是瞬间的虚幻，但这种从未体验过的快感，千真万确在自己的身体里运行着盘桓着，不可驱离，并带着自己渐入佳境。

难怪总听人说，饭后一支烟，赛过活神仙，真的耶！

过足了烟瘾，覃瑞龙又请喜宝去一家路边大排档嗦了一碗螺蛳粉，还特意加了鸭脚和卤蛋。店子里的生意很火，来这里吃粉的年轻姑娘络绎不绝，顾盼生辉，看得喜宝眼花缭乱，口水直流，酸辣的螺蛳粉都戳到鼻孔里去了，不住地喃喃自语："奶奶的，还是城里好，这么多美女！"

"想美女？搬到城里来住呀。"

覃瑞龙瞅一眼想入非非的喜宝，调侃起来。

"是呗，住到城里来——"

一语点醒梦中人。

可是再也不敢往下想。

对于喜宝来说，"搬到城里来住"，本来确实是有机会的，他家的房子曾被政府部门确定为"不宜居住"的危房，三尖坳那个地方也是不宜居住的环境，完全符合易地安置搬迁扶贫的政策，村里曾找过他家多次，动员他家申请易地搬迁指标，听说全县集中新建的易地安置房小区就在县城东郊，那还不与城里一样？

可恨当家的老鬼死不答应。怎说金窝银窝，不如自家的草窝，你说气人不气人！

三

陶丽虹第二次来到韦大壮家已是半个月之后。苏子媚正好要下屯，两人便一同先去了三尖坳。

一个装扮嬉皮的后生仔，搬张缺腿的小板凳斜坐在门口，背靠着门框在玩手机游戏，瞧那全神贯注手舞足蹈的架势，一定是杀红了眼，游戏打得正起劲呢。

陶丽虹猜想，这后生大概就是韦大壮的儿子喜宝，之前虽未曾打过照面，但从长相上一眼就能看得出来，身上明显带着韦大壮遗传的烙印，再说别的年轻人，没事也不会无聊到跑这半山旮旯来乘凉风。

果然猜得没错。

"丽虹姐，门口坐着的小哥，就是韦叔的儿子喜宝。"

"你对喜宝很熟吗？"

"见过两三次，谈不上很熟——一年前，我刚来村里报到上班那天，碰巧与他在车上相遇，也多亏了他带路。不过，这小哥不怎么着调，在外面混的日子多，平素总不太归家，浪惯了。"

两人走近门口时，苏子媚先与喜宝打着招呼："喜宝哥，在家呀，难得啵。"

"哇，苏村官，美女姐姐！"喜宝抬头看看苏子媚与陶丽虹，眼睛豁然一亮，打了鸡血一般，立马迸出一脸油滑的兴奋来。

"美你个大头鬼。"

陶丽虹半嗔道，拿手点了点喜宝的额头。

喜宝继续涎着脸道："你们又是来给我家送温暖的吧？欢迎欢迎，热烈欢迎！"一边起身，做出请进的姿势，神态依旧油滑，甚至上去拉扯走在前边的陶丽虹的手。

陶丽虹一个甩手将喜宝的手打回去。

"想女朋友了是吧？姐的手可不是随便给人拉的哈！哪天出息了，姐给你介绍个姑娘倒是可以。"陶丽虹剜一眼涎脸嬉笑的喜宝，"你看怎么样？"

"真的吗？"喜宝盯着陶丽虹，像块木桩杵在门口，脖子伸出老长，"姐姐说话算数？"

"喜宝哥，有钱买手机了哈。"

苏子媚看着喜宝手里的手机，打趣道。

"我哪有钱买啊，是龙哥送我的，呵呵。"

喜宝嘻笑着，眼睛不时迷恋地盯一下屏幕上尚未打完的游戏。"原来，前些时候，已成孤家寡人的龙哥"疤老大"换了新手机，见对自己依然死心踏地的喜宝眼馋，便爽快地将这个破烂货送给他，作为对自己忠心耿耿的奖赏。

"砰"的一声厉响，一根刀把粗的木柴棒从屋内横飞出来，重重地打在门框上，随即弹落在地，差点砸中喜宝的脖梗子，惊得喜宝失了魂似的猛跳起来往门外退。

"你个不肖的东西，有好不学！"

坐在火塘边的韦大壮披一件破外套，黑青着脸，朝门口的喜宝咬牙骂道，一手指着喜宝，一手捂住嘴巴，连咳几声，一口浓痰吐在炙热的火灰中，"噗"地腾起一股混沌的气浪。

"你个死老鬼，怎么地，犯着你啦？家里什么东西都没有，成天嚎着要我回来，回来做什么，号丧啊？"

喜宝倚靠着门框定了定神，怒对韦大壮，反唇相讥。两天来，被迫闷在家里无所事事的他，一直憋屈得慌，现在终于找到了发泄的机会。

苏子媚从后面扯一下喜宝的袖子，制止道："喜宝哥，怎么跟你爸说话呢！"

"你看你，这么大个男子汉，却没个男子汉的样，该的！"陶丽虹也跟着数落起喜宝来，一边往灶塘边走过去，走到韦大壮跟前，笑着劝慰道："别生气了韦叔，喜宝其实也没什么嘛，犯不着发这么大的火，别动气影响身体，你这个病可要静养才好得起。"

"我就见不得他这副吊儿郎当的德性，不成器的东西！"

韦大壮怒气未消，却也无可奈何，胸口堵着口气，一边欠起身子，挪两张小板凳递过去，请苏子媚与陶丽虹坐。

喜宝不以为意，远远瞪韦大壮一眼，仍旧立在门边，定定地看着苏子媚与陶丽虹，花痴的他思绪有些走神。

苏子媚与陶丽虹面对韦大壮坐下，待他稍微平静，苏子媚便正式向他提起易地安置的事来："韦叔，今天我与陶主任来呢，就是专门和你商量这个易地搬迁的事。"

"我了解过了，你们家完全符合易地搬迁安置的政策和条件，只要你签字同意，你们家拿到第二批易地安置房的指标，应该是没有任何问题的。"

陶丽虹尽量放低语气，几乎与韦大壮促膝而谈。上次陶丽虹来，因为未了解情况，事先没有沟通好，加之韦大壮当时病得厉害，仓促之下也没来得及细究，这次她可是有备而来。

倚在门口的喜宝，听说又有希望得易地安置房的指标，高兴得要跳起来，眉飞色舞道："两位姐姐，这么说，我们家可以搬到城里去住啰？那我们也是城里人啦？嘿嘿，城里人几鬼爽，耍得舒服。"

一兴奋就忘乎所以，把比自己小得多的苏子媚也一起当成了姐姐叫。

听到易地安置房几个字，上次在融州与"疤老大"覃瑞龙嗦螺蛳粉谈论城里生活的情景，又浮现在喜宝的脑海里。

"还美女姐姐美女姐姐的，苏村官可比你小得多，姐姐是你能乱叫的吗？以后要分开叫，叫我一个人姐姐就行，苏村官是妹妹。"

陶丽虹看着喜宝，笑说道。

"噢噢，不好意思，苏妹妹。"

喜宝自觉有些唐突，改口叫了一声。

"喜宝哥，话不能这么说，城里人也不是都得要的，也要好好做事情才有得吃穿，有得好日子过呢，像你这样一天到处游荡打流，可不行咯。"

苏子媚半是抢白半是敲打，一副语重心长的认真样子。她心眼实，肚子里藏不住东西，不似经历丰富经验老到的丽虹姐。

被苏子媚这一呛，喜宝脸上便挂不住，微微发起烧来。虽说人穷志短，但他终究也是一个要面子的男子汉，这样当面揭自己的疮疤，实在令人尴尬，被戳到痛处的他，有些无地自容的窘迫。

"搬迁？哼哼，哪那么容易，站着说话不腰疼，苏村官、陶主任，你们开玩笑呢！"

韦大壮阴着个脸，说话更没有一点好声气，一开口便给两人吃了个闭门羹。

"还是想办法早点搬出去吧，韦叔，搬到山外去，条件好，也住得安然——"

陶丽虹继续劝道。

"你们安然我没安然。这个事没得商量，反正我们家就是不搬，说破天我也不会搬的！"

韦大壮一口回绝，铁板钉钉，没有半点商量的余地。

没想到，热脸还是贴到了冷屁股上。

"韦叔，你看这里住着多不方便呀，房子破烂成这个样子，后面又是悬崖，容易落石头，也很危险啊。"

陶丽虹准备充分，她要与这个自以为是的老顽固好好掰扯掰扯，把搬迁的道理和好处给他捋捋清楚。

"陶主任说得对，这么好的政策，韦叔你还有什么可顾虑的嘛。"

苏子媚与陶丽虹一唱一和，继续说服韦大壮。以往村支书和村主任他们来做动员，都是瘪谷子三担柴，道理虽然实在，话却说得生硬，让本来就心有怨气的韦大壮听不顺耳，好心也当成了驴肝肺，思想自然做不通。现在，一而再，再而三地来扯这个易地搬迁，换一拨能说会道的女干部，就想把他说通？

哼哼，门都没有！

"陶主任，苏村官，谢谢你们的好意，但请你们别再费这个心。我呀，没这个命去城里享福的，也享受不起。"

任两位把易地搬迁描绘得怎么天花乱坠，韦大壮红黑不接她们的招。

"韦叔可别这样说。"

"不这样说，要哪样说？"

韦大壮反唇相讥，不给半点面子。

喜宝带着一脸的怨气插嘴道："我早说过，搬到城里去，当个街上人，讨个婆娘，几好的。你就是死鸡撑硬颈，红黑不同意，死也要死在这个鸟不拉屎的鬼地方。什么吃饭离不得老屋场，我呸！"

喜宝一口浓痰飞出门外老远。

"你个忘祖宗的混账东西。这是你的祖业，你的根脉在这里，晓得吗？"

喜宝的话再次惹得韦大壮怒不可遏，顺手操起一根木柴棒指着喜宝，破口大骂。要不是两位女干部在一旁拦着，只怕木柴棒子又要向喜宝身上飞过去。

"根什么根，根脉个鸟嘛，你莫同我讲这种！"

喜宝不甘示弱，扯着喉咙，跳起脚吼。

针尖麦芒，爷儿俩又互相怼起来。

韦大壮忍耐不住，站起来又要动手打人，苏子媚、陶丽虹见状，连忙起身横在韦大壮与喜宝两个中间劝解。

"别生气韦叔，有话好好说，好好说。"

苏子媚拉着韦大壮重新坐下，爷儿俩这样僵持着，不利于工作继续开展。

正在这时，陶丽虹的电话响起，掏出手机一看，是爱人打来的。

陶丽虹将喜宝扯到一边，然后走到门口去接电话。

"喂，什么事？"

陶丽虹对着手机匆匆问道。

电话那头，爱人着急地告诉陶丽虹，说学校来通知，儿子高烧，要赶紧送医院——他正赶着到外面出差，事情紧急，想让陶丽虹赶紧去学校医务室接儿子，再送到医院去就诊。

"我现在下村在龟背屯帮扶户韦叔家里，正商量他们家易地搬迁的事呢，事情没办完，一下子赶不回去，估计要晚上才能到家啊，要不你先想想办法接送一下吧。"

陶丽虹话未说完，那头电话戛然断了。陶丽虹双手捂着手机，压着嗓子低声喊道："喂，喂——"

对方已再无回应。

陶丽虹回拨过去，却是拒接。一会收到发来的短信："儿子马上要中考，你这么不管不顾，还像个当娘的吗？你对你的帮扶户倒是比儿子中考还上心，一天不下村入户就丢了魂似的，有能耐就和你的帮扶户过去吧，家里的事不劳驾你。"

爱人说得没错，今天本来是没有下村入户计划的，也是自己性子太急，一想到韦大壮家易地搬迁的问题迫在眉睫，需要尽快落实，便临时决定进山一趟，与韦大壮一家好好沟通沟通，精诚所至金石为开，说不定自己的真诚，能把韦叔的心打动呢。因为走得匆忙，一下忘记及时告诉爱人，导致爱人误会，才对自己说出这么重的话来。陶丽虹愣在原地足足半分钟，她的头脑里一片空白，又像满满地塞着一团糨糊。

当陶丽虹转身走回屋内的时候，发觉韦大壮正用一种异样的眼神望着自己，表情复杂，欲言又止。苏子媚也感觉到了陶丽虹脸上难以掩饰的表情变化，尽管她刻意保持着刚才的轻松。

又一次无果而终。韦大壮心硬如铁，不为所动。

回村委会的路上，苏子媚忐忑地问陶丽虹："丽虹姐，刚才你接的什么电话？是家里有什么事吗？"

"噢，我家那位打来的，家里有点小事，学校说小孩感冒发烧，要住院观察。"

"丽虹姐，那得赶紧回去。"

"我已经交代我们家那位去处理，现在应该去医院了。"

"那也得赶紧回去。"

"别这么紧张，小妹崽，这不是回了嘛。"

"你一个人开车行吗？路有点滑，不好走噢。"

"哪次不是我一个人开车？"

"嗯……要不，我到村里找个人帮你开车？"

"不用不用，阿姐是老司机。"

"这次不同，时间这么晚了，你心里又装着事。"

"没关系，阿姐经常开夜车的。"

"那好吧，路上多注意安全。"

"知道啰，你个黄毛丫头，倒叮嘱起阿姐来——"

"还是要开稳点。"

"行，我开稳——放心吧。"

四

陶丽虹拖着疲惫的身子回到县城，迫不及待地想知道儿子现在的情况，试着再打爱人的电话，还是没有人接。

连微信也不回。

陶丽虹决定先回家看看。

爬上六楼的家门口，已经快要迈不动步子。

陶丽虹半倚在门边，抖索着手往小坤包里掏钥匙，也许是太累，也许是心绪有点乱，一时竟找不着钥匙。陶丽虹将包里的东西一样一样全翻腾出来，捧在手上，再一拉扯，"咣"一声钥匙掉在了地上。

陶丽虹把手上的东西塞回小坤包，弯腰去捡钥匙，眼睛却下意识地盯住脚下的鞋子。鞋子实在脏得不成体统，满是黑黄的泥巴，两只裤脚也被沾得黑黄一片，心想，自己这个样子，一定狼狈极了。

陶丽虹微微皱了皱眉，掏出纸巾低头擦鞋。

邻居冯小兰从对面屋里开门出来，见陶丽虹这副落魄模样，故作惊呼："哟，陶姐，怎么这么晚才回来啊？"

"欸——"

陶丽虹一边擦鞋一边随口应付着。

"我还以为你们全家出去旅游了呢，一天听不见你们家的响动。"

"哪有你那么闲情逸致，屙尿都没空呢。"

陶丽虹仰起脸来，冲冯小兰莞尔一笑，听上去却似有满腹牢骚的意味。

冯小兰当然知道，陶丽虹的话不针对谁，更不针对自己，回过头来说："一天往你那帮扶点跑，看把你累的，赶紧进屋歇去吧，我逛街去啦。"

冯小兰摇摇头，嘴里轻快地哼着凤凰传奇的《自由飞翔》，风摆柳一般飘下了楼梯。

是谁在唱歌，

温暖了寂寞，

白云悠悠蓝天依旧，

泪水在漂泊。

在那一片苍茫中，

一个人生活，

看见远方天国，

那璀璨的烟火。

在你的心上，

自由地飞翔；

灿烂的星光，

永恒地徜徉；

一路的方向，

照耀我心上；

辽远的边疆，

随我去远方。

……

"飞吧飞吧，你是无所谓啊——没心没肺的野丫头！"

陶丽虹在心里轻轻嘀咕了一句。不是妒忌，不是不屑，是因羡慕而生的无奈的喟叹。

陶丽虹打门开，漆黑一片的屋里静得可以听见自己的心跳。摸索着打开灯，却抬不起进屋的脚来。

爱人和儿子都不在家。

陶丽虹估摸着，儿子一定还在医院里。于是回身出来，带上门，直往县人民医院奔——这是全家人的医保定点医院，往常家中有谁生病住院，基本都是到县人民医院就诊治疗的。

匆匆忙忙赶到县人民医院，一打听，还好，总算找对了地方。

在护士站值班员的指点下，陶丽虹来到儿子的病房前，轻轻推门进去，儿子躺在床上打着吊针，守在一旁的爱人，正刷着手机上的信息，见陶丽虹进来，也不吱声，只拿眼剜了一下，继续看他的手机。

"怎么样了，儿子？让妈妈看看。"

陶丽虹伸手去摸儿子的额头，儿子却执意把脸别到另一边，避过陶丽虹的手，不让她碰触。

陶丽虹尴尬地僵在床边，良久，使劲扳过儿子的手，紧紧地攥在自己手里，然后贴到脸上，喃喃道："对不起，请原谅，是妈妈不好。"

泪水雨点般从陶丽虹疲惫的脸上滑落，面对儿子，她突然觉得自己是个很不称职的妈妈。

可是，有什么办法呢？自己的工作就是这样。

陶丽虹转身看着一声不吭的爱人，心里五味杂陈。

老实说，她是十分感念爱人的，爱人平常对自己也十分体贴，知道自己下村入户搞帮扶辛苦不容易，受了委屈也没处诉，偏偏还分配到了最偏远的古板村龟背屯，曾经多次为自己鸣过不平，甚至打算去找局长论理，给她换个地理环境相对较好的帮扶对象，被陶丽虹坚决谢绝，才打消了念头。陶丽虹三天两头下村入户，原本工作繁忙的爱人，主动承担起了全部家务，儿子的学习也是爱人照顾得多。每次从帮扶点回来，累得浑身散了架，又是爱人倒水递茶，揉肩捶背，帮自己按摩放松，从未有过任何怨言。天地良心，陶丽虹的内心深处是感动的，知足的，总觉得亏欠了家里的父子俩，大小都关照不够，有时也在心里暗暗地发着誓愿，等自己的帮扶工作理顺了，一定要挤出时间来，好好补偿父子两个，特别是操心劳力的爱人。

俗话说"夫妻没有隔夜的仇"，陶丽虹心里清楚，自己与爱人，彼此间从没有过骨子里不可调和的矛盾，虽然有时也相互红脸，你争我吵，不能免俗，但总能相互理解和体谅，从不计较，床头拌嘴床尾和，晚上吵几句，早上起来便又和好如初，好像根本没发生过什么不快一样。一个普通的家庭，能够做到这样，已经算是很完美，够令人羡慕的。

对陶丽虹而言，儿子和爱人，就是自己心中的两位男神，是自己物质和精神不可或缺的依靠。

今天，平素里和颜悦色的爱人，之所以对自己动了这么大的脾气，估计也是由于他的工作实在让他为难，令他做了迫不得已的两难选择。

"还生气呢？"

过了好一阵，见爱人的脸色还没有缓解，陶丽虹移过身子，一手搭在爱人的肩背上，轻轻地摩挲着。这是他们每次闹别扭之后，化解情绪的招牌动作，屡试不爽。

　　"谁敢生你的气啊！"

　　爱人没有拒绝陶丽虹的主动亲近，事情已经过去，再生气也没什么意义，反倒显出自己小肚鸡肠。不过，幸亏今天老总善解人意，听说事情原委之后，立即改派主管销售的公司副总去替自己出了这趟差，还对自己一番好言安慰。但即便老总不理解不通融，自己也断不会丢下儿子独自出差的。知道陶丽虹下村入户，一时肯定赶不回来，当时情急之下，也未多想，说了那些没轻没重的浑话，本就觉得不妥，可话既已出口，一下也不知如何收回来。眼下这情势，儿子面前要面子，也不好解释。不过心里已经软和得多。

　　"还说没生气，脸都是绿的！"

　　陶丽虹勾起手指，在爱人困顿的脸上刮了一下，又刮了一下，然后睁大眼睛与爱人对视着，直瞅得爱人不好意思起来，对陶丽虹咕哝道："我真不生气了行吧？往后你要下村入户，麻烦提前吱一声，通知一下，我也好有个准备。哪个晓得你今天又要去帮扶点，我又不是你肚子里的蛔虫。我的工作就不是工作吗？"

　　说是不生气，但牢骚还是掩饰不住。

　　"抱歉，今天去帮扶点是临时决定的，走得匆忙，一时没记得跟你说，是我的不对，我向你检讨，今后保证及时汇报，决不再犯。"

　　握手言和，陶丽虹突然想整点小幽默，缓解缓解尴尬的气氛。

　　"对了，我还有个小礼物要送给你呢。"

　　陶丽虹在坤包里开始翻寻着。

　　"什么礼物？不会是母亲节那时我送你的胸针吧？这么难寻。"

　　爱人的脸上终于由阴转晴，有了笑容。

"那个胸针你不是说代表儿子送给妈妈的么，怎么又变成你送我的？"

"我跟儿子说好的，是我们共同的礼物——儿子你说是吧？"

爱人说着将目光转向病床上的儿子。

"那是我说的。"

儿子转过脸来，为爸爸"作证"。见爸爸与妈妈都已和好，自己更没什么可气的了。说到底，他在心里还是向着妈妈的，更何况今天这个事情，本来也不应该怪罪妈妈，妈妈有妈妈的难处，她不是不关心自己，他也不是那种不讲道理的蛮横小子。

"喏，这个，你平时不是爱看书嘛，送个书签给你。别看这书签不起眼，可宝贝着呢，知道这是什么材料做的吗？"陶丽虹从包里找出一个用塑料膜装着的干枯的小草叶，在爱人的眼前晃了晃。

爱人狐疑地摇了摇头，表示不知道。

"这是青蒿做的书签。喏，先给你们科普一下，青蒿加工提炼的青蒿素，是中国的一大发明，是全世界治疗疟疾的特效药。我们融州的仙雅堂就是生产青蒿素的，四十八�是野生青蒿的原产地之一，而我帮扶点所在的古板村，则是青蒿原产地的核心区。我敢断定，古板村很快就会因青蒿火起来，富起来。这个书签是古板村的大学生村官小苏姐姐特意制作，专门送给我的，意义特别吧。儿子，过几天就是你爸生日，你爸平常爱看书，我今天借花献佛，提前把这个特别的礼物送给你爸，你觉得怎么样？"

陶丽虹睃一眼儿子，又睃一眼爱人。

"那我也爱看书，怎么不送我一个呢？妈妈你偏心！"

儿子嘟着嘴，有些失落，吃起爸爸的醋来。儿子也懂得礼轻情义重的道理。

"谁说我偏心，这是什么？"

陶丽虹说着变戏法一般，从坤包里拿出第二只书签来，只是看上去与爸爸的那个略小一些。

"好好看看，这是经典的父子装！"

儿子与爸爸各人拿着精致的青蒿书签相互对比着，嘿，真像是一个模子做出来的呢，真亏难了制作书签的苏村官。

误会解除，劳累一天的陶丽虹突然觉得肚子有点饿，便问两位男神："你们想吃点什么？我去给你们买。"

"豆腐花，加冰的！"

两位男神异口同声地回答，然后狡黠地相视而笑。

"好，豆腐花，加冰的，你们等着，马上回来！"

陶丽虹一阵风飘出病房。

不到十分钟，冰爽甘甜的豆腐花便端到了两位男神的面前。看着两位男神狼吞虎咽的样子，陶丽虹的心里陡然升起一股温馨的暖流。

"阿姐，到了吗？你家弟弟怎么样？"

这时，苏子媚问候的信息，掐准时机似的，叮咚一声发过来。

"谢谢媚子，我现在在医院，孩子一切正常，好多了，正与他爸爸一起，吃着他老妈买的开心豆腐花呢。医生说，再观察一个晚上，明天早上可以出院回学校。"

陶丽虹心里一阵感动，泪水几乎要掉下来。这个苏村官，真是个体贴细致的好妹子。她能到古板村去工作，简直就是村里的福气。

陶丽虹这样感慨时，却没有意识到，自己到古板村去搞帮扶工作，也一样是村里的福气呢。

"这就好，那就辛苦姐姐了，我代表村里感谢姐姐。"

苏子媚再次发来信息。

"都是工作，分内的事，应该的。"

陶丽虹心中暖意不减。

"晚安。"

"晚安，好梦。"

陶丽虹放下手机，继续看着吃豆腐花的父子俩，嘴角泛起一丝幸福的浅笑。

一家三口重归于好，陶丽虹心中如释重负，但对于眼前的两位男神，在她的心灵深处，还是有些难以释怀的歉疚，在她的私密日记里曾这样真情地写道：对不起儿子，对不起老公，对你们的亏欠，今后一定加倍补偿。

五

不管韦大壮什么态度，他家的易地安置问题必须提到日程上。这段时间的努力奔波，韦大壮家易地搬迁安置房指标很快又有了眉目，只等韦大壮一家签字同意便可进入实际操作。陶丽虹想，这回不能太按部就班，得弄些特事特办的手段才行。

但韦大壮依然是头脑一根筋，从陶丽虹接手他家的对口帮扶工作以来，就没配合过。不信任不配合，抵触情绪十分强烈，总觉得让他易地搬迁是政府在图他家什么，要强行把他家撵走，好"霸占"他家的土地，怎么都解释不通。这让陶丽虹很被动，有时也很懊恼，怎样才能说服韦大壮同意搬迁，自己心里实在没个底——拳头打在棉花团上，他红黑不接你的招啊！

雨季即将来临，陶丽虹又一次与苏子媚来到三尖坳。

春天虽至，冷风依旧料峭，寒气照例袭人。

韦大壮拖着颤巍巍的身子在门口吃力地磨着柴刀，他想趁天晴去坡上讨些柴火回来，顺带也活动活动困倦的筋骨，在床上躺久了，只觉得身子骨日渐虚空。

磨刀石有些干，没有水来湿润，只好不时吐上一口唾沫作润滑剂。

在穷乡僻壤的四十八�，很多人磨刀其实使的都是韦大壮的唾沫招数，方便、简单、实用，也没有什么文雅不文雅，卫生不卫生，都习惯了。

两个人来到面前时，韦大壮正用左手大拇指刮着刀口满浆的锋刃。

"韦叔，忙什么呢，身体好利索了？"

苏子媚关切地问道。

"磨好柴刀要上山啊？"

陶丽虹接着问。

"我这个病不死就阿弥陀佛，哪好得利索？人不死粮不断，灶塘的火也熄不得。趁着这两天出太阳，想到坡上讨些柴火回来。"

韦大壮一边漫不经心地回应着，一边继续磨他的刀，也没起身让座。

两个人来得多了，每次都像回娘家一样，带着自在的心态，反而融入了韦大壮一家三口的心，沟通起来也没以前那么艰难费劲。

"韦叔，陶主任给你家带来个好消息。"

苏子媚往前挪了挪，凑近韦大壮的耳边。

"呵呵，你们一来，准有好消息。"

韦大壮往柴刀的刀刃处吹一口气，语气里却听不出褒贬。

"韦叔，你家的安置房指标基本落实，手续也很简便，只要签完字，很快就可以办理房屋登记，不用多久就能搬到县城的新家去住，那个安置小区就在城郊，什么都方便，我去看过了，真的很不错呢。"

陶丽虹的脸上比户外久违的太阳还明媚。

不说易地搬迁的事还好，一提起这事，韦大壮的臭脾气"噌"地又上来了。

"陶主任，吃饭离不了老屋场咯，祖宗基业哪个敢丢。谁爱去让谁去，反正我是不搬的。"

韦大壮将柴刀在磨刀石上一敲，发出"当"的一声脆响。在易地搬迁的问题上,他立场鲜明态度坚决,一如既往地没有丝毫商量的余地。

"韦叔,安置区的条件那么好,交通发达,水电到家,看病方便,小区里就有卫生室,怎么能不去嘛。"

苏子媚耐着性子开导。

"再说,这回易地搬迁安置点是在城里,喜宝找工作找对象也容易不是?真的机会难得呢。"

陶丽虹说的,其实也是韦大壮的一块心病。再过两三年,儿子喜宝就满三十岁了,早到了娶妻生子的年纪,可一事无成的他,还成天在外面浪荡,讨老婆的八字都没见一撇。老话说不孝有三无后为大,再这么拖下去,只怕是要打一辈子的光棍,那他家的香火堂岂不要凉凉?每想及此,不免悲从中来,却又无可奈何。

陶丽虹提起喜宝找工作找对象的事,韦大壮心里不禁打了个激灵,但拒绝的态度却依旧未变。

"我早就讲过,这个字我是绝对不会签给你们的。不怕你们生气,说句掏心窝子的话,你们政府哪有这么好心,怕是黄鼠狼给鸡拜年吧?左不过是想把我们蒙骗到外面去,趁势占了我这屋场土地,断了我们的根基。哪个不晓得城里的房子都是无天无地的,到那里还不像卖猪崽一样,哪天两腿一蹬,一把火烧掉,连个葬身的地方都没得,我没说错吧?机会难得还硬要塞给我们,这才是难得呢——我呀,哪也不去,还是老实待在这大山里,舒服、安逸、自在!"

"咣当"一声,韦大壮右手一扬,柴刀刀背磕在半坍的碎石篱笆上,再次发出刺耳的撞击声。

"韦叔,你真的言重了,政府就是为了你们早日脱贫致富,过上好日子,住得安全惬意,过得舒适安逸,将来再没有后顾之忧,不是你想的这样子。"

韦大壮这一番话出口,苏子媚快要被气蒙了,嘴里却还是细声软语地宽慰。

"苏村官、陶主任，我也知道，你们两个都是好干部，真心为了我们家好，但我劝你们还是别再费这个空头心。真要帮呀，你们就给我批些钱来，帮我把这漏风漏雨的现成房子好好修整修整，那就千恩万谢你们的大仁大德。"

谁知，韦大壮接过苏子媚的话，反将了一军，两人竟一时僵在那里，答应也不是，不答应也不是。

任凭苏子媚、陶丽虹两人磨破嘴皮，韦大壮始终掮着脑壳，两个字对付："不搬！"。

第六章 　扩张之路

一

青蒿素生产首战告捷，吃尽了停产待岗苦头的仙雅堂公司的职工们，一个个都铆足了干劲，供、产、销各个部门火力全开，终于打了一个漂亮的翻身仗。

经过一年的生产实践，生产的工艺技术和产品质量指标都经受了严峻的考验，双双稳定达标。

黄雅琴端坐在办公桌前，一边品着新上市的茉莉花茶，一边翻看部门呈上的各种报表，满意地笑了。不知不觉间，脑海里又诞生出一个大胆的计划：趁热打铁继续扩建，提高产能扩大赢利。

"为了满足日益增长的产品需求，我想再融资扩大青蒿素生产规模，增加一条生产线，请大家对我的提议进行讨论，发表各自的看法和意见，畅所欲言，有什么说什么，不要有任何的顾虑和保留。"

公司班子会上，董事长黄雅琴就扩大青蒿素生产线提高产能的问题，向大家征求意见。

"根据国家出口总目标，我们应该抓住这个千载难逢的机遇，抓紧扩大生产，彻底实现公司跨越发展。董事长的意见很英明，我表示完全同意。"

有人立即附和董事长的提议。

也有人当场提出质疑。

"扩大生产线容易，可是原料供应怎么解决？"

质疑的人并不是杞人忧天，根据现有的原料供应结构，结合去年收购的数据统计，全县的野生青蒿，甚至包括周边县的野生青蒿资源，加起来，除了满足目前的生产需求，并没有太多的剩余，这是有目共睹的。如果扩大生产规模，原料需求量会成倍增加，势必导致原料供应的严重不足，一旦达不到满负荷生产，不光设备闲置，实现不了提高产量的目标，反而浪费了资金、物力和人力，盲目扩张可能会导致得不偿失。

"建议还是先维持现有的产能，满负荷生产，稳打稳扎地好。公司经历了长期停产的艰难处境，再也折腾不起啊。"

"什么叫折腾？满足现状能走多远？这样一个大好的项目，我们不想办法努力向前扩大发展，难道又要等别人将我们淘汰，再次被踢出局？"

"我们刚刚才喘过气来，得摸着石头过河，不可盲目冒进。"

"再说，原料供应的问题摆在面前，生产规模扩大后，新增加的产能拿什么来满足原料供应？"

"车到山前必有路，到时候我们再扩大青蒿草的收购范围，还可以发动当地农民种植，应该可以解决的。"

"市场不容许不严谨的决策，这不是儿戏，更不能靠打赌和侥幸心理。请董事长慎重考虑，万不可草率决定。"

大家七嘴八舌发表着各自的看法，意见完全两边倒，支持和反对的声音旗鼓相当各不相让——似乎反对的声音在理论上还略微占了上风。

"各位的意见都有道理。但是，同志们，我们为什么不再往深里想一想呢？扩大生产是迟早的事，否则以我们目前这产能，究竟能走多远，我也不敢说。机遇的确很重要，可也是稍纵即逝，你不抓紧把握，说不定一咕噜就真被人家撸走！"

对于扩大产能的前景，黄雅琴早已有了自己的定夺。之所以要让大家来讨论，一是制度流程，同时也是通过讨论让大家有个更深刻更统一的认识，在今后的项目实施中更加齐心协力专注投入，少出岔子。

现在，摆在面前的主要矛盾，是如何解决扩大产能后的原料供应问题。

"至于原料供应，你们的担心也没有错，如果不解决好原料供应的问题，那扩大生产就是一句空头话，说什么都白搭。"

黄雅琴微笑着环视大家。

"那请问董事长，扩大生产的原料供应究竟如何解决？四十八垴是野生青蒿资源分布的核心地区，其他地方虽然也有分布，却远远不如四十八垴地区丰富集中，无论青蒿收购范围怎么扩大，恐怕也难以满足产能扩大后生产原料的供应需求——总不能开着车子全国各地去旅游吧？那样的成本，无论如何是承担不起的。"

有人再次提出质疑。

"刚才有同志不是说过了嘛，野生青蒿资源不够，还可以发动当地老百姓人工种植啊。"

黄雅琴不紧不慢地回应着。她知道，越是这个时候，越不能急躁，副总们与所有职工一样，被停产的遭遇折腾怕了，现在好不容易工作稳定下来，他们只想摸着石头过河，没边没际没把握的事，轻易不敢沾惹。

"当真要发动老百姓种青蒿？"

有人的眼睛鼓得像桐籽壳。

"没错，就是要全面发动当地老百姓种青蒿。"

这才是今天开会必须落实的终极议题。

"开国际玩笑啊，从古到今，还从来没听说过有人种植青蒿的，没有先例，怎么动员，怎么种？"

也有人认为董事长是被青蒿素生产的乐观前景冲昏了头脑。

"千里光、两面针、草珊瑚，这些草药材以前都是野生的，现在不也有大把的人工种植？何况青蒿的生长力旺盛，大家有目共睹，理论上人工种植更容易成功。"

黄雅琴继续给大家分析，青蒿本来就是一种适生能力极强的植物，特别适合在石漠化地区人工栽培，它不与粮争田、不与蔗争地，由于味苦，羊不啃、牛不吃，在零星地块、田边地角均可栽培，极易生长，还是石漠化治理植物的理想品种，对促进四十八峒石漠化山区经济发展和土地环境的改善，都具有非常重要的推广作用，因此原料供应的潜在优势十分明显，关键是如何引导开发的问题，路子走对了，就会一通百通。

"各位注意到没有，目前市里正在下大力气打造桂北地区中草药材种植基地，青蒿素既然是一个市场前景看好的产业，全世界都亟待需要，我们有这个优势条件，为什么不好好抓住政策机遇，在融州打造一个高品位的青蒿种植基地呢？有了政府的扶持引领，我们完全可以尝试通过'公司＋科研单位＋农户'的合作发展模式，带动当地农户，依靠种植青蒿增收致富。只要把老百姓的积极性调动起来，那我们的原料供应问题是不是就可以迎刃而解？顺便跟大家说说形势，据我所知，青蒿种植在全国不少地方已经开始推广，早已不是什么新鲜事，只是我们窝在这偏僻的小地方，消息闭塞罢了，建议大家今后多了解外面的世界，信息跟不上，我们又要落伍。"

黄雅琴的一席话，令在场的人如醍醐灌顶：原来是自己太孤陋寡闻跟不上时代的步伐了，问题解决起来其实如此简单，就是发动当地村民将种芋头、洋芋、花生、甘蔗的边角地来种植青蒿。

"这么说来，青蒿种植真可以试一试。"

"同志们，不是试一试，而是要看准了方向大力发展青蒿种植，只有按照我们的规划把青蒿种好，我们的扩大生产才能有可靠的原料供应保障。当然，事物都是一分为二相辅相成的，我们仙雅堂能够顺利扩大生产，客观上也是对融州经济发展和桂北石漠化山区土地环境优化改善的直接贡献，功不可没呢。关键是要把广大村民的积极性调动起来，确保他们能够依靠青蒿种植脱贫致富，那这个产业的发展就会真正稳如泰山。"

"对对对，皆大欢喜的大好事，没有理由不欢迎不支持，呵呵。"

到底是董事长高瞻远瞩，持反对意见的人个个最终心服口服。

"我个人的意见，明年的生产总量，至少要提高到青蒿素初级成品三十吨以上，也就是说要翻两倍，以后还要根据市场形势继续扩大，实现真正的规模生产，争取在国内青蒿素产销市场能够稳占一席之地，最终赢得市场的话语权。再者，产量一上去，综合成本也会相应降低，利润自然也就水涨船高，对于我们公司来说，绝对是一举多得的好事。"

"既然董事长把一切都想得这么周到，那还有什么可说的，我们撸起袖子跟着干就是！"

一锤定音，扩大生产线的决定顺利通过。

二

扩建青蒿素生产线的决定一公布，职工们全都沸腾了。没想到一个停产企业刚刚转产没多久，立马就要扩建，真是芝麻开花节节高啊！

"有关系的同志，也可以提前与四十八峒有关乡村甚至老百姓吹吹风，让他们心里也早有个底，到时候开展全面动员就没那么多的磕磕绊绊。"

黄雅琴再次展示出高瞻远瞩的谋划力。

夜里，兴奋的何浪翻来覆去睡不着，扩建生产线意味着增加原料供应，管市场的肖副总遵照董事长的指示，在供销部的部门会上公开宣布，公司在扩建生产线的同时，到明年开春之前，也将投入资金和人力，由公司负责提供种子和技术指导，在四十八峒地区相关乡镇组织农户大力种植青蒿，原料供应将从采收野生青蒿转为人工种植青蒿为主。这也是为当地群众增收提供了一条切实可行的新路子。

古板村是野生青蒿的主产核心区之一，人工种植青蒿当然最合适不过。

几个月前，在仙雅堂公司供销部业务员李子洲的出谋划策下，徒弟何浪以其出色的工作及社交能力，特别是与帮扶户成宋老汉结对子的实际行动，成功收获了古板村大学生村官苏子媚的芳心，两人正式奏起甜蜜的恋爱进行曲。

公司将在野生青蒿主产区四十八岽各乡村组织人工种植青蒿，何浪觉得有必要将这个宝贵的信息提前报告给苏子媚，让古板村委及时向村民发动宣传，尽早做好种植青蒿的准备。

爱情工作两相宜，何浪蜷在床上，拿起手机给苏子媚打电话。

苏子媚正在伏案整理村民入户调查的材料，前些天与县里下来的帮扶干部陶丽虹一起，走访了不少人家，感觉这样的入户调查才是最真切最实际和有用的。她们一改在三尖坳韦大壮家的工作策略，每到一家，就和乡亲们拉家常，萝卜青菜针头线脑，先不讲大道理，讲生活现实，讲眼面前的柴米油盐，张起耳朵听他们发牢骚倒苦水，乡亲们竹筒倒豆子一样，把自己家的情况一五一十地抖搂出来，有什么困难，有什么要求，有什么想法，甚至有什么不满，一点一滴都不落下。苏子媚和陶丽虹一边记一边不住地点着头，表示一定会及时向上面反映到位，想办法争取，一条一条落实，尽量早日妥善解决，不过凡事都应分个轻重缓急，总得一样一样地来，还请乡亲们理解。

"政府一直都在想办法帮助我们，日子一定会越过越红火的。我们也不唱高调，也不夸海口，就像走台阶，只要攒足了劲，一级一级地上，哪怕它有千百级，总有走到顶的时候，是吧？"陶丽虹的话说到了乡亲们的心坎上，也让初出茅庐的苏子媚长了见识，今后不能再拿天真无邪的学生腔与村民们打交道，得接地气，学会和乡亲们扯家长里短，聊他们最关心最感兴趣的话题，引起他们的共鸣，工作才能得到配合和支持。

"我相信你们，这么好的妹子，这么热的心肠。"

这是乡亲们的大实话。

"所以，很多问题，关键还在我们自己身上，就看有没有决心去解决它。不怕有困难，就怕没有解决困难的决心，不去寻找解决困难的办法。俗话说，办法总比困难多，还是有道理的嘛。"

说到最后，很多起初黑脸相对的乡亲，都觉得有些不好意思起来，红着脸叹气道："唉，说一千道一万，也怪我们不努力，其实吧，打铁还得自身硬，本来依靠自己可以解决的问题，也习惯了向上面等靠要，光知道张开燕子嘴巴等着送食到嘴里来，却没想到主动出去找食吃，怪不得一直摘不掉这顶穷帽子——"

心结解开，一切都好办。苏子媚和陶丽虹倒成了古板村群众最愿意掏心窝子的知心妹子。

"不怕你们笑话，前些年，我们家还穷得几个人共穿一条裤子呢，这几年好是好了不少，但困难还是困难，穷根没有除掉，一年满打满算就这么多收成，地里又不肯自己产黄金！刚刚解决吃饭的问题，这个破房子却不知还要等到猴年马月才能翻新重修噢——"

苏子媚连忙接口为对方打气："有困难不怕，就怕没信心，人心坚石山穿，人心齐泰山移，何愁搬不掉这座穷山头？要相信自己，新房子很快就会有的。"

"唔，苏妹子讲得对呃，我们不能灭了自己的志气，政府帮归帮，主要还得我们自己努力争气，早一天脱了贫，再住上新房子，共同致富了，脸上也光彩，心情也畅快。"

这些天的工作令苏子媚很有成就感，原本与乡亲们就处得比较融洽，现在更是把她当作知音和倚仗，有什么事情都爱找她反映，见没见着支书和村主任根本无所谓。

"苏妹子，找你说就行，随书记主任忙他们的吧。"

只要是苏子媚当面应承下来的事情，他们一概二话不说，放心得很。

苏子媚合上笔记本，伸了个舒服的懒腰。

"唔，苏妹子，看来工作还是蛮有水平的嘛，不错不错，回头奖励一个！"

苏子媚对着小圆镜，自己冲自己做个可爱的鬼脸，从衣袋里掏出一支玫瑰口红，往嘴上补着妆，顿时显得精神了许多，然后抿嘴一笑，向小镜子中的自己自言自语，一副踌躇满志的神态。

手机响起的时候，苏子媚正嘟起嘴调整着口红的浓淡深浅，瞟眼一看，是何浪打来的，心里咯噔一热：这小子还真是心有灵犀啊，知道本姑娘工作累了需要慰问，便来电送温暖，聊解孤寂，倒当得起知心恋人的名号。

"喂，子媚，还没休息？"

何浪在电话那头轻声探问。

"还没咯，哪有你那么悠闲逍遥，刚刚整理完村民入户访谈的资料，气都没得喘一口呢。"

表面牢骚，内心却透露着幸福。

"别太累着自己，工作是做不完的，明天不会天亮啊？"

何浪小声地劝慰道，他是着实的心疼。

"不行啊，谁叫我就这个操劳的命，明天一早要给书记主任汇报呢，现在刚好整理清楚，你的电话就来了，倒有点像查岗噢。"苏子媚感叹着继续伸她的懒腰，趁机撒个小女子的妩媚娇，"哎呀，可真累死宝宝了。"

"你累坏了，心疼的却是我——"

何浪赶紧回了个怜香惜玉的关切。

"对了，这么晚打电话来，有什么事么，不会就为问本姑娘一声晚安吧？"

苏子媚嘴上淡然，以为何浪耐不住相思的寂寞，要与自己在电话里秀恩爱表痴情倾诉衷肠呢。

哪知何浪话头一转，顺着苏子媚的意思，真说起事儿来。

"事嘛，当然是有的。我这有个好消息，要不要先透露给你听？"

何浪嚅动着喉结吞一口口水，润了润干涩的喉咙，卖起关子。

"什么好消息，搞得神秘兮兮的，非要在这个时候说？"

苏子媚撇撇嘴，但也禁不住心中好奇。

"我们公司决定扩大生产线，二期扩建后，产量将比现在的规模增加两倍。董事长已经在大会上宣布，马上就要动工，得赶在明年青蒿采收季竣工投产。"

电话那头的何浪按捺不住心头的兴奋。

"好事啊，看来你在公司里可以大显身手了。"

苏子媚也打心眼里为何浪高兴。从过去的接触中，关于仙雅堂前世今生的演变，她已经有了大致的了解，能够起死回生发展到现在实属不容易。她对董事长黄雅琴的投资眼光也十分佩服，一个成功商人，将现成的大好生意放在一边，却从沿海特区跑回这落后的内地山区投资办厂做实业，不仅精神可嘉，更是胆识过人，令人钦佩啊。跟着这样的老板打江山，何愁不见艳阳天？

"不是我，是你们呢——"

听苏子媚这么一说，何浪觉得女友误解了自己，便一时语急起来。

"我们——何浪你什么意思？"

苏子媚嗔道。

"可不就是你们嘛。"

"你这话可新鲜，你们公司要扩建，你不借机一显身手，反说我们怎么怎么，你倒是说清楚来。"

"子媚，听我说嘛——你仔细想想啊，我们公司要扩大生产，那青蒿草的原料的需求量，是不是也得同时增加？"

这倒是，巧妇难为无米之炊。原料供应不配套增加，生产怎么扩大？

"你是说——"

"青蒿原料还不得从你们各乡各村去收购呀！天上又不会掉。"

绕来绕去原来是这么回事！

古板村这回近水楼台，要先得月呢。

"可是——"

苏子媚还没兴奋一会儿，转念一想却顿生疑惑，不对啊，别说古板村，整个四十八峈的野生青蒿资源，基本上是固定的，去年也是收购得干干净净，没见哪里剩得一捆半捆出来。将来要成倍增加青蒿的收购量，这也没办法供应呀，横竖现有的资源就是这么多，又不能多出一分半亩的野地来。

"可是，我们从哪里给你们去弄这么多青蒿草呢，杀血也杀不出来呀。"

苏子媚掐指一算，心里便有些泄气，这个便宜只怕得让别的地方——八成是外区外县甚至外省的人占去啰。

"跟你讲，不用杀血，我们董事长已经有了解决方案——将来不可能再依靠野生青蒿生产。"

"不依靠野生青蒿，难道要依靠种植不成？"

苏子媚嘟囔着，突然觉得自己脑袋开了窍。

"对头！还是我家苏村官一点就通，将来就是要依靠人工种植，保障扩大生产的原料配套供应。我们公司将与有关的科研单位进行合作，先从科研单位购买优选培育的青蒿种子，再向村民们免费提供种子和技术指导，进行人工种植——"

"你是说以后真要搞青蒿人工种植？"

苏子媚眼前一亮，立马兴奋起来。

"是的，以后肯定得以人工种植为主。而且种植基地也基本确定在四十八峁地区。"

"要死啊，你怎么不早讲，绕了这么一大圈，害我刚才好一顿失落，以为要眼巴巴地空欢喜一场呢！"

"我还没说完嘛，你就这么急嚓嚓的。我讲是好事，肯定就是好事啦，难道骗你不成？"

"你不讲明白，我哪里晓得——又不是你肚子里的蛔虫！"

苏子媚继续嘟着嘴，心里却已是十分敞亮。

"你不是我肚子里的蛔虫，你是我心里的女神啊！"

"去去去，谁要做你的女神。说正经的。"

"好好好，正经的正经的——我们董事长还说，经过科学比对，其实野生青蒿草的青蒿素含量，远远比不上人工种植的优选品种。我估摸着，公司经过这一轮的扩建，打开市场以后，肯定还会继续扩大生产的，到时候青蒿种植更加大有发展前景。"

何浪王婆卖瓜地给苏子媚"长知识"。

何浪所解释分析的，正是苏子媚心中希望的。

"果真如此的话，那就太好了。本村官在此代表古板村，不，代表整个四十八峁，表示衷心的感谢！"

"客气客气，我就不用谢，要谢你就谢我们董事长吧。是她的英明决策，为四十八峁描绘了美好的未来，呵呵。"

何浪掩饰不住心中的小得意。

"净往自己脸上贴金，我也没有说要谢你哈，当然是谢你们董事长，谢你们仙雅堂公司啰——不过嘛，念在你及时提供情报，如若消息可靠，算你提供情报有功，基本奖励还是少不了的。"

苏子媚顺势幽了何浪一默。

"基本奖励——那你要奖励什么'基本'给我这个情报快递员呢？"

何浪知道苏子媚是在调侃自己，心里热烘烘的，便将调侃的皮球踢回给苏子媚。

小狐媚子，看你怎么应对！

"呵呵，这个问题以后再议，不过我可告诫你，别得寸进尺想入非非啊！哎哎，你们这个青蒿种植计划准备什么时候开始实施？"

矜持的苏子媚到底按捺不住，有些迫不及待。

何浪本想与苏子媚继续暧昧一下，但苏子媚既已言归正传，也不好孟浪造次，以免弄巧成拙，破坏自己在女神心目中的形象，只得顺着苏子媚的问题正经回答。

"据可靠消息，人工种植计划明年一开春就会执行，估计春节前就要进行登记动员，但村民的宣传发动和摸底工作肯定得提前做好，要不然临时抱佛脚，效果肯定会大打折扣。你说是不是？"

当然是。关于群众动员的问题，宜早不宜迟，宜细不宜粗，何浪与苏子媚想到了一处。

"我想再确认一下，推广青蒿人工种植的事，你们公司有没有最后确定？"

这件事情太大，关系到整个四十八寨地区老百姓的产业调整方向和经济发展，当然也包括古板村，苏子媚还是不太放心，尽管何浪前面已经讲得很清楚很明白。

"板上钉钉的事，当然确定，你就放一百个心吧。我们的扩建方案已经通过班子会议，形成正式的文件决定，并在全公司发布了总动员令，施工队伍马上就要进场，时间卡得很紧，到明年青蒿采收季必须确保竣工投产，只能提前不能推后。"

"这可是天大的事情——那我明天就跟书记和主任汇报，也让他们心里有个准备，好早早统筹谋划。"

"我也是这个意思，你们村一定要抢到这个先机。否则，我这个免费情报员就瞎掰了。"

说着说着，何浪的俏皮劲又上来了。

"呵呵，谢谢啊，谢谢你这个心怀叵测的情报快递员。"

"假心假意。这样吧，过两天我要去四十八峁办点事，顺便找你们当面聊，如何？"

"好啊，我与书记主任也合计合计，如果方便的话，到时再随你一起去趟县城，专程拜见你们董事长。"

苏子媚突然有一种迫在眉睫的感觉，这件大事很有必要早早落实下来。

"那就这样，先说定了，后天见。"

"好咧，那你早点过来，我等你哈。"

"我等你哈！"听到苏子媚答应得如此爽快，如此亲热，何浪高兴得一蹦跳下了床，在地上连转三圈，口里发出快意的"噢嚼"来，对"我等你"三个字的内涵进行着无限丰富的浪漫联想。

苏子媚看看时间，已经过了凌晨一点，忍不住打个长长的哈欠，往常这个时候，早该熄灯就寝。

"子媚，你困了吧？"

听到苏子媚的哈欠声，何浪意识到这个天聊得有点长，尽管处在恋爱状态的人们，是从不知疲倦的。

"是有点困，想休息了。"

苏子媚轻轻拍着嘴巴，想起明天早上还有很多事要向村支书和村主任汇报，要把青蒿种植如何规划如何落实向两位领导解说通透，得养精蓄锐理清思路，不能再继续熬下去，把头脑熬成一团糨糊。

　　"那好吧，你休息，我先挂了啊。"

　　何浪会意地应道。

　　"拜拜，晚安。"

　　"晚安，拜拜。"

　　何浪在电话里给了苏子媚一个热烈的飞吻，两片大嘴嘬得"叭叭"响，苏子媚也愉快地还了何浪一个响亮的"啵"。

　　漫长的黑夜，如乖巧的精灵一般，在宁静而舒缓的呼吸中，带着爱情的缠绵憧憬，随着习习呢喃的微风，进入了美丽的梦乡。

三

　　苏子媚受了村支书韦家能与村主任莫红兵的委托，由何浪陪着，第一次来到仙雅堂公司拜访董事长黄雅琴。

　　"报告。"

　　何浪轻轻敲着董事长办公室的门。

　　"进来。"

　　办公室里传出黄雅琴清脆的应答声。

　　何浪推开门，对端坐在办公桌前的黄雅琴介绍道："董事长，这是四十八�古板村的大学生村官苏子媚同志，专程来拜访您。"

　　正在查阅报表的黄雅琴抬起头来，对不期而至的苏子媚热情地打着招呼："你好苏村官，稀客啊，请坐请坐。"

　　又回头嘱咐何浪："小何，给客人倒茶。"

　　何浪向苏子媚眨着眼，转身去泡茶。

"黄董，久闻大名，很是仰慕，今天总算有幸得见，唐突了，还请见谅啊。"

苏子媚坐定，淡定道出开场白。

"苏村官过谦了，请问，有什么指导？"

黄雅琴何尝不明白，苏子媚这是无事不登三宝殿，便开门见山问起来。她是个性格直率的人，素来不喜欢转弯抹角。尤其听说苏子媚是从四十八寨来的大学生村官，感到特别亲近，也更加来了兴致。

"黄董真是个爽快人。是这样，听说贵公司正在搞生产扩建，将来准备在四十八寨地区组织青蒿人工种植——"

苏子媚说到一半，有意顿了顿。

"苏村官真是消息灵通啊。没错没错，我们的确有这个扩建计划，而且马上就要开工，作为生产原料的配套，青蒿种植肯定也得大力发展。"

黄雅琴点点头，没想到这苏村官是来了解青蒿种植的事。

"听到这个消息后，我们村两委班子领导心情很是振奋，这可是乡村经济发展的一个大好契机，说不定青蒿种植可以做成村里的特色产业，帮助乡亲们提前实现脱贫致富的梦想呢。所以，我受我们村两委班子的委托，特意前来拜见董事长，想就将来青蒿种植的事做些具体的了解，也好提前筹划筹划，您看——"

年轻人经验少，不会绕来绕去。这正好应对了黄雅琴的脾性。

"苏村官说得没错，青蒿种植搞好了，对当地的乡亲们来说，也是一条经济发展的新路子。"

黄雅琴一听苏子媚是专门来了解青蒿种植的事，态度更加热情了，连忙起身亲自去泡茶。

"看你这毛手毛脚的，还是我来吧。"

黄雅琴用手轻轻挡开何浪，亲自动手倒水泡茶，然后双手捧着茶杯，递到苏子媚面前，亲切得如杯中热气腾腾的三江红。

"苏村官，请喝茶，刚出来的三江红，口感不错的。"

"谢谢黄董，您太客气了。"

苏子媚一边道谢，一边仰脸接过黄雅琴递上的茶杯，托在手掌轻轻转动着，笑容可掬，然后轻轻抿上一口，咂一下嘴巴。

"苏村官，关于青蒿种植的事，本来应该是我们企业先到村里去，向你们了解情况，征求意见，寻求支持的。可眼下正忙着公司扩建的前期准备，一时还没安排得过来，只得往后挨了，实在抱歉。倒是先辛苦苏村官为此奔忙，还请多多包涵。苏村官的敬业精神，是我们仙雅堂公司干部职工学习的榜样啊！"

黄雅琴边说边挨着苏子媚在长条沙发上坐下来，并指着旁边的椅子，示意何浪也一起陪坐。她刚才说的这些话，不是客套奉承，是发自内心的感慨。

宣传工作还未铺开，村干部能专程找到公司来了解情况，寻求沟通，的确出乎黄雅琴的意料，但这件事令她感到特别欣慰，至少说明村里的领导班子对青蒿种植态度明确。有村干部们的重视和支持，将来农户的动员工作就会事半功倍。同时，也给黄雅琴提了个醒，种植基地的宣传动员工作，也不能拖延，必须尽快提到议事日程上来，必须与生产线的建设同步推进才行，否则越到后面就会越被动，农户们的思想工作不提前做通做透，无疑会直接影响青蒿人工种植的计划实施，最终受影响的，必定是青蒿素扩大生产的总目标。

基础不牢地动山摇。黄雅琴对这句话有着深刻的认知。

至于苏子媚为何消息这么灵通，反应这么迅速，黄雅琴当然明白，一定是何浪向苏子媚提供的"情报"，虽然不敢明确断定他们两人之间究竟是什么关系，但以一个女人的敏锐和经验，大致也能估摸出个八九不离十来。

"这个何浪，贼精贼精的，看不出来，很会使手腕嘛，下乡蹲点没多久，竟然把人家大学生村官的芳心给收获了。不过，功劳还得记给他，做业务就得有这种头脑，这种精神。"

黄雅琴在心里暗自思忖着，对何浪的印象评价，自然加分不少。

临别的时候，黄雅琴一再热情地邀请苏子媚："苏村官，欢迎方便时多来公司指导，常联系哈。"

"一定多来学习，也希望黄董百忙抽空，到我们村去实地指导呢。"

"一定的一定的，等忙完这一阵，把扩建的事理顺，一定去拜会你和村两委的领导们——我还想着整个四十八峁都要去走访一轮呢。"

"太好了，那我们就翘首以盼。"

"农户们的宣传动员工作，还得依赖苏村官和村里的领导们多多劳心费力啊。"

"职责所在，理所当然！请黄董放心。"

说到这里，苏子媚突然觉得，自己的思维角色突然换了个位子，一时好生惊奇。

拜会完仙雅堂公司的黄雅琴董事长，苏子媚心里踏实了。看来青蒿种植这个事，必须得打提前量，回去后得和韦书记、莫主任他们好好合计合计，制定一个具体的规划，明年的青蒿种植如何推广，怎么才能实现种植效益的最大化，关键是群众有没有这个思想认识，响应配合的态度如何，行动的积极性高不高。毕竟，这青蒿人工种植，也是破天荒第一回，大姑娘上轿，毫无经验借鉴，能不能成功，达不达得到目标，都是一个无法确定的未知数。虽说这是为全体村民谋福利，也是大势所趋，可人心复杂，众意难合，真正实施起来，还不晓得前面有什么困难和麻烦等着呢。

况且，仙雅堂能够提供的服务支撑究竟能有多大？他们也是依靠外援，在可靠度上还得打个问号。光凭仙雅堂公司的一面之词，能有几成的保障？这些问题，也是村委会需要认真考虑和应对的，特色种植的前车之鉴摆在那里，自己未到古板村之前，那个油茶开发种植的项目，就是典型的教训。刚开始轻信开发公司的吹嘘，一窝蜂地种，结果，来推广的开发公司有头无尾，脚板抹油半路开溜，最后白费农户们不少力气心血，如今依然撂荒在那里无人搭理。再有，种出来的青蒿草，仙雅堂公司能照数全收吗？原料一多价格会不会压下来？如果在整个四十八峒地区全面铺开推广，那面积得多大啊。

俗话说得好，算盘不能打得太满。这些顾虑当然要知会给韦书记和莫主任他们，得有个周全考虑，盲目乐观是不行的。

苏子媚原本打算当天赶回村里去，她让何浪去帮联系车子，何浪想起再过一天便是一年一度的龙舟节，就热情地劝她住下来，也好趁个机会多多温存。

"要不今天就别回去，我明天带你看龙舟赛吧，融州的龙舟赛可热闹了，整个长安城和周边乡镇的人都会来看，连龙城、三江、罗城都有好多人过来呢。"

"往时只听说过融州的龙舟赛出名，但还没真正看过，倒是很想见识见识，可是村里的事情多呢，千头万绪的——"

苏子媚说着不由皱起眉头。她想留下来看龙舟赛，毕竟机会难得，可又牵挂着村里的事，心里着实矛盾，有些举棋不定。

"哎呀，别想那么多啦，左右不过天把时间，耽搁不了什么，再说，你一个小助理，村里的事都有韦支书、莫主任和其他村干部顶着呢，少了你地球照样转动的咯。"

何浪执意挽留苏子媚。

"说得也对啊，少了我地球照样转——那就依你一回，先住下来，明天好好看看龙舟赛吧。"

听何浪这样一说，苏子媚便爽快答应了。

她知道，何浪的挽留邀请是醉翁之意不在酒，在乎两人之间的温存，她也想趁此机会与何浪多待些时间。

哪个青年男子不善钟情？哪个妙龄少女不善怀春？

四

何浪的家在城郊的荷寨屯，是远近出了名的龙舟屯，县里的龙舟赛年年都拿大奖，还曾经代表县里到龙城、来宾、宜州、贵港甚至外省等地参加过比赛，每次都能拿奖回来。

一大早，何浪便领着苏子媚来到融江边，从融江大桥往上下游看，两岸几里路内挤满了看龙舟赛的人，黑压压的几乎找不出一条缝隙来。

果然是场面壮观热闹非凡。

何浪打电话叫一个本家叔叔划着拉菜的小木船过来，陪苏子媚上船到河中间去看龙舟赛，这样与龙舟靠得近，看得更真切，感受更强烈，也不用像岸上那么挤。

"你倒是会享受。"

苏子媚坐在摇摇晃晃的小木船上，但见整个河面一片空濛澄明，微风习习波光粼粼，仿佛置身另一个世界，一种别样体验油然而生。

全身彩画的龙舟在河面上缓缓地穿梭游荡，龙旗飘飘之下，精雕细刻的龙头高高昂起，神态威武，华丽的龙尾在水中悠然地摇摆着，从容悠然。也有不少的龙舟在稍远处做着赛前热身，来来回回划出一道道长蛇似的白浪。

十点整，只听得岸上的主席台一声令下，比赛正式开始，整个融江河顿时欢腾起来。但见前面一字排开的十条龙舟，在喧天的锣鼓声中，划着齐整的桨板齐头并进，水手们桨板翻飞，昂头的龙舟犹如离弦之箭，一路劈波斩浪，后面掠起一道道长长的波光，岸上的观众纷纷纵情呐喊，加油助威。那气势，只能用一个词来形容：震撼！

齐头并进的龙舟激起阵阵巨浪，一波一波地压向停在河中央的小木船，威力强劲，小木船颠簸摇晃得厉害，心跳也随着小船的剧烈颠簸咚咚地加快加重，有些喘气不匀，晕乎乎的头脑，掠过一场又一场紧张刺激的风暴。在船上看和在岸上看，感觉就是不一样，自己仿佛也置身于激烈的角逐之中，心都提到了嗓子眼。苏子媚从没有过这么激越的体验，一阵风拂过脸颊，接着一波浪将小木船高高抛起又摔落，不由得打了个寒噤，下意识地抱紧何浪结实有力的臂膀。

　　"快看，抢在最前面的那条船是我们寨子的，那个擂鼓手是我堂哥润发，厉害吧？"

　　何浪手舞足蹈地向苏子媚介绍着。

　　"堂哥威武！"

　　苏子媚兴奋地点着头，她的目光紧紧追着飞奔而过的龙舟，心中涌起一股从未有过的澎湃激情。

　　"听老人们讲，我们长安的龙舟赛起码有两百多年历史，和骑楼街差不多的时间呢。"

　　何浪又卖弄起他的知识渊博来。

　　然而到底有多少年历史，他压根就不晓得，虽然不是信口开河，也不过是道听途说"听老人们讲"，从别人嘴里得来的"路边新闻"，并未做过专门的调查研究，甚至对当年骑楼街上大名鼎鼎的商号"四大天王"也未知端详。

　　但"起码两百多年的历史"，足以让充满梦幻的青春少女——女大学生村官苏子媚心生惊奇。

　　何浪说得也没错，长安龙舟赛的确历史悠久，早在清朝道光年间便已兴起，起先是民间自发组织小规模的比赛，随着商业的繁荣，各大商号的东家，比如号称"四大天王"的"广隆兴""兴记隆""裕生""建成"等大店家，便商量捐资组织龙舟赛等活动，既给老百姓丰富了娱乐生活，又为商家自己做了很好的广告宣传。捐资就是行善，商家们由此得了个义善的好名声，生意自然而然越做越红火，这在过去的县志上都是有明确记载的。久而久之，赛龙舟便成了长安城的一个传统，一直保留至今。

融州的龙舟赛，以前是没有女子参与的，清一色的男丁上阵，现在早已不同，都是男女一齐上阵，各显英豪。龙舟队由各个街道、社区、村屯自发报名组建，前来参加龙舟赛的除了融州县城、各乡镇村寨，更有周边各县、市的代表队。期间还有山歌、文场、彩调等各种精彩的文艺表演。与此同时，各种融州特色美食也成为两岸的一大风景线，金桔应子、金桔蜜膏、糖炒板栗、铜瓢粑、油蛋、烧炙等琳琅满目应接不暇，逢上季节，还有何浪最属意的刚下树的新鲜金桔果，这些美味其他地方还真是没得比。

龙舟赛奖品以烧猪为主打，整条的烧猪按大小次序一溜排开，比赛结果一宣布，名次高的得大猪，名次低的依次往下得小猪。获胜者抬起喷香的烧猪，绕着颁奖会场转上一圈，又是喊又是唱又是跳，眉开眼笑，满脸都是胜利的骄傲和喜悦。

比赛得奖不仅是龙舟队的荣誉，更是整个村寨的荣耀，当晚回到寨中一定要举办庆功的村宴，十分丰盛热闹，每家每户都会抽出一两个人手组成村宴队，选择一户房宽地敞的人家作为村宴地点，由寨上德高望重者主持宴会，不但增添获胜的喜悦与欢庆，也因此凝聚起整个村寨的人心。

荷寨屯龙舟队果然身手不凡，这次获得第二名的好成绩，奖励了一头大烧猪，与第一名的大洲龙舟队仅半分之差。抬烧猪的是寨子上的许普能与何浪的堂哥何润发，两个人老远看见何浪就哈哈笑着打招呼："哟，阿浪，几时侃上女朋友啦，怎么现在才回来亮骚（展示、显摆）啊？晚上可一定要带女朋友一起，回家来吃庆功宴呗，到时候好好和你搞两杯。"

两个年轻人调侃起来毫无顾忌，也不管一旁的苏子媚脸上挂不挂得住，先把嘴瘾过足再讲别的。看来，他们也必定是与何浪一起屙屎泡饭长大的发小。一向落落大方的苏子媚，被闹了个大红脸，却又不好因为两个的善意调侃自乱方寸掉了面子，便拿手在何浪的背上可着劲地掐。

何浪听了两个发小的招呼，额头立即亮起来，像太阳光照着镜子，爽快地应道："好咧，这么大的烧猪，肯定回去搞！"也顾不得背上火辣辣的疼。

"那我们在屋筛起米二（酒）等你啊——"

堂哥何润发和许普能咧着嘴挥挥手，抬起烧猪一颠一颠回到龙舟上，舟上众人一声"嗬呵"，轻摇桨板，高唱着得胜令打道回府。

"今晚你们寨上有得热闹啊！"

眼看龙舟载着队员们和大烧猪划桨而归，苏子媚捅一捅搂着自己的何浪，感叹起来。刚才两人因年轻放肆的调侃而生出的小尴尬，也随着龙舟的远去而消弭。

"那是当然，不闹到一两点钟才怪，这么大一头烧猪，寨上还有好多自备菜，起码七八桌人，到时候你就晓得。"

何浪这样说着，是想让苏子媚有个思想准备，今晚少不了一场喝酒大比拼。

果然，寨上的村宴吃到很晚才散场，何浪与老老少少的乡亲一个个碰杯庆贺，又与许普能和堂哥何润发他们几个年轻仔划拳猜码，几轮通关打下来，个个都喝了七八成的量。

吃完村宴回来，何浪突然无来由地觉得，胸中有一团激情的火焰在燃烧——越烧越旺。

"子媚，我想让你成为长安城最幸福的女人！"

亲热的时候，何浪嗅着苏子媚透着体香的发丝，在耳朵背后表白着姑娘家最爱听的祈愿。

苏子媚回身望着坠入未来梦想的何浪，莞尔一笑："嗬，这么能耐啊，小女子受宠若惊！"

如果你愿意，

请让我靠近，

我想你会明白我的心——

何浪轻轻地哼唱起来，声情并茂，喷着酒气的嘴也渐渐贴近苏子媚发烫的脸颊。

"你个坏东西，是在咒我啊，我有什么旧日恋情要告别，又有什么创伤要抚平，还要流泪到天明了？你睁开眼睛好好瞧瞧，本姑娘这颗女儿玻璃心寂寞吗，有这么悲催？"

苏子媚噘着呵气如兰的小嘴，伸手在何浪的腰背上狠狠地掐了一把，掐得何浪龇牙咧嘴直喊"痛痛痛"。

"息怒息怒，女神同志，是我的表达严重失误。你有一双温柔的眼睛，你有善解人意的心灵，千言万语只一句，明明白白我的心，渴望你这份真感情，好子媚，你就是我今生今世的知心爱人！"

何浪使出浑身解数，极力奉承着横眉相对的苏子媚，一边将搂着她的手箍得更紧，生怕一放开就会飞走。

"去去去，我好容易来趟长安，可不是要听你这些无油无盐的花言巧语，哄小妹崽那套小把戏对本姑娘不管用的，还是收起你那小九九吧。你只管给我记好来，青蒿种植的事情，到时候必须给我们争取最好的政策待遇，提供最好的服务支撑，确保种植青蒿的农户利益不受损害，否则我定不饶你！"

"就是保证乡亲们有钱赚，对吧？"

何浪嘻笑着补上一句。

"对，就这个意思。"

"是，保证完成任务！"

何浪抽出一只手来，对着苏子媚行个调皮的举手礼。

"这还差不多！"

苏子媚往何浪怀里拱了拱，火辣的脸颊变得更滚烫。

何浪趁机在苏子媚的耳边信誓旦旦："必须的！"双手不由得在苏子媚的后腰上姿意地摩挲起来。

苏子媚铆足力气，在何浪的手背上又是一下狠掐。

"哼，你这个心怀不轨的小滑头，我还不知道你这点小心思？就想着占我的便宜，本姑娘才不上你的当——"

"姑奶奶，轻点轻点。"

何浪龇牙求饶。

"德性，还敢不敢放肆——不过，看你这心怀鬼胎的理想倒是很丰满嘛，就是不知道现实有多骨感，哼！"

苏子媚放松手，优越感一上来，反倒调侃起唯唯诺诺赔着小心的何浪来。

想不到何浪没被套住，在苏子媚的耳朵边悄悄地回道："我相信精诚所至金石为开，呵呵。"

末了又一补上一句："皇天不负苦心人！"

"你心里苦吗，我怎么没感觉到呢？我看你倒像是春风得意呢！"

苏子媚哈哈大笑起来，清脆的笑声在静谧的夜空回荡着，青春的浪漫如升腾的夜雾弥漫着整个融州城，深深地陶醉在幽幽潜流的融江河。

五

黄雅琴从广东带回振奋人心的好消息：关于青蒿种植的种子供应问题已顺利解决。

这次去广东出差，偶尔听业内的朋友讲起，南方中医药大学研究培育成功的青蒿种子新品，据说在市场上很受青睐。

说者无意听者有心。

黄雅琴特意找到南方中医药大学，对青蒿种子培育基地进行实地考察。

黄雅琴了解到，这些年来，南方中医药大学一直承担着国家青蒿优选优育计划课题项目，这是国家中医药发展的重点科研课题。经过多年的科研攻关，由南方中医药大学青蒿种子培育基地选育出来的第三代"先锋三号"高产青蒿优选品种，在多地种植实践中，取得了突破性的成果，人工优选培育的新品种子和传统野生青蒿种子相比，优势十分明显，它的耐旱耐水抗病抗虫性，都远远超过了普通野生青蒿，适应力更广更强、生长更好，种植出来的蒿草产量大幅度提升，单位蒿草的青蒿素含量更是呈多倍增长，在全国处于遥遥领先的地位。

"真是踏破铁鞋无觅处，得来全不费工夫。这回出差去广东，原本是想了解一下透明灵芝工厂的设计工艺——这个也是公司下一步的发展规划之一，没想到歪打正着，顺便将青蒿种子的问题也一并解决了。我已与南方中医药大学青蒿种子培育基地达成初步意向，由他们直接负责向我公司提供青蒿种子和育种栽培技术指导。"

班子会上，黄雅琴兴奋地向在场的副总们介绍此次广东之行出乎意料的收获。

"董事长，你说的种子供应这事，究竟牢靠不牢靠？"

有人向黄雅琴小声提出疑问。

在业务合作方面，仙雅堂公司以前就曾因为一味相信对方而吃过亏，那次可被人害得不轻，原本说好的药材原料供应，样品检验、仓库现场看货都没有问题，可发运回来的货却明显与洽谈时讲定的质量标准相去甚远，一打电话过去追问，却是"此电话是空号"，对方早已金蝉脱壳溜之大吉，最后成了个无头谜案。收到的药材原料假冒伪劣不说，还因此耽搁一批客户订单的按期交货，又被迫赔偿一笔数目不小的违约金。那次事件被当作公司业务经营的反面教材，一直警示着全厂干部职工，直到现在，在许多人的心里，还是一道无法绕过的阴影。

副总们的担心不无道理。

"我跟你们讲，南方中医药大学青蒿种子培育基地，我已经亲自去考察过，好大一片的试验田，那是实打实的科学研究，这个绝对不会有假。而且，我也与对方有言在先，首次合作，我们也只是采取种子款部分预支的办法，对方还要派出技术人员临场指导育苗栽培，也是有合同承诺的，不用太过担心。"

黄雅琴尽量打消着副总们心中的疑虑。

"话是这么说，毕竟他们选育的种子，稳定性是不是有保障？种子一旦种下地，成败基本已定，万一不理想，当年收成且放在一边，肯定会影响到农户们对青蒿种植的积极性，今后想再发动他们就更加困难。老百姓是很现实的，得吹糠见米，我们的种子质量必须有百分之百的把握，不能出半点纰漏。"

说这话的是项目副总林子风。

"目前，南方中医药大学青蒿种子培育基地选育的青蒿新品种，受到广大种植户和青蒿素生产厂家的普遍欢迎，全国不少青蒿种植区

青蒿
药神
QINGHAO
YAOSHEN

都与南方中医药大学建立有良好的合作，并且已经取得喜人的成效，影响也在不断扩大。这些都是有据可查的。"

黄雅琴越说越激动。

"小心行得万年船嘛，我们还是慎重些好。青蒿种植这么大的事，我们也是头一回，没有经验，全靠摸着石头过河，再说这不仅事关我们公司的长远发展，更涉及当地村民的生计问题，非同儿戏，必须万无一失。"

销售副总肖凤章也说出了自己的看法。

"这个也请大家放心，况且湖南、四川、广东几个省的青蒿种植区都有消息反馈，他们都是选择了南方中医药大学青蒿种子培育基地提供的种子，反应很不错。再说，偌大一个南方中医药大学，堂堂的国家重点高校，它的科研基地，也不是拉虎皮做摆设的，他们的科研成果，值得信赖。荣誉和信誉，对他们来说，比什么都重要。"

说到这里，黄雅琴不禁兀自笑起来。这帮副总们是真有点头发不长见识短啊，看来往后还得让他们多往外面走走看看，开开眼界才行，要不真的会落伍。

"其实，也不是我们不相信，货比三家总没有错，优中选优只会更好嘛。"

"在这一块，就目前情况来说，还真的没得选。通过各种信息对比，南方中医药大学青蒿种子培育基地选育的新品种，公认是全国首屈一指的，无论亩产青蒿量，还是单位青蒿素含量，都远远高于同类品种，尤其是单位青蒿素含量，更是比普通青蒿高出好几倍，这可是个了不起的优势。意味着什么？即使我们的青蒿草原料供应不增加，采用同等量的由南方中医药大学青蒿种子培育的青蒿草生产的青蒿素产量，也会呈多倍增长，明白吗？"

有调查才有发言权，对于与南方中医药大学合作的前景，黄雅琴充满了信心。

"既然董事长主意已定，那就按董事长的决策办吧。"

听完黄雅琴的介绍，副总们不好再质疑，谁也没有在这方面有过认真的调查了解，在董事长提供的数据比对面前，也就没有继续质疑的底气。

"我们融州四十八峄地区，本来就是野生青蒿的天堂，我们完全有理由相信，南方中医药大学优选的新品青蒿，在四十八峄更加适宜生长，更加丰产。"

黄雅琴面带微笑，胸有成竹地给副总们吃着定心丸。

六

青蒿种植基地的建设是一个大课题，直接关系到工厂扩建后的青蒿原料供应，如果这个问题不能及时妥善解决好，村民们发动不起来，没有积极性，种植规模达不到既定目标，势必影响公司整个生产计划，所以得慎之又慎，必须由专门的部门来负责统筹协调。公司自己还得租块地来作为青蒿苗圃地和种植示范园。

黄雅琴与几位副总商量，决定成立一个基地部，专门负责青蒿种植基地的开拓、建设工作。

可是由谁来担任基地部的头头呢？黄雅琴一时犹豫不决。这个人必须有丰富的工作经验，还要有耐心细致的性格，要能吃苦耐劳，最关键的是要懂得与当地乡村干部特别是村民打交道，与他们打成一片，成为一家。

"董事长，我推荐一个人。"

一次班子会后，待众人散尽，主管市场的肖凤章副总经理追上走在前面的黄雅琴，附在她的耳边悄声说道。

肖凤章之所以不敢在会上公开提出，是怕万一被当场否定，在众位副总面前失了面子。

"噢，是谁？你说说看。"

黄雅琴回过头来，望着这位神神道道的肖副总。平时，她很欣赏肖副总雷厉风行的作风和超强的业务能力，但总觉得在他的性格里藏着那么一丝说不清道不明的小古怪，让人捉摸不透。

"供销部的李子洲。"

不说没觉得，一说起来黄雅琴也有了比较深刻的印象，李子洲是公司最初派驻到四十八垴开拓青蒿草收购业务的人员之一，业绩不俗，在供销部也够得上元老级的人物，以往的青蒿收购工作，不说厥功至伟，也算是功不可没了。去年、今年的青蒿收购季，就数他带的组业务完成得最好，去年还拿了首个年度业务贡献奖。

"刚才在会上怎么不提出来呢？正好大家一起讨论讨论。"

黄雅琴疑惑地问道。

"我就怕讨论通不过，公司有些人不太看得起他。"

肖凤章的顾虑不是没有道理。三年前下岗裁员，本来业务出色的李子洲，却莫名其妙地成了下岗对象，没有业务可做是原因之一，但在肖凤章看来，一定还包含着别的不可言说的复杂因素。

黄雅琴不满地白了肖凤章一眼："现在单独向我推荐，你确定就能通过啦？"

"当然不确定。我只是向董事长单独推荐而已，用与不用还由董事长定夺。不过我个人觉得，李子洲确实是个比较合适的人选，董事长你考虑考虑吧。"

肖凤章之所以推荐李子洲，也不是没有一点私心，他对李子洲可以说有知遇之恩，在业务上曾一直比较欣赏他支持他，以至于公司某些人想当然地认为李子洲是他肖凤章的人，他们在搞小圈子，或者说是他肖某人在拉帮结派。肖凤章不敢肯定，别人是不是拿有色眼镜看待自己，但他相信，洞察秋毫的董事长对自己是看得清的，在明白事理的董事长面前，完全可以"举贤不避亲"。何况，他对李子洲并没有世俗意义的所谓"亲"，只是为公司举贤荐能罢了。

"李子洲这个人，我印象也不错。这样吧，我再好好考虑一下，如果真合适的话，下次开会，你不好提我来提。"

黄雅琴没有肖凤章的顾虑，她需要的是真正能做事的人才。

半个月后，李子洲从供销部抽调到基地部担任临时负责人，是董事长黄雅琴亲自点的将，没有人提出异议。

李子洲奉命组建公司基地部，由他自主挑选基地部组成人员。于是，徒弟兼过去的业务搭档何浪，也名正言顺地调到了公司基地部。

"阿浪，知道把你调来基地部，是什么意思吗？"

第一天报到，李子洲将何浪叫到跟前，故作轻描淡写地问道。

"是师傅对我的特别关照，嘿嘿。"

何浪高兴，能和李子洲这位老大哥在一起，心里舒坦，在供销部时，李子洲在业务上就没少关照过自己，尤其在四十八崾一起收购青蒿的那些日子，两人的默契与合作可说是心有灵犀天衣无缝。

"这回可不是师傅关照你。"

"怎子讲呢，师傅嫌我拖累啊？"

何浪伸长脖子望着李子洲，表示不理解，莫非不是李子洲主动要的人，而是别人特意塞进来的？这样一寻思，以为眼前的新任部长——过去的师傅要给自己小鞋穿，或者先来个下马威，心里不免紧张起来。

"看你脸上的猪肝色，就这点出息！"

李子洲剜一眼诚惶诚恐的何浪，从衣袋里掏出一支烟来点燃，一口吹到何浪的脸上。

"师傅又没讲清楚，我心里哪有底，慌的嘛。"

何浪嘿嘿一笑，嗫嚅道。

都说新官上任三把火，别看李子洲在公司也算老资格，可当官还是头一回，头把火往他何浪头上烧也在情理之中，没什么不正常的。

"你别想歪，要你到基地部来，是我主动要求的，兄弟齐心其利断金，这道理不用我讲吧？"

李子洲拍着何浪的肩膀。

"是是是，师傅说得对，兄弟齐心其利断金。"

何浪悬在心口的石头终于落地。原来又是师傅又是大哥的李子洲，还是罩着自己的嘛。

"还要向你透露一点，董事长对你来基地部，也很支持呢，我跟她一提，她二话没说就答应了，你猜怎么着？"

李子洲卖个关子。

"怎么着？"何浪两眼盯着李子洲问。

"董事长说，让你来当基地部的副部长。董事长真是很赏识你呢。"

"董事长让我当基地部的副部长，你没蒙我吧，师傅？"

何浪被李子洲的话搞糊涂了。

"当然啊，董事长亲口对我说的，这还有假？"

李子洲尽量压低声音，怕隔墙有耳。

师傅说到这个份上，何浪当然没有什么不信的。但既然让自己来当基地部的副部长是董事长的意思，为什么董事长一点信息也不向自己透露呢？何浪心里有点疑惑。

"不过，我说这回不是师傅关照你，而是你关照师傅，可是实底子的话咯。"

李子洲再拍下何浪的肩膀，他也开始尝试学习欲擒故纵的御人术。

"向来就是师傅关照我，莫非师傅这回当上部长，就有什么不同？"

何浪有些受宠若惊，又有点莫名其妙。

李子洲顿一顿，继续说道："没错，这回我们出征四十八�，不像从前临时打仗一样，是去开辟长久的根据地，打江山的，你也知道，师傅原本没当过领导，这回赶鸭子上架，心里诚惶诚恐的，就怕辜负了董事长的信任，你虽然没在公司做过领导，但当过商场的主管，那也是独当一面的职位，你比师傅有管理经验，再说你人年轻，有冲劲，知识面也比我广，所以还得靠你在前面顶着。"

"师傅，我还是没听明白，你就直接指示吧，我到底该怎么做？"

云里雾里的何浪，摸不清李子洲究竟要唱哪一出。

李子洲扭扭捏捏将何浪拉到自己近前，推心置腹地细语起来："你师傅我自从到厂里上班起，这十多年来一直就是个跑腿的业务员，还不受人待见。如今祖坟冒了青烟，承蒙董事长信任，让我来领导这个基地部，还不知有多少人在背地里拿冷眼看着，巴不得我阴沟翻船现丑呢。我甚至还听说，有人曾到董事长面前说我的坏话，讲我是个眼睛瞅着鼻子的投机分子，信不得，终究成不了大事，不可委以大任。好彩董事长是个明白人，高瞻远瞩，不和那些人一般见识。阿浪，我们现在是绑在一条船上，必须齐心协力把基地好好建设起来，给董事长长一把脸，也给公司争口气。你人年轻见识广，脑壳灵活点子多，多下点功夫，一定不能出什么娄子，断了别人看我们把戏的念头。不然就圆不了场，回公司交不了差，这老脸也就没地方搁，晓得吗？"

"倒也是，这年头红眼病的人太多，见不得人家好，师傅不用顾虑，干就干出个样子来给大家看看，正好堵了那些爱嚼舌根的人的嘴巴。"

何浪是打心眼里尊敬并佩服李子洲的，这番表态发自肺腑，并没有半点阿谀奉承的掺假成分。并且，他还得感谢李子洲的知遇提携呢。

"说起来容易做起来难，你师傅我一没领导经验，二没领导的能耐，就为这个惶恐的，一天睡不好觉呢，万一将来做不好，岂不愧对了董事长的信任，也拖了公司的后腿？"

“不会的，相信董事长不会看错人——再说，这不还有徒弟们在前面冲锋陷阵支持你嘛。”

“说来说去，我就是这个意思。阿浪，你有头脑，又实干，把你拉过来，就是要你做我的左膀右臂，实指望着你将来能够在基地部建功立业，为师傅分忧解愁呢。”

李子洲语重心长，亲切地拍着何浪的肩。

“你就放一百个心吧，为师傅，徒弟绝对两肋插刀！”

何浪一激动，便信誓旦旦地把巴掌在胸脯上拍得“啪啪”响。

“好兄弟，师傅要的就是你这句话，下班去我家搞两杯，叫你嫂子炒几个拿手菜！”

李子洲看着何浪，满意地笑笑，然后打了个漂亮的响指。

“得嘞——好久没见师娘，又可以品尝到嫂子的手艺啰！”

何浪一听晚上可以去李子洲家“搞两杯”，拍着双手赞成。

“一下嫂子，一下师娘，把你美馋的！到了家里，千祈莫要乱辈分啊？”

李子洲伸出拳头，在何浪结实的胸口上捶了捶，警醒道。

“我都被你绕蒙了——那我到底该叫师娘还是该叫嫂子？”

何浪狡黠地瞥一眼踌躇满志的李子洲。

“你叫我师傅的时候呢，就叫师娘，你叫我阿哥的时候呢，就叫嫂子！”

李子洲也幽默起来。

“那什么时候叫你师傅，什么时候叫你阿哥？”

何浪故意撩贫李子洲。

“这个，这个……”

李子洲搔着脑壳，一时有点语塞。

不过，李子洲也觉得，师娘与嫂子，这两个称谓集于一身，还真有点意思。

七

作为全县新的经济增长点，仙雅堂公司的生产经营越来越引起县委县政府及相关部门的高度重视。县长郑明文形象地把仙雅堂公司爱称为全县工业企业的"宝贝满崽"，必须全力呵护。这让仙雅堂公司董事长黄雅琴很受感动。

前些天，黄雅琴亲自到县里送报告，并专门向郑县长当面汇报工厂扩建的进度情况，听得郑县长心花怒放兴致盎然。

"你们还有什么问题和困难，尽可以向县里直接提出来，县里能够解决的，一定全力解决。"

郑明文是个直性子，有闯劲，也特别欣赏和青睐敢闯敢干的人，尤其是黄雅琴这种胸怀大志、不让须眉的巾帼企业家。

"多谢县长，仙雅堂这个满崽就巴望您和县里的关照呵护啰！"

临走前，黄雅琴谦恭地对郑明文深鞠一躬。

郑明文紧紧握着黄雅琴的手，半是鼓励半是期望："黄董放心，县里绝对全力以赴，使出吃奶的力气也要支持你们，做好你们的坚强后盾，还盼望你们仙雅堂早日成为全县工业企业创新发展的排头兵，带动一方经济高歌猛进呢！再说，你们扩建成功，对县里的农村经济转型、特色产业发展及脱贫攻坚工作，也是一种直接的引领和促进，真正一箭双雕，何乐而不为？"

这个搞农业出身的一县之长，现在思考的是如何借助工业的力量来有效推动乡村的经济振兴，对于融州这样的边远山区农业大县来说，势必需要一剂混合的强心剂，实现整体经济的快速提升，摘掉贫穷的帽子，目前仙雅堂的扩大生产，不失为一个良好的契机。一旦扩产成功，至少可以带动全县经济最薄弱的四十八峒几个乡镇数万村民，通过从事青蒿种植实现生产转型，依靠种植青蒿脱贫致富，那就功莫大焉。

郑明文十分关注仙雅堂的扩建工作，尤其是工厂扩大生产后的原料需求，对未来在四十八峒地区配套推广种植青蒿满怀期待。有次在南宁开会时，偶然听农业厅的同志说起，农业厅属下的八桂药用植物园，最近正在申请承接一个青蒿人工种植对比研究的国家级重大科研项目，上面的手续已经办得差不多，目前正在就试验推广的基地建设，进行摸底考察。

"郑县长，好像你们融州就有生产青蒿素初级产品的工厂？"

农业厅的同志对融州青蒿素生产有所耳闻，但具体并不是很清楚，也只是这么随便一问。

"是啊，我们融州不仅有先进的青蒿素加工生产厂家，同时也是优质野生青蒿的重要生长区，有着极为丰富的野生青蒿资源，而且，目前青蒿素产业正在不断扩大发展。为满足青蒿素扩大生产的需要，下一步正准备推广青蒿人工种植，但我们在这方面的经验不足，可以说还是一片空白，急需科学的指导，要是能将八桂药用植物园青蒿人工种植对比研究的科研项目放到我们融州去，在融州建立青蒿种植科研基地，那才是真正的门当户对。同时也为我们融州的青蒿种植解决了一大资金和技术难题。"

郑明文听农业厅的同志一说，立马意识到这个项目十分符合"融州特色"，简直就是专门为融州青蒿产业发展量身定制，如果能够争取落户融州，对于融州青蒿产业的发展，无疑具有非常重要的推动和促进作用，于是便动起了心思。

"这个没什么大问题吧，有意向的话，你们可以与八桂药用植物园联合申请这个项目嘛，土地问题由你们县里解决，八桂药用植物园负责技术项目试验研究，到时候出成果也有你们融州的一份。具体怎么弄，你们直接找八桂药用植物园沟通联系，反正他们也要找地方为项目落脚，放在哪里都是一样搞研究。我个人认为，你们融州似乎更有优势，条件似乎更加得天独厚。"

看来农业厅的同志还是很属意融州的。

"不是哪里都一样，这个项目放在我们融州才是最合适的。"

郑明文嘴上没有直说，心里却笃定非融州不可，无论如何，一定要想方设法把这个项目争取过来。

"打铁趁热，你们可得趁早与他们取得联系，晚了只怕被别的地方拉过去。"

农业厅的同志提醒郑明文。

郑明文便趁机向农业厅的同志请求："那还得烦请领导向八桂药用植物园打个招呼，有领导的尚方宝剑，我们更好接洽些。"

"这个没有问题，回头我给方园长打个电话，把你们的情况介绍给他。后面的事你们双方具体去谈。"

农业厅的同志很乐意促成此事。

一回到融州，郑明文便火急火燎地把县农业局局长黄家仲和县科技局局长李云光叫到办公室："有个任务交给你们，赶紧去争取落实。"

黄家仲和李云光两位局长，平常很少被县长直接叫到办公室分派"任务"，对于突然点他们的将，心里七上八下的，不知道要派给他们的，究竟是什么特别紧急的"任务"。

"请县长指示。"

两位部门头头立在县长面前，相互对看一眼，小心地请示道。

郑明文将从南宁首府获知的情况大致介绍一遍，然后指示两位部门头头："八桂药用植物园承担的青蒿人工种植对比研究科研项目，是国家级的重大课题，你们赶紧想个招，把这个项目的基地建设落实到我们融州来！"

"我们一定尽力而为。"

农业局局长黄家仲和县科技局局长李云光也觉得这是一个难得的机会，但至于怎样才能把项目争取过来，却是一头雾水，可是当着县长的面也不好一味唱困难，只得硬着头皮应承下来。两人心里十分明白，县长专门叫自己来，不是要听自己唱困难，而是要他们切切实实解决问题。

"什么叫尽力而为？你们不要打马虎眼，必须给我立军令状！"果然，一脸严肃的郑明文县长，对于两位部门头头含糊的表态很不满意，"这个项目我们志在必得，绝不能被别的地方抢过去，我不管你们用什么办法，我只要最后结果。出了纰漏，我处分你们，撤你们的职！"

郑明文是个火爆性子，对两位局长直接下了军令状。

黄家仲和李云光领了县长的军令状，不敢造次，亲自组织相关人员轮番奔赴首府南宁，软磨硬泡使尽各种招数，加之有农业厅领导出面撮合，愿是说动八桂药用植物园改变了原定的项目落地意向，最终同意将试验推广项目落实到了融州。

心诚是一方面，最为关键的是，作为典型的石漠化山区，四十八峒是野生青蒿的重要生长区，具有显著的对比试验价值，正好符合项目实施的条件。在全面了解融州四十八峒地区的地理特点和青蒿资源史后，八桂药用植物园在农业厅的支持下，最终做出了项目落户融州的决定。黄家仲和李云光心中石头落地，终于松了一口气。

"报告县长，搞定了。"

在合作协议签字的现场，两位局长第一时间向县长郑明文电话汇报。

"好，算你们立了一功，回来我给你们摆庆功宴——我就知道这个事你们一定能办好，嘿嘿。"

电话另一头的郑明文抑制不住心中的兴奋。

"所幸这事成了，庆功宴倒是不稀罕。"

心中庆幸的黄家仲和李云光相互吐着舌头，嘀咕起来，他们太了解县长的脾性，万一这事没能办成，说不定一怒之下真会让自己背个什么处分呢。

如释重负的郑明文县长，这边刚一得到两位局长的电话汇报，立马打电话通报黄雅琴："黄董，好消息呀。八桂药用植物园青蒿人工种植对比研究科研项目基地，正式落户到我们融州，这下你们可以大展身手了。"

"太好了，谢谢县长，谢谢县里跑项目的领导和同志们。"

听了郑明文县长的通报，黄雅琴更是禁不住满心激动。

郑明文接着叮嘱黄雅琴："黄董啊，县里花大力气将这个项目引进来，目的十分明确，就是配合你们仙雅堂公司，解决将来扩大生产后的原料供应问题，你们可要好好把握。接下来的戏，可就看你们怎么唱得好啰。你也知道，这年头的群众思想动员工作与以往不同，他们是很实在的，必须有吹糠见米的利益，才能打动他们的心，搞大一统的硬性指标是行不通的，所以我想，除了政府的种植补贴，你们在初期的扶持政策上，也要动点心思，有些具体可行的承诺噢。"

"一定的，一定的。请县长放心，我们仙雅堂一定尽最大的努力，配合县里做好各村群众的思想动员，能给乡亲们的优惠条件，我们保证不打半点折扣。"

"你这个表态我很欣赏，只有把青蒿种植搞好，你们公司将来扩大生产才能有足够的原料保障。"

"县长高瞻远瞩，仙雅堂一定不辜负您和县里的期望！"

黄雅琴何尝不理解，巧妇难为无米之炊，广大农户们不把青蒿种好，仙雅堂拿什么来扩大生产？让利当地百姓，做好村民宣传发动，推广青蒿人工种植，她和仙雅堂义不容辞，当然会不遗余力。

"好，也预祝你们的生产扩建工程早日取得圆满成功，到时你们竣工投产庆典，我一定到场祝贺！"

"我代表仙雅堂公司，再次感谢县里的关心支持！"

八桂药用植物园这个项目课题能够将基地落户到融州，对于仙雅堂来说，可谓雪中送炭锦上添花，这天大的好事，让黄雅琴做梦都要笑出声来呢。

八

"打造青蒿之都，发展青蒿产业，做强青蒿经济"成为全县经济工作阶段性核心重点之一，更是四十八峒地区相关乡镇当下压倒性的中心工作。这不仅是一个全新的口号，而且是一个全新的行动，期待着开创全新的工作局面，取得全新的工作成果，作为全县新的经济增长点，青蒿产业甚至被赋予特殊的使命。县委县政府已将发展青蒿产业纳入四十八峒石漠化地区脱贫攻坚的一大决策项目，明确写进县委县政府的年度工作计划和中长期发展规划：依托仙雅堂公司青蒿素生产发展，整个四十八峒地区必须在三年内全面普及青蒿人工种植，使青蒿种植成为该地区的农业支柱产业，成为当地村民收入的主要来源之一，造福当地群众，从而彻底摘除贫困的帽子，走共同富裕的青蒿之路。

为配合八桂药用植物园青蒿人工种植研究科研课题基地建设，保障仙雅堂青蒿素生产扩建工程竣工投产后的原料供应，全面抓好落实四十八峒地区青蒿人工种植工作，县里专门成立阵容强大的青蒿人工种植工作指导组，由县长郑明文亲自挂帅指挥。

青蒿人工种植对比试验基地建设专题工作动员会上，县长郑明文一再强调："同志们，青蒿人工种植计划和基地建设，只许成功不许失败，它关系到四十八峒地区数万各族同胞的脱贫致富，关系到全县经济建设和未来发展的新布局，同时也关系到我县的科技信誉和社会形象，绝不可掉以轻心！"

会议结束时，郑明文盯着在坐的农业局局长黄家仲和科技局局长李云光，沙哑着喉咙问："黄局、李局，你们两个负责牵头，这次下到各个乡镇村屯，务必做好群众的宣传发动工作，圆满完成青蒿种植的目标计划，有没有信心？"

"有！"

在县长凌厉的目光逼视下，两位局长的回答一点都不含糊。

"既然有信心，那我可把丑话撂在前头，这件事如果做不好，影响县里整体工作的布局，我还是要拿你们是问的——到时候就考虑哪里凉快到哪里去。"

郑明文又向黄家仲和李云光下起军令状来，这是他的一贯作风，但说归说，实则并没有因为工作任务的问题刻意整治过人，做下属的也已经习以为常。

但毕竟军令状在身，也不是儿戏，谁还敢不全力以赴，打马虎眼呢。

春寒未尽，宁静多时的古板村，与四十八�所有的村子一样，渐渐热闹起来。

村委会议室里，县农业局、县科技局、县民宗局、八桂药用植物园、仙雅堂公司基地负责人齐聚一堂，正与村两委领导一道，共同商讨动员村民种植青蒿的问题，在场的人一个个都铆足了劲，谈兴浓烈。

这是苏子媚和韦家能、莫红兵等村干部们期盼了很久的大事，县里的工作组不来正式发令，村委会没有得到尚方宝剑，也不敢随意撺掇乡亲们。没有白纸黑字的红头文件，任你说破天也是白搭，没人肯听你的——村干部又怎样。

现在，红头文件下来，有了白纸黑字，连工作组都已进村，总可以把心放到肚子里了吧。

县科技局李云光局长第一个做介绍："由八桂药用植物园主导的青蒿区域对比种植试验项目选择落脚在我县四十八峁石漠化地区，一是看中四十八峁地区典型的土壤与气候特质；二是对我县科研工作的政策倾斜，说白了就是对我县的特别关照，为我们放水；三是我县仙雅堂公司正在搞生产扩建，很快就要竣工投产，青蒿原料的需求量大增，种出来的青蒿草完全不愁销路——"

李云光故意顿一顿，拿眼睛四下一瞟，审视着在场人员的反应。然后干咳一声，提高嗓门继续说下去："所以，我们要好好珍惜这个来之不易的机会，务必确保青蒿人工种植旗开得胜，并以此为契机，为今后大力发展青蒿产业打下坚实的基础！"

接下来县农业局的黄家仲局长表态，在青蒿人工种植对比试验项目中，凡涉及到土地使用的问题，县里一律开绿灯，坚决给予支持。

八桂药用植物园项目负责人在讲话中明确表示，为了确保村民们的基本利益，促进广大群众种植青蒿的积极性，顺利完成八桂药用植物园的专项科研任务，取得青蒿在西南石漠化地区种植的科研数据，从而掌握科学种植的第一手资料，同时也为规模化种植探索可行的路子，对于自愿种植青蒿的村民，将从科研专项资金中拨出一定的经费来，结合县里的政策，以政府的名义，通过以补代奖的形式进行扶持，具体补贴办法为：建档立卡困难户种植青蒿每亩补助三百元；普通农户每亩基本补贴一百五十元，青蒿产量达到每亩二百公斤以上的，补贴提高至三百元。"

对于青蒿种植户来说，这可是笔可观的额外福利。

李子洲则代表仙雅堂公司承诺："为了让老百姓得到真正的实惠，我们仙雅堂公司负责向所有种植户免费提供优质的青蒿种子和技术指导，并按现行市场价格收购村民种植的青蒿草，有多少收购多少。"

"我们壮家人有句谚语，叫作'三年烂饭砌高楼，三年稀粥买条牛'，四十八峁的乡亲们，这回扎扎实实种上三年青蒿，家家户户都起上青蒿洋楼，我看应该没有问题。"

县民宗局莫光球副局长高兴得直拍桌子，以往民宗局每年的主要任务就是来这些壮族村寨组织开展一些文化活动，什么三月三山歌节呀，什么壮欢歌王擂台呀，什么壮锦展演呀，热闹是热闹了，高兴也高兴了，但热闹高兴之后，并没有给老百姓的日子带来太大的改观，原来怎么过活，依旧怎么过活。像今天这样，以特色种植为主题的宣传动员会，还是第一次参加，阵容这么大，心中不免有些感慨。如果真按计划上说的，不出几年，整个四十八峁穷山窝窝的面貌怕是要彻底改变，真正咸鱼翻身！

政策都是好政策，听上去很鼓舞人心，事前宣传工作也做得有板有眼，种植青蒿致富的美好蓝图似乎就在眼前，触手可及。这让苏子媚一想起来，内心就激动难禁，抑制不住美好的遐想——广阔天地大有作为，看来，自己能到四十八峁来挂职，真的没有选错。从个人的角度，这是自己人生事业的第一站，这第一站要是成功，有了基础，那往后的前程道路肯定会一帆风顺、芝麻开花，脑海里便不由幻现出一路的鲜花与光明。

然而，理想很丰满，现实却很骨感，真正到了具体落实的时候，却遭受了村民们的集体冷遇，雷声大雨点小，竟没几个积极响应的。

这可把仙雅堂的基地部负责人李子洲给愁坏了。

"何浪你给我说说，为什么村民们对于青蒿种植这么没兴趣呢？明明是条赚钱的好路子啊，何况还有这么好的政策扶持！"

李子洲狠狠吧嗒着嘴上的香烟，对于村民们的集体冷漠，他百思不得其解。

"这里的老乡，世世代代猫在四十八峁，从没出过山，都穷习惯穷安逸了！"

何浪也忍不住牢骚。

村民们动员不起来，青蒿种植不下去，再过几个月，拿什么去喂饱扩建的生产线？

村民不种青蒿，还可以继续种他们的花生、洋芋、红薯、苞谷，收成少则少点，总还不至于"颗粒无收"。仙雅堂可就得面对"巧妇难为无米之炊"的尴尬。

当然，犯愁的不止李子洲与仙雅堂，更有从县上到乡镇到村里的头头脑脑们。

古板村十二个屯寨，上千户人家，据苏子媚的初步统计，能主动响应种植青蒿的，拢共不到一百户，大多还是抱着先种一点试试看的态度。

"书记、主任，愿意种植青蒿的人家这么少，可怎么办？"

苏子媚揣着青蒿种植农户统计表去找韦家能和莫红兵汇报，她想起当初听到仙雅堂公司准备推广青蒿人工种植的消息时，那么迫不及待地要何浪陪着自己去仙雅堂拜访黄雅琴董事长，还以为近水楼台先得月，抢了先机，谁知乡亲们现在却都作壁上观，无论如何让人想不通。这么好的项目，这么好的政策，实在没有道理呀！

"怎么办，还能怎么办？只有一家一户继续做工作啰，直到做通为止呗。不过话说回来，捆绑难成夫妻，强迫不成买卖。"村主任莫红兵也是满腹牢骚，"再说，青蒿种植这个事，也是大姑娘上花轿头一回，谁知道种得好种不好，乡亲们担心犹豫也是正常，谁也不敢拿自家吃饭的土地来押宝作赌，要是押错宝赌输了呢？种洋芋红薯也好，种花生苞谷也好，祖祖辈辈下来的耕作传统，熟门熟路的，种子撒下去，甭管丰年还是歉年，地里有多少出产，闭着眼睛也能估摸出个八九不离十来，虽说少是少了点，但毕竟心里都有个底。"

没多少人肯冒这个风险，乡亲们担心万一种不好，可是一年的收成、全家生活的指望呢！以前采收野生青蒿，那是现成的收益，相当于白捡的财，当然争先恐后，现在是要大家拿自己出产粮食的土地来种植青蒿，这个经济收入怎么保障？就怕费了老力又不能赚钱，搞不好还要倒亏，本想弄个螃蟹香下嘴，到头来反被螃蟹夹一口，那就太不划算，宁愿还像过去一样，守着老本业，继续种这个年复一年的洋芋花生红薯苞谷，收得一点是一点，总算能看得见。

"这青蒿种下去，天晓得能有几个钱？再说，就算种得好，市场一变没人要，岂不是白搭？仙雅堂不过是个私人工厂，能靠得住吗？国营企业都说倒就倒呢！"

村主任莫红兵的想法与大家不同，他只是有一种担心。

前些年，也有外边的开发公司来撺掇四十八峁村民种高山油茶，当时宣传说是政府鼓励扶持的三农补贴项目，吹得天花乱坠，包种包收包赚钱，给大家画了个大大的烧饼，刚种下头两年，时不时都还有人来瞅两眼，装模作样指点一下，可到后来却没有下文，鬼影子也不见一个来，一打听，才晓得那公司套取政府的项目补贴之后，早已"打狗散场"，金蝉脱壳散伙了。而今，那些从未有过收成的油茶山，又成了荆棘丛生的荒漠漠，再也没见有人来关心过问过。

莫红兵继续发表着自己的看法，行事素来保守的他，有自己的口头禅："算盘打得太满也会闷桥！"

莫红兵认为，苏子媚这个女娃娃毕竟见得少，阅历不够，没有城府，她的算法过于天真烂漫，过于盲目乐观。自己何尝不想让乡亲们早点过上好日子，依靠科学种养尽快脱贫致富，当然是他作为村主任的最大心愿，做梦都盼着呢。但要想过河，还得先摸好石头不是？小范围试种可以尝试，大面积推广，还真得慎重，不宜过于盲目乐观，免得重蹈覆辙。

莫红兵甚至联想起六年前，那场由政府有关部门主导的、声势浩大的秋菜开发运动，如今看来，简直就是荒唐至极。

水稻收割后，秋菜开发是帮助农民增收的好项目。当时一号召，全县掀起了轰轰烈烈的秋菜大开发运动。不仅从财政和其他渠道拨出专项资金对农户进行帮扶，发动各单位干部职工下到村寨，一起帮助农民刨地种菜。可吃惯了扶贫款的农伯们就是不来劲，他们不相信这篓子几乎不识五谷杂粮吃皇粮的主儿，懵懵懂懂涌到乡下来，胡乱种几棵不值钱的秋菜就能让他们脱贫致富。因此，除了帮扶款如数"笑纳"之外，并没有让几块田地长出几棵卖钱的菜苗苗来。

针对上年的教训，县委县政府调整了思路，提出"做给农民看，领着农民干"的口号。改由各个部门、单位向农民租地种菜，通过租种取得经济效益，然后再带动农民自种致富。老实说，这个初衷是好的，可就是不切实际，有点瞎忙活。

县农业局率先请命，以两万五千元租金承包离城十五里的白家寨农户五十亩秋田，全部种上据说高产优质的"先锋"豌豆。

全局数十号人马，在局长的率领下，组成一个规模不小的车队，浩浩荡荡开向白家寨承包地。经过半个月的连续作战，加上雇请的十几个民工，五十亩豌豆终于如期下种。半个月下来，各种下乡补贴和民工工资算下来，几万元的劳力成本又去了。望着五十亩平平整整的菜地，局长心里也觉得很坦然很滋润。

当五十亩秋菜地齐刷刷吐绿的时候，局长把县委书记和县长一起请到了菜地视察。于是农业局立即被树为全县秋菜开发标兵，县委书记、县长亲自组织全县秋菜开发现场会，寂静的白家寨一时间车水马龙，热闹非凡。局长在秋菜地的经验介绍刚一结束，由农业局做东的几大桌招待宴立马准备就绪：局长明白，这是给咱书记、县长争的光，含糊不得。

自此，各地前来求经取宝者络绎不绝，农业局几乎成了变相的秋菜开发接待办。但名声在外的局长总是乐此不疲不厌其烦，迎来送往事必躬亲，反正接待费用全挂在秋菜开发的成本上，不影响局里其他正常开支，趁此机会广结各方宾朋，何乐不为？

在各路参观者的评头品足中，肥足水饱的秋菜地开始收获。

然而，供过于求的秋菜丰收，遭到了市场的无情冷遇。

外地商贩不来收购，局长只得咬牙让全局职工分摊购买，然后一筐筐挑去菜市、大街摆卖，一时间满街都是整箩筐整麻袋的豌豆荚。虽说摆卖的豆荚比起附近菜农种的稍有逊色，但摆卖的队伍，却成了大街上一道热闹的风景线。

由于豌豆荚在市面上的投入猛增，价格从原来的每斤五元钱直接降到一元以下，最低时还不到五毛。而大多数的豆荚，则因为无人问津，只好送的送、烂的烂，最后无奈地倒进垃圾车。

一窝蜂上的秋菜开发运动，自己打自己的脸，得个劳民伤财的惨痛教训，成了一场令人尴尬的笑谈，至今被人当作警示，常拿出来做反面教材。

莫红兵不希望青蒿种植也成为当年秋菜开发那样的笑话闹剧。

尽管这个千百年来不被人待见的臭青蒿，一夜之间鹞子翻身，成了市场抢手的香饽饽，但能不能种得好，谁心里都没把握，况且市场稳不稳得住，也很难说。这个阵仗，比起当年大搞秋菜开发的势头，猛了不知多少倍，万一搞砸了，可不是好玩的，不光古板村三千多号人口，周边几个乡镇数万人口，都要因此受连累呢，到时问谁去？只怕是哭天无路！仙雅堂公司，一个刚刚起死回生的工厂，现在又成了一家私营企业，自己还没喘过气来，值得这么无条件信任吗？

秋菜开发的教训，村支书韦家能也不是不清楚。但莫红兵的话令他听着很不顺耳，便站起身来，扯开喉咙打断他。

"工作再做细致点，再难也要想办法动员起来。政府、企业，还有科研单位都花了大气力，要把这个青蒿种植搞起来，总不能到我们这里，还没开始就认怂，打起退堂鼓来吧？首先我们村干部自己思想上这一关就要过好，村干部心里都悟不通透，普通群众如何不迷糊！"

被韦家能一顿数落，莫红兵并不服气。

"不是我不通透，也不是不支持，'打造青蒿之都，发展青蒿产业，做强青蒿经济'，口号喊得山响，搞出这么大的阵仗来，这个事究竟有多牢靠，有几成的胜算和把握，我们有没有仔细盘算过？弄得好当然皆大欢喜，万一弄不好，村两委班子可是首当其冲……"

"我们要相信上级，不是头脑发热，随随便便就弄出个口号来瞎折腾的。再说，天塌下来还有高个顶着呢，前怕狼后怕虎什么都做不成！"

韦家能知道莫红兵爱认死理，在平常也能避免很多工作的小失误，但就是缺乏变通，做起事来总是过于小心翼翼，摸了石头才过河，难免畏手畏脚。

"讲是这样讲咯，算盘打得太满也会闷桥——"

莫红兵下意识地又搬出自己的口头禅来。

"哎呀你个老耿，我跟你讲，这回指定闷不了桥！何况上面还有补贴，每亩一百五十元是定数了的，种子和技术指导又都是免费提供，怎么就老想着种不好呢？仙雅堂公司生产扩建，我们种出来的青蒿草，人家都承诺按市场价兜底收购，你还怕什么？"

"主要是以前没种过，再说，仙雅堂就是一个私营工厂，把全村群众的利益与他们捆绑起来，我总觉得有点悬。"

莫红兵个人倒是不怕，大不了失败后从头再来，可是现在面临的是全村全乡乃至整个四十八峒人的利益得失，不得不慎重，不得不顾虑。

"凡事总有第一次嘛，这样吧，村民的动员工作，大家还要继续努力，与仙雅堂基地部的工作人员一起，挨家挨户去说服，要有耐心和信心。但是，我们村干部也要积极带头先种，给群众做出个表率来，村看村户看户，群众看干部，都看了几十年，关键时刻绝对不能掉链子！"

韦家能再次打断莫红兵的话，一锤定音。村干部都不能统一思想和步调，工作怎么打得开格局！

首次全民动员，初步统计出来的结果，与莫红兵想的差不多，实在令人尴尬。韦家能虽然心里也很气馁，但在班子成员面前，如何能轻易表露。

不仅不能表露，还得以乐观的态度面对其他村干部，自己可是村领导班子的主心骨，更要做全村百姓脱贫致富的带头人呢，含糊不得。

"小苏，你多配合点仙雅堂公司和县乡工作组的同志，把群众动员尽量做得扎实点，再多想想办法。"

韦家能望一眼埋头记录的苏子媚。

"我尽最大的努力吧。我相信，全村的乡亲们，没有一个人是不想脱贫致富的。可是，安于现状，怎么脱贫致富？我们要想办法，让乡亲们充分认识到，青蒿种植就是脱贫致富的好项目。我明天就去找仙雅堂公司的同志商量，一起深入每家每户做好政策解读和思想动员。"

苏子媚愉快地接受了支书韦家能的指派。虽然明知道这样的任务是吃力不讨好的，但如果自己不主动承担，村干部中还有谁更合适呢？

九

吃过早饭，苏子媚约上何浪一起，从村委会出发，他们今天要去龟背屯做入户动员，打算先从成宋老汉家开始做起，然后再去找那个人称"疤老大"的浪荡仔覃瑞龙。

选择这两家作堡垒打头阵，苏子媚是在脑海里反复权衡之后做出的决定。这两家的情况有点特别，工作做起来可能会相对复杂些，正因为如此，才有了这样迎难而上的安排。一旦把这两个"刺头"拿下来，其他村民的工作就好做得多。

从村委会到龟背屯，要翻过三尖坳，没通水泥公路，只有烂泥裹脚的乱石小径蜿蜒相连。

天公不作美，昨夜下了一夜的雨，到现在还淅淅沥沥没停没歇。

两个人沿着崎岖的山道，高一脚低一脚地往前走，不一会便沾了满裤腿的泥水。

"小心点走，不要急，脚下踩稳点，跌跤可不是好玩的。"

何浪叮嘱着走在前面的苏子媚。

路过一个拐弯坎坡，刚刚还叮嘱苏子媚"小心点走"的何浪，自己却一不小心，双脚一滑，"啊"的一声跌下了坎坡。

苏子媚听见何浪的惊叫声，本能地回头一看，见何浪打着翻滚，一直跌到坡底，顿时吓得脸色惨白："何浪，伤着没有？"

何浪从地上爬起来，拍一拍上身，又在原地转了一圈，还好，只是屁股疼得有些刺骨难忍，又弄得浑身泥巴，样子有些狼狈不堪。

"没伤着没伤着，今早出门求了布洛陀爷，得了个上上签，老天爷保佑，我命大得很呢。"

何浪龇牙应道。

"刚刚还叫我小心点，自己倒跌下了坎。"

苏子媚见何浪没受伤，悬着的心才放下来，铁青的脸也恢复了血色，可看着他那满身泥污的滑稽样，又禁不住扑哧一声笑了："哈哈哈，都成泥菩萨啦！"

何浪环顾自己周身，强忍着屁股上钻心的疼痛，望着哈哈大笑的苏子媚，也兀自笑起来："奶奶的，这泥巴山路也欺生啊！"

"哪个叫你不把我们四十八峁当作自己的家呢？知道错了吧，我们四十八峁每一块石头每一坨泥巴都灵性着呢——看它们怎么就不跌我！”

苏子媚从路边折下一根稔子枝条，递向路坎下的何浪，伸着脖子调侃起来。

“你们四十八寮啊——不是，你几时也成四十八寮的人了？”

何浪被苏子媚的调侃撩拨起兴致，忘记了屁股上火辣辣的痛。

“我怎么不是四十八寮的人？你要知道，我已在这里生活两年多，虽说不上对这里的每块石头每坨泥巴都摸得十分清楚，但和这里的山山寮寮息息相通，感情深着呢！”

说着说着，苏子媚心里竟涌起一股难以名状的温馨，眼睛紧盯抓住稔子树枝从坡底往上艰难爬行的何浪，自己握着稔子树枝另一端的双手，也随之加大力道。

“呵呵，照你这么说，那我也算是四十八寮的亲戚。”

其实也不算调侃，是一种内心意愿的真切表达。

“你这话怎么讲？”

听何浪自比四十八寮的亲戚，苏子媚哼着鼻子反问道。

苏子媚喜欢的，就是何浪这副从不把自己当外人的德性，这样的人很合群，容易亲近，肠子里的弯弯绕绕也少些，要不自己也不会看上他。

但就一样：这家伙脸皮厚，较起劲来也是个难缠的角色。好在自己手里有对付他的“降龙十八掌”，一生气可以半个月不理他，电话打爆也不接，任何信息一概不回，被晾起来冷处理的他，就只能抓狂抓瞎，整天丢了魂似的。这样一番折腾之后，人就变得老实规矩，再不敢弄出什么幺蛾子来。

“你说你是四十八寮的姑娘，那我不就是四十八寮的姑爷嘛，姑爷怎么不是亲戚呢？”

何浪觍着脸，显得理直气壮。“尽扯淡，张口就胡来，也不怕咬到舌头！”

苏子媚竖起眉毛，佯嗔道。

“扯淡吗？我这四十八寨的姑爷，可是名正言顺的噢——”

何浪故意拖长音腔。

“哼哼，你还想搞拉郎配啊？”

“怎么是拉郎配？既然你都承认自己是四十八寨的姑娘，那我为什么不可以是四十八寨的姑爷？我得随了你啊！”

“你没安好心，占我的便宜——你这个大坏蛋，上来看我不撕了你的嘴！”

苏子媚半咬着下嘴唇，脸上的笑靥却灿若春天的桃花，更加妩媚可爱。

“跟着你来当四十八寨的姑爷，我可吃老呢我，能占什么便宜嘛，你看我们这一天到晚忙活的，折腾得哪还像个人样子？”

何浪嘴里喘着粗气，故意装起委屈来。

苏子媚杏眼圆睁，揶揄道：“周瑜打黄盖，一个愿打一个愿挨，嫌吃亏可以不来啊，又没有人拿绳子拴着你！”一边将手中的稔子树枝递给何浪，用力一拉。

何浪在下面攀爬了几步，然后借着苏子媚透过稔子树枝传递的力量，两腿起势一蹬，跃上路坎，差点让猛然失控的苏子媚来个后仰翻，幸亏何浪及时一把抱住她的腰，才没往地上倒。

“好险啦，四十八寨的姑爷差点就折在这险恶的坎坡之下！”

趁着双手搂抱苏子媚的便当，何浪不失时机地对着苏子媚的耳朵，夸张地感叹道。

“看看你的脸皮有多厚——啧啧，比得过城墙。”

苏子媚拿手中的稔子树枝为何浪拍打着身上的泥土，又伸出纤纤玉指在何浪的脸上一刮，然后轻轻一掐：“喂喂，八字还没写一撇，也敢乱攀亲戚，你就不怕天上的雷公叫啊？"

"怕呀，怎么不怕。"

"那你还敢胡说八道！"

"这不幸好是冬天嘛，立春未到，雷公爷爷也出门到闪电娘娘家走亲戚去了，还没曾打转身呢，他肯定不晓得的，晓得了也不要紧，隔得远，鞭长莫及奈我何呀，嘿嘿嘿！"

"死性，跌成这副样子还在这里癞蛤蟆想吃天鹅肉！"

苏子媚一拳擂在何浪的背上，却绵绵地使不出力气。

"哎呀，梦想总要有——尽管眼下困难重重，但我依然怀有一个梦。"

何浪忽然想起前不久看过的马丁·路德·金《我有一个梦想》的演讲稿来。太励志，太鼓舞人心了，便不由大声吟诵起来，以表达自己此刻的心意。

一愣神的当儿，苏子媚已被何浪趁机再次拉入怀中，对着她的嘴，猛然凑上去。

随即，两张亲热的嘴便不管不顾地贴在一起……

小路旁，拂过树梢的山风，被忘乎所以的小情人所感染，禁不住为他们热烈地欢呼起来。

"做你的春秋大梦去吧！"

苏子媚哂哂有些发麻的嘴唇，用力推开依旧全神贯注的何浪，然后滚烫着绯红的帮腮，在何浪结实的胸口上又是一记香酥酥的少女萌萌拳，这回是可劲地重擂，不再是刚才的棉花团了。

两个人都没料想到，在这凄风冷雨的山间小道上，因为不慎的一跤，竟跌出了一场平常难得的罗曼蒂克来，似乎是老天冥冥之中的蓄意安排，作为对心有灵犀的小情人如此敬业的特别奖赏罢。

"哎，说正经的，我们今天去龟背屯，你有没有把握做得通他们的工作？我看是有点悬噢。"

何浪跟在苏子媚后面，犹疑地问道。

对于乡亲们普遍的冷漠态度，何浪做梦也没有想到，又送资金又送种子又送技术，最后还包产品回收，这可是天上掉馅饼的大好事啊，怎么就打动不了这些穷了八辈子的老实巴交的农伯们呢？

"说真话，我也没有十足的把握。不过我还是相信心诚则灵，以心换心，是块冰坨坨也终究能捂得化的。"

苏子媚给自己打气鼓劲，一番话倒说得何浪有些不好意思，脚下的步子不由得轻快起来。

两个人来到成宋老汉家的时候，眼前的一幕让他们惊呆了。

成宋老汉手里正操起一根刀把粗的烧火棍，满屋子撵着二脑壳的麻花，撵上去就是"呼"的一棍子，不分头脑屁股，打着哪里，便哪里痛快解恨。

满头青筋暴露的成宋老汉，眼珠鼓成桐籽壳，像头红眼发怒的公牛，咬牙切齿的表情，比人撬了他家的老祖坟还要愤懑、可怕。

"看老子不打死你个败家的蠢婆娘！"

成宋老汉一边追打着失魂落魄的麻花，嘴里不停地大声叫骂。

慌张躲避的麻花不时发出惊恐的"啊啊"声，听上去十分凄婉无助。

"干什么呢成宋大叔，这么大火气往婶子身上发呀？"

苏子媚见状，急忙上去拦住张牙舞爪的成宋老汉，伸手去夺他手里的烧火棍。

哪知横眉怒目的成宋老汉不肯松手，发力往前一推搡，苏子媚往后一个踉跄，差点被推倒在地。

说时迟那时快，何浪见势快步上前，一把攥住成宋老汉的手，猛喝一声："怎么，成宋老哥，光天化日的，你还敢行凶打人啊？"

到底是年轻人力气足劲头大，成宋老汉被何浪攥住手腕，再使不出劲来，便气呼呼地往地上啐一口浓痰，忿忿道："我怎么敢打苏村官，你借我十个胆呗！"

何浪呵斥的，并不是成宋老汉要打苏子媚，他当然清楚成宋老汉绝没有这个意思，只是成宋老汉对自己的话有所误解罢了，或者也没误解，不过是一时语急，话赶着话而已。

成宋老汉与何浪虽不是很熟络，但毕竟也算认识，去年卖青蒿草时，没少与他打过交道，知道这是一个热情外露的小伙子，没有架子，不嫌人寒碜，品行很端。

有一次在屯长莫大枝家里，成宋老汉还曾跟何浪同桌喝过一回酒呢，他可是记得清清楚楚，当时何浪还亲热地喊他"成宋老哥"，硬拉着他和自己坐，席间相互猜了四码还不算，两人又扳着肩膀喝了满满一杯交杯酒，十分尽兴。当时何浪讲过一句很义气的话，令酒酣耳热的成宋老汉很受感动："老哥子，今后有什么事情尽管找我何浪，只要能帮得到，老弟我一定尽力！"

多么豪爽，多么大气，多么响快的一个热心人啊！

今天这场景却变得如此尴尬，一见面便是烧火棍杵在眼前，虽然并非针对来者，终归不是起码的待客之道。

"你当然不敢打苏村官，但麻花嫂子就是可以随便打得的么，打出问题来，你担待得起？我只问你，伤着了人，哪个出钱去医？"

何浪放低声音，一手扳着喘气如牛的成宋老汉的肩膀。

成宋老汉气吼吼地将烧火棍往地上猛地一掼，手指着麻花，继续恶狠狠地咒骂着：

"你个败家的扫把星，看老子怎么收拾你！"

麻花紧紧地躲在苏子媚后面，浑身瑟瑟发抖，两只眼睛惊恐地望着余怒未息的成宋老汉，不知所措。

"成宋大叔，您消消气，我婶子到底怎么惹着您了嘛，这么不依不饶的？"

苏子媚反手扯一扯麻花的衣袖，耐心地向成宋老汉询问根由。

成宋老汉鼓着一双牛蛋眼，咬牙切齿的样子，却不作答。

苏子媚与何浪在对成宋老汉的称呼上，一个叫大叔，一个喊老哥，不知不觉间便差了辈分，一不小心，又成了日后何浪取乐逗趣苏子媚的资本——

"何浪，帮我去倒杯水来。"

两个人正亲热着，苏子媚突然觉得嗓子渴，要喝水，便扯着喉咙支使起正作虎狼之态的何浪来。

"嘘，别叫名字，不礼貌，叫何叔叔！"

何浪收敛住不安分的双手，一个指头竖在嘴唇中间，一本正经地提示着。

"你发癫啊？"

苏子媚咬着下唇，小香拳雨点般落在何浪的肩膀上后背上胸口上。

何浪开的这玩笑太放肆，太没规矩了。

"哪个癫？你喊我成宋老哥做大叔，还不得叫我一声何叔叔吗？要不，我们两个差着辈分，岂不乱了纲常伦理？"

何浪觍着脸，很是得意。

"奇了怪了，我喊成宋老汉做大叔，碍着你什么？"

苏子媚翻着媚眼，小嘴巴噘得老高，挂得起五个小油勺。

"你还不明白——平常没听见我喊成宋老哥吗？我们可是老早就兄弟相称了。大叔的兄弟不叫叔叔，那该叫什么，你倒是说说这个道理。"

"啊——你是要当采花的老盗哇！姑奶奶可饶不了你——"

"哈哈哈……"

何浪捂着胸，蜷在沙发上滚作一团，一向聪慧过人的苏子媚，终于被自己绕进去，带到了泥坑里，心中十分快活，美美地阿Q了一把。

苏子媚气得杏眼圆睁，张开嘴，恨不得一口生吞了他。

何浪连忙跳起来去倒水。

水来了，回过神的苏子媚猛然觉得，刚才何浪这个弯弯绕，既好笑又好玩，于是，接过水杯的同时，欢快而嗲气地叫声"何叔叔"，语意间充满夸张的戏谑。

何浪被苏子媚这一声娇嗔的"何叔叔"叫得骨头直酥，正嘚瑟间，只听得苏子媚一声断喝："你这头乱伦的大尾巴狼，还不滚远点——小心本姑娘的防狼枪！"

何浪料想不及，一下没反应过来，机械地杵在那里不知所措，以为玩笑开过头，惹怒了苏子媚，刚刚还容光焕发的脸，"唰"地惨白得没有半丝血色。

看着何浪六神无主呆若木鸡的样子，苏子媚终于忍不住"扑哧"一声大笑，一股无端的甜蜜油然而生，竟自暧昧地念白起时下流行的流氓顺口溜来："大叔好，大叔坏，大叔有时也可爱，就是脾气有点怪，吃完萝卜想青菜，变起心来特别快，表面装得很正派，占完便宜耍无赖，哼，真坏，搓衣板子跪——起——来！"

未等惊魂不定的何浪缓过神，一把把他拉回沙发上坐下，便一个猛虎扑食，压到何浪身上，继续快活地咬起舌头来。

当然，这样的场景，是打情骂俏的小爱人偷欢时，偶然间心血来潮，游戏取乐的后话。

而此时的何浪与苏子媚，在跋扈的成宋老汉面前，做起息事宁人的和事佬来，却是一脸的严肃和正经。

成宋老汉拿烧火棍撵着麻花满屋追打，原因其实很简单。

自从采收野青蒿那会起，成宋老汉受麻花劳动的感染，思想突然转了一百八十度的弯，决心从此好好对待自家婆娘，他说到做到，的确很久没对婆娘麻花动过粗。今天为何又要在家里上演全行武戏，对麻花大打出手，竟是一个鸡蛋惹的祸，伤了成宋老汉的心。

早上，成宋老汉家的那只麻花母鸡一直没有出窝，二脑壳的麻花晓得它又要下蛋，便小心翼翼地蹲守在鸡窝边，眼看那白生生的鸡蛋，正要从渗得红红艳艳的鸡屁股里一点一点地往外挤，满怀期待的麻花就来了精神，双手伸到鸡屁股底下，去接快要掉出来的鸡蛋宝宝。

长期的呵护，母鸡与麻花早已形成心照不宣的信任与默契，所以任凭麻花守在鸡窝旁边，蹲窝的母鸡也没有半点惊慌，反倒更加心安理得，专心致志地下它的蛋。

母鸡下完蛋，伸了伸脖子，便兀自跳出鸡窝，跑到一边"咯咯"地宣告"下蛋完毕"，麻花则双手捧着热乎乎的鸡蛋，正想向坐在火塘边抽闷烟的成宋老汉报喜，也许因为太过兴奋，一下没有注意到凹凸不平的地面，结果不小心被绊了一跤，一个趔趄，鸡蛋从手上飞出去，"啪"的一声掉在地上，摔得稀巴烂，蛋黄蛋白糊湿了一摊。

麻花一时蒙了，惊慌之下连忙用手在地上乱捧，结果鸡蛋没捧起来，反弄得两手黑糊糊脏兮兮的，也不晓得到水缸里舀水来洗，却着急慌忙地往衣服上揩。

成宋一看就来气，顺手从火塘里操起一根烧火棍，就要往麻花身上打过去。

这个没心没肺的二脑壳麻花，终究晓得蠢脾气的成宋老汉，打起人来，下手没有轻重，顿时吓得双手抱头，满屋乱蹿，奈何到底跑不过气急败坏的成宋老汉，三两下工夫便被成宋老汉撵到门角边，正无处躲避之际，救星出现了。

有了何浪与苏子媚的保驾，麻花总算躲过了一顿皮肉之苦。

"不就一个鸡蛋嘛，犯得着动这么大的肝火？成宋大叔，媳妇是用来疼爱的，可不是用来打骂出气的啊！"

苏子媚一面护着麻花，一面笑着对成宋老汉说。笑声里分明带着严肃的批评。

"说得轻巧，一个鸡蛋要卖一块钱呢，败家的死婆娘。什么事不喊就不晓得做，一天到晚尽守着个鸡屁股，老子好久就忍不住要开她的柴火了！"

成宋老汉咬着牙，口水像喷泉一般往外飙，差点喷到了苏子媚的脸上。

"成宋大叔，你消消气，消消气，麻花婶子也不是故意要把鸡蛋打破的，对不对？"

苏子媚看看满脸怒气的成宋，又转头瞧瞧躲在自己身后瑟瑟发抖的麻花。

麻花拼命地点着头，表达着自己的委屈。她就是太爱惜太宝贝了，为这个鸡蛋，耐着性子守了大半天，现在却被自己失手打得稀碎，她又如何舍得？她的肠子都悔青了！只是她不善于表达，咆哮的成宋老汉也不容她表达。

贫贱夫妻百事哀。好心情好脾气，终究还得有个好境遇才成，心里许过的愿，碰上不顺遂的事情，也有变卦的时候。唉，这个做梦都想着捡狗头金发懵懂财的老耿卯啊，却过不去一个破鸡蛋的坎！

十

"种青蒿，发癫了吧？"

当苏子媚再次动员成宋老汉种植青蒿的时候，成宋老汉一反过去对苏子媚毕恭毕敬的态度，翻脸比翻书还快。

这可是关乎一年生计的大问题，断断含糊不得。哪怕眼前这个和和气气的村官妹子曾经不遗余力地帮过自己，哪怕自己对这个热情的村官妹子依旧心怀感激并且充满信任。

自从那个天杀的覃顺水进了号子，成宋老汉不喜反悲，便成天伤神，刚刚有点眉目的帮扶户指标，估计又是竹篮打水一场空，没指望了。

"命中有时终须有，命中无时莫强求。"成宋老汉想起那句老话，无奈地捶着干瘪的大腿，哀天长叹："这就是狗日的命啊！"

成宋老汉恨死了禽兽不如的覃顺水，哑巴吃黄连有苦说不出，明明知道自己受了欺侮，却又奈何不得，只能忍气吞声，尽管覃顺水口头答应过要帮他解决帮扶指标，但男人的尊严依旧驱使他，背着覃顺水骂得咬牙切齿。平白被人戴绿帽子，是个男人都受不了这种屈辱，可是，拿贼拿赃捉奸捉双，自己当时醉成一头死猪，竟让这个醍醐货在眼皮底下把麻花糟蹋了，当着面却拿不住双，倒了八辈子的血霉，还吱不得声，出不了这口恶气，只能"茅厕背后骂太阳"。

后来，成宋老汉终于逮了个机会：一记闷棍把覃顺水撂倒在路边，大冷天剥光他衣服绑在河中的大石头上，衣服全丢进河里，顺水漂走，拿他自己的内裤倒扣在头顶，蒙住那双见色便要起意的畜生眼，恶有恶报，也算是暗中解了一回恨。这事做得神不知鬼不觉的，没有人想得到是他成宋老汉一手谋划，连覃顺水自己也一直蒙在鼓里，黑心的事做得太多，不晓得遭的是哪一报。或许他也曾猜到过，可能是成宋老汉作的妖，但无凭无据怎好向成宋老汉问罪？也只能打碎牙齿往肚里吞，半点不敢声张，从此成了惶惶不可终日的惊弓之鸟。

可成宋老汉还没高兴多少天，那个作恶多端的覃顺水，居然被人神秘地带走，直到很久以后，才听到确切的消息，说是进了号子。

覃顺水进号子的事，在成宋老汉的心里，却是一百个不情愿，尽管他恨不得抽他的筋，扒他的皮。这个天杀的，如今活该遭报应，可他答应给自己的帮扶指标，岂不也要跟着落空？

成宋老汉为帮扶指标落空的事成天唉声叹气，有时无名火一起，便忍不住又要拿二脑壳的麻花来发泄。

"都怪你这个背时倒灶的臭婆娘，捡你回来就是个祸害！"

成宋骂骂咧咧，一脸的嫌恶，似乎忘记这么多年来，麻花所带给自己身体的快乐与内心的慰藉。

正在成宋老汉心灰意冷的时候，突然接到了村里的通知，说是自己的帮扶户指标已正式批准通过。正是眼前这个大学生村官，亲自来到家里，当面说给自己听的。后面的一切手续，也是搭帮苏村官为自己一手包办妥当。

原本以为山穷水尽的事情，到头来柳暗花明，喜出望外的成宋老汉，自此对女大学生村官苏子媚有了一份难得的好感和信赖。

正因为成宋老汉的这份特殊感情，苏子媚决意第一个来做他的动员工作。

然而，桥归桥路归路，感情归感情，一码是一码。现在要让成宋老汉无端拿种花生洋芋刨生活过日子的土地，去种植前途未卜的臭青蒿，他坚决不干。他可以向苏村官保证，今后不再动手打婆娘，可以保证与婆娘和平相处，甚至恩爱相伴——这原本就是自己曾经暗中许过的心愿。可是，要让他现在种青蒿，那是万万不能，土地是农人的命根子，他不能拿自己的命根子作赌瞎折腾。天王老子来说也行不通。

没错，自打前年夏天，一下刮起收购青蒿草的风，整个四十八峁的人都上坡疯抢，成宋老汉自然不甘人后，可那毕竟是野生的青蒿，等于天上掉的馅饼，没费一分一毫的成本，就看谁的手脚快砍刀利，何乐而不为？

现在居然要哄诓老百姓舍出种庄稼的土地来种青蒿，谁愿冒这个险，谁敢冒这个险？

"上面放个屁，村里就头脑发热，我成宋可不敢跟着你们发疯，地里指望着吃的呢。"

成宋老汉一开口就把话堵得死死的，没有半点商量回旋的余地。

"成宋大叔，怎么能这样说呢？种植青蒿，也是县里发展农村经济的政策和措施，可不是村里头脑发热乱来的。你看啊，种一亩青蒿，撇开收成先不讲，你家是建档立卡的帮扶户，只要青蒿种下去，上面还会给你三百元一亩的补贴呢，这可是现捡的。"

苏子媚掰起手指头给成宋老汉算起经济账来。

"一亩地三百块钱，让我喝西北风啊？"

成宋老汉一声冷笑。

"一亩地三百块是政府的无偿补贴，还有你种出来的青蒿草不是收成吗？"

何浪笑着反问道，他对成宋老汉的这种算法是好气又好笑。

"青蒿收成——从来没听说过这臭青蒿可以拿来种的，一亩能收几多蒿草，种出来的蒿草哪个敢保证卖得出？再说，狗咬岩鹰在天上，谁知道政府的补贴能不能到得了手呢！"

"成宋大叔，你就一万个放心吧，政府的补贴绝对少不了的，这是政策鼓励扶持，有红头文件。只要你种上青蒿，到时按种植的面积一量，种多少补贴多少——怎么，连政府的政策你都信不过吗？"

苏子媚从包里拿出关于青蒿种植补贴的正式文件，指给成宋老汉看："喏，这白纸黑字写的，上面有政府的红印章，哪有不能兑现的道理嘛，你这担心真的有点过余。"

"我就信我自个。政府诺（哄骗）人的事做得少吗？画个饼放那里就诓人去抢。"

成宋老汉想起自己帮扶户指标一年拖一年的辛酸经历，还有那荒废的一山油茶树，心里就愈发抵触，说话也更加没有分寸。

何浪也赶紧补充道："除开县里的补贴，我们仙雅堂公司还免费为你们提供青蒿种子和技术指导。最关键的是，到青蒿采收季，我们承诺，以栽种时的市场价格为保底价，收购你们种植的蒿草，如果到采收季价格上涨，我们也跟着上涨，如果到采收季市场价格下跌，我们保证按原价不变。"

"红口白牙，说得轻巧，和我讲这点，你拿什么保证？"

成宋老汉鼓着双眼，语气有些咄咄骗人。

"拿合同保证呀。到时候我们公司会和所有种植青蒿的农户一对一签订青蒿种植回收合同，你还慌什么嘛。"

"哼哼，合同，一张草纸，顶个屁用！那一山的油茶树以前不是也签过合同的吗？如今多少年过去，怎么样，有谁来帮兑现？"

成宋老汉啐出一口唾沫，显出不屑一顾的神态。

"老哥子，我们这个青蒿种植，和当年的油茶不同。我们的工厂就在县城，那是搬不走的。再说还有县里做后盾……"

"是啊，成宋大叔，小何说得对，县里各个部门都很重视。"

"反正我不种，谁知道你们联合起来打什么拐子主意！"

成宋老汉压根就理会不来县里布下的这盘经济大棋，认为村干部们纯粹是为自己小集团的利益，毫无原则地迎合，只要县里一刮风，保准村里立马就会下雨，全是不过头脑的。对于何浪所说仙雅堂公司收购合同的承诺，更是嗤之以鼻，说到底，公司就是做生意的商人，商人从来都是重利轻义的，哪有什么信用可言，"奸商奸商，无商不奸"，当然更加信不过。

"成宋大叔，我苏妹子的话你也不信啊？"

苏子媚还想打感情牌。

"苏妹子，不是我成宋不相信你，只是这个事情实在有点扯淡。这样，我给你打个包票，等村里个个都种上，我肯定也跟着种，这没边没沿的事情，要赚大家赚，倒霉一起倒，总行了吧？"

左说右说，成宋老汉就是不肯同意丢掉花生土豆改种青蒿。

成宋老汉暂时是说不通了，苏子媚叹气地摇摇头，只得拉着何浪去找"疤老大"覃瑞龙。

在村里村外呼风唤雨的覃瑞龙，家在村东头，老旧的土坯房昭示着家里也并不宽裕。

只是从小失怙的他，从来不服人管，初中没毕业便开始纠集一帮搞鬼仔，到处惹是生非，干过不少偷鸡摸狗强抢恶要的不齿勾当，人见人躲，名声臭得很。从前的村干部根本不在他的眼里。覃顺水当村主任时，有一次，因为龟背屯与崖脚寨的山场分界纠纷，覃瑞龙带着屯上几个后生仔去村委会"讨说法"，覃顺水见他在办公室高声大叫，一副目中无人的样子，便指着他说："这里是村委会，你们有道理讲道理！"

覃顺水这话本来也没有错，作为主持调解的村领导，当然得维护现场秩序，谁也不能仗势恃强，无理取闹。

不料覃顺水话还没落音，覃瑞龙一跃而起，口里嚷着"你敢指我"，冲过去一把扣住覃顺水的衣领脖子就要往桌上摁，要不是在场的人又劝又拉，也算个狠角色的覃顺水怕是要吃大亏。

俗话说，人怕朦胧鬼怕初。覃瑞龙发起飙来就是这么狠，村里村外横行惯了，别说一个小小的村主任，天王老子也不服，不，他就是天王老子，他讲红就是红，他讲黑就是黑，无人敢哼。

可这个一向嚣张跋扈的"疤老大"，对新来的女大学生村官苏子媚却十分客气和尊重。苏子媚来村里报到的第一天，在村委会小广场被一帮不知情由的无聊村民调侃取笑，还是他出面震慑制止，又是他主动联系村支书韦家能回来接待，热情得不行。以后见了面，也总是左一句"苏妹"，右一句"苏妹"，叫得亲热体贴，甚至有股腻乎，但一点看不出他想要打苏子媚什么歪主意的苗头和迹象。苏子媚的话他也能听得进去，但凡有什么难缠的事情攥在他的手上，只要是苏子媚出面调停，一准立马就能解决得妥妥帖帖的。

"子媚，这事你去处理一下，那个鬼仔只有你镇得住。"

村支书、村主任和其他村干部都会不约而同地想到一起，对苏子媚的无限信任成了村干部们的集体共识。

关键是苏子媚每次都能够不辱使命。

苏子媚也不吼也不凶，只是带着一种难以捉摸的神色，定定地看着覃瑞龙，然后轻描淡写地冲他嘟一下嘴，开口道："阿龙哥，发扬风格，退一步海阔天空，你看这事就和了吧，给个面子好不好？"

语气不紧也不慢。

覃瑞龙便脸上堆着笑，一挥手："行，苏村官发话，还讲个鸟嘛，罢了罢了，一切照苏妹说的办！"

也许这就是一物降一物的道理吧。

覃瑞龙这个人，其实能量还是蛮大的，可惜之前没有用在正道上。前年青蒿采收时，他曾在周边几个村子掀起过圈地收钱的风浪，不料这回打错算盘，居然受到众乡亲的一致抵制，事先商量好了似的，谁也没买他们的账，不仅没给一个子，还公开咒骂他和那帮混混仔，只会在邻里乡亲面前横行霸道耍威风，装大尾巴狼。加之有派出所约谈震慑在前，巡查组的监控配合，也就不敢轻举妄动。眼看这架势，跟他一起搞事的几个混混仔，知道这回彻底没戏，便横下一条心，临时倒戈背弃了他。"疤老大"一下成了孤家寡人，只剩得一个憨痴呆瓜韦喜宝，屁颠屁颠不离自己左右，做了最后形影相随的死党。众叛亲离的"疤老大"几番思量，觉得再这样"豪横"下去的确也没什么意思，干脆，不如趁早"金盆洗手"，做个洗心革面的回头浪子。

苏子媚的一顿敲打更让覃瑞龙幡然醒悟，当着她的面保证道："苏妹，听你的，从今往后，我脸疤子一定痛改前非重新做人，你指向哪我就奔向哪，绝不含糊！"

"阿龙哥，要记得你讲过的话啵。"

苏子媚拍拍覃瑞龙的肩膀，眉宇间透出几分释然。

自从圈地收钱遇挫后，因了苏子媚的开导，痛定思痛的覃瑞龙换了个人似的，变得老实规矩起来，再没在村里弄出过什么幺蛾子，有时，村上一些不三不四的混混仔纠在一起想要滋生事端，覃瑞龙知道后，还会主动去当和事佬，慑于他过去在道上的"疤老大"威名，往往能将大事化小小事化了。

改恶从善的覃瑞龙，渐渐在村里赢得了浪子回头的好名声，不再是从前那个提起来便人人惧憎的混世魔王。

蜗居在家的覃瑞龙虽然风光不似从前，但在村子里依然是个喊得上的角色。苏子媚思忖着，如果能说服覃瑞龙安下心来种青蒿，说不定真能起到事半功倍的示范效果，搞不好可以带动村里一大片人呢。

苏子媚与何浪来到覃瑞龙家的时候，覃瑞龙还在床上睡懒觉。听到苏子媚在门外喊他，便一骨碌爬起来开门迎接。

"啧啧，你可以啵阿龙哥，太阳都晒到屁股上了，还在和周公通梦啊！"

苏子媚将睡眼惺忪的覃瑞龙从头到脚打量一遍，笑着揶揄道。

覃瑞龙被苏子媚撩得有些不好意思，只得自我解嘲："这不没什么事情做嘛，干脆多睡下子，反正起来也是闲得无聊，呵呵。"

"你倒是闲得自在，还闲得无聊。我问你，种青蒿的事，究竟有什么打算，想好没有？"

苏子媚开门见山，也不拐弯抹角。

覃瑞龙挠挠后脑勺，言语吞吐道："这个种青蒿啊——嗯嗯，呵呵，苏妹，你是知道的，村上个个心里没底呢，谁也不敢轻易做决定，万一种亏了怎么办，就是一年的阳春噢——不过呢，阳春不阳春的，我个人倒是不怕，问题是我也不想当这个冤大头啊！"

覃瑞龙耸耸肩膀，两手一摊。

"什么叫冤大头？我看你真像个冤大头呢，这么的好机会看不明白！"

接着，苏子媚便将上面的相关政策又重复强调了一遍，何浪也在一旁敲边鼓。

"阿龙，我给你算笔账吧。经过种子基地的统计，每种一亩青蒿，干草的产量最高可达到三百公斤，管护得最差最差，也有两百公斤左右的收成，现在的市场收购价格是每公斤干草八块钱，加上政府支持，建档立卡贫困户，种植青蒿每亩补助三百元，还有二百元的肥料送到家，相当于五百元了，普通农户每亩基本补贴一百五十元，青蒿产量达到每亩二百公斤以上者，每亩补贴提高至三百元，这样算下来，青蒿毛收入能超过三千元一亩，保底也有两千元以上。你自己估摸一下，到底划得来划不来？"

"有这样的好事，那为什么村里没几个响应的？"

覃瑞龙接过何浪的话头，反问道。

"村里有几个像你这样的明白人？"

这是何浪的将军法。

其实，覃瑞龙嘴上虽这么说，心里已经被打动了。这么简单的账，他还是算得来的，不像那个木头疙瘩的成宋老汉，横竖一根死脑筋。

"不是没响应，是乡亲们对政策还没有理解吃透——怎么，你这么聪明的人，也和那些眼睛瞅着鼻子的人一样，理解不来吗？"

苏子媚犀利地看着覃瑞龙，继续劝导他。

"你们这一解释，我倒是能理解。"

覃瑞龙不再质疑，再多口舌啰嗦，岂不是脱裤子放屁？

"既然理解，那就说说你的打算吧，总不能见了兔子还舍不得撒老鹰。"

苏子媚眼里充满恳切的期待。

"要我种也不是不可以，只有一样，你们得与我签合同，心里才踏实。"

覃瑞龙这些年在道上混,收获最大的就是晓得合同的法律效力,没有合同,什么都保障不了,连替人追黑债都讲究这个。

"合同必须得签的呀。"何浪马上接口道,"我们仙雅堂公司的合同由我与李子洲部长共同来签订,你就放一百个心吧。"

李子洲也是与覃瑞龙打过交道的,彼此都熟识,平素也还算讲得来。

"那政府的补贴呢?"

覃瑞龙望着苏子媚,看她如何表态。

"政府补贴肯定没问题呀!合同的事我负责落实,你只管放心种就是。"

苏子媚知道,覃瑞龙是无利绝不肯起早的人。既然他肯答应种青蒿,剩下的一切就都好办,无非是政策兑现到位的问题。

但直到苏子媚与何浪离开,覃瑞龙还是没有一个确切的答复,只说:"容我再想想,想好了我再到去村里找你们吧。"

苏子媚热切地叮嘱道:"那我们就在村里等你来申报啊!"

十一

连日来的工作很不理想,尽管磨破了嘴皮,乡亲们的积极性还是提不起来。按照眼下这种趋势推进,在古板村,发展青蒿人工种植恐怕只能是干打雷难下雨。在其他的乡村,情况比古板村还要糟糕。

动员工作不顺利,令信心满满的苏子媚也犯疑惑,失落地感叹:"明明是个脱贫致富的大好项目,怎么就是不肯相信呢,难道政府还会坑害你们不成?"

无奈,乡亲们就是这个眼光和觉悟。

下一步究竟该如何扭转局面呢?苏子媚想了很多,一直没理出个头绪。眼看着种植的季节越来越近，禁不住有种心急如焚的焦虑。

这天早上，苏子媚正打算去六合屯做入户动员，连日来遭遇了过多的闭门羹，对今天的工作也不敢抱太大的希望，甚至做好了接受乡亲们奚落、指责乃至谩骂的心理准备。

刚出村委会门口，迎面碰上了匆匆前来的覃瑞龙。

"哟，阿龙哥呀，这么早去哪里？"

老远，苏子媚就满面笑容地打起了招呼。

"来村委找你哈！"

覃瑞龙也张口笑着，脸上阳光灿烂。

"噢，找我？莫不是来申报种青蒿的事吧，怎么样，想通啦？"

"想通啦。苏妹，我仔细盘算过，这个青蒿我种定了。"

覃瑞龙脸上的笑容更加亮堂。

"我就说嘛，这么好的机会，你不好好抓住，还想做梦发大财！"

听覃瑞龙这一说，苏子媚喜出望外。

覃瑞龙能主动来跟自己说种青蒿的事，说明他的头脑里是真正想通透了，这令苏子媚感到很欣慰，自己的一番苦口婆心到底没有白费。

"不过，我有个计划，还想请村里帮协调解决才行。"

没想到，这小子狡兔三窟，种植青蒿还要先谈附加条件。

"什么计划你说吧，只要合情合理，能帮得到的，一定全力支持。"

"是这样，村里不是有很多人家不愿种青蒿嘛，我想，我能不能把他们的闲散的土地租一些过来种？这几天，我也私下联系了十来家政府帮扶户，跟他们一侃，想不到都愿意将地租给我，我答应他们，各家名下的政府补贴，我一分不要，全部归原户主所有，我只要地里的收成，租金照样一分不少给他们。现在，一切条件基本谈拢了，但不知村里能不能给我开这个绿灯？"

原来，自那天苏子媚与何浪离开覃瑞龙家之后，覃瑞龙便在心里盘算开了，如果真按上面宣传的政策不变，种一亩青蒿，除掉所有成本，至少也得有七八百元的纯收入，多的话有一千多，种上十亩、百亩呢——覃瑞龙越想越乐呵，于是打定主意，趁村民们还没醒龙（想明白），便赶紧去游说他们把地租给自己，这样他们不用操心劳力也能得点现成钱，往后忙不过来，再反请他们来做活路，护理呀采收呀，这些事情转包给他们去做，按日工或面积给酬劳，卖了青蒿草统一付租金，白纸黑字写到合同里，稳稳当当两相撇脱。经覃瑞龙大嘴一忽悠，果然一找一个准，想都没想便爽快答应。

万事皆备只等东风。覃瑞龙今天就是来找村里落实政策的，政策一落实，他就吃了定心丸，专等着请人工整地。

"好哇好哇，你这个想法很不错，都走到村委会思路的前面了。这样吧，你这个事我马上向韦支书和莫主任专题汇报，开会确定，然后给你答复，如何？"

没想到，油头滑脑的覃瑞龙，居然憋了这么一个大招。

"那要多久嘛。"

覃瑞龙担心夜长梦多，万一乡亲们变卦，到时候自己的计划只怕要落空。

"就在这两天。一有消息我第一时间电话通知你。"

"那我等你消息哈。"

覃瑞龙有些不舍地离开村委会。

送走覃瑞龙，苏子媚立即将情况向村支书韦家能和村主任莫红兵汇报。

"我认为，覃瑞龙能主动要求租地承包种植青蒿，这是一件求之不得的大好事，他给全村群众，不，给整个四十八峁都带了个极好的头，应该全力支持。"

苏子媚表明自己的观点，然后等着两位领导的表态。

"唔，子媚说得没错，覃瑞龙是个比较特殊的人物，他能够带这个头来种青蒿，村里必须全力支持。如果他和仙雅堂公司的示范园区都能种得好，对全村其他群众，乃至整个四十八峁也是个很大的促进。"

韦家能没料到，这个昔日令人头痛的混世魔王，一旦迷途知返做起正经事来，比谁都敢闯敢干有魄力，心中自然欢喜得不行。

"要不干脆立他为全村青蒿种植示范户得了，能给的优惠条件都给他，也表明村里对他鼓励支持的力度和决心，让他放手去搏。"

莫红兵也觉得，覃瑞龙的行动对全村青蒿种植能够起到一定的引领作用，如果他真能把青蒿种好，那就是现成的样板，就不愁没人跟着种，到时只怕削尖脑袋都会争着抢着种。就算万一种砸，那也是他个人的事，影响面也不会太广，比起家家户户一窝蜂上，风险反倒小得多。

哪怕是积极的事，这个谨小慎微的村主任也习惯走一步看三步。

"没错，村里还可以给他一些实在的帮助，多为他争取一些优惠政策，减轻他的负担，比如申请政府贴息贷款什么的。如果他能种到五十亩以上，前期投入还是蛮大的，以他个人目前的实力根本负担不起，贷款肯定是少不了的。"

苏子媚想得比较具体，也比较周到。刚开始大规模承包，资金保障是第一位的，得帮助覃瑞龙解除这方面的后顾之忧才行。她知道，覃瑞龙其实也就是个投机分子，无非想趁此机会来个空手套白狼，并没有真正的经济实力，也不会想得十分周全，万一遇到重大困难，以他的性格，半路撂挑子也不是没有可能，那将来的烂摊子就难得收拾。但覃瑞龙这一举动，对打开全村青蒿种植的僵持局面，意义重大不言自明，确实能起到领头羊的榜样效果，其积极作用是不可估量的。

"子媚的意见很好，说到了点子上。我看村里也得拿出办法来，帮他解决这些实际问题。不然，他种不好，不仅带动全村是一句空话，还会起到消极的反面作用。"韦家能表示完全赞成苏子媚的意见,"把这个牛鼻子牵好,其他的群众自然会有样看样。"

"关于覃瑞龙租赁承包村民土地这个事,就由子媚具体负责对接吧,你的群众基础不错,覃瑞龙也比较信任你,工作中遇到问题随时反馈,班子会一起讨论解决。子媚,你看怎么样?"

"没问题,我这就与覃瑞龙联系。"

苏子媚愉快地接受了支书布置的任务。

苏子媚将村委会的决定通知覃瑞龙的时候,覃瑞龙高兴得简直要发狂。他终于可以名正言顺堂堂正正大刀阔斧干一场了。

苏子媚陪着覃瑞龙,一家一家上门签订土地租赁合同,遇到想租又怕租金到时兑现不了的农户,为打消他们的顾虑,苏子媚就以村委会的名义作担保,打起了包票——因为后面还跟着仙雅堂公司的人帮撑腰呢,有时是基地部的负责人李子洲,更多的时候是李子洲的得力助手何浪。

不出半月,覃瑞龙向各家各户承租的七十八亩青蒿地全部办妥了租赁手续,一共是三十二户。

"苏妹,还是你有魅力,你一出马路路畅通。"

覃瑞龙满心欢喜,对苏子媚的办事能力与工作态度又多了一重由衷的钦佩。

"不是我有魅力,是你阿龙哥有魄力,目光远大,敢闯敢干。对了,你看啊,一下子要种这么多的青蒿,虽说种苗是由仙雅堂公司提供,但人工、肥料等费用也不是个小数目,资金上有什么困难,周转得过来吗?"

苏子媚的话问到了覃瑞龙的心坎上。

"资金肯定不够啊,我想去贷些款,又怕贷不到,正愁这个事呢,村里能不能帮我想想办法?"

"你大概需要多少贷款，先好好测算一下，写个报告给村里，将具体情况说清楚，村里再去想办法，争取帮你申请一笔政府贴息贷款吧。"

苏子媚仔细交代着覃瑞龙。

"那真是太好了！"

覃瑞龙万万没想到，居然还有这等好事。

"贷款从申请到审批再到放款都要走程序，所以你的报告要尽快交到村里初审噢。"

这却让覃瑞龙有些犯难，往时在黑道上呼风唤雨所向披靡的"疤老大"，对于写报告材料这种要笔杆子的事，完全一窍不通。小学都没毕业，肚子里的墨水实在少得可怜。

"不怕苏妹你笑话，这报告我真不晓得怎么打呢——"

覃瑞龙挠挠头发，面露愧色。

"这样吧，你把贷款数额测算出一个大概来，具体报告我帮你写吧，到时候，你看过没问题的话，自己再誊写签名就可以提交。"

看着覃瑞龙一脸窘相，苏子媚便主动提出帮他代笔。

"那太感谢了！"

覃瑞龙对苏子媚更加刮目相看，佩服得五体投地。

很快，作为启动资金的政府贴息贷款，在苏子媚及村委会的努力下，终于落实到位，及时拨付到了覃瑞龙的个人账户上。

与此同时，由仙雅堂公司自行承租的 200 亩青蒿种植示范基地，也在村委会的努力下，正式落户古板村，并顺利完成租赁手续。

仙雅堂公司青蒿种植示范基地原本有两个选项，一是古板村，一是隔壁乡的里鸟村。能最终落户古板村，这要归功于"情报员"何浪及时提供信息，村里积极争取。

为了示范基地能落户到古板村，苏子媚也是很费了一番心思。经她提议，韦支书同意，班子会讨论通过，抢在里鸟村之前，将土地解决方案送到了仙雅堂公司和县政府。在帮助覃瑞龙办理土地租赁手续的同时，划出一个片区，然后动员土地片区的村民，将土地统一租给村里，租金与覃瑞龙的标准一样，再由村里按原价转租给仙雅堂公司，勉强凑够120亩，加上村集体的80亩荒地，便齐了。

"黄董，好久不见，又拜访您来了。"

苏子媚这次光临仙雅堂，不再由何浪陪同，而是自己一个人来的。

"哟，苏村官，哪阵风把你吹来的？快请坐快请坐。"

黄雅琴起身相迎，热情地拉住苏子媚的手。

双方落座后，苏子媚从公文包里取出那份《仙雅堂青蒿种植示范基地落户古板村土地解决方案》，双手递给黄雅琴："特来跟您汇报。关于仙雅堂青蒿种植示范基地土地的问题，我们村两委做了不少工作，已经有了稳妥的解决方案。方案也给县政府送去了一份，这是给您和仙雅堂的方案报告，还请黄董审阅定夺，并与县里沟通。希望能够得到您和仙雅堂的支持同意。我先代表古板村两委，代表我们韦支书、莫主任，代表古板村全体父老乡亲，表示衷心的感谢——"

"客气客气。关于青蒿种植示范基地建设，我们原向县政府提出过申请，估计你们也早已知道。我们是有两个选项，一个是你们古板村，一个是里鸟村。县政府还没有确定批复具体选址。应该就是土地解决方案有点棘手。你今天给我们的方案，就是解决土地问题的及时雨啊！回头我们就与县政府联系汇报，争取尽快确定基地落户的问题。"

"好，那我们就翘首以盼啰！"

临别时，苏子媚再次激动地握着黄雅琴的手。

"基地就选在古板村吧，马上与县里沟通落实。"

班子讨论会上，董事长黄雅琴手里拿着古板村呈送的《仙雅堂青蒿种植示范基地落户古板村土地解决方案》，当场拍板决定。她对苏子媚这个雷厉风行的女大学生村官早就有良好的印象，这次苏子媚亲自到公司递交方案，并详细介绍了土地解决方案的筹划落实，心里又多了一分内心的欣赏和亲近。

"这个苏村官是个干实事的妹子，我们的干部职工，都要好好学习她的精神。"

在两个备选村之间，黄雅琴原本没有偏爱，但县里似乎更偏向于里鸟村，大概是一种平衡吧。如果里鸟村的方案材料率先送到，这事估计就板上钉钉没得商量了。现在是里鸟村还不见动静，古板村的方案已经出来，送上了案头，而且具体的解决办法切实可行并基本落实到位，诚意可嘉。

有仙雅堂公司的力荐，又有抢在里鸟村之先的土地解决方案，县里很快批准了将仙雅堂青蒿种植示范基地落户古板村的报告，并指示仙雅堂公司与古板村，以最快的速度，在种植季节来到之前，完成基地建设的土地租赁手续、土地翻耕整理，病虫害预消杀等一系列前期基础工作，确保按期实施种植计划。

有仙雅堂公司示范基地扛鼎，村委会全体干部带头，示范大户覃瑞龙积极响应，有样看样，部分农户跃跃欲试，经过反复徘徊观望，抱着试一试的心态，也陆陆续续加入到青蒿种植的队伍里来。

于是，破天荒的青蒿人工种植，就此在古板村，在桥拱乡，在整个四十八峁，正式拉开了热闹而艰难的序幕。

第七章　大浪淘沙

一

李子洲与何浪几乎白天黑夜蹲守在青蒿苗圃园里，有时把饭都端到大棚里来吃，生怕错过青蒿种子发芽成长的关键时刻。

种子撒下地已整整三天，还不见冒尖发芽，这可把从小不谙农事的何浪急得像热锅上的蚂蚁。

这天，两人在苗圃园旁边蹲了半个时辰，看着尚无半点动静的苗圃地，何浪禁不住悄声地问起李子洲来："师傅，你说这青蒿究竟能种得妥吗？"

"怎么种不妥？"

李子洲瓮声瓮气地回道，从口袋里掏出烟盒来，抽出两支，一支自己叼在嘴里，一支递给何浪。

李子洲懂得，何浪操的是空头心。当然，年轻人爱琢磨也是一件好事，不琢磨哪会成器。

南方中医药大学青蒿种子培育基地的技术顾问，与八桂药用植物园的技术人员，他们都驻扎在仙雅堂公司的示范基地，正密切地展开苗圃园种苗培育合作研究，希望早日拿到理想的田间数据第一手材料——他们才是示范基地最忙碌最用心的人。这是第一次在桂北石漠化山区实地环境育苗，种苗生长的好坏将直接关系到青蒿种植的成败，为确保青蒿种植成功，都赔着十二分的小心，唯恐在哪个细微的环节出岔子，影响种子的发芽生长。但心急吃不了热豆腐，一切都得按部就班循序渐进。

何浪平时不抽烟，见李子洲把烟递过来，连忙摆手："师傅，我抽不惯，你自己抽吧。"

"接着，你不抽怎么习惯。"

李子洲递烟的手没有收回，固执地横在何浪面前。

"真的，我抽不来嘛。"

何浪坚持谢绝。

"是怕苏村官扯你耳朵吧？"

李子洲眯着眼调侃道。

"哪里哪里，师傅真是误会了。"

何浪被李子洲这么一将，脸上一下发起热来，很不自在地分辩着。

"怕不怕已经写在脸上，嘴硬也藏不住的，何况你师傅我是什么人？混了这么多年的市场，早练就一双火眼金睛，还能瞒得住我？"

"师傅——真没有咯。"

何浪还想强辩，不由自主地伸手接烟，放在掌心轻轻地揉搓。

"师傅面前，承认也没有错，怕女朋友很正常，又不丢你的人。说老实话，你师傅我在家里也是怕你师娘的，我也不觉得有什么不好啊，反而很享受呢。"

李子洲故意揭着何浪的短，给他打气。

"原来师傅也惧内啊，我师娘当真这么厉害吗？"

"错！不是你师娘厉害，是你师傅心甘情愿服她管。你不知道，有个人管着，人轻松许多，好多烦难事都不用你去操心，她就主动帮你挡住解决了，嘿嘿。"

"原来师傅是服师娘管——噢，我晓得了，师傅就是想大树底下好乘凉啊，呵呵！"

何浪忍不住嘻笑起来。

"不过有一条，我抽烟你师娘是绝对不管的，她还经常主动帮你师傅买烟呢。在外面吃红白喜酒，别的酒肉她都不要，那桌上的烟是一定要拿的。人家问她，你一个女人家拿烟做什么，她回一句'拿回去给我家老李抽'，就堵住了别人的嘴巴，你听听，到底是管好还是不管好？"

李子洲说着又吱吱两口，吐出一串白色的烟圈来，在春寒的微风中晕染开去，像缕缕精灵的影子，轻盈飘散。

有人管好是好，但何浪心里又奇了怪，怔怔地看着李子洲。师娘主动为师傅买烟拿烟，这个倒是新鲜。

"那师娘为什么不管你抽烟呢，莫非师娘也好这口？"

何浪疑惑道。

"你师娘才不抽烟，但她有句名言很令我感动，这一辈子我都会记着她的好呢。"

"噢？什么名言，师傅说来听听。"

何浪做出竖耳朵的姿态。

"唔——"李子洲干咳一声，清清嗓子，继续狡黠地说，"你师娘说，身上不沾烟草气息的男人，没有男人味！"

"原来我师娘她好这一口啊——师傅你是师娘心中的男神哒！"

何浪撩贫起师傅兼上司的李子洲来。

"什么男神，就是不嫌弃而已。你师娘就是理解，以前师傅我常年在外跑市场，免不了要与各种各样的生意人打交道。俗话说烟开路酒搭桥，见人一支烟，容易拉近关系。"

李子洲的脸上，分明映出一丝得意的神态。

"师傅谦虚吧，你这么优秀，本来就是女子仰慕的对象，师娘当然要宝贝你啦。"

何浪冲李子洲竖起大拇指。

李子洲眉飞色舞道："所以呀，更要入乡随俗。实话跟你说，在四十八峇，与这里的父老乡亲打交道，见人一支烟，可是最基本最现实的礼节，少不得的，就算平时不对付的人，也容易消除心里的隔阂。你要是不会'嘬两口'，甚至不能喝两杯，就想和人家套近乎，只怕人家鸟都不鸟你呢，管你是哪路神仙。到哪座山唱哪支歌，交际需要，不能免俗，还得学着点。"

"噢噢。"

何浪信服地点点头，既是回应也是感慨。

何浪想，师傅这样说是有道理啊。当初自己与苏子媚一道去成宋老汉家做工作，成宋一手叼着喇叭筒的老旱烟，一手举着木棍追打麻花，战场已经摆开，手上那支快烧到手指的喇叭筒烟，却还舍不得丢掉。何浪要是个抽烟的，当时上前先递上一支烟，指不定立马化了干戈，再一番好言开导，保不准当场就能把脑袋一根筋的成宋老汉说得服服帖帖，那如今也该是首批青蒿种植户里妥妥的积极分子。

说话间，猛听得背后响起女子爽朗甜美的嗔笑声，把两个谈兴正浓的男人吓了一大跳。

"你们两个在这里叽哩咕噜的，说什么呢？"

何浪与李子洲回头一看，只见一袭碎花紫裙的苏子媚，定定地站在两人的身后，明亮的大眼睛调皮地盯着他们，长长的睫毛一眨一眨，分明是有荡漾的春水要从其下涌出来，半翘的嘴角含着媚人却蕴意深刻的微笑，两排洁白的牙齿如碎银般闪烁，脸上充满了无法隐秘的青春的光彩，似与这春天的蓬勃气息融为完美的一体。

"子媚，你什么时候过来的？"

何浪心里一颤，眯着眼怯声问道。刚接手的烟，不敢再夹在手指间，只得从后背悄悄地丢到地下，装出一副若无其事的样子。

何浪从未公开在苏子媚面前抽过烟，他记得苏子媚对香烟天生敏感，远远闻到一点就会禁不住皱眉。在村委会，一进到韦家能与莫红兵的办公室，苏子媚就会不由自主地把鼻子掩起来，不管他们在不在抽烟都会掩鼻子，已经条件反射，成为习惯性的防御动作。这也是何浪对香烟讳莫如深的原因之一。

何浪以为苏子媚看不出来，哪知道他这点小动作根本逃不过苏子媚的火眼金睛。

"别偷偷丢呀，又不是做贼，心虚什么，光明正大的，干吗搞得这么偷偷摸摸！"

苏子媚带着讥讽的玩笑语气。

"我、我没丢……"

何浪只觉得脸红耳热，极不自在地嘻嘻哂笑。

"你没丢什么？说清楚来，一起听听啊。"

苏子媚明知故问，一面拿忽闪的大眼睛睃着何浪。

"没丢——"此地无银三百两，何浪吞吞吐吐，不敢说出后面的字来。

"男子汉大豆腐，不就是一支烟嘛，也值得这么小心翼翼诚惶诚恐撒谎蒙骗，喊！"

苏子媚鼻子一哼。

苏子媚说得没错，一支烟的确不算什么，犯不着上纲上线。可一支烟背后的玄奥，却大有学问，可大做文章呢。

"呵呵，苏村官误会了，我们刚才在讨论这青蒿种子的发芽问题呢。阿浪不经事，心里着急，我就给他一支烟来解闷定神。"

李子洲赶忙出来打圆场。

苏子媚撇撇嘴："真是好师傅带出来的乖徒弟哈，一支烟既可以解闷，也能够定神，神奇啊。李部长您放心，我可不敢有责备的意思哟。"

"苏村官，你可别水我。"

李子洲感觉惹火上身了。

"李部长这么敏感，我真不是水你，打内心里夸你呢。要不是你一直带着小何，他哪有这么大的长进。不必忌讳我，偶尔抽支烟，没什么大不了的，我能理解。况且，在四十八岽，与乡亲们打交道，见面一支烟，稀松平常得很，还能拉近彼此的距离，说点知心话。我没有你们想的那么刻薄古板小心眼。”

苏子媚把嗓音提高了一个档，脸上的笑容依旧灿若桃花。

“到底是苏村官通晓大义，要不这么年纪轻轻，怎么能当人人敬佩的大学生村官呢。”

李子洲暗暗松了口气。刚才教导何浪的时候，嘴上虽然大言不惭，心中其实也是空落落的，并没有底气。

“李部长你这话才是真水我呢，我要是能耐大，早该去到那些油水肥厚的好单位，至少也得去你们仙雅堂占个好位置，哪还会来偏僻落后的四十八岽，做这个吃力不讨好的小村官呀。”

苏子媚自我解嘲。

水往低处流，人往高处走，不想当元帅的士兵不是好士兵，没有上进的追求，那才怪呢。

但苏子媚心里明白，自己来到四十八岽，来到这个鸟不拉屎的古板村，当这个不起眼的大学生村官，其实没有什么失落感，这是她迈入社会的第一步，脚踏实地从最基层做起，掘取人生的第一桶金，为将来的事业打好坚实的基础，也不失为一种明智的选择。虽然目前工作看似困难重重，但能深入到朴素的村民中间，放下身段倾听他们的心声，与他们打成一片，想其所想，苦其所苦，乐其所乐，也能遍尝个中真趣，真的挺好的。

三个人正在谈论间，南方中医药大学种子基地技术专家王刚教授，与八桂中药植物园的驻村技术指导蓝家河，也有说有笑地来到了苗圃园。他们正在采集苗圃园的观察数据，作为下一步研究改进与推广的依据。

"两位专家老师好！"

苏子媚抢先打着招呼。

"大家好！"

专家颔首致意。

彼此打过招呼，何浪便迫不及待地询问起了根由："请问两位专家老师，这青蒿种子都撒下三天了，怎么还不见发芽，该不会有什么问题吧？"

何浪问得幼稚，一是他对于稼穑农事的确一窍不通，二来心里老挂着青蒿种植的事情，急迫焦虑，不知不觉地闹起笑话来。

"快了，过两天就冒芽了，心急吃不得热豆腐，就像你们年轻人谈恋爱，得有耐心，小伙子。"

王刚教授爱开玩笑，却也明确回答了何浪的提问。一旁的专家蓝家河也肯定地点点头，表示王教授所言非虚。

也是，人家是多年专门研究这青蒿种子的专家教授，经验丰富得很，说过两天会发芽，那就一定会发芽，自己什么都不懂，纯粹在杞人忧天呢。想到这里，何浪也不觉报然一笑。

何浪脸上不由掠过一股难以察觉的热浪。王刚教授不意间说中了自己与苏子媚之间的微妙关系。再看一眼对面的苏子媚，却发现她泰然自若地与两位专家老师谈笑风生，并未表露出丝毫的不自在，便在心里暗暗佩服起自己的女神来：到底是做基层干部的，定力好不怯场，什么场合都能从容应对。自己就不行，遇到一点点事情，心中就会方寸大乱，沉不住气，太没有城府，难怪成不了什么大事。

专家果然说得没错，再过两天，苗圃园里便开始星星点点地冒出许多的小绿点来，一律头顶着小黑壳帽。小绿点争先恐后地从地里往上拱，转眼之间已变得密密麻麻，然后从容抖掉头顶的小帽子，带着春天特有的旺盛气息，在人们的密切关注下，欢快地开枝散叶了。

何浪第一次这么近距离、长时间地与地里的种子打交道，感觉从未有过的神奇，每天用手机将青蒿种子发芽生长的过程拍摄下来，并配上细致的文字记录，直到青蒿苗出圃移栽，从未间断。然后将所拍摄的图片按先后顺序排列在一起，便得到了青蒿种苗培育的生动影集，猛然发现，原来一颗那么微小的青蒿种子，也可以如此地充满生机，如此地坚韧不拔，如此地春意盎然，如此地给人以生命成长与理想追求的振奋。有时他与苏子媚一起散步到苗圃园，看着苗壮成长的青蒿苗，心里似乎被某种向上的意念激励起来，止不住心中的亢奋，故意走到背人的田坎下，假装观察青蒿苗，趁苏子媚不防备，突然扳过苏子媚的肩膀，对着她的美丽香腮就是一顿猝不及防的猛嗑，弄得苏子媚像一只受了惊吓的小翠鸟，拼命扑腾着翅膀却又无处逃避。

这时，旷野里响起了欢快俏皮的山歌对唱，由远及近：

"阿妹长得白分分，好比芋头剥了皮；哥也想来咬一口，又怕痒喉无药医。"

"两情这样唱没去（读音 ké），我俩对色才得合；沟边青苔溜溜滑，赤脚走来也软和。"

"见妹生得十分乖，给我得见又得挨；仙桃种在涧盘上，凡人想吃不得摘。"

"天上有云必有雨，树尾摇摇必有风；阿哥有情我有意，有情有意路才通。"

……

粗犷嘹亮的山歌，带着阵阵花香，沁人心脾，像搅动春水的山风，把苏子媚与何浪两个的脸熏成了天边的火烧云。

二

嫩绿的青蒿幼苗齐整整地在育种大棚苗壮成长，透过一畦一畦青蒿苗，李子洲仿佛看到了整个四十八峁遍地青蒿丰收的喜人场景。

连日来，他与何浪把心思全系在基地的青蒿苗圃上，马上就要分苗到各个种植户家了，公司的种植基地请来一拨一拨起苗移栽的民工，忙得热火朝天的。作为基地部的负责人，李子洲知道自己身上的担子有多重，这是公司领导对自己的信任，也是对自己工作能力的考验。黄雅琴董事长和肖风章副总几乎隔天就要询问他青蒿育苗的情况和种植户的稳定问题，还好，一切顺遂，这一关总算顺利通过。

最关心青蒿苗成长的，还有一个人，就是苏子媚，她也与李子洲、何浪一样，成天猫在苗圃园里，育苗的成功，才能确保青蒿种植的全面开展，全村申报种植的农户们，都眼巴巴地盯着呢。现在好，青蒿幼苗仿佛懂得人们的心思似的，按照大家的意愿，顺利长到了出苗的日子，接下来就要走向更加广阔的原野，走向千家万户的责任地，成为四十八峁最壮观的绿色风景线，成为乡亲们一年里最迫切的期盼。

乡亲们怀揣希望把青蒿苗领回去，在自家的承包地里栽种起来，然后依照技术人员的指导浇水施肥，与平常种辣椒玉米其实并没有什么两样，倒也轻车熟路得心应手。

也有一些冷眼旁观的"闲人"，时不时在青蒿地边溜达转悠，指指点点，窃窃私语，表情复杂。他们不种青蒿，摆明了是想看青蒿种植户们的笑话和把戏。

"看你们发羊癫风，一个一个嘴巴笑到后颈窝，现在是高兴，等过了夏秋季节，不哭才怪呢，等着瞧吧，嘿嘿嘿。"

看着种青蒿的人们兴高采烈的样子，这些冷眼旁观的"闲人"，嘴里也情不自禁地发出古怪的冷笑。深以为自己比这些"被政府洗脑的势利眼"看得清楚看得长远，不免生出些先知先觉的小得意。青蒿种不好，就会耽搁整个春天和夏天，秋天一到，还有什么收成可指望？

成宋老汉挑着一担鸡屎灰，呼哧呼哧从人们的青蒿地边经过，一只手不忘扯着磨磨蹭蹭的麻花——他也不种青蒿，他要去自己的地里点花生种子。苏子媚与何浪几次三番去到他家做工作，终究没能说动这个脑袋一根筋的老顽固。

听见"闲人"们的议论，成宋心里也不免暗自兴奋，甚至有些幸灾乐祸。看来，自己坚决不听苏妹子与何浪的忽悠是对的，是有先见之明的，如果耳朵根子一软，听信他们的蒙蔽唆使，也发起羊癫风来，种上这个背时倒灶的臭青蒿，到时岂不也要与这些人一起哭着"喊冤"？

跟在屁股后边的麻花，被成宋老汉拉得手生疼，扭扭捏捏地一直走不稳当，脚下一滑，一屁股跌坐在田埂上起不来。

"你这个傻（hà）宝婆娘，还不快点给老子起来，要等太阳落山啊？"

成宋老汉鼓着牛蛋眼骂骂咧咧，抬起脚来，准备往麻花屁股上踢，一转念，脚便停在了半空，没敢再踢下去。他想起了曾经对麻花许过的愿。

麻花看看成宋老汉，本能地伸手护着圆滚滚的大屁股，一边可怜兮兮地龇咧着嘴。大概刚才的确是被跌痛了。

"难得啵，成宋你个狗屌，今天舍得带麻花出来兜风亮骚（展示、显摆）啊！"

有人望着成宋老汉和麻花，脸上露出叵测的坏笑。

有人眼睛里放出暧昧的邪光："啧啧，洗白白了出来太阳底下一晒，就是亮堂！"

"麻花麻花，今天早上成宋和你欢喜了没有？"

有人问得更加露骨。

人们见了成宋老汉两口子，开始七嘴八舌嘻嘻哈哈地调侃起来，什么时候，这一对活宝都是乡亲们打趣逗乐嘴巴揩油的最佳对象。

"欢喜……"

麻花痛苦地咧咧嘴，言不由衷地嘀咕着，然后疑惑地摇摇头，又点点头，牙齿咬着下嘴唇，不再吱声，目光转向自己的衣扣。

麻花口齿含糊的"欢喜"，并不是对人们恶意逗趣的回应，而是自己对这个词语的独立思索。不过想了半天也悟不出一个子丑寅卯来，只得嘿嘿地兀自傻笑两声。但经验告诉她，眼前这帮人嘴里的"欢喜"，大抵指的是什么意思，脸上居然飘起一团羞涩的红云。

"哟，成宋你看看，你婆娘害起臊来了，今早没忘记给麻花那块撮箕地下过种才出门吧？"

有人肆无忌惮地撩贫成宋老汉。

哪壶不开提哪壶，成宋老汉最忌讳的就是"下种"问题，一下戳到他的脊梁骨。

"你个狗日的。下没下种，回家去问你亲娘老子！"

成宋老汉被问得恼羞成怒，脸上终于挂不住，一句粗口怼回去，直怼得调笑他的人脸上顿时起了猪肝色，自讨没趣。

本来在拒种青蒿的立场上，他与这些人是站在同一个战壕的同盟者，现在，他们对自己肆无忌惮地取笑与羞辱，他发誓要与这帮没廉耻的"狗屌们"彻底决裂！

没错，麻花是个二脑壳，过去不少人想打她的主意，亏得自己千防万防，还是没有防住那个千刀万剐的覃顺水，成宋老汉至今心里仍耿耿于怀。但不管怎么样，脑壳再二也是自己的婆娘，岂能容得他人如此放肆地调笑取乐，那不明摆着要对自己头上拉尿屙屎嘛！

成宋老汉一把将麻花从地上扯起来，继续往自家的花生地走去。麻花极不情愿地在后面跟着，七拐八弯地从这条田埂到那个田坎，一路踉跄着渐行渐远，渐渐变得渺小而模糊，像那朵飘向山间的云，最终散失在转角的山坳处，有些落荒而逃的狼狈。

"等老子哪天发达了，牵条狼狗在身边，哪个再敢发羊癫风，老子让狼狗去撕烂他的嘴！"

成宋老汉咬着牙自语道。

不过，这样狠毒的念头转瞬即逝了。到底，成宋老汉并不真正想与人为恶，气头上的话是过不得古的。

不想刚绕过一个小土包，迎面碰上正在田野间巡视青蒿生长情况的苏子媚。

上次苏子媚与何浪到他家里，动员他种植青蒿，虽然因为帮扶指标的事，对苏子媚心里怀有感激，但他还是毫不犹豫地选择拒绝，心想这下把苏村官得罪了，以后再有什么事找她，她一定不会再理睬自己。这冷不丁在路上不期而遇，心虚的成宋老汉想躲却躲不过，故意低着头往前趋，扁担两头上下一闪一闪的，显得担子沉重，需全力以赴分不开神。

"成宋大叔，这是去给地里送肥料啊？"

没想到苏子媚不计前嫌，依旧笑盈盈地主动上前与自己打招呼。

"挑担鸡屎给花生地施点肥。苏村官这是要去哪？"

成宋老汉只好硬着头皮抬头搭话。发觉苏子媚并没有因为曾经遭到拒绝而冷淡自己。到底是大学生村官，有修养，气度好，看得开，不计较。

"种了多少花生，长得还可以吧？"

苏子媚关心地问道。

"种了两三亩，长得一般般，施点肥催催苗。"

"那可得侍候好，你家没有种青蒿，今年的收成主要靠它们呢。"

"哎，有年成没年成，看天吃饭呗。"

成宋老汉脚不停步，与苏子媚驳身而过，紧张的心稍稍松懈下来。谁知后面又传来苏子媚的质询。

"成宋大叔，最近没再打我麻花婶吧？"

"不打了，不打了。自从苏村官批评之后，再也没有打过她。"

"这就对嘛，还是那句话，老婆是用来疼爱的，不是用来打骂的，要时时记得啊。这样日子才会和和美美，顺顺利利，你说对吧？"

"嗯，对对对，记得记得。"

苏子媚说得在理，成宋老汉心里服气。只要自己的日子过得顺顺利利，只要婆娘麻花脸上每天都有太阳花一般的欢笑，他们的生活就是幸福美好的——当然，如果再能多挣点钱，把那个破烂不堪的房子再重新修一下，就更加圆满了。可是，以眼下情势，也只能一个人偷偷做做白日梦而已，不敢有过多的奢望。

三

收获的季节到了。四十八峝的青蒿种植户们一个个喜笑颜开，半年多的辛苦果真没有白费。政府的补贴已经到位，仙雅堂也不食言，按照合同确定的价格收购所有的蒿草，并且全部当场兑现。

古板村青蒿临时收购点拥挤的地坪里，人山人海，周边几个村的青蒿都在这里集中收购，这样省却了蒿农们自己送货到厂的麻烦，也方便仙雅堂公司集中运输管理。为表示信守承诺，仙雅堂公司把财务结算也搬到收购点，这边验货过磅码堆领货票，那边财务按货票结算付款，全是现金支付——蒿农们不放心银行转账，实打实的现金攥在手上，心里安稳。

收购点前，卖青蒿草的村民排起长龙，一户人家多的有几十上百捆，一天挑运不来，就分几天。

满头大汗的韦老瓢，好不容易从卖蒿草的人群中钻出来，今天来卖青蒿的人太多，像赶圩一般，都拢在一块凑热闹，生怕来晚了没钱给似的。

韦老瓢左手攥着厚厚一打"伟人头"，往半空用力地抖了抖，吐一口唾沫在右手的手指上，揉捏揉捏，便一张一张地点数起来，点数几张，手拇指头往嘴唇皮上揩一下，十分享受的样子。其实，刚才在收购点结账处，已经反复数过好几遍，数字没有错，但还是架不住满心的激动与欢喜，挤出人群来还要重新数过一遍才肯放心。不是不相信收购站的会计人员给不够，也不是不相信自己的手刚才数不清楚，实在是忐忑，手上从来没有一次过过这么多的票子，不再拧一回拇指头，心里不踏实呢。

"老瓢，你家今年得几多钱？"

有人跟在背后问韦老瓢。

韦老瓢回头一看，是本屯的莫家成。

莫家成手里也攥着一叠"伟人头"。

"今天两千五，一共是九千六，你家几多？"

韦老瓢紫铜的脸上像镀了一层亮油，笑起来便合不拢满口黑牙的歪嘴巴。

莫家成神情有些黯然："唉，搞拐了，我比你家的零头多点！"

莫家成家的青蒿草也全部卖完结账，收入却有些难以启齿。都怪自己当初没有眼见力，原本答应得好好的事，又临时变卦，种下的青蒿地和申报的面积根本不对板，实际少种好几亩地，结果亏大发了。聪明反被聪明误，说的就是自己这样的人。

"你家那么少？我才不信！"

韦老瓢惊愕地看着表情失落的莫家成。

"喏，拢共就这点咯，哄你是小婆的崽！他娘的，当初没听苏妹子和李部长他们的劝咯，胆子太小，才种了不到一亩地。"

莫家成将手中的票子在韦老瓢面前掸一掸，抖得哗哗直响，往地上猛啐一口浓痰，不无遗憾地自怨自艾着。

"你这个人精，这回精过头了，往时总是算计这算计那，铁算盘也闷桥啊，嘿嘿嘿！"

韦老瓢睃一眼惆怅满腹的莫家成，一丝难以觉察的优越感油然而生。以往，号称古板村小诸葛的莫家成，哪里瞧得起过他韦老瓢？

"精，精个屁嘛，都精成那憨不愣瞪的成宋了！"

莫家成像个泄气的皮球，嘴巴也顾不得给自己留口德。

韦老瓢开心地揶揄道："哟嗬！一世的泥鳅精，被虾公戳对了眼睛。"

"莫讲了，讲起这个我就来气。要不是家里那个死婆娘多嘴嚼舌，闹着要种什么花生土豆，愣说种花生土豆比种青蒿踏实，我起码也得种上三五亩的青蒿，那现在手里拿的票票也肯定不比你少。"

莫家成有些愤愤不平，将责任归咎到不在现场的婆娘身上。

"还不是你耳朵根子软，婆娘的口水吃得多。"

"卵泡！"

莫家成再往地上狠啐一口。

在龟背屯，与成宋老汉那帮死活说不动的人不一样，当初苏子媚与何浪他们去莫家成家做动员时，他是满口应承了种植青蒿的，而且还答应得十分爽快："放心嘛，我一定响应你们的号召，大力种植。"

他也不说政府也不说公司，直对着前来做宣传动员的苏子媚、李子洲、何浪说"你们"，完全是一副私人情分的口气，信誓旦旦的，算是给足了面子——也许换作别的人来做工作，还真不一定能说得通呢。

可临到真正落实种植面积时，精明的莫家成突然变卦，以家里意见不统一搪塞，原本答应种三五亩的，最后只勉强做做样子，种了不到一亩地。在龟背屯的青蒿种植户中，他家是种得最少的几户人家之一。

怪只怪自己当初认不清形势，对政府和仙雅堂公司信任不够，还要自作聪明，玩阳奉阴违的小把戏，结果吃了这个哑巴亏。如今更不好吱声，见到苏子媚、李子洲、何浪他们，头都抬不起来，甚至将老脸偏过一边去，不敢直接打照面，要是地面上有条缝，恨不得自己钻进去。这个算盘打闷桥的小诸葛，没个出气的地方，反而逢人就怨怪起老婆没支持，实则是死鸡撑硬颈，纯粹替自己寻个挡箭牌，找台阶下。

"哪个晓得这回搞得这么认真。我家的地也还有一大半没有种完，不然还可多得些收成。"

韦老瓢盯着手上的"伟人头"自言自语，老实说，他也有些悔不当初。

莫家成再望一眼韦老瓢手中的票子，突然提高嗓门："他娘的，明年我一定要甩开膀子大种，把所有的地都种上！"

"谁说不是呢，种青蒿这么好来钱，我也准备把家里所有的地都种上。"

韦老瓢附和道。他说的也是真心话。

韦老瓢可是真正种青蒿尝到甜头的人。即便莫家成不说，他也已经在心里盘算好了，家里零零星星还可再凑出三四亩地来，明年一起种上青蒿，那收成岂不是又要翻倍？一想到这里，心中便踌躇满志激动不已。

说起来，不只韦老瓢一个，古板村种植青蒿的人家，没有不兴奋的。

最兴奋的人，当然莫过于承包大户覃瑞龙。

这个昔日人人憎恶的无赖小子"疤老大"，如今一下鹞子翻身，成了古板村交口称赞、人人羡慕的暴发户，腰包"噌噌"地鼓了起来。半年多下来，青蒿草一卖，不仅贷款全部还清，付清人工工资、村民的土地租金，还净赚十来万。这可是头一回光明正大挣来了的"干净钱"，从此在村上挺直了腰杆，逢人便从口袋里掏出五十元一包的蓝真龙烟来分发，"抽烟抽烟"，态度谦恭，过去的蛮横相全没了，倒让人生出几分骨子里的钦佩："浪子回头金不换，这小子，看不出来啊！"

没有蒿草可卖的成宋老汉，禁不住热闹的诱惑，每天也来收购站瞎转悠，顺便赚得个饱眼福。

成宋老汉不听劝说，没种一根青蒿，与往年一样，地里依旧是稀稀落落的花生洋芋，齐腰高的野草，却长出了年轻人的精神，青蒿还没采收之前，倒也心安理得，地里的花生洋芋，往年长势也不过如此，收成并不会减少。可如今这青蒿一收割，看着别人一挑一挑地往收购站送蒿草，然后手里攥着一把一把的红票子，满心欢喜地回家去，就眼红得不行，开始坐不住了。

可世上没有后悔药吃，气归气，也只有干瞪眼的份。

满腹惆怅的成宋老汉摸打着找到村委会，一见苏子媚就赶紧横在她面前，急切地说："苏村官，我跟你说个事。"

"成宋大叔，今天这么有闲空，想起来村委会？"

苏子媚热情依旧。

"什么闲空不闲空的，我今天特意来跟你道歉——"

成宋老汉舌头有些打颤。在拒绝种植青蒿这个事情上，他很对不起苏子媚苦口婆心的一再动员。

"哟，这倒是新鲜，成宋大叔怎么这样说，你要跟我道什么歉？"

苏子媚说着将成宋老汉往办公室里让，指一指长靠椅，请他坐。对于成宋说的道歉的话，一时没能反应过来。

成宋老汉机械地坐在长靠椅上，两手摩挲着膝盖，眼睛盯着忙碌的苏子媚，一愣神，张着嘴巴便不知从哪里说起。

苏子媚从饮水机里倒了一杯水，双手递给成宋老汉："喝口水先，有什么事慢慢说，不急的。"

可是成宋老汉的心里急啊，急得就像是猫爪子挠着。他喝了口水润润喉咙，才渐渐找回一点头绪来。

"苏妹子，我真是来跟你道歉的。"

成宋老汉继续嗫动着鼓突的喉结，态度严肃而诚恳。一下"苏村官"，一下又是"苏妹子"，不知道哪个称呼妥当。

"究竟怎么了嘛？"

苏子媚也严肃起来。

"开春前，你与小何去我家，动员我种青蒿，我当初没听你们两个的劝，还说过不少难听的话，想起来真不应该，实在对不住——"

"就为这个啊？成宋大叔你千万别往心里去，没什么对得住对不住的，种青蒿也是各家各户自愿自觉，谁也不能强迫——我们下户去做宣传动员，也是工作职责，你有你的选择自由，一时想不通也不怪你，真的，千万不要有什么思想包袱。"

"不说了，说起来抱愧，枉活这大把年纪，辜负你们的一片好心，真是不识好歹！"

成宋老汉说着，一巴掌掴在自己的脸上。

"成宋大叔，你可别这样，都是过去的事情。不过，说实话，今年没种还是蛮遗憾的，你也看到，那些响应号召种了青蒿的人家，和你种花生洋芋比起来，收成是不是强得多？"

现实明摆着，亲眼看到的成宋老汉如何不明白。苏子媚看透成宋老汉的懊悔，也清楚了他将来的决心。

"明年，我把家里的地全部种上青蒿草，可以吗？"

成宋老汉试探地问苏子媚。

"想通了？"

"想通了。"

"下定决心了？"

"下定决心了。"

"好，你能有这个决心，当然可以啊。村里的目标，就是要在所有的乡亲们中推广普及，让青蒿种植成为全村的主导产业，让青蒿的收入成为全村的经济大头，指望着乡亲们家家户户依靠青蒿种植发家致富呢。"

苏子媚非常欣慰，眼下这活生生的现实，终于让这个顽冥不化的成宋老汉改变看法和态度。

"苏妹子，我还想多问一句，明年种青蒿，那个补贴什么的，还作数吗？"

成宋老汉说出了自己的疑问与担心。这也是许多人迫切关心的问题。

苏子媚点头道："当然作数啦，政府的政策怎么会随便改变，明年补贴继续有，您就放心种吧。"

成宋老汉如得了尚方宝剑一般，满意而去。从现在起，他也要回去好好合计，重新打他的如意算盘。

四

没有悬念，经过检测和生产验证，人工种植的改良青蒿草，青蒿素含量比野生青蒿草高出三倍多，而且青蒿素产品质量也很稳定，比预期的效果还要好。

优选优育的青蒿种子在四十八�人工种植获得圆满成功。

宽敞明亮的县政府会议室里，桂北石漠化地区青蒿人工种植总结及深度合作研讨会正在热烈进行，这次会议由融州县委县政府、南方中医药大学、八桂中药植物园、仙雅堂公司联合主持召开。

会上最瞩目的人物，是南方中医药大学首席教授、国际知名青蒿素类抗疟疾药物研究专家黎国樵老先生，年逾古稀的黎教授是曾经以身试药的第一人。据说这位令人敬重的黎教授，与后来获得诺贝尔奖的女科学家屠呦呦，曾经是几十年一起并肩作战共同研究抗疟疾药物的同事。为了宴请黎老来融州参加会议，黄雅琴亲自赴广东南方中医药大学，当面将请柬恭奉到老教授的手上。黎老被黄雅琴的诚意打动，不顾年事已高行动不便，欣然应允，使研讨会的规格档次和社会影响大大提升，并成为融州"世界青蒿之都"发展史上一座光芒四射的里程碑。

黎国樵教授的学术发言，赢得全场经久不息的掌声。

会后，有记者围着黎教授，好奇地问起他当年以身试药的往事。

"这个这个——其实也没什么好说的，好久以前的事情，我都不太记得啰。"

黎教授露出慈祥的笑容，淡然地摆摆手，不肯多讲，过去的峥嵘岁月，在他的脑海里似乎已经淡去。

在旁的助手见记者们依然围着黎教授不肯散去，便主动出来满足大家的好奇心。

"这样，我来给各位讲一下黎老当年以身试药的故事吧。"

女助手满面笑容，向大家深深鞠了一躬。

"好啊好啊！"

在场的人一齐鼓起掌来。

黎教授当年置个人生命安危于度外，以身试药，这是何等令人感动的壮举，需要多少的勇气与担当，对于一般人来说，用望尘莫及来形容，丝毫也不夸张。

"那是三十多年前的事了，黎老正在血气方刚的年纪，当时研究抗疟药物任务很急啊，为加快研究进度，验证研究成果，年轻的黎老便想出一个捷径来，决定亲自尝试，直接试验通过针灸能不能治好疟疾。于是他瞒着所有的同事，包括结婚不久的爱人，偷偷地叫护士抽取疟疾病人的血液注入到自己身体中……

　　"这件事做得很隐秘，除了给黎老试针注射的护士，谁也不知道，一直等到黎老发病，大家才恍然大悟。

　　"黎老发病后天天高烧不止。本来那个疟疾病人是隔天发作发烧的，但黎老没有免疫力，才导致天天发烧……"

　　听到这里，黎国樵教授打断女助手的话，可能是担心女助手表达不准确，便自己接口解释道："其实，那时我太急于知道试验结果，却忽略了一个很现实的问题，就是每个人的体质特征的区别。没想到自己的体质不同，会导致不同的结果。这是一次很大的教训，任何科学研究，都是非常严谨的，容不得半点疏忽。"

　　黎国樵教授挥挥手，示意女助手继续说下去。

　　"黎老以身试药其实不止一次，后来，为了验证恶性疟原虫每个裂殖周期引起二次发烧的理论，他曾将疟原虫注射进自己体内，四十八小时期间，不服用任何药物。虽然，当时青蒿素抗疟的成果已经通过了全国鉴定，风险系数大为减小，但既然是试验，谁也不能保证万无一失，黎老经过反复考虑，做好了发生意外的心理准备，并且写下一封'遗书'交给组织。黎老在'遗书'中这样写道：这次试验完全是自愿的，万一出现昏迷，暂时不用抗疟药治疗，这是医学研究的需要，请领导和妻子不要责怪试验的执行者。"

　　人群中发出敬佩的唏嘘声，有人甚至开始揉起了眼睛。大家都被黎教授将生命置之度外的伟大情怀深深感动。

　　黎国樵教授再次接过女助手的话："为什么我一直坚持用人体而不是猴子等动物来做试验，这是因为：一则我们已经掌握了规律，对青蒿素有坚定的信心，才敢于冒险；二则人体试验的结果是最为直接、准确的，不会产生错误的判断……"

　　"其实，以身试药的不止黎老一人，他的主管大夫和其他七位志愿者也都完成了'以身试药'的试验，最终证明恶性疟原虫四十八小时会引发二次发烧的理论。现在，世界卫生组织编著的《疟疾学》和英国牛津大学的医学教科书，仍然记录着当年黎老与他的同事亲身实验的数据和研究结论。"

女助手补充道。

"小刘说得没错，以身试药，牺牲奉献，在我们那一代医药研究者中是很平常的事，我的老搭档屠呦呦组长，一个女同志，当时还是两个女儿的年轻母亲，也曾多次冒险以身试药，她接受研究青蒿素的任务时，个人处境非常困难，但一听说是国家需要，二话不说就接受了。其间为了不影响工作，有三四年没有回过家，大女儿寄宿在托儿所，牙牙学语的小女儿干脆送回老家，交给老人抚养，到后来两个女儿都不认识她，见了面一直不肯叫妈妈。而且，由于长期以身试药，导致老屠自己的身体最终患上中毒性肝炎。这种牺牲和奉献，才叫一个伟大！"

说起自己的同事和战友，黎国樵教授打开话匣子，怀着深情，滔滔不绝地讲述起来。

黎老说罢，情不自禁地竖起大拇指。

接下来，女助手又介绍了黎国樵教授为青蒿素能尽快在全球普及推广，不辞劳苦奔走于世界各地，从越南、柬埔寨到泰国、缅甸、印尼、菲律宾、印度，从东非的肯尼亚到西非的尼日利亚等数十个国家，向世界推介中国的青蒿素，让这一伟大的发明创造，走出国门造福世界。

原来真正的医药科学泰斗是这样炼成的！

五

开春过后，又到了青蒿种植的季节。

种植青蒿尝到甜头的农户们，把自家的每一分空地都盘出来，决

青蒿
药神
QINGHAO
YAOSHEN

定今年全部种上。

去年抗拒不种的农户，吃过后悔药，今年再也不甘落后，都抢着申报各自的青蒿种植面积，恨不得去开山拓荒，多生出些地来。

家家户户都憋着一股劲，期盼着今年打一个彻底的翻身仗。

韦老瓢甚至已在暗暗规划，等种植青蒿攒够了钱，什么时候该把这住了几十年、早已漏雨透风的老土坯房扒倒，盖一座两层的新洋楼，过上真正的富康日子。

他脑海里的新居，一色是当下时髦洋气的钢筋水泥红砖楼，带着阔大的院门，外墙刷得溜白，墙上画着各式的彩画，看上去就很养眼，内墙贴着过腰的瓷砖，地面全部铺满印花地板，比城里的洋房还要富丽堂皇漂亮舒服。

韦老瓢的想法很实在，按照去年的青蒿市场价格保守推算，用不了几年，美丽的小洋楼只怕会像这蓬勃的青蒿一样，矗满龟背屯，矗满古板村，矗满整个四十八弄的村村寨寨，成为一道无比靓丽的乡村风景线，让优越的城里人惊叹眼红，充满向往，羡慕嫉妒恨！

青蒿种下去，正如人们所愿，长势十分喜人，懂得主人的心事似的，一个劲地往上猛蹿，很快便蹿得比大人的个子还高，人走进青蒿地里，立时寻不见身影。

“今年的青蒿，比去年的长势还要好得多，种得对路啰。”

韦老瓢站在茂密的青蒿丛中，自言自语。看来离自己美丽的洋楼梦又近了一步，欣慰之下，心中涌起无限美好的憧憬。

成宋老汉也豁出去了，家里的土地全都种上了青蒿。他不想再次错失“发青蒿财”的机会。

青蒿一天比一天长得茁壮，成宋老汉的心中，也与韦老瓢一样，开始触景生情地有了红砖洋楼的梦想，自家的破烂小屋已成危房，早就应该拆掉重建，如果运气好，种两年青蒿得点钱，危房改造补贴一些，再找村里申请免息贷款解决一点，弄个两层的小红砖楼，也不是不可能啊，虽然没有韦老瓢的小洋楼梦想那么宏大气派，但终究也是"改天换地"的大变化。还有，自家的房子在小河旁边，风景本来就很不错，比起其他人家来，地理位置更加得天独厚，哪天把这破旧房子扒了，再整起一栋小红砖楼，就是城里人挂在嘴里的江景楼，真正的风景这边独好呢，几鬼爽哟！

成宋老汉想着想着不由笑出声来，仿佛红砖江景楼马上就要变成现实，心情一顺畅，看麻花守母鸡窝的眼神，也隐隐泛起一股恍惚莫名的温情。

"这个二脑壳婆娘，自打被老子捡回家，这么多年来就没有过一天安生日子，跟着吃了多少的苦，傻（hà）宝傻（hà）宝，也是老子家里的宝啊，也该享一回福了，哪天住上红砖房，也不枉跟老子一辈子。"

成宋在心里自言自语着。

屯长莫大枝从成宋老汉屋边路过，看见成宋老汉蹲在门槛上，卷着喇叭筒，一副安然入定的样子，打趣道："成宋，你个鬼打的，大白天又想晚上的事了？"

成宋老汉被莫大枝猛然一叫，打了个激灵，起眼一见是屯长，便热情地招呼他进屋"嗫两口"。

去年成宋老汉死活不肯种青蒿，屯长莫大枝不止一次骂过他"稀牛粪扶不上墙"，但他就是"扶不上墙"，谁也拿他没法子，平常最敬重的苏村官苏妹子来劝都不管用。不光是成宋老汉，屯里绝大多数的顽固分子都"扶不上墙"，一个个像茅厕坑里的石头，又臭又硬，说破了天也不松口，红黑不鸟他这个方块三，不仅不鸟他，连村干部乡干部，乃至县里的干部，也统统不鸟。

狗咬吕洞宾不识好人心。不种就不种呗，私底下还要相互串通，明里暗里搞对抗，就连莫家成那样口头答应得很爽快的人家，临了临了还是要滑头，阳奉阴违，让他这个屯长在全村脸上无光，好多次被韦家能支书和莫红兵主任在大会小会上公开点名批评，叼杠得卵索索的，声都不敢吱。没得办法，能耐不够工作不力，有什么好牛掰的，只得甘领甘受。

哪知这下北风转了南风，去年打死都不肯种的人家，今年谁也不甘落后，争先恐后积极得很，生怕仙雅堂公司的种苗供应不够，早早地向村里申报登记种植面积。结果一统计，嘢嘿，龟背屯的种植面积居然在全村领了先，一年抬不起头的莫大枝，终于可以在村支书村主任面前挺起腰板扬眉吐气，每回村上开会发言，莫大枝一说起来就滔滔不绝，中气十足，全变了他的主场。

“嘬两口就嘬两口。”

莫大枝接过成宋老汉递上的旱烟丝和卷烟纸，卷起喇叭筒，凑近打火机，“嚓嚓”两声点着，吧嗒起来。烟雾立即迷蒙了两人的眼睛。

“成宋，屌你公龟的（调侃或骂人的习惯用语），去年你死鸡撑硬颈，叫你种青蒿偏不肯种，看到人家大把赚钱干瞪眼，今年这么发狠，把地全种上了，到时候怕是要收个金满斗，数钱数到手抽筋啰。”

莫大枝喷出一口烟来，斜眼瞄着成宋老汉。

“莫水我了，去年是去年，当时没眼水，看不清形势嘛，搭帮村里苏妹子教育指导，我今年觉悟也提高了，没再给你这个屯长脸上抹黑——这不，前些天苏妹子还表扬我来呢，说我进步赶上坐飞机了，嘿嘿。”

成宋老汉没有打诳语，还真有这么回事。

几天前，成宋老汉带着麻花在地里侍弄青蒿，苏子媚到隔壁屯去办事，从他家的地边路过，见两口子撅着屁股干得正起劲，老远便跟他打招呼：“成宋大叔，忙呢。”

"不忙，地里的草长得有点多，给它锄一锄。苏妹子才忙呢，这又是去哪里，要不进屋里去喝口水？"

成宋老汉停下手中的活，撑着锄头把，嘿嘿笑着回问苏子媚。

"不了，你们继续忙吧，我去隔壁崖脚寨办点事，赶时间呢，一下就到。"

苏子媚正要走过去，成宋老汉突然想起青蒿种植补贴的事，心里又不落妥，再次询问道："苏妹子，我这心里还是有点悬，你说这个政府补贴，到底会不会兑现？"

"成宋大叔，你还担心这个啊。别多想了，一定会兑现的，去年种青蒿的人家，不都领过补贴了嘛。这个补贴是政府的专项扶持政策，不可能随便乱改，你把心放到肚子里，稳稳当当种好你的青蒿，其他的事有村里呢。"

"哎，有你苏妹子的话，我就落心了，指定把这个青蒿侍弄得妥妥帖帖，嘿嘿。"

"成宋大叔，你这回大进步了啊。"

看着忙碌的两口子，苏子媚忍不住夸赞一句。

"是吗，在你苏妹子的眼里，我真的也有进步，不诓我？"

成宋老汉被苏子媚随口一夸，兴奋起来。

"可不是嘛。你的进步比别人都大，赶得上坐飞机，真的。往年动员你种青蒿，劝都劝不动，今年却主动申请种，还把所有的地全都种上，你就是我们村进步的榜样呢！"

苏子媚这一番话的确是有感而发，出自内心，末了又接着说："你这么攒劲下米（下功夫），今年赚的票子指定少不了，看来，我麻花婶子要跟着享福了。"

当时就把成宋老汉说得心里热乎的不行，感动得眼泪都快要飚出来。种了几十年的庄稼，还是第一次被人当面真心诚意地夸奖，实在有些受宠若惊。想想以前，有的只是奚落、嘲讽、呵斥，甚至谩骂、羞辱，谁曾看得起被艰难生活压得抬不起头的他来！

苏子媚刚走，止不住激动的成宋老汉，便在地里向婆娘麻花卖弄起来："听见没有，村里的苏妹子都夸奖我进步坐飞机呢，坐飞机知道不？你还不给老子攒劲下力点！"

说罢两手比画着飞机起飞的场景，绕着麻花转起了圈圈。

成宋老汉把这段"高光场景"重新演绎给屯长莫大枝听。听得莫大枝恍恍惚惚，也跟着感叹起来："哟，你个老顽固，也变积极分子了，还坐上了飞机，啧啧！看来我这个屌毛屯长也要跟着沾你的光啰。"

一边冲成宋老汉竖起大拇指。

不过，莫大枝的感叹里，却藏了一分俏皮的幽默与调侃，只是，沉浸在兴奋中的成宋老汉，没有品味出来，还一个劲地点头附和假谦逊。

"也不是我一个积极，你数数看，屯子里还有哪个不积极？"

"这个——也许吧。"

莫大枝不置可否。

"不过说真的，我心里还是疑惑，你说今年人人个个都种了这么多，这青蒿草还能卖得起去年那个价格吗？"

说到这里，成宋老汉心里不免又有些打鼓。

莫大枝睃一眼成宋老汉："不是有收购协议嘛，市场涨跟着涨，市场跌按协议规定的收购价格不变。白纸黑字，大红印章盖着呢。"

"讲是这样讲咯，协议不过一张纸，就怕到时变卦。"

"这倒不怕，又不是你一家，全古板村、全四十八峁都是这样签的，赖不了。"

成宋老汉点点头，屯长说得没错，又不是自己一个，全四十八峁都是这样签的协议，就算天塌下来，也是大家来顶，怕什么！

何况，还有政府管着！

六

成宋老汉的嘴真是一张乌鸦臭嘴！说别的说不出个道道来，这青蒿市场，居然一语成谶被他胡咧咧中了。

青蒿收获的季节还没到，市场果然变起天来。

这天晚上，黄雅琴刚刚洗完澡，正在吹头发，手机突然响起。平常到这个时候，她是轻易不接手机的，要么调到免打扰模式，要么直接关机。但今晚却不知为何没有调手机，冥冥之中仿佛专门为等待这个电话似的。

黄雅琴拿起手机一看，是康瑞药业商贸公司的王董。

"黄董，不好意思，这么晚了还冒昧打扰你休息。"

王董的来电让黄雅琴很是意外，平常他们之间也只有业务上的往来联系，而且都是在大白天，很从容的"上午茶"或"下午茶"时间，这是王董的从容不迫的联络惯例。今天是怎么了，这个时候突然来电话，事情一定非同小可。

"王董啊，没关系没关系，请问有什么指示？"

黄雅琴的心有点忐忑，未等王董说事，便涌起一种不祥的预感。

"噢，是这样子，我们原先定好的那个青蒿素价格不能执行了。"

果然不出所料，王董开门见山直截了当，没有半点遮掩。这可不是他以前迂回交际的惯常风格。

"什么？意思说王董要降价？"

黄雅琴觉出了对方的言下之意，顿时感到事态的严峻。

关于市场形势，这些日子以来，黄雅琴也从各种渠道听闻过不少风声，隐约嗅出市场行将动荡的诡秘迹象，预感到今年的市场行情不容乐观，价格走低是必然的趋势。

谁都明白，青蒿素初级加工生产的难度并不大，这只是一个半成品，并非终端产品，准入门槛低，有厂房有提取设备就行，工艺技术相对简单，也不需要像正规的医药生产企业那样办理生产批文，层层审批层层把关，只要向有关部门进行普通备案即可。有些投机商家，甚至连案都懒得备，干脆开起了黑作坊。这样一来，势必容易给市场带来无序扩张的混乱局面。前年，国际紧缺的青蒿素半成品，国内市场价格涨到了每吨四百万元，去年更是一度炒到了五百万元的天价，真正的暴利，都以为奇货可居，于是投机者趋之若鹜，有钱没钱都往里投资，青蒿素半成品生产厂家一时间遍地开花，一年之内从全国十来家猛增到两百来家，翻了十多倍，这还只是备案可查的正规厂家，未曾备案的黑厂更是不计其数。

青蒿素虽然是世界抗疟特效新药，但全球也就那么几家终端药剂制药厂，半成品市场需求的总量也是有限的，蛋糕就这么大，都想来切一块，每家能得到的份额只会越分越小，远远供过于求的残酷现实摆在面前，违反真正的经济竞争规律，市场不直线下跌，那真是天理不容了。

价格有跌，而且跌幅很大，这原本也是黄雅琴所料想到的。她也早有心理准备，即使每吨青蒿素半成品从五百万元往下跌个一百万，恢复到前年的水平，利润依然十分可观。

没想到，这次是大大超出她的意料，市场遭遇了前所未有的滑铁卢，年前的时候，价格还维持在每吨五百万元左右，仅仅半年时间，青蒿素初级产品市场，不是之前预估的每吨最多下跌一百万元，而是直接跌到了每吨一百万元以下的价格，远远跌破了成本价。

"黄董，坦白跟你说，现在已经不是降价不降价的问题，市场的情况，你也应该清楚，已经跌破一百万，问题是眼下还没有止跌的迹象，往后还跌不跌，跌到多少，谁也不敢打包票。我们是老朋友，才这样和你坦诚相告。"

王董明人不说暗话，他说的坦诚相告绝不是打诳语。

黄雅琴的心凉到了底，这样的跌幅令她措手不及。即便按照每吨一百万元的价格，也是彻底难以承担的巨大亏损，何况现在已经跌破这个数。原料供应、生产、管理成本，根本无法消化，更别说利润了。

"那依王董你的意思呢？"

黄雅琴心里还存着一丝侥幸。

"这样吧，每吨按九十五万元结算，我也算是仁至义尽，觉得合适的话，你们就直接发货，货到立即付款，不合适你们可以另找别家——这市场变故我们也是无能为力，请多多理解吧。"

下家毁约，有理有据，尽在情理之中。非人力可抗拒的市场因素，如之奈何？黄雅琴僵在沙发上，一时陷入了深深的迷惘。

再过一段时间，就要进入青蒿草收割季，青蒿素市场价格变化这么大，原先与村民们签订的包种包收、市场跌收购价不跌的协议还作得数吗？

"这可如何是好？"

直到睡觉的时候，黄雅琴还在床上唉声叹气，绞尽脑汁也没能想出破解困局的应对之策来。

"要不，我们把青蒿草的收购价格也相应下调吧？"

吴晓华搂着黄雅琴的脖子，在耳边轻轻地建议道。他想用这个法子为爱人做些尽可能的分担。不得已而为之，也算是情有可原。

本来，吴晓华对青蒿素这个跳楼降价的消息也无法接受，现在黄雅琴的心里已经是一团乱麻，但无论如何，公司的正常运作不能因此而受到影响，更不能显出丝毫的混乱，关键时刻，作为丈夫和公司挂名的总经理，自己不帮她想办法出主意，还有谁能指望得上呢？

黄雅琴仰起头来，看着吴晓华的眼睛，疑惑地问道："什么，你说把青蒿草的收购价格往下调？乡亲们的积极性刚刚调动起来，今年才是正式铺开种植的第一年，就要兜头一瓢冷水，仙雅堂还讲不讲诚信了？"

吴晓华无奈地一笑："我也知道这样不妥，而且也是杯水车薪的下策。"

"这样做不仅会使乡亲们眼下的利益遭受直接损失，更会直接影响到往后种植青蒿的积极性。你考虑过这个后果吗？"

"不到万不得已谁都不想啊。但这么大的市场变故，风险共担也是基本的规则，原料这一块总不能置身事外吧？"

吴晓华理解黄雅琴的心情和顾虑。为眼下计，也只能出此下策。至于以后，走一步看一步吧，车到山前必有路。

"那你说怎么个降法？"

黄雅琴不置可否，但语气已经平缓下来，显然是在征求爱人的意见。

"我们原来与农户签订的青蒿草收购价是八元一公斤，先把价格减到四元一公斤怎么样？"

"什么，你的意思，青蒿草的收购价要降低一半？"黄雅琴仿佛被蜈蚣突然咬了一口。

"虽然青蒿草下降一半的价格，但降幅也远远低于青蒿素产品嘛，青蒿素半成品已经降到不足原来的五分之一，我想，只要把道理讲给农户们听，跟他们解释清楚，相信他们也是可以理解体谅的，唇齿相依，唇亡齿寒，他们不会不懂，仙雅堂如果挺不住垮掉了，农户们都得跟着白瞎不是？并不是我们仙雅堂有意不讲信用想赖合同，完全是市场形势所逼，不可抗因素，不得已而为之。没错，我们之前是承诺过市场涨价跟着涨，市场跌价按原价不变，可这次的市场暴跌，完全是猝不及防的地震式塌方，根本不在企业承受的范围之内，确确实实扛不住啊！即便青蒿草价格降一半下来，对公司来说也不过是象征性的减损而已，真正的亏损大头还是由公司承担，于情于理都说得过去。我们依然承诺，一旦将来市场好转，青蒿草的价格一样还会水涨船高嘛。"

吴晓华说的，听起来句句在理，黄雅琴一时无法反驳。企业和青蒿种植户，早已被捆绑在一条船上，必须共同进退，虽说青蒿草降价收购，对于仙雅堂减损，不过是杯水车薪，但终究聊胜于无，能少亏一些是一些。

"看来暂时也只好这样，不得已而为之。"

黄雅琴轻轻叹口气，拿脸摩挲着吴晓华刚刮过的胡茬，感觉微微有些扎人，有些痒痒的体贴与温馨。

剩下的大窟窿，先用公司灵芝产品的利润来填补，再不够填的，想办法向银行追加借贷。马上要到蒿草收获季，生产和原料收购都停不得，一旦停了，后果就是万劫不复。

公司班子会上，黄雅琴把青蒿素市场的突变向大家做了反馈说明，非常情况得用非常之法，人人都赞成将青蒿草的收购价下调一半，作为缓解亏损压力的权宜之计。另外，在生产与管理成本上狠下功夫，能节约多少是多少，再就是咬紧牙关尽量将生产的青蒿素产品囤积起来，等将来市场好转再对外出售，目前必须采取休克疗法，只要能够维持基本运转就行。

"还有一件事情，我想请大家商量决定。"

黄雅琴脸上显出凝重的表情。

"董事长你说，我们全力支持。"

"我想从这个月起，公司副总以上工资也减半，中层干部减三分之一，普通员工减百分之二十。你们看行不行？"

"有什么行不行的，就按董事长的意见办——同在一条大船上，绝对不能沉，船要是沉了，什么指望都没了，还谈什么工资。"

"好，我在此谢谢各位，也拜托各位，工资减了，工作却更重。"

黄雅琴说罢起身向在座的各位副总深鞠一躬。但她清楚地知道，越是在这个时候，越不能气馁，越要鼓舞士气，让大家燃起希望的灯盏，看到希望的光芒。

"不过，经过这次大浪淘沙，我相信，那些匆忙上马、盲目生产、基础不牢的厂家，绝大部分很快将被市场无情淘汰掉。我们仙雅堂只要能咬紧牙关挺过去，到时候，市场一回暖，便可以重振旗鼓，轻装上阵，夺取最后的胜利。我依然坚信，青蒿素项目是个很有前途的产业，目前的困境是无序竞争盲目扩张造成的，困难只是暂时的，守得云开必能见日出。"

"其他都好办，就是关于青蒿草降价一半收购这个事，估计会遇到不少的麻烦。"

有人还是担心弄不好会出乱子，甚至可能引发群体事件，万一出现类似的情况，将如何应对，必须有个应急预案。

"关于市场的变故，公司也会向县里汇报，寻求帮助。肖副总，你赶紧着手安排基地部的同志，务必做好各个乡村的解释工作，并紧紧依靠当地乡村党政机关和领导，安抚好所有的青蒿种植户，切不可与老百姓发生直接的矛盾冲突。"

最后，黄雅琴把讲话的重心落到肖凤章主管的基地部身上。

肖凤章摸着后脑勺，咧咧嘴，也只能挤出一丝艰难的苦笑。"解释"尚可勉力为之，这"安抚"将从何谈起？他心里实在没底。

七

"老李，你到我办公室来一趟，赶紧的。"

肖凤章在电话里对李子洲说，语气有点急促。

李子洲不知道肖副总这么急匆匆地找他何事，便放下手中的事情，忐忑地走到肖凤章的办公室门口，轻轻敲了敲门。

"请进。"

门缝里传出肖副总干巴的声音。

李子洲推门进去，小声问道："肖总你找我？"

"坐。"

肖凤章指了指对面的椅子。

李子洲感觉肖凤章的脸比平时严肃了许多，心里咯噔一下，却不敢冒昧造次。

"老李，找你过来是想跟你了解青蒿收购的事情，准备工作做得怎么样了？"

肖凤章没有立即进入谈话的正题。

李子洲咂咂嘴，胸有成竹地回答："一切准备都已妥当，向各个乡村和农户都反复交代过注意事项，到时候要趁好天气抢收抢晒，应该出不了纰漏。"

"唔——很好。不过还是不能掉以轻心噢。"

肖凤章点了点头。

"嗯嗯，肖总，我办事你放心，我会盯得很紧的，何浪他们几个天天都蹲在青蒿地围着农户们打转转呢。"

李子洲拍着胸脯向肖凤章保证。

李子洲没有说大话，早在半个多月前，何浪他们就被自己打发到种植基地蹲点去了，全天候守在农户的青蒿地，时刻关注着青蒿成长的最新状态。

"这就好，不过有件事先跟你通个气，还得你下去亲自带头做好各乡各村特别是种植户的工作。"

"什么事您尽管吩咐。"

李子洲正了正身子，感觉肖副总说的事情不一般。

果然很不一般，李子洲一下子头大了。

"目前青蒿素市场的变化情况，你了解得怎么样？"

肖凤章继续问李子洲。

"了解一些，但不是太清楚。不过青蒿素生产准入门槛比较低，这一年间冒出来的厂家就像雨后春笋一般，可以讲是多如牛毛，市场供过于求，竞争绝对激烈，今年的行情肯定没有预期的乐观，青蒿素价格下跌是无疑的，就是不知会跌到什么程度，估计有些没有客户基础没有资金储备的新厂会被直接搞死，好在我们先走一步，如今有了固定的基本客户，也有一些储备资金，应该勉强可以应付市场的车轮战——这次的市场变化，对我们公司不会有大的影响吧？"

李子洲向肖凤章投去探询的目光。

"你说呢？"

肖凤章点燃嘴上的香烟，再丢给李子洲一支。

李子洲接过香烟，不住地摇着头，表达的意思有些含混，究竟是表示影响不会很大呢，还是表示搞不清影响到底大不大。

"算了，我也不跟你兜圈子，实话跟你说吧，这次青蒿素市场的变化不仅对我们公司影响大，而且大得很，远远超出了我们的预想和公司的承受能力。我们原来的销售客户已经公开毁约，价格直接压到一百万以下。没办法，他们要想活路，也只能跟着市场走。为了减少亏损，经公司班子会初步决定，除了降低人工和其他管理成本，原料成本这块，也得跟着降。"

"原料成本怎么降？收购价白纸黑字的合同摆在那里，运输费用不仅减不下，司机们还巴望着今年再加点，你也晓得，四十八�的路最难走，车子损耗大，费油也多，只要有门路接得到活，哪个都不愿意跑那边的业务呢。"

李子洲一听要降低原料成本，觉得这是天方夜谭，反给肖凤章上起情况分析课来。

"我知道，运输费肯定降不下来，也没说要降运输费。"

肖凤章打断李子洲的话。

"那就是说，原来合同规定的收购价格要变啰？"

李子洲终于明白肖副总找自己来的原因。

"嗨，大家都不愿意，更涉及到公司的诚信问题，这是不得已而为之的事。今年的青蒿草收购价格，可能要从原定的八元钱一公斤下调到四元钱一公斤。"

"什么，从八元降到四元，要降一半去啊，我没听错吧？"

李子洲像触电一般惊跳起来，张开的嘴都不知道怎么合拢。

"从八元降到四元，这个降幅的确有点大，不过比起青蒿素半成品的降幅，还是小得多。这个艰难的决定，公司也是经过反复的考量才做出来的。"

"可是，这样的降幅，农户们怎么接受得了嘛？拢共才这点收入，如果真要降一半的价，那他们今年的辛苦算是白费，除了麻子，真就没剩几滴油了，搞不好有些农户还要倒贴人工——我敢保证，这个降价一公布，他们肯定会闹翻天的。"

"所以才要你亲自带头把关，全力做好种植户的解释安抚工作嘛。"

"可是这个工作怎么做——除了降价，公司就没有别的办法了吗？"

"别的办法都想过了，但青蒿收购价格这一块，也不可能置身事外无动于衷，对吧？这是市场大气候的影响，人力不可抗拒的因素，都是经过反复权衡，慎重考虑才决定的，又不是随意乱降。关键是要让农户们充分认识到目前的市场形势，理解公司的行为，从而配合支持公司，同舟共济，风险共担，齐心协力渡过眼前的难关。"

肖凤章吧嗒着深吸一口，重重地吐出一圈浓烟，连带几声浑浊的咳嗽。

"肖总我跟你讲，这个收购价格绝对行不通的。不要说种植户，就是我这心里都过不去啊！"

李子洲还想与肖凤章理论。

"这不是过得去和过不去的事。我也晓得这个问题很棘手，很难办，吃力不讨好。但越是这样，我们越要做好农户的解释与安抚工作，稳定局面，为公司排忧解难。一定要让农户们明白一个道理，市场都是有风险的，哪有只赚不赔的买卖。如今可以说是大难当头，一荣俱荣，一损俱损，唇齿相依的道理谁都应该懂得。当然，也要与种植户们说清楚，这次的青蒿降价收购只是权宜之计，要让他们相信困难是暂时的，将来市场一旦回暖，价格会逐渐恢复。注意，一定一定要稳住他们的信心，千万不要泄气，今后还得依靠他们发展壮大呢。"

肖凤章容不得李子洲继续做无谓的辩驳，说完又拍拍他的肩膀："老李，这次辛苦你和基地部的同志，把青蒿种植户安抚好，确保青蒿收购顺利完成，到时候我第一个为你们向公司请功！"

听完肖凤章的话，李子洲差点晕过去，对于如何把种植户安抚好，他的头脑里完全是一片空白一头雾水，哪还敢奢望什么请功。

但现实摆在面前，逃避是不可能的，谁让你是基地部的掌门人呢！

白纸黑字的协议攥在种植户们的手里，你说降价就降价，而且要降掉一半，还要不要人活命？当初农户们一个个死活不愿意种青蒿，是公司巴着政府求爷爷告奶奶地请人家来种，这个保证那个承诺说得天花乱坠，等人家满心期待种上了，现在却把脸一变，要撕毁合同转嫁风险，搞降价收购的把戏，以为老百姓好糊弄，这是哪家的王法？

吐出去的口水想再舔回去，能行得通吗？

可是李子洲心里十分清楚，不这样做，又有什么高招应对这场无情的市场风暴？这次的青蒿素市场降价风潮，已使公司陷入万劫难复的边缘。眼下，能想的办法全都想遍了，而农户们的利益与市场变化终究是没法脱钩的，这个万不得已的青蒿草降价收购方案，无论从道理还是人情方面，也都能说得过去。

但老百姓的觉悟能指望得上吗？李子洲在心里打了个大大的问号。

李子洲满腹忧郁地回到基地，先找来何浪，心事重重地向他通报了公司的决定。

"阿浪，你对青蒿草价格降价一半收购这个事怎么看？"

"我怎么看？纯粹就是扯卵蛋！"

"可不就是扯卵蛋嘛！"

李子洲应和着何浪的看法，但想想也不全然，怕是不能用一句简单的"扯卵蛋"，就给经过公司领导班子会慎重讨论做出的艰难决定下了定义。这样粗暴的评价显然失之偏颇，且很不公道——就他们两个能想到的问题，高瞻远瞩的公司领导岂有想不到的道理？

"这样搞的话不闹翻天才怪！"

何浪长叹一口气。

对于青蒿草降价一半收购，何浪从心底持反对意见。一半为市场信用，一半还是为种植户们的切身利益。自己家就在农村，虽说挨着县城条件好得多，但对乡亲们盼望收成的心情还是深有体会。可是感叹过后又觉得很无奈，很无助，郁郁地补充道："不过我们也是在这里杞人忧天，又做不了任何人的主，公司怎么决定我们就怎么执行，反正天塌下来也是公司顶着。当恶人就当恶人呗，有什么办法啰。"

"你搞搞清楚阿浪，不是公司顶，是我们在前面直接顶着。公司要求我们就青蒿草降价收购一事，务必向乡亲们做好解释安抚工作，这是下了军令状的。不仅要当恶人，还要恶人当到底。"

李子洲扳着何浪的肩膀，额上一片愁云惨淡的光景。

"怎么解释，谁有本事谁去安抚，我是没有这个三头六臂——这叫什么事嘛！"

何浪越说越来气。

但无论如何，李子洲已经领下了军令状，基地部责无旁贷，也没有退路，只能硬着头皮上。俗话说，三粒胡椒全在自己头顶上挨，公司一个决定，执行者是直接面对老百姓的基地部全体成员，说得直白点，他李子洲与何浪几个人首当其冲，没法回避。

其实何浪也不是不理解，只不过说说气话。气话一说过，便在心里活动开了。为公司分忧解难不仅仅是自己的工作职责，也是一种情怀，一种担当，一种价值的体现。

何浪决定先找苏子媚，探探她的口气，从村里的角度，有些什么反应，再研究下文。

"阿媚，今天去圩场，得了点河边鱼，晚上去你那里加餐吧。"

何浪给苏子媚发微信，怕苏子媚没空看，又直接打电话过去。

"那你早点过来煮吧。我今天下屯入户，可能回得晚点。"

苏子媚拖着疲惫的身子回到宿舍的时候，天已经完全黑下来。何浪打着手电到路上接了好一段才接到人。

"怎么搞得这么晚？"

何浪拉过苏子媚的手，关心地问道。

"在枫木屯调解处理了一桩村民纠纷。"

原来，苏子媚下屯到枫木寨，遇到寨上的张全和刘二狗闹架。张婶曾把刘二狗家的青蒿地挖过界，刘二狗找上门去讨说法，张叔张婶自知理亏，当面给刘二狗道了歉，挖过垅的地界也转挖了回去。不想刘二狗得寸进尺，老拿这事找茬，在屯子里搞得鸡飞狗跳的，张叔也是个要面子的人，忍了几次终于暴发，两人便由口角闹到大打出手，手是张叔先动的，但刘二狗出手太狠，一拳头将张叔的眼角砸破了皮，眼眶乌青肿起老高。苏子媚听到闹架的事，就主动前去调解，一耽搁就是一个多小时，所以才回得晚了。何浪打电话的时候，苏子媚正在做着双方的思想工作。

"哟，你还当起调解员来了，厉害啵。那最后调解得怎么样？"

"怎么样，先各打五十大板。然后，刘二狗负责刘叔的医药费，谁叫他逞狂，下手不知轻重的！哎，鸡毛蒜皮的小事，两个大男人打起架来，败坏风气，成何体统，肯定得给点教训。"

"俗话说骂人无好口，打架无好手，要知道轻重就不打啰——哎，那他们服没服你的判决？"

"怎么不服？两个当着众人的面相互检讨，赔礼道歉，握手言和，保证下不为例，然后才各回各家的。"

"他们各回各家了，却撂下你一个姑娘家家，摸黑回村委会。你就不怕路上被人打劫？"

"劫财还是劫色？"

"你说呢？"

"要我说呀，劫财不怕，包里比你的脸还干净。"

"难不成你还想被劫色？"

何浪俏皮劲又起来了。

"劫色更不怕呀。"

"为什么？"

"这四十八峁，除了你姓何的，还有哪个吃了熊心豹子胆，敢劫本姑娘的色？"

两人就这样你来我往地打趣着回到村委会宿舍。

饭菜早已预备在桌上，何浪花了一个小时精心准备的。

何浪带了一瓶干红过来，擅自把瓶开了，邀苏子媚小酌几杯借以解乏。

"再说，适量的红酒，养身又美颜。"

苏子媚拂意不过，答应陪何浪浅酌几杯。

酒过三杯，何浪开口问苏子媚："阿媚，有个事先跟你汇报。"

何浪放下酒杯，一改平常的嘻哈口吻。

"什么事搞得这么郑重？"

两个人红酒都喝上了，苏子媚以为何浪要趁机唐突，冒昧向自己求婚呢，她可是一点思想准备都没有，也不打算现在就仓促接受，还想专心工作两年，干出点成绩再考虑这事。不想却会错了意。

"你对青蒿素产品的市场了解如何？"

何浪试探地问道。

"这个啊，还真不太了解。是要有什么大变动吗？"

对于青蒿素产品最新的市场动态，苏子媚的确不太明了，不在这个行业中摸爬滚打的人，很难直接接触到市场波动的真实信息，所能涉猎的新闻媒体，也并未见到有关青蒿素产品市场变化情况的报道，只是一些真假不辨的道听途说，一时也没往心里去，谁知还真不是空穴来风。

"青蒿素市场价格跳水大跌，整个行业发生了地震，很多企业都顶不住了。"

何浪斟词酌句，有些迷离地看着苏子媚的眼睛。

"这么说，你们公司也受到影响了？"

苏子媚关切地问道，隐约感觉到仙雅堂公司一定遇到了难以过去的坎，一丝不安掠过脑海。

"影响是不可避免的。青蒿素的市场销售价，已经从年初的每吨五百万跌破了一百万，现在公司正想方设法降低各种成本，来应对这次的市场风暴。"

何浪深深地叹口气，端起酒杯自顾自地干了一杯。

"那你们公司能顶得住吗？"

苏子媚紧皱着眉头，替仙雅堂公司担心起来。

"顶得住要顶，顶不住也得顶啊。"

"真是难为你们黄董，也难为了你们。"

"所以，青蒿草的收购价……"

何浪说到一半，又把话咽了回去，观察着苏子媚的表情反应。

"就是说，青蒿草的收购价也要跟着降，是这个意思吧？"

苏子媚敏感地听出了何浪的言下之意。

"嗨，都在同一条船上，要想船不沉，总得同舟共济相互扶持嘛，你说是不是？"

"理解理解，那你们具体的降价计划或方案定了吗？我们也好有个相应的心理准备，还要跟乡亲们去做解释工作呢，这可不是凭简单的几句口舌就能说得清的，不能强行硬性说降多少就降多少，又这么突然，毕竟有合同在先，必须做通大家的思想工作才行。"

"明白，所以才先来找你商量，看看这事如何处理好。公司初步决定，今年青蒿草的收购价可能要从原定的每公斤八块钱降到每公斤四块……"

"从八块降到四块——要降这么多啊？乡亲们如何接受得了，一年辛苦算是打了水漂，只怕很难噢。"

苏子媚听到何浪报出的降价幅度，心里"咚"的一声，像跌入了冰窟窿。

"降幅的确大了些，可是……"

何浪嗫嚅着，声音卡在喉咙里出不来。

苏子媚何尝不清楚，仙雅堂公司一旦被拖垮，这个项目在融州就算基本玩完，没有哪个企业能接得了盘，如此一来，乡亲们依靠种植青蒿共同富裕的美好愿景就要落空。但是，草率地向农户们宣布降价

药青
神蒿
QINGHAO
YAOSHEN

一半，阻力太大。她在心里思忖着，既然降价已成定局，必须设法取得乡亲们的谅解与支持，也不能光讲市场不景气就要降价，毕竟合同上写得清清楚楚，市场涨价跟着涨，市场降价维持原价不变。得让他们明白一个同生存共发展、唇齿相依唇亡齿寒的现实道理。企业已经到了生死存亡的紧要关头，如果大家抱成一团共同应对，咬牙坚持，说不定就会挺过去，今后又将迎来一番新天地。如果大家只认死理，不答应降价，最后的结局，无非是公司关门倒闭，损失的不只是企业，乡亲们依靠种植青蒿致富这条路也就彻底断了。

大家的心里，都应该揣有一本明白账，千万糊涂不得。

"这样吧，我明天一早就向韦书记和莫主任汇报，专门研究一下，看看怎么来做乡亲们的解释工作。"

"那就拜托了，我代表仙雅堂，代表董事长，先行谢过。"

何浪举起酒杯，一饮而尽。

八

青蒿收购动员会上，村支书韦家能表情沉重地向乡亲们宣布了青蒿草收购降价的消息。

雷厉风行的他向来说一不二，从不拖泥带水，令不少人心生敬畏。上任以来悉心谋划，村里的变化有目共睹，也赢得了多数乡亲的感念与敬重，他的话在全村百姓心里素来是很有分量的。

但这次不同，韦家能话音刚落，人群中立即炸开了锅："降价收购，还要降一半？奸商奸商，果然是无商不奸哪！仙雅堂这是想吃定我们四十八峒人，不可能的事情，我们手上有合同，白纸黑字写得清清楚楚，有他们盖的红萝卜屁股（公章），赖不掉的！"

"大家静一静，关于这次青蒿草降价收购，请先听听仙雅堂公司李部长的解释，好吗？"

苏子媚见状连忙出来维持秩序。

"哼哼，说吧，看看能说出个什么子丑寅卯来！"

待人们稍微静下来，李子洲起身先给在场的人深深鞠了一躬，然后满怀歉意地将市场变化的严峻形势，以及这次降价收购青蒿草的原因，做了一番详细的解释。

"说真心话，乡亲们，公司也不想降价，但这次市场动荡得太厉害，已经超出了正常的范围，公司什么招都用了，还是远远填不上这个窟窿，实在是万不得已才出此下策，还请各位能够理解和体谅，与公司一起共渡难关。公司承诺，等将来市场好转，缓过气来，一定恢复原价，多谢了。"

李子洲说罢，冲着面前黑压压的人群再次鞠躬作揖。

"等公司缓过气来？哄鬼吧！嘴巴两块皮，白纸黑字的合同都可以随便撕毁，还讲什么信用承诺，哼！等你们缓过气来，只怕我们早就被坑得没气了！"

有人愤愤不平地控诉起来。

"市场降价是你们仙雅堂的事，与我们有何相干，卖五百万时，也没见你们分一点利润给我们呀，现在跌破一百万了，就想在我们身上薅羊毛，安的什么心，真当我们这些老实农伯好欺负吗？反正我们不同意降，坚决要求按合同价收购！"

"哼，还想降价一半——就算天王老子来，我们也不答应！"

不少人跟着附和，脸上迸出无法消磨的愤懑。

"我来说两句吧。"

挤在后排角落里的成宋老汉欠起身子，咳着喉咙，往前面的空当挪了挪。

听见成宋老汉的声音，众人一齐将异样的目光投向他。人们并不关心成宋老汉会"说两句"什么话，无非是附和一下"我也不同意降价"

的态度，惊奇的是这个平常在众人面前不爱开腔的猥琐老汉，居然在大庭广众面前，众目睽睽之下，也要主动站出来，大言不惭地"说两句"，何来的气魄？

不少人哂笑着，想看看这个一向被大家当成笑话的活宝，到底"狗嘴里能吐出什么象牙"来。

村支书韦家能心里明白，成宋老汉曾经因为帮扶指标的问题到村委论理，被当时的村干部当面斥责过，心里很不服气，后来又受了原村主任覃顺水的愚弄欺侮，对村两委及村干部们产生了一定的误解和成见，怨气不小，这些怨气并没有随着帮扶户指标的解决落实而完全消弭，一直耿耿于怀。除了大学生村官苏子媚，见了其他村干部，从来都是鼻孔朝天爱理不理的。将心比心，他今天要借机发发牢骚，发泄不满情绪，也是情有可原。若是刻意阻止，未必有用，反而可能引起不必要的矛盾冲突。于是将手一挥："成宋，你想说就说吧。"

一旁的苏子媚也紧张地注视着成宋老汉，不知他究竟要"说两句"什么。虽然成宋老汉平常对自己态度不错，还算尊重，在她与何浪等人的劝导下，确切说是在现实利益的驱使下，对青蒿种植这件事有了全新的认识，从坚决抵制到主动配合，将自家所有的土地全部种上了青蒿，她心里很清楚，这成宋老汉实际也是在投机押宝，指望今年能押出个金元宝来，收他个盆满钵满。但眼下这种情况，成宋老汉的如意算盘肯定要落空，白费了这一年的力气不算，连勉强糊口的红薯土豆也不知到哪去讨要。以他的脾性，还不怪死极力怂恿他种青蒿的自己与其他村干部？她本来也想给成宋一句"有话好好说"之类的"嘱咐"，可现在这种场合，估计再也不会给自己面子，也只好先听听他说些什么，静观其变。

"我、我想，既然市场不好，该降的价，那就降呗。每公斤八元的蒿草价格，那也是在青蒿素几百万这个价位上定的，现在青蒿素跌价这么厉害，工厂顶不住了，不降价怎么办？水涨才能船高，现在水都快干了，得先想办法让它淌过去再说吧。遇到坎坎过不去，大家一起，一个一锄挖平它，不就过了嘛。"

成宋老汉说罢，又轻咳两声，仍旧退回最后排的角落。

没想到，成宋老汉居然表的是这样的态。令在场的所有人始料不及。而且，他后面那句"一个一锄挖平它"，究竟什么意思？

"成宋，你个耿卵，说什么呢，你是不是得着仙雅堂什么好处了？"

有人立即将矛头指向成宋老汉。

成宋老汉缩在角落里，嗫嚅道："打屁子开花，我能得什么好处，哪个理识我了。我、我只是讲实在话。人家仙雅堂做不下去，我们哪个还想做得下去？只怕是睡梦咯。冠冕堂皇的话我不会讲，但做人的道理我还能懂。我去年吃过不种青蒿的亏，干看着别人大把数钱，肠子都悔青了，不想再吃第二次，随便你们怎么想吧。我相信苏妹子，相信韦支书，也相信仙雅堂。再说仙雅堂工厂在那里摆着，它也跑不掉，怕什么嘛。真要是敢黑我们，全四十八峁的人一齐上长安去，一个一颗螺丝，就把厂子拆了，不是吗？"

成宋老汉这番口水白话，也没有什么深奥的大道理，说得还有点结巴，有点心怯，或许还有点词不达意，倒先把一众村干部给镇住了。没想到这个平时固执得榆木疙瘩一般的臭老耿，真是脱胎换骨，竟有了如此的眼界和气度，实在意想不到。

一直紧张忐忑的苏子媚也终于松了一口气，欣慰地冲成宋老汉做了个肯定鼓励的表情，反弄得成宋老汉不知所措。

"好了好了，大家不要争了，各人有各人的想法，各人有各人的理由，敞开说出来，都没有错。还有哪位要发表意见的——阿龙，你说说？"

韦家能将目光投向一直闷头不响的种植大户覃瑞龙。

"我同意降价收购。要说损失，没有人比我覃瑞龙损失更大了，但饮水思源，我们要懂得河枯鱼死的道理。说句老实话，我是跟着仙雅堂公司的青蒿项目起家的，我很感激。要是没有这个青蒿项目，只怕我还在带着一帮混混仔到处胡闹呢！你们去年种青蒿发了的，难道一点感念都没有吗？"

覃瑞龙话音未落，便有人面红耳赤地起来反驳："感念，你这话倒是说得漂亮。对，你是应该好好感念，你仗着青蒿发横财，建起全村第一座小洋楼，漂亮老婆也到手了，小日子过得滋润，现在财大气粗，说起话来腰杆硬底气足，你瘦死的骆驼比马壮，损失再大也无所谓，当然扛得住，我们这些泥腿子，面朝黄土背朝天，日子过得紧巴巴的，拿什么和你这个大老板比？一滴血汗一分钱，你不在乎我们在乎！"

"就是，你不在乎我们可在乎，这一年的念想，就指望着地里的青蒿收成呢！"

人们你一言我一语，又乱成了一锅粥。

众愤难平，成宋老汉与覃瑞龙的发言，反成了火上浇油，越烧越旺。眼看闹哄哄的场面难以控制，韦家能便转过头征询身边的李子洲，想看看他还有什么应对的招数。毕竟，不管怎么样，降价是他们公司单方面提出来的，事先没有经过充分的协商，到底决定仓促了些。

李子洲与韦家能一番耳语，然后站起来再次对在场的人们说："好吧，各位乡亲，你们的心情我非常理解，回头我再将大家的意见向公司认真反映，看看还有没有别的办法可以折中。"

"你们最好能说话算数，不然工厂就别开了！"

动员会在村民们怨怒的嘈杂声中不欢而散。

虽然李子洲答应要将农户们的意见如实反馈给公司，但村支书韦家能对此并不乐观，他与莫红兵、苏子媚及其他村干部们一起，开了个临时班子会。

"我有一种担心，眼下市场这么严酷，如果双方僵持不下，万一仙雅堂公司承受不住压力，真的关门倒闭了，那农户们辛辛苦苦种出来的青蒿，岂不又是一堆半文不值的烂草？到时损失可就不可估量了。好不容易培育的一个致富产业，因此夭折，不知又要摸索多久才能找得到一条合适的新路子。我看我们村干部，首先要从这个认识上，解决好思想问题。"

　　村支书韦家能黑着个雷公脸，但话说得一点也不含糊。

　　"树倒猢狲散。这个比方也许打得不恰当，但道理就是这个道理。"有人顺着韦家能的话表达自己的看法。

　　莫红兵也发表了自己的意见："现在人家仙雅堂公司碰到这么大的困难，我们虽然是农民，思想觉悟不高，但关键时刻绝不能眼睛瞅着鼻子尖，得看长远点，是不是也该表现出一点患难与共的意识？为了我们自己将来的发展，也必须与仙雅堂公司一起共同应对，他们遇到了难处，我们也应该主动分担，不能只同甘不共苦啊。"

　　这两年的配合搭档，莫红兵对韦家能的性格也是摸得透透的，他当然明白支书的意思，而且自己也完全赞成。

　　人心都是肉长的，将心比心，仙雅堂碰到这么大的困难，大家不帮，谁来帮？再说帮仙雅堂实际也是帮自己，只有仙雅堂挺过这个难关，依靠青蒿产业脱贫致富的希望才有可能实现。

　　听完各位班子成员的意见，韦家能果断宣布："那好，从现在起，每个村干部负责两个屯，都下到自己承包的屯组里去，必须和屯组长一起把每家每户的工作做细做透做到位，无论用什么方法，一句话，就是要让他们同意仙雅堂公司降价收购的决定，绝不能再出幺蛾子！"

　　这边，李子洲在何浪的建议下也想到一个折中的办法，他担心电话里解释不明白，决定回一趟公司，先找主管副总肖凤章当面汇报。只是他并不知道，这些村干部们比他还要焦急担忧，已经在用他们自己的方式开始行动，寻找解决的办法了。

李子洲的办法其实很简单，就是建议公司仍旧按照原来的合同价格收购蒿草，因为这是公司诚信的根本，不能出尔反尔。但是，可以与农户们协商，先支付一半的钱，另一半暂时记在公司的账上，哪怕开具欠条也行，什么时候市场好转有了支付能力，什么时候再支付兑现。

临回公司前，李子洲拍着何浪的肩膀一再叮嘱："阿浪，我先回趟公司找领导商量怎么解决，你们几个留在基地，尽量多与各村干部和乡亲们保持沟通，尤其是古板村，小苏那里你更要多费点心思，请她与韦支书、莫主任，还有其他村干部们多做做乡亲们的思想工作，有什么情况及时掌握，并随时联系我。"

"师傅，你可得快去快回啊，你一走，我们全没了主心骨，好多事情不晓得怎么应对噢。"

何浪悻悻地嘟哝着。

"放心，我会的咯。我不在的这两天，你们也不要慌，不要乱了阵脚，万一有农户找上来吵闹，一定得沉住气，要紧紧依靠村委会，好言相待，千万不可鲁莽行事。要记住，我们代表的可是整个公司的形象。"

何浪点点头："知道了。"

可是看着李子洲离去的背影，何浪只能一声苦笑："怎么应对，我又没有三头六臂，也没有三寸不烂之舌！"

且说李子洲回到公司，迫不及待地将在四十八崀遇到的情况，一五一十地汇报给主管副总肖凤章，然后提出了自己的看法。肖凤章想了想，觉得李子洲的建议有一定的道理，与其和农户们僵持不下，倒不如答应按合同价收购不变，但只能先兑现一半的费用，原料成本支出这一块，暂时也能降下一半来。这样道义上讲得通，也让农户们有个盼头，不至于与公司这么针锋相对。说一千道一万，只要青蒿素项目存在，总得依赖农户们的精诚配合，一旦失去他们的信任，从今往后撂挑子不肯再种植，原料供应一中断，麻烦可就大了。你做得初一，难道人家还做不得十五吗？

肖凤章觉得这个主意不错，如真能这样，既解了近渴，有了保障，算是皆大欢喜。但作为主管市场的副总，他也没办法立即答复，降价收购的决定是公司班子会上集体讨论确定的。于是便让李子洲跟自己一道去面陈董事长黄雅琴。

"你也不用顾虑，把你的想法和建议，直接向董事长讲清楚，有什么就说什么，成与不成，再由董事长全盘权衡定夺。你从村里回来，最了解民情实际，你的话更有说服力。如果能把董事长说通，这事十有八九是可以操作的。"

肖凤章给李子洲打气，建议是他提出来的，当然得由他本人来解释最为妥当。

"我还是担心董事长听不听得进。"

李子洲心中忐忑，毕竟降价收购的事早已做了决定，而且已经对外宣布，朝令夕改，面子上怕也过不去。

没想到黄雅琴听李子洲一说，凝重的脸上立即堆起了舒展的笑容。

"李部长，想不到，你还能想出这个办法来。如果按照你说的办法操作，公司眼下既不必多出费用，也稳定了种植青蒿的农户，保护了他们的利益，两全其美，得记你一大功啊。"

"上次老李回来，我还跟他说，青蒿收购这块要是能妥善解决好，我承诺一定给他请功呢——老李你看怎么样，这下董事长都主动为你记功了。"

肖凤章将目光从董事长黄雅琴身上转向一旁的李子洲，并给了他一个鼓励的眼神。

"董事长，那我们接下来该怎么办？基地那边何浪他们怕是顶不住呢，我还得赶回去一起应付。"

李子洲知道，虽然董事长认可自己的建议，但没有正式的文字决定，他现在依然不能擅自张扬。这一举动涉及公司几百万的费用支出，弄得好皆大欢喜，弄不好就是一颗随时会引爆的炸弹。

他现在需要的，是公司的文件，是董事长钦赐的尚方宝剑！

"你先不急，下午我们开个班子会，郑重讨论一下，再让肖总把结果告诉你。然后就可以安心回基地操作了。"

黄雅琴十分理解李子洲的急切心情，作为董事长，她很欣慰，这样处处为公司着想的好职员，正是她所欣赏的，也是公司迫切需要的。

下午的班子会很顺利，就是走个过场。黄雅琴授意肖凤章把李子洲的建议向大家做了通报解释，然后自己首先表态赞成，表示李子洲的建议非常切合目前实际，为长远计，本当收回原来的成命，消除广大青蒿种植户对公司的误解，尽快恢复互信。其他人纷纷附和董事长的意见。

"我们在最困难的时候，也要看到自己的优势。好在我们有多条腿走路，灵芝项目这一块现在成了公司经济的顶梁柱，可以将灵芝产品的利润挪出来，给青蒿素产品输血。同时要开源节流，加强内部管理，最大限度地降低生产和销售的单位成本，提高经营效益。青蒿素产业是我十分看好的项目，未来的发展前景不可限量，如今，全世界治疗疟疾基本依赖青蒿素终端药品，目前的困境不过是暂时的人为乱象，很多人见青蒿素价格高，生产容易，准入门槛低，便盲目一拥而上，但大多数厂家忽略了市场发展的规则，也缺乏自我竞争实力，无序扩张导致一下子产能剩余过多，产品积压严重，供求失衡，价格一降到底，也触到了他们的命门，估计现在已经无以为继了。我相信，市场角逐很快便会见分晓。这一波的跌价冲击，优胜劣汰，适者生存，最后能留下来继续运行的厂家，我敢肯定不会超过这个数。"

侃侃而谈的黄雅琴将两个手掌伸出来，在各位副总的眼前晃了晃。

"董事长说得对，大浪淘沙，到那个时候，坚持到最后的我们，便可以彻底掌握市场主动权。"

听罢黄雅琴的一番宏论，副总们一个个都雀跃起来，脸上愁云消散了。他们到底没有董事长看得长远看得透彻，之前还在私下埋怨董事长头脑发热，与其他厂家一样急功近利搞青蒿素扩产，才会遭遇眼下这般一落千丈，从天堂到地狱的"灭顶之灾"，现在终于醍醐灌顶，醒悟过来。

"眼下是青蒿素市场的黑暗时期，为减少损失，可以用灵芝与其他产品的市场收入来维持公司的正常运转。青蒿素这一块，原来的订单尽量压缩，能暂缓发货的就暂缓发货，部分订单取消也无妨，我们就先咬紧牙关，来个静待市场回暖吧！从另一个方面来看，这次的市场风暴，说不定也是我们涅槃重生、问鼎世界市场的绝好机会呢！"

"对对对，坚持就是胜利！"

"肖总，你与那几个固定的下家经销商一定要保持好关系，可以答应他们的降价要求，但也要注意，一是尽量延缓发货时间，二是减少发货量，反正是他们违约在先，也赖不上我们。要让他们感觉到，虽然他们迫于市场压力不能践约，但是我们讲诚信，将来也是最可靠的合作伙伴——我们要的是这个效果，懂吗？另外，如果不是为了维持长期合作关系，那些投机的临时客户，都可以直接断供！"

"懂了懂了。"

肖凤章会意地点点头。

"还有一点，请主管技术的林副总抓紧工艺技术攻关，争取早日突破青蒿素提取工艺的技术短板，特别是在提取成本和环境保护这两块，一定要拿出我们自己的一套办法来，这也是将来竞争取胜不可缺少的法宝。"

黄雅琴既是给林子风布置任务，也是说给在场的所有领导听，让大家心中有个长远打算。

九

村干部们几天来的下屯工作，还是颇有成效的，古板村村民的思想基本转过弯来了，除少数老顽固，绝大多数青蒿种植户都表示同意仙雅堂公司提出的降价收购决定。他们到底想明白了唇亡齿寒的道理，有了困难必须大家共同分担。现在是仙雅堂生死存亡的关键时刻，既然与他们同在一条船上，要想这条船不沉下去，都得豁力付出才行。用现在市场流行的话，叫作抱团取暖、利益共享、风险共担！

留在基地的何浪，及时将反馈的消息通报给李子洲，免得他万一在公司游说不动领导而着急担心。

"师傅，告诉你一个好消息，我听小苏说，古板村青蒿种植户的思想工作基本上做通了。还剩少数老顽固，他们正在全力攻关，估计这一两天就能全部解决——嗨，村里韦支书莫主任他们还是蛮有办法的。"

"其他村的情况怎么样？"

"根据各村的反馈，大体上与古板村情况差不多，乡亲们大多都是通情达理的，经过乡、村领导特别是村干部们耐心细致的入户工作，基本同意公司的降价方案，但强调一条，就是要求能给现款。师傅，你安心回基地来吧。"

的确是个令人振奋的好消息，这就是心地纯朴的父老乡亲！

何浪的消息让李子洲心头一喜，一边同意恢复原价收购，一边同意降价出售，棘手的问题就这样戏剧性地迎刃而解。现在看来，能按原价先给一半的现款，乡亲们的要求也算是得到了满足，而余下的一半欠款，对乡亲们来说，又是一个失而复得的意外之喜。

李子洲对着手机悄声说："阿浪，我也有好消息告诉你，公司已经通过了我的提议，同意不降价收购，但只能先支付一半的青蒿款，另一半先欠着，要等到青蒿素市场恢复正常以后才能兑现——反正绝对少不了，不过是迟早的问题。董事长还说，即使哪天公司破产清算，也要确保欠下的青蒿款优先兑现给乡亲们！"

"太好了！"

何浪高兴得一下从四脚板凳上跳起来，这个好消息的确让他难以抑制心中的喜悦。也不知平素话语不多的师傅，究竟使了什么招数，如何把董事长和公司领导班子说服的。

"我忙完这边，明天就回基地，你把公司的新决定转告给小苏和韦支书、莫主任他们，让他们先在古板村两委班子上通个气，这样村里的工作就更好做。其他的乡村你也赶紧亲自去跑一跑，把情况说明一下吧。实在跑不过来的，就先电话沟通。"

"好的，我这就找小苏和韦支书他们去。"

不到一个小时，古板村两委班子已经在会议室里热烈地讨论着仙雅堂公司的最新决定了。

很快，"仙雅堂公司决定按原价收购青蒿草，先支付一半现款"的消息，在古板村，在整个四十八岽不胫而走，乡亲们的脸上又露出了欢快的笑容。谁都能想象得到，为了确保乡亲们的利益，面对如此险恶的市场变故，仙雅堂公司和黄董事长这次作出的牺牲是多么巨大，下了多大的决心。

采收季又到了，青蒿收购首先在古板村正式开场，整个四十八岽各个乡村的青蒿草收购工作，也陆续有条不紊地开展起来，每天到收购站送交青蒿草的队伍排起一条条长龙。人们热烈地谈论着今年的青蒿收成，从蒿草的成色上也可以看得出，这是一个鼓舞人心的丰收年，而且，许多人还是首种大捷。

正如黄雅琴所预言的，一波无序扩张之后，全国一夜之间突然冒出来的两百多家登记在册的青蒿素生产厂家，经过短短一年的残酷洗牌，绝大多数又在一夜之间，销声匿迹，最后，能够继续维持生产运转的，剩下不到十家。

而仙雅堂也终于不负众望，顽强地挺了过来。

公司职工大会上，向来严谨的黄雅琴，不禁幽默地感叹："我们就是打不死的小强啊！"

大换血后的市场逐渐走上正轨，恢复了以往的供求平衡，青蒿素的市场价格也开始有序回升。仙雅堂人个个摩拳擦掌，这回，打不死的小强准备大显身手，打一个漂亮的翻身之仗。

"我们仙雅堂所欠农户的蒿草款，在下个收购季，一定全部兑现补齐，并且将继续扩大生产规模！"

董事长黄雅琴郑重宣布。

消息传到四十八峒，村村寨寨一片沸腾，人们奔走相告，相信更美的前景在向着他们微笑招手。

第八章　大壮挪窝

一

为韦大壮家的易地搬迁问题,陶丽虹与苏子媚不厌其烦地跑上跑下,费了一番又一番的心力,可是吃力不讨好。病在床上的韦大壮一根筋到底,总以为政府对他家的土地有所企图,死活不肯在申请表上签字,怎么劝都劝不动他。

没有韦大壮的授意,老伴莫美珠自然不敢表态,表态也没有用啊。

"狗咬吕洞宾,不识好心人!"

碰壁多了,韦家能心里有时也很来气。

"韦叔这个老耿,估计一时半会是讲不通的,要不我们先单独找找喜宝,把他的积极性调动起来?以前他成天跟覃瑞龙到处瞎混,现在人家覃瑞龙早都金盆洗手走上正道,成了村里人人羡慕的青蒿种植大户,他却还在东游西荡没个正形。不过,对于易地搬迁,他还是蛮有想法的,一天到晚就做着城里人的梦。"

没错,为了这事,父子两个曾经闹得很僵,苏子媚陪陶丽虹第一次来做入户工作时,便见识过了。两人对此印象深刻。

苏子媚叹口气,对于这个整天游手好闲的大龄青年,的确有点怒其不争。人家都尝到了青蒿种植的甜头,一个个在自家地里忙着种青蒿,早晚想的都是依靠青蒿脱贫致富,他倒好,嫌这个来钱慢,一年累死累活赚不了几个钱,光给病床上的老头子看病都够呛,自己又没有那个取巧的头脑,不像覃瑞龙那样承包大片的土地请人来种,吃那个松活钱。

其实也不能全怪喜宝,家里住得那么偏,条件的确没法比。老爸韦大壮长年病恹恹的，肩挑背扛的重活一点都做不来，动不动就躺在床上，上气不接下气地咳，成天一副要死不活的样子，看着就胀眼睛。可家长威风却不能倒，但凡家里要拿个什么针鼻眼大的主意，还非得他这个老顽固不行。老娘莫美珠本就不是个十分灵醒的女人，头脑里面一团豆腐渣，在家哪里说得上话。喜宝自己从小放浪惯了，心里老是想着外面的世界很精彩，但家里的现实又很无奈，老头子不放权给他，他说什么也不管用，做不得主呢。何况他心里也实在拿不出一个囫囵主意来，干脆就一天空想着癞蛤蟆吃天鹅肉的美事，自我麻醉，十天倒有八天在外打流鬼混，自在快活。平常连屋都懒得归，很难撞得见他的人影子。用他自己为自己开脱的话，叫作"眼不见为净"！

"我看韦叔家的事，恐怕还真得先从喜宝身上打开缺口才行。"

苏子媚再次对陶丽虹与韦家能说出了自己的看法。

苏子媚的话正合陶丽虹的意，她也想把喜宝这一关彻底过了，到底是年轻人，沟通起来要容易得多，再说喜宝也是成年人，从法律上来说，他也有这个决定的权力，不能因为韦大壮的家长作风而忽视喜宝的选择权。她也知道，喜宝是向往城里生活的，只不过想法有些天真幼稚，总盼着不劳而获，天上掉馅饼，以为到了城里就万事大吉，吃穿不愁，花天酒地随心所欲。当然首先还得消除他心里不切实际的幻想，从正面解决对于易地搬迁脱贫致富的思想认识。有了喜宝这稳妥的一票，问题解决起来，肯定难度会小很多，不管韦大壮现在怎么家长作风，怎么霸道，怎么顽固落后，怎么油盐不进，毕竟，毫无疑问，这个家迟早得交给年轻人来掌管来经营。

现在最主要的问题，就是怎么让喜宝自己树立起足够的希望和信心，让他感受到易地搬迁带来的实实在在的好处，而不是那些云里雾里虚头巴脑的瞎幻想。必须让他明白，搬到城里，只要谋划得当，安下心来诚恳做人，踏实做事，就能把日子过得滋润美好。

这天，陶丽虹照例来到三尖坳，好容易巧遇喜宝在家。

"喜宝，哪天跟姐去城里逛回街，怎么样？"

在喜宝家半颓的屋墙边，背着韦大壮，陶丽虹把喜宝叫过去，附在他的耳朵边悄悄说道，语气里透着一股神秘的诱惑。

"哄我开心噢，陶姐姐。"

喜宝嘿嘿地龇着牙，开了喇叭花的鞋尖在地上反复画着圈圈，他不敢相信陶丽虹的话，以为她是在故意撩贫自己，吊自己的胃口。反正他早已习惯被人撩贫，无所谓脸皮不脸皮，尊严不尊严。尤其在自己心仪的漂亮姐姐面前。

虽然，漂亮的陶姐姐偶尔也会与喜宝开些令他心动的玩笑，比如曾许诺要给他介绍女朋友，比如曾经答应过要在城里给他找个正经的工作，凡此种种，充满了美好的诱惑。不过喜宝知道自己几斤几两，还有些自知之明，不照镜子也晓得自己什么模样，玩笑归玩笑，向往归向往，虽说不是水过鸭背，左耳朵进右耳朵出，说完就忘到后脑勺，但却从来不敢当真，也当不得真。

"我没蒙你咯。你只讲去还是不去？"

陶丽虹盯着喜宝不放，表情俨然。

"真的假的，你没蒙我吧，陶姐姐？"

喜宝用手指揩着鼻子，反问陶丽虹。

"当然不蒙你啦——这么不信你姐啊？"

陶丽虹越发严肃起来，喜宝左看右看，的确看不出一点开玩笑的样子。

"那好啊——好久没得上街去耍了，嘻嘻。"

喜宝立刻雀跃起来，城里街上是他最向往最心仪的地方，热闹好耍又体面。既然陶姐姐说是"带"自己"去城里逛街"，那肯定不用自己操心钱不钱的，否则还不如一个人单独去潇洒自在呢，何必还要跟在她的屁股后面，买个棒槌捶背心，自讨苦吃啊。想想便先自哭起穷。他要让陶姐姐明白，万一她不管自己进城上街的花销，他可是耍不来的——兜里没钱呢。

"耍耍耍，恁大个男子汉，一天就知道耍，没个正形。姐是让你去看房子！钱的事你甭担心，姐包了。"

陶丽虹微嗔着数落起喜宝来，同时打消了他对于钱的顾虑。

"去看房子？"

喜宝一脸惊疑，眼珠子几乎要跳出眼眶来。

"不看房子看什么，你还真以为姐有闲心陪你上街数美女啊？瞧你一惊一乍的，这点出息！"

陶丽虹戳了一下喜宝油光滑亮的额头。

"看什么房子啊，姐姐？"

喜宝一阵迷糊。

"当然是易地安置房呀，你忘了吗，你家原本是可以申报扶贫搬迁易地安置房指标的？"

"当然没忘，可是没得用啊，我家老头子掌着大权，一切全由他做主，他说了算。他要守老屋场呢，这个老鬼，死又不死！"

说到这里，喜宝气不过，又忍不住咒起他爸来。

"小声点，别让你爸听见，否则又要恼火你，让你吃柴火蒐了。"

陶丽虹指了指屋内，附在喜宝耳边小声叮嘱。

"我才不慌他呢！"

喜宝嘴上说着，声音还是憋了下来，对躺在里屋床上的老头子到底有些忌惮。

"记住，去城里看房子的事，先别让你爸知道，否则，看了也白看。"

"我让他知道个鬼，这个糟老头子！"

喜宝咬咬牙，声音像是从牙缝里挤出来的。

改天，陶丽虹开车，带着喜宝来到县城东郊的安置房示范小区，高高的楼房一字排列着，外装修已基本完成，有的墙壁上还绘着色彩鲜艳的宣传画，看上去清新又气派，地上铺着水泥沥青路面，绿树虽未成荫，但已经一排一排整齐地种上了，过不了几年便会变成林荫大道，闭着眼睛也能想象得出几分苍郁的样子来。

小区里，间或还有现场施工作业的建筑人员进进出出忙这忙那。

喜宝约略数了数，整个小区大致有二十来栋楼房——或许还不止，每栋楼两个单元，一个单元有八九层。好家伙，算下来得七八百套新房呢。

"仔细看看，这个小区怎么样，还可以吧？"

陶丽虹微笑着问喜宝。

"这是你们家的新房吗，陶姐姐？好漂亮噢！"

喜宝看得入神，一时没有领会陶丽虹话中的意思。

"不是我们家，是你们家——你个老耿！"

陶丽虹纠正道。

"我们家？噢噢噢，我晓得了，这就是你说的那个什么什么——"

喜宝张着嘴，一时想不起小区房子正式的名称。

"扶贫搬迁易地安置房。"

"对对对，易地安置房。我都被搞蒙了，呵呵，陶姐姐，你说过带我来看的易地安置房，就是这个吗？"

喜宝拍着脑袋，恍然大悟的样子。

陶丽虹侧过头看着喜宝："没错，就是这里。这回，房子你也看到了，就说想不想搬到这里来住吧。"

"想啊，太想来这里住了，做梦都想呢。"

喜宝沉浸在极度的兴奋中，难以自己。

"想来住的话，就努力争取噢。"

"努力，当然努力。"

喜宝一个劲地点着头。

顿一顿，又疑惑地问陶丽虹："对了陶姐姐，是不是搬到这里来住，就是街上人了？"

喜宝最向往的，就是当个城里的"街上人"。

"你说呢？"

陶丽虹反问喜宝，不置可否。

"肯定得是街上人。这房子一排一排的，整起来就是街嘛——"

"街上不街上的倒不打紧，踏踏实实过上好日子才是正经。"

看着兴致勃勃的喜宝，陶丽虹并没有正面回应他。

"可是……"

面对着这一排排崭新的高楼，喜宝越看越入神，突然摇着头，显出若有所失的样子。

"可是什么？"

陶丽虹睃一眼喜宝，其实早已看透了他的心思。

"唉，我家那老鬼死又不死，真是烦人！"

喜宝语气中带着深深的怨恨。

"别这样说你爸，韦叔其实也不容易。你们家几代人一直住在那个老房子，听说都有八九十年了，他说吃饭离不得老屋场，有些恋旧是正常的，一个地方住得久了肯定有感情的嘛，也怪不得。老人家对政府的好政策一时不理解想不通，也是情有可原，相信总有一天，他一定会想得通的。主要是你现在心里想来就行。"

"我哪会不想来嘛——我早讲过，做梦都想呢，住到城里来，做个街上人，讨个老婆，几鬼爽——"

一讲起可以搬到城里来做街上人，喜宝的头发尖都是热的。

"看看，又花痴了不是。住到哪里都得上进，好好做人，老实做事，才会什么都好得起来，娶个好老婆也是水到渠成的事，你说对不对？"

"讲是这样讲咯，没事不得想想开心嘛，呵呵。"

喜宝被陶丽虹捏着七寸，有些心虚，不敢强蛮为自己开脱。

"想是可以想，还得自己努力争取噢。"

"听陶姐姐的——对了陶姐姐，这么好的新房子，是不是得交很多钱，才可以住得进来？"

喜宝突然一脸懵懂地盯着陶丽虹问，也许是故意装的，也许是真无知。

"也不是全不要啦，不过比起那些商品房，要得真是蛮少的，主要是政府补贴很大，像你们家三口人，有个两房一厅，除去各种补贴和优惠，自己再出个万把块钱就可以了——你想啊，一万来块钱就能在城里住上这么好的楼房，这才是真正的天上掉馅饼呢。"

陶丽虹一边解释，一边由衷地感慨起来。她有时也不免疑惑，政府的帮扶力度不可谓不大，居然还有人不知感念，动员都动员不来，真不知这些人的脑子是哪一块进水了。

分明是天上掉馅饼的事，不愿意搬来不算，还反认为国家和政府在算计他们的土地，真是莫名其妙。譬如三尖坳那个自以为是的榆木疙瘩韦大壮，譬如岩脚口那个怀疑一切的刘半仙刘文才，这是古板村最最难缠的两大死顽固，在他们的头脑里，仿佛四十八崒之外再无清明世界！

"什么，还要一万块？"

听说要钱，喜宝惊愕地看着与自己并排走着的陶丽虹，眼睛鼓得像两个桐籽壳。

"一万来块已经是非常优惠了啊，你知道一般人买的商品房有多贵吗？"

"我哪里知道，我又没买过房。"

喜宝噘噘嘴，一万块对于他来说，已经是一个难以想象的天文数字了。

陶丽虹掰着手指头给喜宝算起账来："一套同样大小的商品房，差不多要十三四万呢，而且只是毛坯房，里面什么也没装修，就是个简单的框架，装修的话最少还得五六万，这样一算账，没个二十万打底，根本下不来。这个安置房，不仅水电安装到家，里里外外全都是装修好的现房，只管把床铺被窝搬过来就可以住人。"

"问题是，我家哪来一万块钱咯……"

喜宝无奈地叹着气，刚刚还一脸兴奋的他，一下子沮丧起来，像个霜打的茄子。

喜宝说得没错。虽说是政府的安置房，但也不是完全白给，上万块的购房款，对于胯裆底下撂得过谷箩的喜宝一家来说，那简直比登天还难，要老命呢。

"别丧气嘛，俗话说，树挪死人挪活，办法总会有的。听阿姐的话，只要你下决心想搬来，就一定能搬得来。"

陶丽虹拍着喜宝的肩膀，为他打气。

其实，关于帮助喜宝家解决购房费用的问题，在陶丽虹的心里，已经有了初步的构想。

"你能保证？"

喜宝看着陶丽虹，仿佛要把她看透，看得她这个沉稳老练的大姐姐也有点不自在起来。

"能啊，我保证——钱的事，我们一起来想办法，好不好？你也不用太担心，一定有办法可以解决的。"

"陶姐姐，我还听说，搞这个易地搬迁，政府要收回农民在老家的土地。要是我们全家搬到城里来，那老家的山场田地是不是也要全部被政府收走？"

一个难题刚刚有了解决的希望，另一个担忧又在喜宝的脑海里冒出来。

　　"胡扯，你这是听谁说的？"

　　陶丽虹打了个激灵，没想到喜宝也会提出这样的问题来。

　　"我爸说的啊——他不是跟你讲过好多次吗？"

　　"你爸那是瞎掰的。政府从来不会'收走'农民的任何土地，更何况你们家这样的帮扶户。你就放一万个心吧，你们搬出来以后，你家的责任地还是归你们自己耕管不变。只是要求原来的老屋场得复耕，也就是说要重新当地来种，不能荒掉，当然地还是你们自家的地。知道了吧？"

　　陶丽虹努力打消喜宝的疑虑。但她同时也切实感受到，在政府扶贫搬迁易地安置政策的宣传解释，甚至具体操作过程中，的确出现过这样那样的失误，也有做得不够到位的地方，才会导致部分群众对这项民生工程产生误解和排斥，给易地搬迁扶贫工作带来了不小的困惑和难度，好事多磨任重道远啊！

　　"陶姐姐，你是说搬了家，土地还是我们的，对吗？"

　　喜宝昂着头继续问。

　　"当然啦——不过到城里后，往来耕管不方便的话，可以委托别人耕管，出租承包都是可以的。你们自己管理得来，想要继续自己耕种，那肯定没有一点问题啊。"

　　"唔，这还差不多。"

　　转忧为喜的喜宝，冲陶丽虹扮了个滑稽的鬼脸。

　　但喜宝一家搬来城里的安置房以后，还有一件事必须切实解决好，就是他们的就业问题，至少得先帮喜宝找到一个固定的工作，才能稳得住，否则他还得到处游荡打流，难保不成为城里的不安定分子。莫美珠和韦大壮两个也需要安顿，要不然没有经济来源，一家的生活维持不了，也难扎得下根，那搬还真不如不搬。

不仅是喜宝一家，作为一项浩大的扶贫工程，所有易地搬迁安置户的就业问题，都应得到妥善解决，彻底解除易地搬迁的后顾之忧，绝不能简单地一搬了之。

陶丽虹想得有点宽，有点远，从喜宝一家，想到了古板村，想到了整个四十八峁，甚至全县所有的扶贫搬迁安置户，最后又回到了喜宝身上。

"搬得出，住得下，有事做，生活稳定，从而获得真正的幸福。这才是搬迁扶贫易地安置的真正目标。"

这样一想，陶丽虹又觉得肩上的压力大了起来。

怎么帮助喜宝解决迫在眉睫的就业问题呢？陶丽虹皱着眉头，一番搜肠刮肚，自然而然地想到了仙雅堂公司。

"要不这样，我帮你联系联系，看看能不能在这边找个工作，先稳定下来，省得像现在这样一天到处去浪，往后你们一家搬过来，上班离家近些，也方便照顾家里。"

"那好啊——还是姐姐贴心。"

刚听陶丽虹说要帮自己家想办法筹钱买房，现在又要出面给自己在城里找工作，喜宝心里简直乐开了花。要是这两样都能实现，那将来找女朋友的事，岂不是手拿把掐？

喜宝喜不自胜地陷入了对美好未来的无限憧憬。

"不过，这事还得慢慢来，你也不要太心急，等有了好消息，我会及时告诉你的。"

陶丽虹一边宽着喜宝的心，一边郑重嘱咐他。

"嗯，知道，我听陶姐姐的。"

喜宝愉快地点着头。

说话间，两人来到一家滤粉店门口，陶丽虹停下了脚步。

"看了大半天，肚子饿了吧，姐请你吃滤粉加烧炙。"

陶丽虹拍拍喜宝的肩，手指着眼前的滤粉店。

不说还好，一说肚子的确咕噜咕噜直叫。

听陶丽虹要请自己吃滤粉加烧炙，喜宝更加笑逐颜开眉飞色舞起来。

二

天刚麻麻亮，莫美珠顶着块塑料薄膜，冒着绵绵细雨一拐一拐地摸到村支书韦家能家门前，焦灼地拍打着门板："书记，书记，喜宝他爸快不行了。"

大门吱呀一声开了，刚刚起床的韦家能身披外衣，一只手撑在门框上，嗡声问道："什么事？大清早的。"

敢情是因为隔着门板，没有听清楚莫美珠刚才的话。

韦大壮既不同意易地搬迁，又不肯参加新农合和农村养老保险，拖了全村工作的后腿，村两委前阵子没少挨批评。对于韦大壮的顽固态度，说心里话，作为一把手村支书，韦家能很有些恼火。个个像他这样顽冥不化，村里工作没法开展。有时候甚至想，干脆随他去吧，对牛弹琴没得用，国家政策再怎么好，他不理解不接受，死鸡撑硬颈杠到底，也不能强迫他。你说参加新农合，今后看病无忧愁，他说一年几百块都是打水漂，好比肉包子打狗，肥了当官的腰包；你说参加农村养老保险，老了可以领取养老金，今后生活有保障，他说狗咬岩鹰在天上，没影的事信不过，都不知道自己哪天死哪天埋，交这个钱给人家去享福，不值当——再说，家里也凑不出这个闲钱来；你说扶贫搬迁易地安置，帮助困难村民搬离不宜居住的老房子，统一集中到县城的安置小区，改善居住环境和生活条件，他说政府在打拐子主意，分明是要算计他家的土地……

哎，这个分不出好歹的老耿卵！

可烦恼归烦恼，该关心还得继续关心，作为村支书，韦家能一点也不含糊。

"说清楚点，大壮他到底怎么啦？"

韦家能冲着抽抽嗒嗒的莫美珠大声问。

莫美珠呆呆地望着韦家能，哭丧着脸："喜宝他爸昨晚一直咳，吐得一钵子的血，到今早已经咳不动了。"

韦家能听罢，心里一咯噔，也慌了神，继续问："他人现在是在医院，还是在家里？"

"哪得去医院咯，还躺在家里呢，呜呜……"

莫美珠声音变成了嘤嘤啜泣，一边撩起衣襟抹眼泪。

"这么严重，为什么不早点送去医院？"

韦家能依旧手撑着门框，说话带着责问的口气。

莫美珠一脸茫然与无辜，口中喃喃："晚上天黑路滑，短命的喜宝又不晓得死到哪里去了，我眼睛不好使，腿脚又不利索，也弄不动他，不敢下山来……"

韦家能便掏出手机打喜宝电话。

喜宝躺在旅馆里，此刻正美滋美味地与周公通着梦，昨晚追剧太过瘾，看完七八集仙侠玄幻连续剧，好晚才睡，早上刚刚屎胀屁股，起来上过一趟厕所，又缩到床上蜷进被窝，睡他的回龙觉呢。朦胧间被电话铃声吵醒，不晓得是哪个背时鬼，大清早来打搅自己的清静，正想发作骂娘。

喜宝揉了揉惺忪的眼睛，一看号码是个无名号，本想挂掉，结果还是骂骂咧咧接通电话："哪个寻魂的，这么早打电话？"

只听对方劈头一句："喜宝，你个鬼崽，又在哪里癫？"

喜宝一听是村支书打来的电话，立即转怒为喜，有些兴奋难掩。

村支书大清早主动给自己打电话，可是破天荒第一回。三十年河东四十年河西，说不定又有什么狗屎运要落到自己头上来。

"书记啊，我在县城呢。"

喜宝欣欣然。

"没事你跑县城去做什么，家里不用照管吗？你爸病着，你娘行动也不方便。"

韦家能没有半点好声气。

"哎呀，书记，我这两天在县城看那个安置房咯，你们不是老想让我们家搞那个易地搬迁吗？陶姐姐带我过来看的，真的蛮漂亮，管他有没有得住，饱饱眼福先。喂喂，我跟你说书记，我现在就表态，我家老鬼不愿意搬，我愿意搬。我保证，回去我就给你签字。"

喜宝不知道支书打电话找他什么事，只顾在电话这头叽里呱啦个没完。

"搬个毛嘛，你个混账东西，赶紧的，马上给我滚回来！"

韦家能似乎动了肝火，气头上口不择言。

"不是，书记，你们一天到晚鼓动我爸搬迁，现在我表态答应，你却说搬个毛，什么意思？"

喜宝也猴急起来，感觉村支书并没有真正和陶姐姐站在一边，原来，他往时说的，都是些蒙人的乖面子话，根本就不靠谱，信不得。难怪自家老鬼，一直没鸟他和那帮村干部！

"现在情况紧急，不讲那个事先，你爸的病昨晚发作加重，在家耽误一夜，现在正找人送去乡医院抢救，你马上搭车到乡医院去，知道不？"韦家能鼓起眼睛，对着手机直吼，然后手指狠劲一戳，挂掉电话，再兀自痛骂一句："这个报应崽，真不省心！"

喜宝一下怔在那里。喜宝平时与老头子不对付，老头子一言不合就爱对喜宝动武，喜宝虽然没直接还手，但嘴巴从未占过下风，甚至当面咒过老头子"死又不死""早死早埋"，真正的一对父子冤家。现在猛一听老头子病重要送医院，顿时慌了神，不知如何是好。

韦家能挂掉喜宝的电话，边扣衣服边带上门，催促莫美珠："走走走，赶快送医院。"

说着快步往三尖坳奔去，把颤颤巍巍的莫美珠甩在身后，一路上又打电话吩咐村主任莫红兵和村秘书蓝盛宇，让他们带上担架，赶去三尖坳韦大壮家会合，一起将韦大壮抬下山来，再用车子送往乡医院。

"迟了恐怕出人命！"

韦家能一再叮嘱莫红兵和蓝盛宇。

没错，喜宝到县城看易地安置房，确实是陶丽虹让他来的，他这回不算是"打流"，支书在电话里叨杠他，他很不服气。他哪里晓得早没有事晚没有事，他一离家，这节骨眼上偏偏就出事，老头子的病，发作得真是时候！

"死又不死！"

喜宝又是习惯性地一句骂。死了就该轮到他喜宝来当家做主，想搬个家何必还这么麻烦费周折！

但人命关天，他也有些慌神。不管老头子平常对自己怎么凶，怎么看不顺眼，毕竟父子连心，怎能不着急担忧呢？

既然要赶回去，喜宝觉得还是跟陶主任说一声好。陶主任说了要帮自己找工作，以为找工作是一句话就能解决的事，还想着继续待在城里等陶主任给他消息呢。

"陶姐姐，刚才我们村韦书记打电话说，说我家老鬼昨晚病重没及时送医院，差点米花（死）在家里，今早刚刚着人送去乡医院，我现还在城里，等下要搭公交车赶回去。麻烦你找到工作通知我一声，我回头再到城里来哈。"

"什么，你爸病重住院了？"

陶丽虹心里也是一咯噔。

"嗨，我家老鬼那个病，你又不是不知道——"

喜宝也没有好声气。父子两个原本就搞不拢，彼此怨气大得很。

"那你现在具体在哪个位置？"

陶丽虹问喜宝。

"我还在春春旅馆，安置房小区旁边。"

这两天，喜宝索性住在离安置房小区不远的春春旅馆，春春旅馆是家民宿，价格便宜，40块钱一夜，咬咬牙还住得起，又挨着安置房小区，有事无事就往安置房小区溜达，尽可能多地饱眼福过眼瘾，先体验一把街上人的感觉。他知道陶主任这次为自己筹钱是属于私募性质，人家买不买账很难说，这年头，人人都是捂紧口袋过日子，非亲非故，凭什么给你捐？即便不看僧面看佛面，肯舍下这个面子，又能给得出几个铜板？上万元的钱，怎容易凑得上啊！

哪个晓得，喜宝这一住，家里就整出这么个幺蛾子来，真是烦死了。

"你别急先，这样吧，你在旅馆等着，我开车过去接你，我同你一起回去。"

陶丽虹嘱咐喜宝。

"陶姐姐，你要和我一起回去？"

"对对对，我和你一起去。"

陶丽虹原本打算过几天再去趟村里，与村委领导一起商量韦大壮家易地搬迁的事，相互统一意见，同时也好好探讨一下，易地搬迁的村民住进城里以后，如何尽快解决就业的问题。听说韦大壮病重住院，便决定与喜宝一起，先去乡医院看望韦大壮。

"这不好吧，陶姐姐？"

喜宝心下欢喜，嘴巴却嗫嚅着，多少有些过意不去。

"我正好也要去村里，顺便捎你回去。"

"真的？那太感谢——"

"我这就过你那边去，你别乱跑啊。"

陶丽虹一再叮嘱。喜宝是个三脚猫，喜欢到处窜，陶丽虹担心他一时忍不住脚，瞎跑难找。

"嗯嗯，我不跑，就在旅馆门口等你。"

喜宝一上车，人还未坐稳，牢骚倒先出口了："死老鬼，害人精，搞得一个不安宁！"

陶丽虹警告道："喜宝你给我听好来，回去不许再说这种忤逆的话，否则，我定不饶你，晓得吗？"

"晓得，晓得。"

喜宝嘴上敷衍，心中怨气并未消减。

陶丽虹与喜宝赶到乡医院时，韦大壮已经被抢救过来，暂时脱离了危险。

病房里，韦大壮正躺在病床上打着吊针，虽然危险期已过，病情得到有效控制，但身子依旧十分虚弱，还是一副气息奄奄的样子。

莫美珠疲惫地守在床边，两人四目相对，默默无语，像两个蔫藤呆瓜，此情此景，唯有空荡的落寞与哀寂笼罩着整个病房。

"韦叔，感觉怎么样？"

陶丽虹轻轻推开门，走近病床，关切地问道。

"谢谢陶主任关心，阎王爷不肯收我，好多了。"

韦大壮气若游丝，从喉咙里发出细微的回应。

陶丽虹能来看望自己，令韦大壮很意外，不由从心底涌起一丝莫名的感动。一个帮扶干部，与自己非亲非故，因为易地搬迁的事，多次被自己怼得下不来台，但她对自己的关心，从未因此减少丝毫，热情依旧，实在难得。为了他韦大壮家的事，这样操心劳力，而且吃力不讨好，热脸贴上冷屁股，何苦来着？俗话说，哪怕是块冰坨坨也该捂热了，可是他韦大壮就是一块摆烂的玄铁，唉，惭愧啊！

莫美珠机械地站起来给陶丽虹让座，张了张嘴，像是有什么话要说，可瞥一眼韦大壮便欲言又止。

这时，韦家能从门外进来，鼓着两个桐壳眼，话带吼腔："没听医生说，再晚来半个钟头，怕是谁也救不了了。"

这话听起来有些刺耳朵，分不出是对陶丽虹，还是对喜宝说，抑或直接说给韦大壮自己听。

陶丽虹看看韦家能，再望着病床上的韦大壮，一字一顿地说："韦叔你看，多险啊，还好没出大事，今天算是运气，有支书他们及时把你送来医院，你真是福大命大——"

韦大壮沉默着，但心里明白，这哪里是自己福大命大，全亏了村支书、村主任他们几个紧赶慢赶，把自己送到医院，才拣回这条老命。

陶丽虹见韦大壮沉默不语，继续说道："韦叔，我再多句言，像你这个病啊，如果搬到县上的安置小区去住，诊所就在小区里，走几步路就到，随时可以方便看病治疗，像今天这种特殊情况，只要叫一声，医生还能到家里去出诊，就不会耽搁病情——条件多好啊。对了，喜宝已经去安置小区看过房子了——喜宝，你看那个小区是不错吧，我诺没诺人？"

陶丽虹转头望着一旁发呆的喜宝。

"那条件是好，可是，他死鸡撑硬颈，不肯去呀，我有什么法子，我又没得发言权，签不得字！"

喜宝一说就来气，若不是因为老头子刚刚死里转生过来，只怕又要当众发飙恁起来。

韦大壮叹息着摇摇头，然后紧紧扯着老伴的手，泪水终于忍不住滚出眼眶。他的心里打翻了五味瓶。支书韦家能话重是重了点，但并不是危言耸听，要不是他和村主任几个将自己送到乡医院来，只怕自己现在早已穿着乌黑的寿衣，棺材板子一合，躺在灵堂上安享跪拜了。韦大壮在心里暗暗下定决心，这次出院以后，回去一定好好反省自己，以前种种行为，诸多误解和误会，或许真是不合时宜，辜负了领导们一片心意，今后再不能不分青红皂白与领导为难——尤其是这么体贴周到、关怀备至的陶主任、苏村官。

三

陶丽虹正伏在桌子上写着她的帮扶日记。

前些天，与苏子媚一起又一次走访了村里几户易地搬迁户对象，他们内心其实都愿意搬，但就是对搬出去后的生活着落有些担忧。

易地搬迁对象王重池说得很直接，也很现实："领导啊，不是我们不想搬咯，可是搬出去以后，靠什么吃饭，哪个来管我们的生活？柴米油盐酱醋茶，每天开门七件事，你说说，哪一件哪一桩不要钱啊，可这个钱从哪里来？说是说得蛮漂亮，山场土地都不动，政府也会帮我们，可都是红口白牙水过鸭背，信不得几多。讲实际点，离自家的地这么远，几十里路程，怎么帮？"

其他搬迁户对象，与王重池心思大抵差不多。

"看来我们有必要联合县扶贫办，与就业中心及相关部门好好沟通，在就业问题上给予政策倾斜，尽量优先安排我们的搬迁户，要作为一项基本条件，纳入整体工作规划。"

苏子媚一下子开了窍。如果能够这样操作，那从四十八�易地搬迁到城里安置小区的村民，能对口安排工作，生活就没有后顾之忧了。

陶丽虹十分赞成苏子媚的提议："这个思路很好，你们从村里往上反映，我回去后通过领导找有关部门反馈协调，双管齐下。"

关于喜宝个人工作的问题，苏子媚与陶丽虹商量后走了个捷径，托基地的李子洲与何浪，通过内部关系，直接找到仙雅堂公司董事长黄雅琴说明情况，请求帮忙特事特办。

上午，苏子媚正在办公室里忙活，手机铃响了。

"你好，请问是古板村的苏子媚吗？"

电话那头传来细气的女声。

"对，我是苏子媚。请问你是？"

电话是固定号码，有点陌生。

"我是仙雅堂公司人事部，我姓张。"

一听是仙雅堂公司人事部，苏子媚心里便打了鸡血般来劲。

"是这样，我们从资料中看到，你们通过董事长向公司介绍一个叫喜宝的青年，家住龟背屯，是吧？"

"对对对，他家是我们村扶贫搬迁易地安置帮扶户，因为就业问题落实不到位，动迁工作一直僵着没有进展。所以想请你们帮帮忙，能不能解决他的就业问题。"

"你介绍的这个叫喜宝的易地搬迁人员，已经纳入我公司招工优先照顾对象。我公司正在出台一项新的招工政策，今后，凡是四十八峁地区易地搬迁人员，只要对方有意愿，公司将会在力所能及的条件下，给予优先解决。关于喜宝同志的工作安排，我们董事长也很关心，已经作了专门指示。"

对方耐心地解释着。

"这么说，喜宝的工作解决了？"

苏子媚忍不住追问道。

"对的——这样吧，如果喜宝同意服从公司分配，可以直接找公司人事部，走招聘绿色通道正式报名确认。办完入职手续就可安排培训上岗。"

苏子媚心中一块石头落了地。

"谢谢啊小张同志。我们这就通知喜宝，让他尽快前去办理手续。"

但苏子媚第一要通知的人不是喜宝，而是向韦家能和陶丽虹汇报。

“太好了！”

陶丽虹一听，雀跃起来。

“仙雅堂公司正在出台招工新政策，今后向社会招工时，将优先招收四十八弄地区的易地搬迁人员，对古板村和四十八弄的易地搬迁户来说，真是个好消息！”

“古麦蒙！”

苏子媚一高兴，禁不住对着手机大声喊道。

她本来想说“太好了”，可话一出口，却不由得说成了“古麦蒙”。

“古麦蒙”是壮语，汉语的意思就是“我爱你”。

“傻丫头，爱你的何浪去吧，别在阿姐面前矫情了！”

陶丽虹经常下村入户，听得懂这些简单的壮话，也知道苏子媚与何浪的关系，便故意打趣起苏子媚来。

“哎呀，我就是爱你嘛，陶姐姐！这事能够这么快落实，你陶姐姐应居首功呢。”

苏子媚就坡下驴娇嗔起来。

两人在电话里哈哈大笑，相互重复着“古麦蒙”。

四

陶丽虹与韦家能、莫红兵、苏子媚一起来到韦大壮家，再次把易地搬迁安置房申请表递给他。

“大壮，这是政府真心在帮你们，你就把字签了吧。你这破地方破条件，叫什么祖宗基业嘛，亏你还说得出口。真要讲究，你就踏踏实实搬到安置小区去，当个脱贫致富的祖宗！”

韦家能说话虽然有些不留面子，但是语重心长，韦大壮这回不再像往常那样怒怼。经历过上次生死之劫，思想和态度有了很大的转变。

村支书的话很在理，句句说到点子上，也戳到了自己的痛处。

"唉，我签，我签……可、可是我哪来那么多钱买那房子——"

韦大壮点头答应着，然后双手一摊，又面露难色。

"韦叔，我们知道你一下肯定拿不出这么多钱来买房子。这是我们单位和同事一点心意，一共六千八百块，不多，先给你们解决部分购房款。"

陶丽虹从提包里拿出一个鼓鼓的信封，递到韦大壮的手上。想想，又从包里掏出两张"伟人头"来："我再添上两百，一起凑个七千的整数吧。"

原来，陶丽虹回到单位后，将韦大壮家的情况报告给局长，提出想在局里为韦大壮家搞一次私人募捐，希望能够得到领导同意。

"好啊，我支持，你与工会和办公室沟通一下，我先捐六百，你收着。"

局长说罢，从包里找出六百块钱来交给陶丽虹。

陶丽虹与工会主席一起，捧着一个纸做的募捐箱，一个办公室一个办公室地上门募捐。大家都被陶丽虹的精神感动着，加之领导献爱心在前，有了榜样带动，整个募捐活动，同事们都十分踊跃。募捐结束一清点，加上以单位名义资助的两千元，嘿，韦大壮家的购房钱就解决了一大半！

"喏，我们几个村干部开了个碰头会，也帮你凑了一点，买房子的钱应该不差多少了，到时候，你们只管踏踏实实住新房吧。"

村支书说罢，使个眼色，村主任莫红兵也跟着将一个信封递给韦大壮。

韦大壮接过捐款的信封，双手不停地作着揖，一时无语。

"对了，还有个好消息。喜宝的工作也落实了，县城的仙雅堂公司已经同意招收他去厂里当工人呢，做好了一个月两千多块没问题。

工厂离安置小区你们的新家很近的，走路不到十五分钟，下了班就可以回家，多方便。"陶丽虹继续说着，有些神采飞扬，"韦叔，您这可是双喜临门呢。"

"是来村里收购青蒿草的那个仙雅堂吗？"

莫美珠颤颤地插问道。

"不是那个仙雅堂，还有哪个仙雅堂？"

在旁的莫红兵瓮声瓮气地嘀咕着。

"没错，就是来村里收购青蒿草的仙雅堂。我们与仙雅堂合作几年，他们答应帮助我们解决易地搬迁人员的就业问题，政府在这方面也出了不少力。喜宝是我们村第一个被特招的人，进厂后可得好好工作，千万别给村里丢脸噢。还有啊，将来你们搬到城里以后，莫阿姨和韦叔也有机会去厂里上班挣钱呢。"

苏子媚微笑着，对莫美珠点点头。

"多谢，多谢，多谢政府，多谢你们这些好心人，多谢……"

韦大壮双手捧着捐款信封，口中喃喃，却说不出别的话来，再次泪如雨下，终于下定决心，在易地搬迁安置房申请表上颤颤巍巍地签上了"韦大壮"三个字。这三个字宛如千斤之重，几年来一直压在心头，压得他喘不过气，压得他快要窒息，现在终于解脱了舒坦了。

五

韦大壮一个人坐在屋后山崖边，望着苍茫的山岭，呆呆出神。

真要搬家了，就这样离开生活了几辈子的大山，去到一个陌生的地方，将来的日子会过成怎样，自己心里实在没有一点谱。俗话说，金窝银窝不如自家草窝，其实道不出来的是一种难以割舍的情感眷念，一种不离不弃的精神依托，一种彼此抚慰的心灵归属。

屋檐旁边，几株淡黄的石斛草，不知什么时候绽露出点点嫩绿的新叶。这是前年冬天在后山石崖上移植过来的。这些如自己一样低贱的山野草根，听说在城里人那里却是个稀罕宝贝呢。

韦大壮看着这几株平日不起眼的石斛草，突然若有所悟。

良久，韦大壮抬起双手，把脸一抹，自言自语："旧的不去，新的不来，这又是怎么啦，说好的要开心呢。相信陶主任，相信韦支书莫主任，相信苏村官，相信党和政府。树挪死人挪活，这一挪指定否极泰来、时来运转。"

"搬出大山天地阔，脱贫致富奔小康。"

安置小区广场上，巨幅大红对联装扮的舞台前热闹非凡。

县委县政府为入住的易地安置村民举办了盛大的庆祝仪式，请来演出剧团、龙狮队助兴，还有书画家现场为大家免费撰写对联、画年画。县委书记郑明文亲自到场讲话祝贺。电视台的记者也前来做现场报道。每位住户代表上台领取一把巨大的"金钥匙"，双手扛着寓意财源广进的"金钥匙"，个个笑得合不拢嘴，令台下围观的人们眼热得很。

主持人热情洋溢地走到韦大壮面前，笑着问道："大叔，请问，你是从哪里搬过来的？"

"四十八峊古板村龟背屯三尖坳。"

韦大壮回答得铿锵有力，紫铜的脸上溢满喜悦。

大红门联映衬下，喜宝兴高采烈地掏出钥匙打开房门，韦大壮牵着老伴的手，激动地步入新居。

韦家能、莫红兵、苏子媚几个村干部，特意坐了汽车，赶到县城安置小区，参加易地安置乔迁大典，村里除了韦大壮一家，还有另外三家也同时领到了住房钥匙。

天女散花，彩虹纸一喷，陶丽虹第一个上前给韦大壮送上贺礼："韦叔，这回终于住上新家了，喜欢吧？"

"喜欢，喜欢，感谢你啊，陶主任。要不是你们，只怕这辈子也出不来大山。"

"不要谢我。你该多谢韦支书、莫主任、苏妹子他们，多谢党和政府才是，是韦支书他们不遗余力帮衬你，是党和政府政策好——"

"唉唉，我都感谢，我这一辈子没齿难忘。"

韦大壮不住地点着头，这是发自内心的感激。

"韦叔，喏，对面不远就是小区卫生室，你安顿好后，有空就去卫生室找医生瞧瞧。现在实行家庭医生制度，尽快去做个登记吧，以后的社区医疗服务，会越来越方便越来越好。"

陶丽虹细心地嘱咐着。

"唉——"

过些天，易地搬迁安置小区小广场，"美美"秘制艾粑粑、荞荞酸咪咪小吃摊正式开张营业。

韦大壮搬张小板凳，远远地坐在一旁晒太阳，表面若无其事地看着老伴莫美珠和儿子喜宝娘俩在摊前忙得不亦乐乎。他的心内，有一种难言的感动暗自翻腾。

小吃摊卖的都是些乡下特产，老伴莫美珠的拿手好戏。

韦大壮深深地吸口早晨的新鲜空气，打起精神。活了这大半辈子，终于品味到真正的从容与自在。

"来两个艾粑粑，一串荞荞酸——"

陶丽虹开着电驴来到小摊前，掏钱要买艾粑粑。

"哎呀，陶姐姐，这点艾粑粑荞荞酸，哪能收你的钱，要是没有你，我妈这个小吃摊，还不晓得摆不摆得出来呢。"

喜宝挡着陶丽虹的手，死活不肯收钱。

"好，就这一次，不吃白不吃——那阿姐就不客气啦。不过吃你的嘴短，姐曾答应帮你介绍女朋友，这事一直没忘呢，不过，你现在进了厂，厂里那么多女孩子，用不着姐介绍了吧。"陶丽虹咬着清脆酸爽的荞荞酸，继续悄声问喜宝："哎，跟阿姐说实话，看中哪个没有？"

"有是有，但不晓得人家看不看得上我咯——"

喜宝不由自主地摸摸自己的后脑勺。

"这么快就有了目标，你可以啊！告诉姐她叫什么名字，等有机会，姐再帮你烧把火，撮合撮合，你自己也要加油努力噢！"

陶丽虹转过身，一边咬着荞荞酸，一边帮着向四周高声吆喝起来："秘制艾粑粑、荞荞酸咪咪，来自四十八巢大山深处的纯天然美食，不好吃不要钱——"

不一会儿，人群聚满了小吃摊，争相购买纯天然的秘制艾粑粑、荞荞酸咪咪，先尝为快，一边吃一边忍不住啧啧夸赞。

临离开前，陶丽虹还是从坤包里拿出手机，趁着喜宝正忙，扫码付了款。

喜宝一见，又要过来阻拦，已经来不及。陶丽虹说声"走了，改天再来"，一摆手，一扭电门，小电驴欢快地疾驰而去。

六

安置小区不远处，便是喜宝上班的融州仙雅堂制药有限责任公司，站在自家窗前，便可以眺望得见。不管有事无事，韦大壮经常会独自倚在窗子边，远远地望着仙雅堂公司的方向，久久出神。

仙雅堂东侧厂区，占地五十多亩的青蒿素全产业链规模化深加工项目二期工程，正在紧张地施工。据说这个工程建成后，将打造成南方最大的青蒿规模化加工基地。

"项目建成后，可年产青蒿素一百二十吨以上，可占到全球总产量的50%，产值两个多亿，作为原料配套，我们还会在青蒿基地继续扩大青蒿种植规模，青蒿总种植面积将超过四万亩，有效带动四十八巢及周边地区农村劳动力就业。同时，工厂也可新增一百多个就业岗位，为缓解社会就业压力做贡献——"

仙雅堂公司董事长黄雅琴在多个场合，对这个项目所作的振奋人心的介绍，韦大壮当然没有机会听到，但近在面前、机器轰鸣的建设工地，热火朝天的动人场景，他是亲眼所见，亲耳所闻，也算身临其境了。仙雅堂未来发展的样子，闭着眼也隐约可以想象出一个囫囵的轮廓来。

韦大壮不由得心潮澎湃。

陶主任亲口告诉自己，再过段时间，等仙雅堂这个二期工程投产后，老伴莫美珠也可以申请到厂里去上班呢，虽说因为过了年纪，只能作为临时用工性质，但毕竟又可以多一份固定收入，工作时间也比较灵活，这个小吃摊便要轮到自己来接手啰，当然，老伴和儿子早晚还可继续帮着照顾，这让韦大壮连晚上睡觉都会从梦里乐醒来: 谁承想，老实巴交地在山旮旯里面朝黄土背朝天一辈子，临了临了，还要一个一个进厂去当工人，每月固定领饷哩，这是哪世积下的阴功啊！

不久前，喜宝从厂里带回来一个姑娘，听说她家也住在这个易地搬迁安置小区，也是从四十八崀搬出来的，与自己家隔着几排房子。韦大壮认得，这姑娘平常偶尔也会来老伴的小吃摊上买艾粑粑、荞荞酸咪咪。小姑娘长相甜美，在小吃摊前总爱缠着女摊主问这问那，有时还会停下来主动帮忙，甚是招人喜欢。

喜宝嘴上说是厂里的工友，大壮当然不好打破砂锅刨根究底。莫美珠更是不敢问，她一开口，喜宝就会呛自己，倒不如干脆闭嘴，顺其自然。

但韦大壮看着看着，似乎看出了一些端倪，从两人越来越黏乎的亲密程度，不像喜宝自己说的那么简单纯粹，估摸着两个年轻人已经悄悄好上了，心里便暗自欢喜。

而眼前这个礼貌懂事、勤快利索的同乡妹子，正是韦大壮心中理想的未来儿媳妇的样子!

只有木菀老伴莫美珠,似乎还没感觉出来。姑娘来她的小吃摊买艾粑粑、荞荞酸咪咪,她钱照收不误,理所当然,连句客套话都没有。有时,姑娘在喜宝面前主动帮她照顾小摊生意,她也只报以淡然一笑,并无多少热情表示。或许,这老婆子也与自己一样,是故意装憨?

现在的喜宝,再不像从前那么暴脾气了,说话也温和得多,每天下班回家,不是帮着老妈子收拾美食摊,就是忙着干家务活,买菜做饭洗碗拖地样样都会,殷勤得很,与在三尖坳老家时相比,完全换了一个人。有时韦大壮禁不住暗暗思忖,这还是从前那个吊儿郎当的喜宝,那个不争气的憨包儿子吗?

"浪子回头金不换。"

韦大壮嘴上不说,心里却乐开了花。

身体渐渐恢复的韦大壮,饱暖无忧之后,不知从什么时候起,心里开始惦记上抱孙子的"宏远规划"来了,有时细细一想,也不免暗暗吃惊。

"哪晓得这个猬脑壳有没有这个福分?老子也管不到,靠他自己的造化啰!"

高兴归高兴,韦大壮头脑里还是一片朦胧,只能在心里默默祈祷,求祖宗保佑,让喜宝尽快把媳妇娶回家,早日为韦家接上香火。人到这把年纪,这样的念想不由得越来越强烈。

渐渐地,细心的人们发现一个小秘密,这个老爱在小区门口闲坐的韦老汉,脸上慢慢地起了变化:嘴角先是耷拉着,后来慢慢翘了起来,再后来便露出两排黄黑相间的牙齿,偶尔还能听到"嘿嘿"的笑声,从嚅动的喉结里,不由自主地咕噜出来,既含混又清晰。

七

陶丽虹从侧面了解到，喜宝最近在厂里进步比较大，这令她很欣慰，思量着哪天约他出来坐坐，当面鼓励鼓励。正想着，喜宝来电话了。

"什么事呀喜宝，是不是要请姐姐吃喜糖啦？"

陶丽虹饶有兴致地问喜宝。

"哪里那么快——陶姐姐，我家死老鬼又发癫了，闹着要我带他回四十八�老家去，你方便来劝劝他嘛，他只听你的。"

喜宝哭丧着脸央求陶丽虹。

陶丽虹火急火燎地赶到安置小区，一眼看见"美美"小吃摊前，韦大壮正在发脾气，脸涨成了青紫色。

"真是忘了本了，你个没孝心的东西。"

韦大壮指手画脚地对着给老伴莫美珠帮忙做艾粑粑的喜宝，一边咳嗽一边嘶声怒骂。

"怎么啦韦叔，又骂起人来了？有话好好讲，好好讲，气多了伤身子。"

陶丽虹走上前去，柔声劝慰。

"陶主任，你来得正好，和这个不孝子没得讲。说老实话，这里条件虽然不错，可我还是住不习惯，心里总觉得空落落的，尤其到晚上，老是做梦，梦见老家房子、田地都被人强占去了。村里老同年韦刚还指着我的鼻子，骂我住到街上发达了牛逼了，乡里乡亲都不念，连老同都不认。我——我——我憋屈呀！"

陶丽虹便知道，韦大壮是个重感情的人，他这是恋旧思乡，想村里那些老伙计了，不回去看看心里不安然。

"说实在的，我哪里忘记过他们嘛，天天念叨着呢。可是我回不去啊——这狗日的不让我回去！"

韦大壮手指着喜宝，眼睛却望着陶丽虹。

自从搬到安置小区后，韦大壮觉得喜宝渐渐变得像个一家之主，很多事自己已经顾不上，其实根本是管不了，喜宝的一言一行倒开始显得举足轻重。家庭的地位在不知不觉中，竟渐渐掉了个个儿。从前家里大大小小的事情，都得听自己决断，现在却反过来，自己得处处依从喜宝的意见。这小子，肩膀总算硬起来，能担事了，虽然心中欣慰，但有时起了冲突，终究难免尴尬失落。这人啊，真是个奇怪的东西。

"是这样啊，想回老家看看对吧？正好过些天我也要去村里，我和喜宝一起陪你回老家走一趟如何？也是啊，搬来城里这么久，是该回去看看乡亲们呢。"

陶丽虹说着，又转脸面对喜宝："喜宝，这可是你的不对。要理解你爸，到时你向厂里请个假，或者找个休息天，我们陪你爸一起回去。"

喜宝答应陶丽虹，然后又冲着韦大壮发起牢骚："嗯——你个死老鬼，没事找事，多卵余嘛，人家一天到晚上班，忙得屁股出烟，你倒好，就晓得折腾，磨人！"

"喜宝，你看你，怎么这样说话，什么叫折腾、磨人？你是不懂得老人家的心思，等你到韦叔这个年纪，就晓得了。"

陶丽虹打断喜宝，批评起来，把个大男子汉数落得面红耳赤，脸上直发烧。

过些天，陶丽虹开车载着韦大壮父子回到阔别已久的古板村。

回村第一站，韦大壮先到村委会看望支书韦家能和主任莫红兵。韦家能一见大壮，兜头一句："怎么，你在城里住得不安心啊？"并没有显出预想中久别重逢的兴奋。

"书记，我在城里住得很安逸，就是心挂两头，想回来看看你们咯。要是没有陶主任和村里的帮助，我韦大壮只怕八辈子也住不到城里去呢！"

韦大壮嘿嘿一笑，连忙将新买的红真龙烟恭恭敬敬递过去，又说了很多感谢的话，说得韦家能心里热烘烘的——这个老耿，真的是脱胎换骨，得刮目相看了，连说话的口气和腔调都和以前不同，人情味浓着呢！

本来还指定要见见苏子媚的，可不巧苏子媚今天下屯入户，去的是最偏远的旺洞屯、穿山屯和六寨屯，事情比较多，一时半会赶不回来，见不上面，只好托韦支书代为转达心意。

从村委会出来，回到龟背屯，韦大壮一家一户地串了一遍门，这个寒暄一番，那个撩贫几句，从未有过的亲热劲，甚至连以往不怎么往来的成宋老汉家，都特意去打了照面，说了不少的体己话。不少人横竖要留他们吃饭，更让韦大壮感动得老泪纵横，这辈子算是活明白，活通透了。乡亲乡亲，还是老乡亲啊，命里生成的，在村上住着时没觉得，这一离开就入心入肺、牵肠挂肚！

屯子里逛完一圈，然后拉着同年哥韦刚的手，一起去往三尖坳的老屋场。

按照政策，老家屋场已经被复垦，也栽上了青蒿，眼下正旺旺地吐着新叶呢，像一面绿色的旗子，突兀地挂在半山腰处——地是韦刚向喜宝租赁的，白纸黑字签了合同，一租六年，韦大壮亲自点的头，喜宝签字画押，租金不多，象征性的，主要是得着一个人帮耕管，没丢名分。如今，儿子和老伴都有可观的收入，也不靠租地这点小收成。

喜宝搀扶着韦大壮，沿老屋地四处转悠，这里瞧瞧，那里瞅瞅，仿佛寻找遗留在此的什么宝藏。陶丽虹跟在后面，关切地提醒着："韦叔您慢点，小心脚下打滑。"

"真没想到，整整四代人，到底还是还给了大山。"

看着青蒿茂盛的老屋场，韦大壮直起腰来，一时百感交集。就是这块长势喜人的青蒿地，自己曾在这里出世并艰难生活了五十多年。

而他的父亲和爷爷，都在这块小小的地里生活了整整一辈子，并在这里穿上齐整的寿衣，去到另一个世界，其间多少故事，多少沧桑，永远消逝在这里，成为无法再现的过往。但他知道，这就是自己的根之所在，连着他的相思，连着他的生命，连着他的魂魄，这辈子注定无法割舍，即便现在搬到了城里的洋楼，过上了从前做梦都不曾想到过的好日子，心依然安住在这里，接着这里的地气，不离不弃。这是年轻气盛的喜宝现在体会不到的，只有经历了岁月的沧桑，才可能感同身受。想到这里，便禁不住老泪纵横。

陶丽虹在一旁安慰："韦叔，现在的生活是芝麻开花节节高，你也不必伤感，得高兴才是呢。"

"那是，那是，芝麻开花节节高，我不伤感，我高兴着呢——我只是不舍。"

韦大壮拉过老同年满是粗茧的手，使劲捏了又捏，摩挲了又摩挲。

老屋场边的石头缝里，当初移植的石斛居然还在，并且开出了几朵金黄的小花，明艳芬芳，香气袭人，像是特意为了迎接老主人回来检阅。韦大壮心头一颤，他终于明白，这些日子以来，自己为什么老是莫名其妙地断不了内心的惆怅，原来竟是它成了精！

韦大壮弯下腰，小心翼翼地将石斛连青苔黑土轻轻拔起，捧在手里细细端详，神情像极了久违的至亲。然后叫喜宝找个废弃的小瓦罐，把石斛草轻轻放进去，再敷上些腐殖渣土。他决定将这株石斛草带回去，安置到城里的新家，既是一种念想的延续，也是一种心绪的慰藉。

或许，从此以后，真的很难再回这个胞衣之地了，就让这无言的石斛草成为一种相思的寄托吧。

从四十八峁回来，韦大壮家阳台上便多了个石斛小陶罐，旁边还有几株小盆栽。不时可以看到，韦大壮手里握着一把小小的洒水喷壶，全神贯注地向着石斛陶罐和一排小盆栽喷洒水雾。他的动作是那么的轻柔细致，脸上尽显着舒缓的微笑，缀满幸福的惬意。再过些日子，他也要到仙雅堂公司去上班了，公司安排了他一个门卫的特岗，他的内心，有些迫切的期待，又有些难安的惴惴。往后，小食摊只能由三个人趁着休息的时间轮流经营啰。但一定不能撤，这可是地道的家乡味呢，小区里好多人家都是从四十八峁搬迁过来的，这个小食摊如今已成了老乡们共同的念想，一种乡情的同心结。

夜深了，坐在桌前的陶丽虹依然没有睡意，爱人不住地催她赶紧上床休息，明天还要起早上班呢。

陶丽虹一边嗯哦着，一边摊开厚厚的帮扶日记，在上面刷刷地写道：韦叔一家算是安顿好了，可我总觉得，他们的生活，应该有个更加美好的未来。而这些话，正是前段时间与苏子媚交谈时，苏子媚亲口对自己说的。真是心有灵犀啊，她俩的心思，总能凑到一块。

第九章　蒿神结缘

一

"董事长，喜报喜报，我们公司独立研发的'青蒿素绿色提取工艺'国家发明专利申请，正式获得批准通过！"

技术部部长聂胜元兴冲冲地来到黄雅琴的办公室，门也未敲就直接闯了进去。

他抑制不住心中的兴奋。

从青蒿素项目投产之初，黄雅琴便一直将青蒿素绿色提取工艺的技术攻关作为重中之重来抓。青蒿素提取工艺一直以来是青蒿素生产企业集体存在的短板，谁率先攻克这个难题，谁就能够脱颖而出夺取先机，抢占行业生产与市场经营的制高点和话语权。

"聂部长，这个事你全权负责到底，我需要你们尽快研究出青蒿素行业全国领先的绿色提取工艺，怎么样，有信心与把握吗？"

一年前，在公司技术改革工作会上，针对全国大多数青蒿素半成品生产厂家工艺相对传统落后、污染较高、青蒿素提取率及单位纯度低的状况，黄雅琴首先提出青蒿素绿色提取工艺研发的设想和明确要求。

"经过这几年的生产探索，我们在青蒿素的提取工艺上，已经积累了一定经验，也取得了很大进展，相信再经过进一步的技术攻关，很快就可以实现关键性的突破。但十分的把握，我的确还没有，只能说尽力而为吧。"

技术部部长聂胜元斟词酌句地回应着黄雅琴的指示要求。在他的脑海里，青蒿素绿色提取工艺实验研究虽已基本成熟，但没有最后的成功实践，他不敢擅自打这个包票，说过头的话。任何技术攻关都存在一定的不确定因素，不到最后成果出来，谁也说不准会有什么意外发生，就像青蒿素抗疟研究本身一样。

"那就按你说的尽力而为吧，但别给我含糊。至少一年内，你们技术部得拿出一个稳妥可行的工艺结论来。"

黄雅琴的口气不容置疑，又是在下军令状，聂胜元根本没有讨价还价的余地。猝不及防的青蒿素市场风波发生后，黄雅琴对"青蒿素绿色提取工艺"技术攻关的进度提出了更加迫切的要求。

"你说说，要完成这个任务，还需要公司提供什么支持吧！"

顿一顿，黄雅琴看着聂胜元，语气平和下来。

"那我直说了啊？"

聂胜元嗫嚅着，他清楚董事长交给的任务是多么重大，同时也责无旁贷。

"有什么要求就大胆地提出来，我表态，公司将全力以赴给予支持，为你开绿灯！"

黄雅琴对眼前这个以书呆子形象和一根筋性格出名的技术部长，有一种特别的亲切和信赖。

"请求公司再给我加派一名技术助理。"

"没问题，人事部明天就把这事落实好。"

"技术人员有很多要加班，还要外出到别的厂家和有关科研部门观摩考察，以便综合吸收取长补短。"

"这个容易，你自己安排。"

"加班费与差旅费，可否由我技术部说了算？每次到办公室和财务那里办手续太烦琐，很多的时候会因为手续耽误事情。"

"好，我特批，技术攻关期间，技术部特事特办，财务先划出一笔专项经费给你们技术部自由支配，过后再补办相关手续。这样可以吗？"

"要是能够这样，那就再好不过！"

聂胜元没有想到，董事长在这件事情上竟然如此爽快，如此偏袒技术部，偏袒他自己，简直是有求必应，这在公司以往的历史上可是从未有过的先例，令他大为意外和感动。如果不能按照董事长的要求，尽快亮出几把刷子来，提前把青蒿素绿色提取工艺研究试验成功并用于生产实践，那还有什么脸面继续待在这个备受尊崇的技术部部长位置上！

功夫不负有心人，又是一年的卧薪尝胆攻坚克难，成果终于出来了。在黄雅琴要求的时间内，青蒿素绿色提取工艺新技术，经过反复的生产实践验证，正式通过专业技术综合验收，各项工艺指标先进稳定，为目前国内首创，并且很快通过了技术专利申报审批，成功获得国家技术专利权。

当聂胜元将技术专利申报通过国家审批的消息汇报给黄雅琴时，黄雅琴也激动得难以自禁，脸上红云顿生，简直像个坠入爱河的幸福女孩。

"真的啊？"

黄雅琴惊喜地望着这个刚到而立之年的毛头汉子，这消息来得太及时了，仙雅堂从此又多了一张市场制胜的王牌。

"喏，董事长你看看，这是专利公告文件。"

聂胜元打开手机，找出国家知识产权局官网，翻到最新专利审批公告栏，融州仙雅堂制药有限责任公司"青蒿素绿色提取工艺"赫然在列！

尽管黄雅琴早前已经获知，国家发明专利的申报非常顺利，但现在从网上直接看到公告结果，还是有些小激动。这一年多来，技术部在聂胜元的带领下，没日没夜的努力终于有了结果，青蒿素绿色提取工艺不断提高和完善，黄雅琴是看在眼里记在心里的。求贤若渴的她，有时也会在背后独自感叹：要是公司能再多一些像聂胜元和李子洲、何浪这样不怕吃苦、勇于探索、敢于担当的生产经营一线人才，那该多好啊！

"摆庆功宴，摆庆功宴——聂部长，今天周末，晚上技术部一个都不能少，按公司接待的最高规格，我与几位副总全部到场为你们祝酒庆功！"

黄雅琴一高兴，响快地吩咐道。

这是仙雅堂公司成立以来获得的关于青蒿素生产的第一个国家专利，不庆功怎么行，不重重奖赏怎么行！对，还要在全公司召开庆功大会，对参与技术攻关的所有人员颁发荣誉证书和奖金。她就是要通过这种大张旗鼓的形式，来激发公司的各种潜力，形成一种力争上游的拼搏氛围。

这实在是一个令人振奋的信号，意味着仙雅堂公司，将要从过去的默默无闻中，自带光环地走向市场的潮头浪尖了！

然而，对于仙雅堂公司来说，"青蒿素绿色提取工艺"国家发明专利的获取，只是一个美妙的药引子。黄雅琴的心里，又悄悄谋划着一个更宏大的布局，似乎"万事俱备只盼东风"，正在等待一个水到渠成的时机。

"如果有幸能与国内顶尖的医学科研团队结缘，达成技术合作，仙雅堂公司一定能够乌鸡变凤凰，早日实现企业飞跃式发展，那就铁定前途无量……"

黄雅琴灵光一闪，有了一种情不自禁的"奢望"，冥冥之中似乎感觉到这种"奢望"不可遏止的诱惑。

黄雅琴深知，这样的想法只不过是自己异想天开的一厢情愿，一个貌似妄想的美丽梦境，如天方夜谭般虚幻缥缈，想想也就过了，并没敢太往心里去——也许有着同样"奢望"的，不光是自己，明里暗里大有人在呢。

但从此，对于国内青蒿素的研究趋向，黄雅琴在不自觉间更多了一份特别的关注和热心。

几年之后，从瑞典传来了令国人振奋的特大消息：中国著名医药研究科学家屠呦呦女士获得了国际诺贝尔生理学或医学奖。这无疑将对中国医药事业的蓬勃发展起到推波助澜的作用。

作为所有抗恶性疟原虫疟疾药物中起效最快的青蒿素复方产品，亦将随着科学家屠呦呦获得诺贝尔奖而名声日盛，备受推崇，被国际医药界誉为"东方神药"，而中国青蒿素产品开发应用的研究动向，也成了国际医药研究与医药市场的风向标和晴雨表。

二

这天下午，公司来了一位不速之客。

一位戴眼镜的高个子黑瘦男人，在仙雅堂公司大门口张望半天，然后便闷头往公司里面走去。

"请问你找谁，有什么事情吗？"

来人被门卫李光辉毫不客气地拦在了大门外，不知他是真不懂工厂的规矩，还是故意装傻充愣，但认真的李光辉得按公司的门卫制度，一丝不苟地履行自己的职责。

在大门前四顾徘徊的男子，早已引起了李光辉的注意和警觉，觉得这人有些形迹可疑，更不敢轻易懈怠。

"你好，我找你们公司老总。"

来人对自己被拦在大门外表现出一脸的不解。

在门口逡巡了老半天，竟然开口就要找公司领导，口气可真大！

李光辉好生疑惑，这人究竟是什么来头？想想又觉得八成是猪鼻子插葱——装象的。

"请问你有预约吗？"

李光辉礼貌而冷峻地问道。

"预约？"

来人看着一脸严肃的李光辉，尴尬地摇摇头。

"对不起，没有预约恕不接待！"

李光辉一副公事公办的口吻。

"不好意思，刚才冒昧了。是这样，我是做青蒿素收购业务的，想与你们公司合作，师傅你看能不能通融一下，让我进去见见你们领导？"

来人似乎突然想起了什么，抖索着从口袋里摸出一张名片来，双手递给李光辉，一边歉意地赔着笑脸。

李光辉接过名片一看，上面写着来人的身份：黄格良，业务经理，北方医药经贸公司。

居然是从北京来的！

有了投名状，李光辉就不敢怠慢了，刚才的严肃劲也随即减了几分。

"你稍等一下，我给供销部打个电话。"

"哎哎，供销部也行，谢谢小兄弟。"

来人继续套着近乎，不称师傅，改"小兄弟"了。

李光辉拿起电话拨通供销部的内线号码。

"喂，供销部吗？门口有位叫黄格良的先生，说是从北京来的，你们可以接待吗？——对，他有名片，北方医药经贸公司业务经理，刚刚说想找公司领导，但没有预约，我不敢打领导电话——那行吧，是你们来门口接人，还是让他自己去找你们？——好好好，那你们派人来门卫室接他进去吧。"

李光辉打完电话，口吻热情起来："黄经理，不好意思啊，请你稍等，先到门卫室坐一下吧，供销部的人马上出来接待你。"

看来供销部对这位不速之客还是蛮感兴趣的，居然派人到门口来迎接。

不一会儿，供销部的内勤关小娜扭着杨柳腰肢，踢踢囊囊来到大门口，满腔热情地把自称黄经理的男子接了进去——李光辉刚才打过去的电话就是她接的。关小娜不仅人长得漂亮，逢人又特爱摆出她那副招牌的嗲笑，声音也特好听，李光辉最喜欢关小娜接他的电话了，听起来就好比有只可爱的小蜜蜂在耳朵上欢快地绕，一直绕到心里面去，痒滋滋甜丝丝的。

供销部眼下压力也很大，虽说青蒿素市场价格一直在较高水平游离，但实际销售却并不十分顺畅，说白了就是有价无市，成交量不是太理想，仙雅堂公司已经有一段时间没接到新的订单了，也不知道究竟卡在哪个流通环节。自从上次业内大洗牌之后，很久没有出现这样诡谲的市场波折了，虽然市场总体可控，但实际操作起来就是有说不出的别扭，有人甚至怀疑，是不是有机构资本在背后搞恶意操纵，故意扰乱市场生态。

这个时候，能够有人主动上门求购自家的产品，简直瞌睡遇到枕头。

"很抱歉，黄经理来得真是不巧，我们董事长刚好出差不在，不过产品销售上的事，尽管与我们供销部洽谈便是了，我们供销部可以全权决定，没有任何问题的。"

接待室里，供销部新任部长蒋超将这位从北京来的黄经理奉为上宾，沏茶递烟殷勤备至。

说也奇怪，这位叫黄格良的医药经贸公司经理，不仅对仙雅堂公司生产的青蒿素质量情况问得十分细致，还对融州地区青蒿种植的基地环境特别感兴趣，不迭地问这问那，问得古灵精怪，连种植土壤的pH值、土壤微量元素、青蒿叶中青蒿素的单位含量、石漠化地区水土保持效果等等，这样的专业问题都不放过，这令仙雅堂的供销部长蒋超大惑不解，也刮目相看，似乎这位黄经理不像是前来采购青蒿素的商人，倒更像一位资深的青蒿素研究专家，不禁多了一份神秘与好奇——这个黄经理究竟是什么来头，他来公司的真实目的到底是什么？

"请问黄经理，你们公司收购的青蒿素是卖给国内生产厂家，还是直接与国外厂家合作？"

蒋超小心试探着。

"唔，这个这个，有国内的厂家，也有国外的厂家。"

黄经理倒也很坦诚。蛇有蛇路，拐有拐道，他似乎根本不担心被仙雅堂的人洞见了自己公司的商业机密。

其实，全世界生产青蒿素抗疟成品药的工厂就那么几家，国内国外都能排出号来，即便不说也能猜个八九不离十。

"那你们一般跟谁合作得多些？"

蒋超还想进一步"刺探情报"。

"这个不好说，主要看谁合作得更好更愉快，还要看合作有没有价值，呵呵。"

黄经理这回打起哈哈。他还没碰到过这么露骨地刨根究底的、刺探人家"商业秘密"的主，一时也不知该怎么应对，深恐言多有失，警惕地打住。

"那黄经理这次来，打算从我们公司购买多少青蒿素回去？不瞒你说，我们公司独家拥有的'青蒿素绿色提取工艺'，可是获得国家发明专利的，我们生产的青蒿素半成品，质量在国内绝对位列前茅，不信你可以查看我们的产品质量检验报告单——"

既然来人说自己是前来联系洽谈青蒿素采购业务的，那就打开窗子说亮话，单刀直入。

可一谈到青蒿素的具体收购问题，黄经理却一反刚来时的急切表情，顾左右而言他。最后竟提出需要先购买一小包样品，带回去给自己公司检验确认后，符合他们的标准要求，才能正式确定批量进货，还要根据具体的纯度质量商量定价。

"不过，一旦确定必是大单噢。"

黄经理诡秘地表示。

蒋超拿不定主意，他不知道这位黄经理葫芦里到底卖的什么药，便借口上厕所方便，悄悄来到董事长办公室，将这事报告给黄雅琴，请她定夺。

"董事长，公司来了位怪客，说是来联系青蒿素采购业务，可谈到具体业务时，却提出要先买我们的产品样品带回去检测，然后才能签订合同批量进货，我怕他另有企图，不敢擅自做主，特来请您指示。"

黄雅琴一听，不假思索地告诉蒋超："没有问题，他要多少就给他多少，管他拿去做什么，我们的产品质量有保证，经得起任何检验。"

"会不会是来刺探我们的工艺技术，想办厂仿制？"

见董事长如此开通，蒋超只得将心中的疑虑明说出来。

"你想多了。现在青蒿素生产企业多半是公益性质，行业利润并不是太高，不是几年前那个暴利混乱时代。而且要开厂生产也非易事，首先原料就很成问题。他拿我们这个样品去检验，无非是检测它的纯度和质量，这些都是公开的指标，没什么秘密可言，至于生产工艺，光靠一份样品也了解不到啊，即使了解了那也不怕，我们有专利保护呢。谁想要使用，得我们同意转让才行，否则一告一个准。没有人轻易敢冒这种风险的，放心给他吧。"

黄雅琴倒是心怀坦荡。

有董事长的点头许可，蒋超终于打消了心中的顾虑，回过来笑嘻嘻地对来人说道：“黄经理，样品卖给你没有问题啊，但你们是否批量购买，最好能够给我们一个确定的答复，因为我们的产品也要排队发货，需要提前备货，腾挪调拨，否则临时订单的话，真的很难保证按你们要求的时间发货的。”

蒋超使出惯常的营销伎俩，照例来了个欲擒故纵。

“可以可以，最多半个月便有结果，到时候我们会主动与你们联系。”

黄经理点头回答道，态度十分真诚，不像是个江湖混子。

关小娜从仓库把样品售卖手续办出来，将两百克青蒿素样品递交到黄经理手上，脸上透着妩媚的笑：“黄经理，合作愉快。”

黄经理从供销部购得两百克青蒿素一级半成品满意而去，临走前握着关小娜的手一再道谢：“请一定转告你们董事长，期待合作。”

“会的会的，我们也很期待黄经理的消息呢。”

关小娜轻轻地招着手，含笑的脸妩媚依旧，给离去的黄经理留下了热情难却的美好印象。

三

早上刚上班，供销部内勤关小娜刚忙完办公室的卫生，正在饮水机前接开水，准备悄悄泡方便面吃，趁个空当偷偷过个早。

关小娜平时不这样的，总是从容地吃完早餐才来上班，基本上是先到办公楼的几个小积极分子之一。况且公司有纪律规定，除非特殊情况，一般不允许员工自带早餐来办公室吃，更不准在办公室里弄早餐，这样影响不好，有损公司的形象。

怪就怪何浪这小子。

昨天下午，何浪从青蒿基地回来，在各个办公室里嘻嘻哈哈浪了一圈。他向来就是个“万人迷”，整个办公楼的开心果。只要他一回公司，准有热闹的事情要发生。

关小娜轻轻拍拍何浪的后背，暧昧地撩了一下他刻意修剪的长发，露出夸张的惊讶表情，语义双关地调侃道："哟，我的大帅哥，你可真是跌在四十八峁的花堆里乐不思蜀啊，好久都不回来看我们了啵——喂，到底是哪阵风把你吹回来的？"

"哎呀我的好小娜，你这么说，我可是比窦娥还冤枉哪，天天猫在四十八峁的青蒿地里喂蚊子，和农民伯伯同吃同睡同劳动，面朝黄土背朝天，好久没回来过人的日子了，你们一个个日不晒雨不淋的，躲在这温室里享着现成的福，还嫌腰疼，真是白天不知夜的黑，你看看我这张栗木炭的脸和脖子，还有这紫檀木的胳膊腿，就晓得什么叫作不死的农民吃老实的亏，你不肯心疼安慰就算了，还要说这种风凉话，水我说乐不思蜀，好没良心呀！"

何浪一拢油亮的头发，扮个呆萌的鬼脸，装出一副委屈可怜的样子，一手刮着自己的脸，一边死乞白赖地往数落他的关小娜脸上凑。

"死性，谁是你的小娜了，也不自己照照镜子去！"

关小娜往后退缩着，用玉藕似的双手撑住何浪凑过来的脸。在某一刹那，她的心不由自主地颤了一下。

关小娜原本对何浪存着那么一点点说不清道不明的心思，由于女孩子的过分自负，一直没有捅破那层朦胧的窗户纸，甚至有意无意地装出一副清高的疏离感，在自己与何浪之间砌起一堵无形的墙来，终究没有把握好浪漫的时机，哪晓得最后却被四十八峁古板村的大学生村官苏子媚占去先机，拔得头筹。对了，现在的苏子媚已不再是大学生村官，而是龙城某机关正式委任的古板村第一书记，早已升格。关小娜明察暗访、旁敲侧击证实了这个事实，那阵子，这位独自怀春的桀骜女孩，很是郁闷过一段时间。

不过，说到底，自己对何浪那种朦胧的感觉，本来就似有似无，可能连喜欢都谈不上，一点点一厢情愿的青春荷尔蒙作怪而已。何浪更未曾对自己有过任何明里暗里的表示，说明他其实从未属意过自己，不过是自己想当然的多心罢了。

自从何浪与苏子媚的恋情公开以后，关小娜反倒轻松坦然不少，与原本若即若离的何浪越发打得火热起来，有时也会彼此开些毫无顾忌的过火的荤素玩笑，居然心如明镜般坦荡豁达。

看来，不做恋人，做一对心有灵犀的蓝颜知己，倒很适合，也没有什么不好。

"哼，你才没良心呢，天天守着美女村官，哪里还舍得回来鸟我们，分明就是捡得便宜还卖乖！"

关小娜鼻子里哼哼着，脸上却是桃花依旧。

"本来就是嘛。"

何浪继续涎着脸。

关小娜见状，也故意装起懵懂来："噫，不说青蒿草是驱蚊的良药吗，到你何帅哥身上，怎么就在青蒿地里喂起蚊子来了？天理不容啊！"

"口误口误，是在四十八�的山旮旯里喂蚊子。"

何浪被揪住小辫子，连忙澄清刚才的说法。

不行，好不容易逮着一回，今天一定得让他放点血！

关小娜头脑里打着转转。

关小娜一下招呼来几个同楼的女死党，女死党们一见何浪，也兴高采烈地趁机起哄，嚷嚷着要何浪请客。

为小姐妹们放点血，这个在乡下正走桃花运的"纨绔仔"，心里自然是十分乐意的——要不怎么说他人缘好，怎么说他是办公楼的开心果呢。

挨到下班，一帮人便呼啦啦去往全城有名的"餐谋天下"，吃饱喝足后，意犹未尽，接着又换个地方搞二场。二场就是去 KTV 喝酒唱歌，大包厢开起，搞得天昏地暗的，一直闹腾到深夜两点多钟才恋恋不舍地散场作别。

晚上嗨了一夜，睡得太迟，关小娜一睁开眼睛，看看手机，已经快到上班的点，便呼地一下从床上蹦起来，打仗似的刷牙洗脸抹口红，来不及吃早餐，匆匆忙忙骑上电动车往公司赶。

还好，总算没有迟到，办公室的卫生也正静静地等着自己去打扫。

这是理所当然的，大家都习惯了，整个供销部没有人会抢她的功劳，小姑娘机灵勤快爱劳动，办公室又多是些懒散拖沓有资历的男前辈，乐得成人之美，这也是众星捧月的另一种存在形态。

关小娜正在接着开水，突然办公室里电话铃声大作。

关小娜连忙放下水杯去接电话。

接电话是她的专利，她喜欢，她声音甜美，也很会说话，她愿意将自己甜美的声音奉献给电话另一头熟悉或陌生的人，让对方身心愉悦，同时获得对方的好感与信任，不知不觉中便顺遂了自己的意愿。平日里，只要有关小娜在办公室，绝不会有别的人去抢她这个专利。事实上，她接电话也的确接出过一些意想不到的效果，往往一桩事先并未敲定的业务，经关小娜与对方在电话里一顿"情感交流"，说不定三下五除二就成了。当然这样的业务不可能是大手笔大订单，往往是一些数量不多的低值易耗品，其实优惠不了几个钱，当然也不可能屡试不爽。但在商言商，买卖争毫厘，一分钱那也是钱，不挣白不挣呀，那也是为公司节约成本创造利润做出了贡献，一种价值的体现呢。

"您好，仙雅堂制药有限责任公司供销部，请问您哪位？"

关小娜的黄莺嗓子带着些亲热的嗲媚，她已经条件反射了。

"你好，融州仙雅堂公司吗？"

对方也是个女声，但热切的声音中带着一股铿锵玫瑰的北方腔味。

“对，这里是融州仙雅堂制药有限责任公司，请问您有什么事？”

关小娜耐心地重复着。

明明刚刚已经自报家门，也许对方并没有听清楚，也许是对方的思维方式与自己不在同一个频道上，但关小娜必须确保对方明白自己的信息反馈。不能错过任何可能的商业机遇，这也是一个供销职员最起码的职业敏感。

“我这里是国家中医科学院中药研究所。”

“国家中医科学院中药研究所？”

关小娜以为自己听错了。

在她的印象中，公司似乎并未与国家中医科学院中药研究有过业务往来，甚至连一般的交道也没打过，反正自己是闻所未闻。

“是的，我们是国家中医科学院中药研究所。”

这回听得清楚真切，关小娜一时懵懂，怔在那里捋不明白。对方却已经按捺不住，噼哩啪啦将原委解释了一个大概。

“还记得不？半个月前，我们的普查人员曾经去过你公司做调研，带回了你们公司生产的青蒿素样品，经过检测，质量很不错，据了解，你们桂北石漠化山区也很适宜种植优质青蒿草，我们有意向与你们进行科研合作，不知你们是否有兴趣？”

“科研合作”，原来是这样！关小娜终于回过神来。

远在北京的国家中医科学院中药研究所，想要与南方偏僻山区籍籍无名的民营企业融州仙雅堂公司合作，而且还是主动找上门来，搁在以前，这简直就是天方夜谭，做梦都不敢想的事，而此时此刻，电话的那头，对方却确确切切提出了这样恳切的愿望。

天啊，莫不是被狗头金砸中脑壳？

关小娜心中一阵狂喜，这是她所接到过的最激动人心的电话。

关小娜想起来了——

半个月前，的确曾有一位自称北方医药经贸公司黄经理的高瘦眼镜来过公司，还从公司买走一包青蒿素样品，说是要带回北京检测，然后再确定采购公司的青蒿素产品，当时的口气大得很，说一下单就是大订单，着实能唬人。虽说跑业务的人嘴里都能跑火车，但瞧他那个认真劲，却真不像是吹大炮的人。

那位黄经理的名片，现在还在关小娜办公桌的台板玻璃下压着，不过，黄经理的单位明明写的是北方医药经贸公司，与电话里的国家中医科学院中药研究所，怎么能扯到一起呢？

莫非这北方医药经贸公司便是研究所旗下的实体单位？关小娜在脑海里不停地转动着。

"噢噢，您是说愿意与我们公司合作？"

关小娜小心翼翼地问道。

"是的！我们经过认真分析和评估，认为你们公司有比较好的合作基础。我们需要与你公司的负责人具体对接协商，麻烦你提供一下确切的联系方式，可以吗？"

对方的回答语气肯切。

"您请稍等，我这就向我们董事长报告，一会给您打过去，您看行吗？"

"那太好了，谢谢啊。我叫项丽丽，是国家中医科学院中药研究丽丽团队项目组长。"

对方自报姓名。

"还是打这个电话号码，对吗？"

关小娜看看电话上的来电显示，问道。

"就打这个号码吧，这是我的办公室电话。"

从对方的语气可以听出来，显然有点心情急切。

关小娜挂掉电话，立即奔向董事长办公室。

"董事长，刚才供销部接到北京一个叫项丽丽的人的来电，是个女同志，自称国家中医科学院中药研究所丽丽团队项目负责人，说是他们的普查人员上次从我们公司带回的青蒿素样品，经过检测，符合他们的科研项目合作要求，有意向与我们公司进行科研合作，正等您回电话呢。"

关小娜说完将手抄的电话号码递给黄雅琴。

黄雅琴接过电话号码，随口问道："是不是半个月前来公司买样品的那个单位？"

"我也说不好，不过，上次来买样品的那个黄经理，他名片上的单位写的是北方医药经贸公司，也没有提起过什么国家中医科学院中药研究所的名字，而且他只讲是来联系青蒿素采购业务，关于科研合作的话，他可是半句也未曾说起过——"

关小娜不敢轻易将自己的分析全盘说与董事长听，怕万一说漏嘴。

"这个还不好解释？亏你还是供销部的，头脑这么不开窍。那个北方医药经贸公司，我看八成就是科研所旗下的实体单位。要不你去网上查查资料？"

关小娜脸微微一红："董事长说得对，应该是的，我回头马上去查。"

关小娜的心里可滋润了，董事长的猜测竟然与自己不谋而合，真正的英雄所见略同啊！

关小娜一出去，黄雅琴便迫不及待地按照纸条上的电话号码拨了过去。

"你好，国家中医科学院中药研究，请问你找哪位？"

没错，地方对，人肯定得对！黄雅琴的心几乎提到了嗓子眼，她太激动，也太感意外，能与传说中的丽丽团队达成合作，虽然是梦寐以求的事情，但在此刻之前，却连做梦都不敢想。噢，不对，这样的梦，之前分明是做过的，只是不敢相信而已，想不到如今竟要变成现实……

"你好，你好，我是桂北融州仙雅堂制药有限责任公司的董事长，我叫黄雅琴，请问项丽丽同志在吗？"

黄雅琴努力使自己的心跳平复下来，不至于过分唐突。

"丽丽姐，你的电话——是融州仙雅堂公司打过来的。"

黄雅琴从接话员的轻柔口气里听得出来，此刻的项丽丽一定就等候在接话员的身旁。

"你好，是融州仙雅堂公司吗？我是中医科学院中药研究的项丽丽。"

"您好，我是融州仙雅堂公司董事长黄雅琴。"

"经过多方考察与了解，我们对贵公司的青蒿素生产及桂北石漠化地区的青蒿种植项目很感兴趣，希望将一些具体的研究项目落户到融州去，打造一个新的青蒿及相关医药生物技术科研基地，同时与贵公司建立产学研一体合作，以期共同促进。不知黄董事长意下如何？"

项丽丽一开口便直奔主题，表明合作的意向，她不想拐弯抹角，或者像生意场上的欲擒故纵。这就是科研工作者的思维模式与行为态度，严谨缜密而又实在中肯。

但项丽丽语气中所透露的北方人豪爽直率的特性，让身为南方人的黄雅琴暗自惊叹，不意间生出由衷的钦佩与向往。

黄雅琴隐隐感觉到，能够与这样的人合作，那绝对是坦诚和愉快的，是百分之百的信任和依赖。她太明白了，一旦这个丽丽团队成功进驻，便是得到了国家医学研究最高权威的支撑，对于仙雅堂公司来说，岂止是锦上添花，分明就是给理想的未来插上腾飞的翅膀，公司一飞冲天市场无敌的发展前景便指日可待。

"感谢项总的英明决策，能够与您和您的团队竭诚合作，是我们梦寐以求的荣幸，我与融州仙雅堂公司非常期待你们的到来，一定珍惜这个大好的机会，竭尽所能为您和您的团队做好服务。"

黄雅琴搜肠刮肚斟词酌句，生怕说错了半个字而引起对方的疑虑，但她所说的话，与内心的虔诚是一样的水清见底，没有掺杂半点的虚情假意。

　　"黄董您太客气。这个合作意向也是我们所里钦定的，我主要负责团队的对外协作，我们都是按所里的决定执行。如果黄董事长确定拍板合作的意向，我们下一步便可进入实质性的操作，就相关合作事宜进行具体的交流磋商。"

　　项丽丽依然快人快语。

　　"好，我谨代表融州仙雅堂公司完全同意项总的合作提议。具体如何操作，还请项总明示。"

　　黄雅琴迫不及待地表态。

　　"合作的基本项目和基础方案，我们团队这边会尽快拟订出来，再传给你们征求意见，达成基本共识以后就可以见面坐下来最后敲定。你看如何，黄董？"

　　项丽丽继续征求黄雅琴的意见。

　　"好得很，就按项总说的办，那我们就等着项总的方案——到时我们去北京专程拜访屠老和您吧。"

　　屠老就是世界敬仰的医药科学家、青蒿素研究泰斗——后来的诺贝尔奖得主屠呦呦，国家中医科学院中药研究所的掌门人。

　　"不用不用，如果合作能成的话，我会和我的团队先行去融州专程作实地考察，然后再敲定具体细节。"

　　"行，那我们就在融州恭候您和团队专家的莅临。"

　　黄雅琴放下电话，拍着胸脯长吁一口气，一番交谈下来，大功即将告成的感觉令她禁不住心花怒放欣喜若狂。

　　黄雅琴刚放下电话，关小娜又急匆匆地闯进来。

　　"董事长，我刚刚在网上查过了，那个北方医药经贸公司真的是国家中医科学院中药研究所下面的实体公司耶。"

关小娜呵呵地笑着，一脸难抑的兴奋。

"你这个憨丫头，用脚想得出来的问题，还要费这么大的精力才弄得明白，真是个木菟啊。往后遇事多动点脑筋，不然人会笨死的！"

黄雅琴伸出手指点着关小娜的额头，口里这样说着，心中倒十分宽慰。这姑娘头脑虽然不怎么灵光，但是人实诚，但凡交代她做的事情，总会一丝不苟地去完成，满可以放心。

关小娜一时羞红了脸，其实，董事长这番话并无贬斥或者责怪的意思，听起来还蛮贴心顺耳的，她也没觉得什么委屈，心里反而暖烘烘的。自己本来就是傻大妹一个，脑子笨不开窍嘛，不然早就该混得一官半职，何至于现在还是个小小的内勤员，一天到晚搞搞办公室卫生、接接电话，给人端茶倒水地侍候着，当个花瓶摆设，真正业务上的事，轮不上自己插手。不过，自己能够做到安守本分，没有别的企图和野心，在公司和部门里混得个好人缘，也算是知足常乐吧。

"以后遇事我一定要多长个心眼，认真琢磨，不然真像董事长说的，要笨死啰。"

出了董事长的办公室，关小娜突发灵感地自言自语着，一下对自己不满起来，使劲地跺着脚，不想没轻没重用力过猛，左脚一歪，顿时觉得脚跟刺溜全身发颤，疼得钻心，清亮亮的眼泪珠也止不住蹦了出来。

"活该，你个没心没肺的笨笨小蹄子！"

关小娜龇着牙，又情不自禁地自骂一句，然后忍着剧痛自嘲地笑起来。

四

农历二月，当北方人还裹在厚厚的棉大衣之中，或躲在封闭的暖气房里，小心御寒的时候，南方的大地早已脱去单薄的冬装，处处透露着不可阻挡的盎然春意，原野上草木蠢蠢欲动，争相拱出嫩绿的新芽，风一吹，便疯了一般地往上蹿。

仙雅堂公司与国家中医科学院中药研究所丽丽团队的合作项目意向如愿达成。项丽丽与她的丽丽团队项目组成员，将从北京飞往南方，与合作方融州仙雅堂制药有限责任公司的高层决策人员首度会晤。

焕然一新的桂林两江机场，黄雅琴与主管项目的副总林子风，在机场出口焦急等待着，不时紧张地抬头望望蔚蓝的天空。

天空中随时都在响彻着飞机的轰鸣，没错，这是一个四季繁忙的南方空港。

因为怕路上堵车耽误接机，黄雅琴和林子风一大早便从融州驱车赶往桂林，结果一路畅通，足足提前两个小时到达机场。然后便是漫长而焦灼的等待——来时心里着急，一路上都没敢停下来吃东西，眼看着错过晌午时间，连口囫囵饭都还没吃上，早就饿得前胸贴后背，站的时间一长，两条腿也累得不行。两人在机场旅客出口处来来回回转悠，又不敢贸然远离。

"子风，那个接机牌子做了没有？"

站在前面的黄雅琴回头问林子风，她把所有的细节都认真捋过一遍，最后想到了接机牌。

"做了做了，在车尾厢里放着呢。"

"去拿过来吧，先准备好，飞机应该快要到了。"

黄雅琴点开手机，看了看时间，离飞机到达还有不足三十分钟。

"好的，我这就去拿。"

林子风一边说一边往停车场走去。

林子风回来时，一只手拿着接机牌，另一只手拿着两瓶矿泉水。饿了这大半天，连水也没记得喝一口，现在真有点口干舌燥饥渴难耐。

黄雅琴站在原地，不停地交替着落地的双脚，神情疲惫的样子，让林子风心里很是过意不去。按说，作为下属，自己应该照顾好上司才是，何况董事长还是个比自己年长的女士。

"董事长，要不你去车上休息一下吧，站着太累，我一个在这里等就行，耽误不了的。"

林子风将矿泉水递给黄雅琴，关心地提议道。

"没事，再等一会儿，这点辛苦你阿姐还是经得起的，想当年我一个人在外面跑业务，一家一家上门去推销，刮风下雨太阳晒，一天到晚都不得歇停，那才叫一个累呢——子风你怕是没有体会过噢。"

黄雅琴接过水，反手拢拢乌黑的长发，对着林子风莞尔一笑，然后扭开瓶盖，咕嘟咕嘟往嘴里灌。

董事长说的那种累，林子风还真没经历过。就是原来宝华厂停产整顿时，大家分头寻找项目，像一只无头苍蝇到处碰壁受了不少委屈。董事长完全是自己个人打拼独立创业，肯定拼命三郎一般折腾自己，林子风他们是为集体的工厂找出路，说白了要死大家死，要活一起活，反正倒霉的又不是哪一个人，自然就没那个卖命的狠劲，在外一天多少还能得一天的补贴呢，总强过那些被迫待在家里垂头丧气的下岗职工。那时的干部工人，其实都是这样一副得过且过、过不了拉倒的消极心态，所以迟迟找不到出路，也就不足为奇，直到遇上了董事长来收购工厂，终于盼得云开日出。

黄雅琴眼前这一笑，让林子风多少有些尴尬，董事长的言下之意，莫不是影射他林子风吃不了苦，抑或借题发挥，捎带着不露痕迹地批评公司现职干部的工作作风？如果是这样，可就问题严重着呢。

"董事长艰苦创业的经历，真让我感到惭愧汗颜，说到底，当初我们就是吃着大锅饭不思进取，才把厂子吃垮的，要不是您来拯救了工厂，还不知道最后怎么收场呢。不过说实在的，现在跟着董事长您干，心里踏实，董事长高瞻远瞩运筹帷幄，我们都跟着享受公司的发展红利，真的是太幸运。"

林子风这一番奉承说得情真意切，十分坦诚，也是不争的事实，让黄雅琴听起来不至于起鸡皮疙瘩。

"你还别说，我过去的那些创业故事，要是有个好的编剧和导演，还真可以拍得出一部不错的励志电影来。"

黄雅琴话一出口，觉得自己的创业经历，的确够得上传奇精彩，不禁生出几分惬意。

"不止是电影，电视连续剧都够拍几十集呢。"

林子风不失时机又一番恭维。

"真要拍的话，你要不要来个角色？"

没想到黄雅琴还真杠起来。

"那是当然啦，起码跑个龙套什么的。"

林子风干脆奉承到底，反正这奉承话又不花钱，又能赢得老板欢心，何乐不为。

黄雅琴盯着林子风，追问道："你在公司也是跑龙套的吗？"

这句话冷不丁把林子风问住了，一时摸不透董事长话里的真实意思，不知该如何回答才好。

"公司是公司，拍戏是拍戏，呵呵。我这个人缺少文艺细胞，没有演戏的天赋咯，只合适跑个龙套，董事长您是知道的。"

林子风想用打哈哈的方式溜过去。

当然知道，要不怎么会让你来当这个主管项目的副总！这是黄雅琴心中的潜台词。

"哈哈哈，扯远了。不过你说跑龙套，也没说错，很多时候，我们其实都是跑龙套的，不管是在工作上还是生活上，都免不了要跑跑龙套，谁也不可能万事都是主角，时时处处都是主角，你说呢？"

黄雅琴说着说着，开始扯起哲学来，听得林子风更加如芒刺背，浑身火辣辣的很不自在，接不上茬来。

也是林子风平素偏爱揣摩领导心思，这情急之下有点联想过头。黄雅琴不过是借着玩笑，顺便借题发挥一下，并没有太多的寓意。公司现在的班子成员，总体上的工作，她还是比较认可的。职工们的反映，不说有口皆碑，也算是基本满意吧。再说，人无完人，总不能事事处处求全责备。

两个人继续空着肚子苦等，北京来的飞机尚未到达，客人还没接到，谁也不敢懈怠。正如黄雅琴所要求的，这第一次见面，无论如何得给北京的客人留下一个难以挑剔的印象才对。

又过一阵，广播里终于响起预告，从北京到桂林的航班很快就要降落。

"子风，待会你把这个接机牌举高点，客人容易看到。"
黄雅琴叮嘱道。

这个不用提醒，林子风自然晓得，但他还是毕恭毕敬地答应着："嗯，知道的，董事长。"

天空再次传来巨大的轰鸣声，林子风远远望见一只洁白的大鸟俯冲着划向了候机楼后面的停机坪。

不一会儿，黄雅琴的手机响起，是项丽丽打过来的。

"喂你好，黄董吗？我是北京来的项丽丽，我们已经到达桂林机场，正准备往机场出口走呢。请问你们的接机人员到了吗？"

"项总好，我们就在候机楼出口的正前面迎接你们——我也在场的，麻烦您看下出口的接机牌，上面写有'接北京项丽丽'牌子的就是我们。"

终于要见面了，对于黄雅琴和她的仙雅堂公司来说，这可是一次划时代的南北相聚，黄雅琴满怀信心，有了丽丽团队的助力，仙雅堂公司必将迎来脱胎换骨的蜕变。

何止是仙雅堂公司，还有公司的后援基地四十八�，乃至整个融州！

黄雅琴问林子风："子风，桂林的美食你熟悉吗？"

"还可以吧。"

这可是有美食家之称的林子风的强项。

黄雅琴交代道："等会我们先请客人去吃一顿桂林十八酿和白果炖老鸭，算是为他们先接个风。坐这么远的飞机，他们也一定饿了。"

黄雅琴这话说到林子风的心坎上，不要说客人饿，自己这会肚子早就饿扁了，喉咙里都伸得出手爪子来，连忙补充道："还有阳朔啤酒鱼也不能少。不用到市内去，机场这边就有名声很大的桂林美食城，包你满意。"

"不是包我满意，要让客人满意！"

黄雅琴纠正着林子风。

"对对对，客人满意客人满意，保证妥妥的。"

林子风应和着黄雅琴，心早已飞到了叫人口水流淌的桂林美食城。

好容易等到乘客从机场口涌出，刚刚还有点冷清的接机口广场一下子热闹起来，人头攒动，有人向林子风高举的牌子走了过来，走在最前面的是位瘦高的眼镜男子，林子风乍一看见，便立马招手说着："黄经理，黄经理，这边请！"

原来，瘦高男子就是以前来过公司的"北方医药经贸公司业务经理"黄格良。林子风其实并没有接待过这位黄经理，当时他有事去供销部，碰巧见到过这位不速之客，"黄经理"长相很有特点，虽然没正式打过招呼，但多少留下些印象，如今再次见面，一眼就认了出来。

"想不到回来得这么快。"

黄格良也掩饰不住自己心中的欢喜，自言自语地感慨着。

上次到仙雅堂公司，先是被门卫李光辉拦在大门口不让进，直到递上采购经理的名片，亮出投名状来，才得以放行，虽然受到了供销部的热情接待，但终究也没能见上公司领导一面，说得不好听点，就是被体面地打发走的。这回再来，却是名正言顺的丽丽团队骨干成员，有专人来接机，真是天壤之别啊！

"黄经理好，这是我们黄董事长，专程从融州赶来迎接各位专家。"

林子风伸出右手向黄格良介绍黄雅琴。

"幸会幸会，黄经理好，请问项丽丽博士是——"

黄雅琴一边与黄格良握手，一边询问道。

"这位就是我们团队的项丽丽组长。"黄格良指着身后一位身材高挑的年轻女子介绍说，然后转向另一位女子，"这位是我们团队的王婉蓉博士。"

"项组长好，王博士好，欢迎欢迎，一路辛苦。"

直到此时，黄雅琴悬着的心才真正踏实下来。

"没想到黄董亲自来接机，惭愧惭愧，真是太感动了！"

项丽丽紧紧握着黄雅琴的手，然后再是一个热烈的拥抱，个子高大的项丽丽几乎要把娇小的黄雅琴抱在怀里。

"应该的应该的，各位专家不远万里而来，我必须来迎接，才能表达诚意。"

黄雅琴脸上洋溢着难以抑制的激动。

林子风在一边补充道："为了迎接各位专家，我们黄董一大早便赶到机场，三个钟头不到的车程，她硬是催着提前五个多小时出发，结果早到了机场两个多小时——"

"这多不好意思呀，黄董。"

项丽丽脸上再次露出感动的微笑。

林子风这回把马屁拍到了正位。黄雅琴听着心里舒坦，林子风的介绍恰到好处地给了她一个礼贤好客的形象注脚。但在客人面前，她只能一再自谦。

"不足挂齿不足挂齿，就是担心误了接机。能顺利接到各位专家，终于心安了。"黄雅琴说着，转头关心地问几位客人，"各位专家一路辛苦劳顿，都饿坏了吧？"

"哎呀，黄董这一说，还真有点肚子叫呢。"

黄格良呵呵笑着回答，倒是直率。

"那我们先去吃一顿桂林十八酿吧，让各位专家尝尝南方的特色美食。"

未等黄雅琴开口，林子风抢先替董事长发出热情的邀请。

五

项丽丽一到仙雅堂，便被公司独特的建筑布局吸引住，尤其对玻璃大棚室内温控灵芝种植和严谨光洁的青蒿素密闭萃取车间赞不绝口。

隔着玻璃，一道道整齐别致的"灵芝墙"充满着吉祥如意的美好象征，简直就是一处别出心裁的美丽景致。墙体的每一格，都有一个规整的圆筒，圆筒的一头露出来，小仙女般身姿曼妙的灵芝就闲适地长在圆筒的头上，一朵一朵，呈深浅不一的赤褐色，菌盖上喷满了一层层厚厚的赭色孢子粉，有如天空中飘曳的朵朵祥云，看着让人心里感到舒畅，同时生出一种安详瑞圆满的无限憧憬。

"我们这个灵芝呀，它的栽培技术比较特别，是用高纤维的桑枝作为母体，不需要添加任何营养物质便可健康生长，这样培植出来的灵芝，孢子粉的有效活性成分比普通灵芝要高出一倍多呢。"

黄雅琴指着生机勃勃的灵芝墙介绍道。

"黄董，你们这个灵芝培植方式很有创意啊，不过我觉得还是有很大的提升空间，可以深挖潜力，使它的效益尽量达到最大化。"

项丽丽一边点头称赞，一边提出自己的现场观感。

对于灵芝的医学研究，也是丽丽团队青蒿素之外的一个重要课题。

"噢，项组长有什么高见？"

听项丽丽这么一说，黄雅琴连忙向项丽丽请教。这位北京来的大专家，见多识广，说出的话就是金玉良言。

项丽丽略加思索，说道："我也是刚刚看到你们的灵芝培育现场，一下来了灵感，突然有一种不成熟的想法。"

"还请项组长具体指点。"

黄雅琴谦恭地看着项丽丽，满怀期待。

项丽丽稍稍凑近黄雅琴："不知黄董有没有想过，将你们的公司以灵芝、青蒿培育及加工为亮点，打造成一个兼具产学研及旅游、科普、民族历史文化等综合功能的大型景观园区，岂不更好？你们已经有这个基础了。"

黄雅琴心里一激灵，回问道："您是说把我们的工厂搞成一个像植物园那样对外开放的旅游景点？"

"有点这个意思，但又不止于此，比起普通的植物园来，你们这透明工厂更加高大上些，而且功能也丰富得多。当然，最关键的还是要依靠这个透明工厂，也就是你刚刚说的景点开放，来扩大公司的知名度和社会影响力，更好地推出你们的特色产品，打造你们的企业文化，提升企业形象，创造更理想的社会和经济效益。这也是特色产业和品牌建设的双赢模式。"

项丽丽的话让黄雅琴两眼放光，这样的建议太大胆太奇葩也太具有诱惑力了。

"愿闻其详——"

黄雅琴目光热烈。

"黄董，我是这样想的，你们可以在现有的基础上深度挖掘灵芝、青蒿这些中草药产业背后的文化内涵，考虑将园区生产与开放旅游结合起来，甚至建立青蒿、灵芝博物馆，还可带动第三产业发展，拉动内需，如果成功的话，'产学研游'多维组合相互促进，将会很有吸引力的，也算是在行业中开了一个先河。"

一语点醒梦中人，黄雅琴恍然大悟，以前怎么就没有往这方面想呢？

"真要建成一个集科技研发、室内培植、生产加工、观光旅游、知识科普、产品养生体验于一体的灵芝青蒿生态工业旅游景区的话，不仅可以实现经济多样化，还可以提升公司的社会功能，新增不少就业岗位呢。"

将工业园区打造成景区，让黄雅琴一时茅塞顿开心潮澎湃，美滋滋地盘算着未来的发展之路。而且，真要搞成了，新增的工作岗位对减轻社会就业压力又是一份不小的贡献。最近不少人向她打听工厂招工的事，很多农村富余劳力，特别是从四十八�易地搬迁出来的帮扶户们，都有就近就业的意愿，特别想进到仙雅堂公司来做工。农村贫困地区贫困家庭易地搬迁项目，作为政府精准扶贫攻坚工程，引起全社会的关注，搬迁人员的后续帮扶工作，需要社会各界伸出援手，比如解决他们的就业问题，就得倚仗有关用工企业，仙雅堂当然责无旁贷义不容辞。可是，以公司目前的规模和状况，实在难以满足所有人的愿望啊，一个萝卜一个坑，没有新增的岗位，她也是爱莫能助，心有余而力不足啊。

黄雅琴想，要是生态灵芝与青蒿透明工厂观光景区搞起来……

黄雅琴开始在心里谋划起仙雅堂生态灵芝与青蒿透明工厂观光园

区的未来模样：园区种植示范基地、透明观光 GMP 生产车间、公共信息设施、灵芝青蒿科技文化馆、芝蒿生活馆产品展示厅、芝蒿历史文化展示厅、种源选育展示厅，乃至游客服务中心、景区道路、养生餐厅、旅游厕所、引导标识……

这些新增加的建设，应该有个怎样完美而富有独创特色的布局呢？都需要进行全面协调的整体规划，一定得请顶级的设计师来设计才行。

还有，全环境模仿九万大山的温度、湿度、空气、光照、氮素养分等野生自然生长条件，确保栽培灵芝仿照野生灵芝优良基因与生长环境的智能化种植大棚，不仅能够透明可视，还要让游客有与九万大山零距离亲密接触的模拟体验……

真是庆幸，现在来了个满脑子锦囊妙计的项丽丽博士，可谓天降神人也。

"整体设计好办得很，到时我推荐国内一流的空间印象设计院来帮你们完成，这个设计院可是拿过不少国际设计大奖的哟，他们的设计包你满意。"

项丽丽主动承揽了延请设计院设计师的任务。在这方面，她的确有丰富的资源。

"我们这种小工厂，请得动这样高大上的设计院和设计师来吗？"

黄雅琴心里没底。

"你只管决策便是，其余的事情我帮你搞定，放心吧。请不动，我就把他们绑过来！"

项丽丽给黄雅琴打起了包票。

黄格良在黄雅琴旁边耳语道："我们项组长神通广大得很呢，那个空间印象设计院的老总，就是最崇拜项组长的铁杆粉丝，项组长出马，没有办不成的——而且，设计费用保证超低。"

"好，那就万事俱备，只等项组长借来东风！"

黄雅琴下定了决心。

青蒿项目合作还没正式讨论，一个按国家4A景区标准建设的旅游工业园区合作项目却率先有了雏形。

黄雅琴暗自欢喜，这点石成金的北京贵客，真是她与仙雅堂公司、四十八峜乃至整个融州的福星啊！

作为黄雅琴与项丽丽奇思妙想碰撞的一大成果，精心打造的仙雅堂旅游观光工业园区项目，建成之后一炮而红。生产过程360度全透明隔离可视参观，完备的青蒿灵芝种源选育、智能化仿生态栽培、GMP工厂净化生产过程、芝蒿历史文化探源、芝蒿现代科技产品展示、芝蒿与疾病防治、灵芝养生体验等各个展厅，满足了好奇的游客刨根问底眼见为实的求知欲望、感观体验和心理需求，别致独特的旅游观光工业园区顺利通过了国家4A景区验收，一时间声名鹊起，客如潮涌。看着每天络绎不绝慕名而至的参观者，高高兴兴地品着服务员捧上的灵芝养生茶，然后挑选各自喜欢的芝蒿产品，满意而去，黄雅琴的心里便乐开了花。

开园不久，从空间印象设计院又传来一个重大的好消息，仙雅堂观光工业旅游规划设计项目，在国际生态设计大展中，过关斩将，一举获得年度设计大奖，仙雅堂观光旅游工业园区借此成为一张世界旅游名片，真是双喜临门啊！

不过这一段传奇美谈算是后话，暂且按下不表。

且说丽丽团队考察完仙雅堂生产工厂，对仙雅堂目前的生产和运行模式，有了一个初步的评估。

"项组长，各位专家，看过仙雅堂之后，你们的印象如何？"

黄雅琴从项丽丽关于建设观光工业旅游的设想里，早已窥探出丽丽团队对仙雅堂的认可。

"唔，总体感觉很不错。"

项丽丽满意地点点头。

"那接下来我们就进入合作项目商谈签约程序吧，您看怎么样？"

黄雅琴想趁热打铁把项目合作协议签订下来。口说无凭，她也怕夜长梦多。

没想到黄雅琴话音刚落，项丽丽却提出一个新的要求："不忙不忙，还是先去你们的种植基地看看吧，回头再具体商订签约的事也不为迟。"

"我们是怕项组长与各位专家太辛苦吃不消，山区基地条件比较差，不太方便呢。"

去基地考察原本不在黄雅琴的计划安排之内。项丽丽这个要求让她意想不到，也有点为难，基地没有做任何迎接考察的准备工作，担心贸然前去，万一弄出点什么岔子，影响了与丽丽团队的合作签约。

"没关系，我们经常在全国各地生产种植基地摸爬滚打，早已习惯，什么苦都吃过来的。这个黄董不用顾虑。"

项丽丽并没有理会到黄雅琴的真正顾虑，在她的思维中，到基地去实地考察，对他们这些专业的科研人员来说，那是必不可少的工作环节，太平常不过。

"那好吧，一切听项组长的，明天我亲自陪各位专家去基地。"

既然如此，黄雅琴只好顺着项丽丽的意思。

"黄董日理万机，随便找个同志领我们去就行了。不必耽搁黄董的宝贵时间，我们去看看后，回来再与你们一起具体商议就可以。"

项丽丽客气道。

"那怎么可以，我现在最重要的事情就是陪好项组长和两位专家，同时向各位好好学习，机会难得噢。那就这么定，明天早上，我请各位去吃桂北著名小吃长安滤粉和烧炙，然后出发去四十八峎种植基地。"

黄雅琴坚持自己陪同，一是表示自己的诚意，二是自己不在现场，实在放心不下。

"好，恭敬不如从命，那就有劳黄董。"

项丽丽客随主便，欣然应允。

一大早，融江河西骑楼街已是熙熙攘攘，这里最近成了热闹的网红打卡地，年轻人来觅新鲜，年长者来怀旧，各取所需，各得其所，但都少不了要吃一碗美滋美味的长安滤粉，外加一个风味独特的网红烧炙。

长安滤粉店门前排起长长的队伍，林子风在前边排队，黄雅琴顺便当起导游，领着项丽丽几个在骑楼街上观风景。

"这个骑楼街很有特色嘛——为什么叫骑楼？"项丽丽一边感叹一边问道。

"这个骑楼吧，它是一种典型的外廊式建筑，也称作'廊房'，都是沿街而建，上楼下廊，楼就像是骑在回廊上一般，很形象，骑楼下廊，就是人行道，是楼下店铺的公共走廊，也叫'五骹基'。"

"'五骹基'？好奇妙的名字，听起来很有意思，这个叫法有什么讲究吗？"

一旁的黄格良禁不住好奇地插问一句。

"'五骹基'的叫法，究竟有什么讲究，这个我还真没研究过，但好像不是我们桂北本地的原始称呼，应该是一个舶来词，听说与东南亚印尼等地的叫法有一定的渊源，也许就是东南亚某种语言的音译吧？我也说不出个所以然来，不敢妄下结论，以后有机会，一定好好请建筑和民俗学方面的专家释疑解惑。"

"其实，骑楼最早就是从东南亚那边传到广东福建沿海一带，后来才通过那边的商人慢慢传到内地来的，基本上也是在一些沿江地区的码头闹市区渐渐兴起，并自成体系的商铺建筑。不过这个骑楼的实用性的确很不错，你们看，这公共走廊既能遮阳又防风雨，既是居室和店面的外廊，又是室内的过渡空间，给行人和顾客带来了极大的方便，所以连接着水陆码头的骑楼街，总是生意兴隆。清末民初那时，我们这小小的长安，曾被誉为八桂四大名镇之一呢，这些独具特色生意兴隆的骑楼街，那是功不可没、小瞧不得的。"

鼎盛时期的长安骑楼街，大小商号店铺多达1000余家，百万（银毫）富店广生祥，是响当当的商界翘楚，广隆兴、兴记隆、建成、裕生四家商号号称"长安四大天王"。"四大天王"中犹以广隆兴最负盛名，其热心公益、扶困济贫、深购远销的经营之道，那是有口皆碑，至今堪为借鉴，譬如：主动带头捐钱筹款修筑码头，方便居民挑水洗衣和往来船只停靠装卸货物；每逢荒灾之季，还不时在店铺门口布善施粥；店内常备各种药品为店员防治疾病，并馈赠贫困居民，对店员家中日常所需之物全部按成本价供应，店员家中有难主动帮助解决，每年召开店员大会公布收支纯利，提取部分利润奖励全体店员……为了吸引顾客，特意在前厅待客角摆上热茶、果盘之类免费招待，而果盘中最令客人眼亮，口舌生津的就是当地特产——长安金桔，做生意与不做生意的人，都喜欢来这里坐堂啜果吃茶，品评商铺买卖。当时有歌谣曰：长安自古号商城，四大天王最有名，试问个中谁第一，人人都说广隆兴。

"平时沿江两岸停泊的大小货船、木筏多达1000多条，能排起两华里的长龙，一眼望去看不到尽头，那浩荡场面，真叫一个叹为观止呢。"

说起这长安骑楼街的过往历史，黄雅琴滔滔不绝，欣欣然如数家珍。

"现在更不错了嘛！"

黄雅琴娓娓而谈，项丽丽由衷地赞叹起来，一边拿出手机不停地拍照，显然是被南方骑楼街别致的景观所吸引。

不一会，林子风电话报告："滤粉已好，请各位专家过来早餐。"

"回头了，我们先吃粉过早。"

随着黄雅琴的引领，几位客人一边继续欣赏独特的骑楼美景，一边谈笑着回到长安滤粉店。

长安滤粉店内，掌勺的女大师傅正在为客人现制滤粉，忙得满头大汗。

黄雅琴继续为客人作着现场介绍："这个叫作长安滤粉，和店名一样，也算是长安小吃一绝，这家滤粉店可是个百年老店，牌子一直没换过，他们家做出来的滤粉真材实料最地道，来这里吃粉的人特别多，每天顾客盈门的，排队都要排到街上来，有时要等上老半天，可是大家都很乐意等。"

"这长安滤粉制作讲究米浆磨工精细，掌握火候。头晚上用温水泡好的大米，磨成细腻的米浆，搅拌均匀，浓稠度很关键，滤粉的筋道全在这浓稠度和均匀度的功夫上。"

林子风在一旁补充着。长安滤粉是他的最爱，每天早餐或夜宵，基本上离不开它，真正是长安滤粉最忠实的拥趸。

听着两人的介绍，北京客人更加好奇地睁大眼睛，紧紧盯着女大师傅技艺娴熟的神操作：但见大铁锅内沸水翻滚，年轻的女大师傅一手擎着打有底孔并盛满米浆的小木桶，一手握一块铝合金的刮板，小木桶在沸水翻滚的铁锅上空划着圈不停地均匀地摇晃，洁白的米浆从孔中徐徐而下，形成一条条均匀细长的线。片刻，在沸水中凝结成圆形的粉条，待其浮出水面，便迅速用捞网捞置于灶台上一字排开的大碗中。一旁的服务员赶紧加入新鲜的猪肉、牛腩、花生粉、芝麻粉、辣椒粉、胡椒粉、小洲头菜、豆角、葱花、笋果、蒜蓉等各种佐料，最后淋上一勺鱼白的猪骨头汤，一碗碗热气腾腾香气喷人新鲜美味的滤粉便上了桌。

各人就着粉碗，开始埋头专注吃粉，夹一口，放嘴里，一扫燥热迎微风，"咻咻——嘶溜嘶溜"，通透到底，那神情——两个字：享受！

四个字：超级享受！

"真的很好吃，在北京就品尝不到这种口味。"

项丽丽一边"嗦"着滤粉，一边伸出大拇指赞不绝口。早已吃得满脸通红。

"我们这长安滤粉，可是上了市里的非物质文化遗产名录的，正在往省里申报呢。"

看着客人满意的样子，林子风不无得意地炫耀起来。

"怪不得这么好吃。"

两位专家也附和着发表自己的"吃后感"。

"填饱肚子，我们现在向传说中的四十八峁进发——那可是大石山区，前路艰难，各位专家可要做好思想准备啰。"

临行前，考虑到一路行程枯燥，黄雅琴幽默地给专家们提了个醒。

"红军不怕远征难，万水千山只等闲！"

负责开车的林子风，一边把着方向盘，一边打着拍子，声情并茂地吟唱起毛主席的《长征》诗来，兴奋的脸上仿佛生出万丈豪情，车上人瞪大眼睛，像欣赏一位夸张逗人的喜剧演员一样，饶有兴致地看着十分投入的林子风。

"子风，别只管嚎，把好方向盘，注意看路，小心安全。"

黄雅琴小声提示道。

"稳着呢，董事长放心。"

林子风双眼紧盯前方，手中的方向盘稳稳当当。

六

苏子媚正在办公室里核对全村青蒿种植户的补贴统计表，已经忙了大半个早上，虽然头脑有点昏沉，不过心里很滋润。

今年的青蒿种植户又增加了四十六户，青蒿种植户已经接近全村总户数的百分之八十五，种植面积比去年又多出整整两百亩。这些新增加的种植户，曾经是古板村最难动员的老顽固。

多年以前，曾经流行过一句话，叫"村看村户看户，群众看干部"，如今，这句话在四十八峁，在古板村的"耿卵"（脾气固执的人）们那里，似乎不太管用。你越宣传，他们越是鼻子起"嗡"，油盐不进，一副满不在意的样子。用种植大户覃瑞龙当初调侃的话："全是些不合群的落条货，一个个的竹蔸脑壳都炼成了金刚罩，大炮都难得轰开窍，穷死都活该。"

现在的覃瑞龙说话腰杆可直了，比起做"疤老大"那会，还要神气十足，个个当面背后竖起大拇指尊称他为"大老板"，信服得很。不过，这"大老板"叫得理所当然，一人种着一百多亩的青蒿，一年下来，十几二十万就进了荷包，四十八峁的庄稼汉里，还有谁能比得过他。最关键的是，他这个"大老板"富了也不翘高腿，不摆"大老板"的架子，凡是村里有人求到他的，他总是很热情地帮衬。村上屯里有些公益的事情，他都是抢在前头，出钱出力毫不吝啬，就像有人说的，眼睛都不眨一下。因此，在他的身边，也聚拢了不少言听计从的青蒿种植户。连苏子媚有时也不得不感叹：浪子回头金不换，这就是榜样的力量啊！

精诚所至金石为开，坚硬的金刚石也能被真挚的热情融化，这就是苏子媚内心最大的愿望和动力。终于，又一批"老耿"被自己的坚持不懈所说服，四十六户人数虽然不多，但意义很大。按照去年的收购价计算，全村农户的总收入至少可以增加六十万元以上，苏子媚感到十分欣慰。

"喂，子媚，告诉你一个特大消息！"

在仙雅堂公司基地的何浪，一听李子洲说丽丽团队要来基地考察，立马给苏子媚打电话报信。

"你一天猫在基地不出去，能有什么特大消息？"

苏子媚以为何浪闲得无聊，没事找事故意想与自己套近乎。

"真的，丽丽团队要来我们基地做青蒿种植考察。"

何浪一反往时的嬉皮笑脸，一本正经地解释道。他现在是可着心地关注着古板村的青蒿种植，于村里于公司的发展都息息相关。当然，也少不了这条爱情的纽带。

"丽丽团队要来，你不是哄我开心吧？"

苏子媚放下手中的统计表，何浪的话让她脑袋嗡了一下，有点不敢相信自己的耳朵。

"这么重要的大事，哄你做什么？我也是刚刚才从师傅那里得到的情报，听说他们已经在来四十八峯的路上，估计中午之前就会到达我们基地。"

"真的？那太好了。哎，如果丽丽团队的专家们到了你们基地，拜托记得一定邀请他们来我们村上指导指导啊！"

苏子媚掩饰不住心中的激动，丽丽团队代表着国家中医科学院中药研究所，代表着中国医药研究的巅峰，在普通人的脑海里，就是神一样的存在，太崇拜。能够有幸得到这样顶级的专家团队实地指导，说不定就是古板村大发展的天赐良机。

"专家们的活动哪由得我来安排噢。"

苏子媚的这个要求，让何浪感到有些为难。但他还是决定勉为其难，为苏子媚，为古板村，也要硬着头皮争取一回。

何浪虽然不知道丽丽团队专家们的活动行程里，是否有古板村这一站，或者有没有去其他村子的计划，到时候向董事长建议是可以的。既然到了公司基地，那顺便再到村上了解些情况，掌握更多的信息，不仅可以对古板村的青蒿种植进行有针对性的指导，而且直接面对青蒿种植的农户，对专家们深入调查研究也将更加有利。

"你行的，我相信你一定有办法——或者这样吧，等专家们到了你们基地，你再打电话通知我，我和支书几个去你们基地拜望也成。"

这边厢，苏子媚给何浪打气加油的同时，又提出一个备选方案。机会太难得，她实在不想错过。

"让我想想——等着吧，到时给你消息。"

"太好了，爱死你了。"

苏子媚脱口而出，竟然顾不得少女的矜持。

"爱死我了，说得这么假惺惺！"

何浪故意放低语气。

"哎呀，人家说的是真心话嘛。"

"真心话就来点实在的。说吧，到时候怎么犒劳我？"

何浪调侃着。

"哼，什么都讲条件，你就不讲点奉献精神哈。"

苏子媚在手机的另一端嘟着嘴。

何浪继续逗她："光让我讲奉献，你也不能自私，也得讲回报吧？"

苏子媚心里清楚得很，何浪说的奉献是指什么，这个得寸进尺的家伙！但她还是故意装出一副不解风情的样子。

"你要怎么回报？"

苏子媚故意撩着。

"看在我这么费心巴力的份上，你自己掂量吧。"

"到时我自己放血，招待你一顿土鸡大餐。"

"谁稀罕你的土鸡大餐，我最近下村入户，哪天不在老乡家蹭土鸡大餐，嘴巴都吃出鸡屎味来！"

何浪哼着鼻子，继续往自己设定的思路上引。

苏子媚将计就计，顺势来个诱敌深入："那我就没招了，你到底想要什么回报吗？"

"很简单。"

"简单还这么斤斤计较，小气包！"

"就要你一个长长的亲吻和满满的拥抱——"何浪故意压低了声音，"这个不难吧？"

隔着屏幕，也能看得出那副狡黠得意的嘴脸。

"我就知道你不安好心，狐狸尾巴终于露出来！哼，想得美！本姑奶奶一吻千金，梦里抱自己去吧，左手抱右手，亲得没得说！"

苏子媚撇撇嘴，少女的心里却涌起无限欢喜和甜蜜的憧憬。

也许这才是小情人心心念念所迷醉的罗曼蒂克罢。

项丽丽和她的丽丽团队在仙雅堂公司基地转了一圈，基地的种植管理很符合项丽丽心中的要求，规范而且科学。眼下，塑料大棚里的青蒿小苗已经长到三四厘米高，叶子的形状基本成形，你挤我挨，齐刷刷伸展着细嫩的胳膊肘，争先恐后地往上拱，仿佛在与伙伴们较着劲，谁也不让谁，谁也不输谁。

"小苗儿长势不错嘛。"项丽丽弯下身子，从土里拔起一根青蒿苗来，放在掌心仔细地端详着，然后伸出手，递到两位同事的面前。"你们看，幼苗的肥料配置还是很关键的，虽说这青蒿生长对土壤肥力的要求不是特别的高，但土肥毕竟是不可或缺的主要因素，就好比一对双胞胎小孩，营养充足的弟弟，比起从小缺吃少喝的哥哥，肯定长得粗壮高大。"

项丽丽说着又将脸转向黄雅琴，笑道："黄董，是不是这个道理？"

"项组长说得是。我们从选种到育苗，再到青蒿生长的整个过程，都制定了严格的管护标准，从土壤检测到肥料配置、微量元素添加、病虫害防治等等，每个环节都有专门的技术人员监控跟踪到位。基地部的同志更是全程负责监管，不允许任何环节出现纰漏。"

在一旁陪同的李子洲抢着替黄雅琴回答。

这个种植基地是李子洲带着何浪他们几个一手经营管理着，这几年一直钉在基地里摸爬滚打，每一块泥巴，每一颗土星子，都装在他的脑袋里，烂熟得很，要说这青蒿种植的具体管理，他与何浪才是最有发言权的。

"他们基地部的同志长期驻守在这里，负责全程监管。"

黄雅琴指着李子洲与何浪重复解释。

"你们自己公司的基地吗，还是所有的农户都是统一的管理？"

项丽丽将话题转给李子洲。

"整个四十八峀地区的青蒿种植，都是按照我们公司制定的管理要求操作的。公司与每家每户都签订有协议书，必须接受公司技术人员的指导和监督。县里也有明确的规定。红黑都是管，按照标准要求操作也没有真正多花什么精力，但收入就有很大的差别，谁还不上点心呢？"

李子洲说得头头是道。

理是这个理，项丽丽也相信李子洲说的不会有假，但还是想亲自到村里去，向种植户做些实地调查，详细了解，长期的科研工作，养成了严谨缜密的思维习惯和工作作风。

"要不我们去村里走走，找一些农户聊聊？"

项丽丽提议道。

跟在后面的何浪，心里正巴巴地等着这句话呢。

何浪的头脑里一直在打转转，纠结着怎么开这个口，可临了临了还真有点畏怯，几次欲言又止。现在专家组长主动说要下到村中农户家了解，正中自己下怀。

项丽丽话音刚落，何浪便趁机抢上前去，结巴着说："那我们先去古板村村委会吧？村委会离基地很近，古板村也是我们着重扶持的示范村之一，村里对青蒿种植十分重视，老百姓的积极性也比较高，全村目前已有 85% 的农户种植了青蒿，多的十亩以上，少的也有两三亩。"

口吻中却难掩自作主张的急切和莽撞。

何浪并非没有自知之明，眼前的场合下，这个话原本是轮不到他来说的，董事长的身边还侍立着自己的师傅兼直接领导李子洲呢，自己这样做是明显的僭越，强抢师傅的风头，驳了领导的面子，换作别人的确是件很犯忌的事。但何浪心里着急呀，加之平素李子洲与自己也很默契，反正都是为了把工作做好，不仅仅是对苏子媚的一个私下承诺，于是也就顾不得那么多，兴头之上先说为快。

李子洲当然不会计较这个建议由谁来说，这与尊重不尊重扯不上半毛钱的关系，他也不是那种小肚鸡肠的人，不至于连这点气度都没有，再说，让徒弟在领导专家面前出出风头也没什么不好，一来显得徒弟有水平有格局，二来也证明自己领导有方，强将手下无弱兵，显摆就显摆点吧，巴望！

"好啊好啊。"

项丽丽听何浪这么一说，立即满口答应。

"李部长，那你们赶紧跟古板村联系一下，我们一会过村委会去？"

黄雅琴对李子洲指示道。

李子洲吩咐何浪赶紧通知村里，说北京来的丽丽团队专家组，现在要去村里看看，实地了解农户们青蒿种植的情况，请他们准备准备。

何浪一听，赶紧跑到外面给苏子媚打电话："喂，你们那边准备好没有？"

"你那边联系得怎么样？"

苏子媚一听到何浪的电话，知道事情已妥，心下十分激动。

何浪屏住呼吸，悄悄说道："赶紧告诉韦书记他们，丽丽团队专家组马上过村里去，你们在村委会等着吧。"

"好，我们村干部现在都在村委会眼巴巴地盼望着呢。"苏子媚一边接着何浪的电话，一边大声地向支书韦家能汇报："书记，仙雅堂基地那边通知，说北京的丽丽团队专家组马上就到我们村来。"

何浪听到电话另一端隐约传出支书韦家能粗犷的男中音："你告诉小何他们，中午就由我们村委招待，我这就叫人去准备土鸡土鸭和米二酒。"

"听见没，我们韦书记让人去准备壮家土鸡土鸭宴，还说要和北京来的客人喝壮家的交杯酒呢。"

苏子媚对着手机耳语起来，而电话另一头的何浪，只觉得手机里传出的声息呵气如兰，快要将自己融化。

"我耳朵灵得很，书记刚才说的我全听见了——你们韦书记真不愧是公关高手，人家还没到村，交杯酒的招数都亮出来了，佩服啊。怪不得上面一有什么好政策，你们村总是得抢先机！"

"可不嘛！"

"也少不了你这个高参的功劳。"

"那是当然。高参不敢说，小内参当仁不让，嘻嘻。"

苏子媚骄傲地回道，心里喜滋滋的。

"既然大功告成，你这个大内参许给我的承诺，可要记得及时兑现噢！"

何浪不忘与苏子媚的暧昧之约。他是要工作爱情两兼顾。

"我什么承诺？"

苏子媚一时没反应过来。

"爱我呀——你别装痴啊，说话算数，可不许耍赖！"

何浪故意提高嗓门。

"你个贪心鬼，我爱着呢，爱你个大头菜，爱得你饱——要不到时也像书记说的，和你单独来回交杯酒？"

苏子媚俏皮地回敬道。

"交杯酒嘛，当然是要喝的，我正想问你，到时我们就当着众人的面，也来个热烈的交杯，让大家现场作证——但许过的愿也必须得还噢！"

"你还想怎么样，得寸进尺，不知足啊？"

"我要你，长长的亲吻和满满的拥抱。你前面答应过的啊！"

"呵呵——我不是早回复你了吗？"

"你回复过我什么？"

这回轮到何浪摸不着头脑。

"想得美呀！我前面说过的，你就不记得啦——左手抱右手，亲得没得说！"

自作聪明的何浪被自己耍了，苏子媚差点笑出声来，可看看旁边不远处的韦家能与莫红兵等人，还是咬着嘴唇忍住。

"一诺千金，说话算数不许反悔！"

何浪对着手机，压低声音，作出歇斯底里的呼喊状。

"要不现在先给你飞一个，解解馋吧。"

苏子媚说罢，在电话里传了个响亮的"啵"给何浪。

"不行，我要真正的，你等着，一下过去就问你要！"

何浪一嘟瑟，又没完没了纠缠起来。

"贫嘴！别扯淡，请专家们赶紧过来吧，我们等着呢。"

苏子媚说罢挂掉电话。

何浪打完电话，便赶紧引着黄雅琴和专家组一行，驱车向古板村委会逶迤而去。

七

古板村的青蒿种植规划和最新的动员情况，给项丽丽留下了深刻的印象。老实说，这是她心目中接近理想的样子。

喝过壮家热情的交杯酒，项丽丽更被古板村人醇厚的情感迷醉和融化。

"来，韦书记，这杯酒下去，我要与你立个盟约！"

席上，项丽丽站起身来反客为主，举杯相邀。

"感情深一口闷——好，满上满上，我满上。说句不怕见笑的话，项组长，我觉得你真有点我们壮家媳妇的样子。来来来，这杯还是我敬你，我先干，你随意。"

韦家能听得出来，项丽丽说的要与自己立盟约，断不会是这酒席上的觥筹交错，说不定与丽丽团队的工作有直接关系，连忙端着酒杯走到项丽丽面前，杯里是壮家人每餐不离的米二酒，嫌酒杯没满，又拿起筛酒的锡壶往杯里续添，然后当着众人的面一仰脖子，满杯的酒咻溜下了肚，顺手将酒杯倒转过来，在空中一亮，让在场的人个个见证。这正宗的小锅米二酒味道醇厚，度数不高，喝后还有点回甜的绵长口感，也是壮家招待客人的家常之礼，它有个特别的好处，就算是喝醉也不会上头。但今天这场面是绝对不能喝醉的，自己不能醉，醉就失态了，更不能让客人醉，客人醉也是自己招待失礼。刚才的表现不过是展示作为东道主的真挚情感和热切态度，还有壮家人待客礼节的豪爽与豁达。

项丽丽听韦家能说自己像他们壮家媳妇，便睁大眼睛望着韦家能，一脸的惊奇与疑惑，扯着对方的衣角，要求他解释清楚，并带着玩笑说："韦支书，像你们壮家媳妇，这话几个意思啊？"

项丽丽两个眼睛忽闪着，脸上红扑扑的，全是兴奋。她当然清楚，韦支书不可能在这种场合下说什么出格的玩笑话，是自己故意调侃，顺便增加热闹的气氛。

"项组长，韦书记赞美你呢。我们壮家媳妇最值得表扬的，就是很顾婆家，自从嫁到婆家那天起，便会为婆家的兴旺发达全心全意费力操劳，无怨无悔辛苦奉献一辈子。"

身旁的莫红兵不失时机地解释道。

"原来如此啊——这个壮家媳妇的名头我倒很乐意承担，那这杯酒我也干。"

"必须的！"

项丽丽也学着韦家能的样子，将脖子一仰，酒杯见底。真要比起来，北方人喝酒的气势，能压过南方人几头，女同胞一样有横扫三军的大将风范。

"好！"

众人一齐鼓掌喝彩。

一顿壮家土鸡土鸭宴下来，丽丽团队项目组也与古板村愉快地结成了志愿帮扶对子，韦家能几天几夜都沉浸在喜从天降的兴奋里，做梦都是笑呵呵的。先有仙雅堂公司的悉心指导，县里的政策支撑，如今又有丽丽团队的直接加持，这回，古板村改天换地的美好愿景，必定指日可待。

"我们的未来目标：脱贫致富，青蒿先行。全村青蒿种植，一户也不能少！"

在新的青蒿种植动员会上，韦家能对所有的村屯干部宣布新目标。

八

仙雅堂公司与丽丽团队合作协议签字仪式，在公司简朴而别致的会议室里顺利举行，前来参加签字仪式的除县委书记、县长及相关部门的领导，市里分管工业和农村工作的副市长也悉数到场。

项丽丽与黄雅琴交换完签字协议，两人相视一笑，双手紧紧地握在一起，从此刻开始，仙雅堂公司与国家中医中药研究最高权威机构的丽丽团队真正结成了休戚与共二位一体的合作伙伴。

项丽丽用北方女子特有的豪爽说道："今天是个特别的日子，我们一南一北，一个科研机构一个生产企业，即将开展完美的合作，意义不言自明。我谨代表国家中医科学研究院中药研究所丽丽团队正式表态，今后，与仙雅堂公司全面开展项目合作研究，无论在青蒿种源收集、种质资源库建设、青蒿新品种培育、种植改良、青蒿副产物综合开发利用，以及青蒿生态种植技术体系建设等工作上，丽丽团队都会全力以赴给予最大的支持。请相信，丽丽团队、中医科学院中药研究所就是仙雅堂公司最可靠的坚强后盾，谢谢！"

会议室里一时掌声雷动！

"今天，丽丽团队与仙雅堂在这里结缘牵手，不仅是仙雅堂公司的大事，更是我们融州的大事。有丽丽团队的全力支持，仙雅堂公司在世界青蒿素市场的竞争力，一定会得到空前的提升，同时也直接促进融州青蒿种植产业的扩大发展，对于融州尤其是石漠化严重的四十八峒山区的老百姓来说，更是福音。我们更有理由相信，成为世界青蒿种植面积最广、青蒿素产量最大的地区，融州将当仁不让，一定会打造出一个当之无愧的世界青蒿之都来。这是我们的衷心祝愿，也是我们的热切期盼，更是我们为之努力奋斗的共同目标！"

县长郑明文越说越激动，他的手不住地在眼前画着圈圈，他的话将现场的人一个个鼓动得热血沸腾。

种质资源库建设是合作项目中的一大课题，除了资源库的硬件配置，最大的工作量就是从全国各地采集青蒿种子资源。

"四川的青蒿即将成熟，我们要去采集一些种子回来。"

"湖南的青蒿已经成熟，我们要去采集一些种子回来。"

项丽丽从北京打电话给黄雅琴。

"好的，我们这就派人前去采集。"

黄雅琴热情地回复。

"噢不用，我们必须亲自到青蒿的生长地现场观察了解，还要做相关的数据记录和分析。你派技术人员把种子储存库按标准要求准备好就行。"

项丽丽爽朗地说。

黄雅琴便当着公司的技术人员感慨："同志们，这就是一丝不苟的科学的精神！"

吉林、辽宁、河北、陕西、山东、江苏、安徽、浙江、江西、福建、河南、湖北、湖南、广东、贵州……夏秋季节，青蒿种子成熟的时候，项丽丽带着她的丽丽团队，足迹遍布大江南北的青蒿分布之地，将各地的青蒿种子采集下来，然后送到仙雅堂公司，登记储存在特设的种质资源库中。

农历"谷雨"过后，项丽丽与她的丽丽团队如期来到仙雅堂，按计划进行青蒿种苗组培对比试验。

"小妹妹，你在种质资源库工作多久啦？"

在种质资源库的保存室里，项丽丽热情地与当班员工王小楠打着招呼。

"报告项组长，种质资源库一成立我就在这里工作了。"

王小楠从工作台上站起来，双手垂膝，礼貌地回答，脸上飞起两朵飘忽的红云。第一次受到来自北京大专家的主动关心，心里很是忐忑，不知道大专家接下来还会问自己什么问题。

"噢，那在种质资源库，你算是个元老啰。"

项丽丽点点头，对王小楠和蔼地笑笑。

"元老不敢当，只是比别的同事在这个岗位待的时间长些。"

王小楠的脸更红了，元老两个字，她可不敢当，除了工作时间长，专业水平，工作能力，工作经验，敬业精神，同行威信，等等，各个方面必须是无出其右的。王小楠自忖还远远不够。

"你们这个种质资源库的工作，平常是怎样进行的？"

没想到，热情的项组长一下给王小楠出了道这样的"考试题"。

"种质资源库的工作，主要是将从全国各地采集回来的青蒿种子及时按流程进行处置，按照年份、采样地点、性状进行具体命名，编号记录、保存。根据科研具体需要，这些种质资源分别存放在零下八十摄氏度、零下二十五摄氏度和常温中实行封闭的恒温保存。"

王小楠回答得有条不紊。

这些都是平常工作的基本功，不允许有半点差错。况且，自从公司观光旅游项目开展后，前来参观的游客很多，常常要代替接待处的解说员，临时给游客介绍，早都背得滚瓜烂熟。

"请问，在零下八十摄氏度环境下，青蒿种质资源能有效保存多长时间？"

项大专家并没有就此放过面前的小姑娘。

"报告项组长，在零下八十摄氏度环境下保存的青蒿种子，有效保存期可长达五十年，甚至更长——五十年是明确的有效期限，更长时间是我个人的推测。我曾经看过一些报道，地下出土的千年莲子，还能成功培育发芽呢。那青蒿种子的保存也是一个道理，只要空气、温度、湿度等环境因素符合种子的生命持续条件，保存得当，即使五十年以后，甚至更长的时间，理论上应该也照样能够发芽生长。但是，就目前来说，我们还没有具体的实验数据，仅仅是理论推测。"

王小楠不仅对项丽丽提出的问题回答准确，还趁机发挥了一通自己的见解。

"嗯，小姑娘不错，回答得很好！"项丽丽满意地拍拍王小楠的小肩膀，然后将眼光转向在场的人，"我看这小姑娘倒是个做研究的苗子。一定要记住，无论什么事情，我们必须做到对工作对象和工作内容心中有数，必须做到干一行钻一行精一行，这样才可能少走弯路多出成果。"

在场的人都点着头，对于项组长话中所表达的道理，都深有体会。

"从现在开始，我们要做的一个重要工作就是种苗优选组培，通过优选组培的方式，从而得到植株更强壮、青蒿素含量更高的种苗，这种优中选优的无限递增，选出来的种苗，一年会比一年更好，最终达到我们的科研目标。同时也能帮助公司实现效益的最大化。"

"蒿草的单位青蒿素含量能否得到突破性提升，关键在种子，关键在种子的不断优选！"

项丽丽再次对在场的工作人员郑重强调。

种质资源库建成三年，丽丽团队与仙雅堂公司的合作成效显著。由种质优选组培出来的青蒿植株，长势比以前的普通植株明显旺盛，蒿草的亩产量也增加不少，最关键的是，蒿草的单位青蒿素含量也实现了空前的突破，最大单位含量达到前所未有的千分之十五，用项丽丽的话说：实现了世界青蒿培育史上的新突破！这是一个令人振奋的科研成果，具有里程碑式的意义，了不起啊。

九

一大早，龟背屯的莫家成火急火燎地来到村委医务室找村医曹建军，还没进门便扯着嗓门喊起来。

"曹医生，我家的老母猪和那两头架子猪，打前天晚上起，陆陆续续不肯吃潲，十几只猪崽也没有平素活泼跳脱，蔫不拉几的尽拉稀粑粑，不知得的什么病？你赶紧过去看看吧。"平素爱说爱笑的大男人，这下却哭丧个脸，丢了魂似的。

在村上，曹村医身兼两职，正常给村民们看病的同时，还顺带为村里的家禽家畜做些治疗。没办法，村里没有专职的兽医，没有学过兽医的曹村医，只好硬着头皮勉为其难。

曹村医向莫家成问了问情况，分析说："八成患的是白痢，先弄点土霉素对付对付吧。"一边从药架上取药。

曹村医本想随便给点药让莫家成拿回去，交代他自己调水喂给生病的猪宝宝吃。说实话，一般情况下，村民家中禽畜生病来找曹村医医治，除了开点土霉素，打点清瘟针之类，曹村医自己也想不出太多的法子来。这些年来，村里的禽畜病时不时发生，但真正利利索索被自己治好的，也确实寥寥。心里本来没有谱，便想着能推诿就尽量推诿，反正自己又不是做兽医的，治好治坏道理上都讲得过去，所以一般是不会亲自上门诊治的。

莫家成却不这么想，虽然明知曹村医也没有十足的把握，但终究人家是医生，总比自己有办法，于是苦苦相求道："大大小小十多条性命啊，看着实在心痛，没得法子才来找你咯，无论如何请你一定亲自去家里帮看看，能不能救得过来——大半个家当在猪栏里，这是要我的老命呢。"

莫家成说着说着，老泪禁不住滚了出来。

曹村医招架不住莫家成眼中那几滴老猫尿，心一软，只得背上药箱，嘀咕一声"走吧走吧"，便随莫家成赶往龟背屯。

"家成，跟你讲啊，我丑话说在前头，你家这个猪病，治得好治不好，我也不晓得，只能讲尽力，真打不了包票哟，到时真要坏了事，你可千万别怪我噢。"

曹村医还没出手，先给自己寻台阶找退路，免得到时纠缠不清。

曹村医行医多年，曾有过这方面不愉快的经历。四年前，村中一位老者突发脑血栓，请他到家施救，自己豁出看家本事，想方设法尽心尽力为病人诊治，用了各种办法还是不行，只得提出施针一试，但先说明了血栓病人试针会有很大的风险，他不敢保证不出问题，让老者的家属商量决定。否则他就背起药箱打退堂鼓了。老者家属一番商量，一致同意施针，但最后事与愿违，一针下去，老者的病情不仅没有好转，反而顷刻加重，无力回天的曹村医，眼巴巴看着老者两眼一瞪一命归西，一时愣在那里不知所措。这下老者的家属立刻翻脸，说是曹村医胡乱施针把病人治死的，揪着他的头发讨说法，还说要去告他是草菅人命的庸医，曹村医百口莫辩，虽说自己有言在先，终于抵不过苦主一家苦苦相逼，最后只得花钱消灾，赔了一万多元，才勉强摆平。这事在曹村医的心里留下了阴影，从此之后，行医的手段便越来越保守。有把握就开药，没把握就让病人去乡里县里的医院去诊治，免得再惹麻烦。

吃一堑长一智，曹村医不想再背黑锅当冤大头。

"治得好治不好都是畜生的命。治好了一定给你封个大利做谢礼，治不好我绝不怪你。我莫家成不是那号无赖之人，竹节高低还是分得出来的。"

莫家成倒是直爽，这才打消了曹村医的顾虑。再说这是牲畜，又不是人，治不好也不用担那么大的风险。

莫家成领着曹村医回到家的时候，披头散发的老婆兰菊花正倚坐在猪栏旁的地板上，一把鼻涕一把眼泪，哭得不成个人样子："何开交，要我的命啊，活不成了啊，我的大肥猪，我的老母猪，我的猪崽崽啊，呜呜呜……"

原来，莫家成走后不久，那头一百八十多斤的架子猪哼哼几声便蹬腿归西，没到半个时辰，又有两只小猪崽也跟着一命呜呼。

莫家成傻了眼，哭丧着脸一个劲地问曹村医："怎么办怎么办？"

曹村医倒抽一口冷气，只得硬着头皮说："死猪当作活猪医吧，赶紧调水灌土霉素，清瘟针一起打。"

一阵手忙脚乱，老母猪、架子猪和十多头猪宝宝分别灌下土霉素，扎下清瘟针。几个人喘着气开始等待施药的效果，盼望奇迹能够出现。

然而，半个时辰过去，一个时辰过去，土霉素根本不起作用，清瘟针也毫无反应。

从第二天起，喂了药打了针的大猪小猪，便阴阴阳阳死个精光。

莫家成守着那一堆不再哼哼的死猪，红肿着尿泡一样的双眼，却早已欲哭无泪，像个呆子整日一声不吭，工也不想去上，连地里的青蒿苗也懒得去望一眼。只有肝肠寸断的老婆兰菊花，趴在僵硬的死猪身上号啕不止，没完没了的眼泪河螺线线般挂满两颊。

随着莫家成家猪圈空栏，村里的猪瘟鸡瘟逐渐蔓延开来，接着又波及大半个四十八峝，一时闹得人心惶惶。

无情的禽畜瘟疫突如其来，一下给村民们造成了沉重的损失，融州城周边那些养殖场更是惨不忍睹。后来经防疫部门确认，这是传染极强的五号病。

眼见村民家禽畜空栏损失惨重，村支书韦家能一天到晚唉声叹气，却又束手无策毫无办法，只能干着急。

看着村支书愁眉苦脸的样子，苏子媚在心里琢磨着：要是有一种能够阻止这瘟病的流行特效药，那该是一件多么大的功德啊！不觉之间竟鬼使神差地想到了仙雅堂公司，仿佛冥冥之中似有天意指引。

有人想起青蒿煨水给人治疟疾效果好，治疗禽畜瘟病应该也会有用吧，一试还真有些用，虽然疗效不是太明显，但终究有所缓解，一些症状较轻的禽畜，多次喝下青蒿水后，病情竟渐渐稳定下来。只是青蒿水实在太苦太难闻，禽畜们轻易不肯下嘴，强行灌喂十分困难，尤其是大点的家畜。

青蒿水能治禽畜瘟病，这让伤透脑筋的苏子媚豁然开朗，一个大胆的设想从头脑里蹦出来。

"阿浪，你们公司生产的青蒿素，是专治人类疟疾的药物原料，有没有可能给动物治病？"

单身宿舍里，两人正在缠绵亲热，苏子媚突然认真地问道。

何浪猛一听，觉得苏子媚的想法有些天真。

青蒿素是治疗人类疟疾的良药，但治疗动物效果如何，何浪并不十分清楚，虽说很多药物研究都是以动物来做试验的。况且，用治疗人类的珍贵药物为动物做治疗，是不是拿高射炮打蚊子，过于奢侈？

但他不忍拂了苏子媚的意，更重要的是，前些时候在四十八崀肆虐的禽畜五号病，对乡亲们家庭养殖的毁灭性打击，他是亲眼所见，深感痛惜，奈何心有余而力不足，也只能陪着苏子媚干着急。如果能有一种物美价廉的特效药，可以帮助乡亲们驱除禽畜瘟病，减少或避免因此造成的经济损失，那该多好！

然而，除了无谓的同情，他爱莫能助。

现在苏子媚猛然提起青蒿素产品防治禽畜瘟病的想法，确实给了他很大的启发，只是青蒿素生产成本那么高，即便对防治禽畜瘟病有特效，况且真要做起来，成本也未免太高，会不会得不偿失呢？于是只好淡然地应道："效果或许是有吧，不过，就我个人的了解，目前还没见有哪家企业专门研制生产治疗动物瘟病的青蒿素药物呢。可能是经济效益问题，抑制了企业研发生产的动力吧。"

"不试过怎么知道呢。"

对于何浪的解释，苏子媚并不愿苟同。

"可现在的企业都是求稳的多，对于新产品的开发很慎重，如果投入的成本高，效益又看不见，一般是不敢轻易冒这个风险的。"

何浪说的是大实话，像仙雅堂这样置之死地而后生，敢闯敢拼的企业，还真是凤毛麟角。

"你们不是与丽丽团队有科研合作吗，何不申请增加这项课题？至于成本高的问题，我看也未必。青蒿本来就是一种贱草，用它的初加工提取物来做饲料添加剂，说不定真能成功。"

苏子媚明白，何浪只不过是仙雅堂基地部的一个副部长，说难听点就是一个小小的基地管理员，在确定公司产品研发发展方向的大问题上，没什么话语权，但还是憋不住说出口来。想想又觉得与何浪提这些，实在有点突兀，有点给他出难题的意思，于是便郁郁地感叹道："唉，算了，跟你说也是白说，你又不是公司的决策人，等到哪天千年铁树开花，你当上公司老板，再跟你商量吧！"

不想苏子媚这一说，反倒让何浪有所觉悟。

"讲起来也是啊，再说你们村不也是丽丽团队结对子的帮扶对象吗？说不定公司搞个项目可行性研究申报上去，再与丽丽团队一合计，还真有可能解决这个难题。"

何浪一拍大腿，决定鼓起勇气找董事长反馈，说不定真是条歪打正着的新路子。

"真要把这个防治动物瘟病的药做出来，我敢断定，立马就能普及到全国各地，反倒是你们公司要因此大发特发，到时候只怕得感谢我这个金点子！"

发现了新大陆的苏子媚，一时精神亢奋。

"你讲得对啵，真要搞成了，不仅造福大大小小的养殖场、家庭饲养户，公司也多了个前景广阔的新产品，生产经营肯定得上一个新台阶。回头我就跟董事长好好建议建议，看她如何定夺先。"

何浪说罢，又在苏子媚脸上嘴上可劲地嗑起来。

趁着回公司述职的机会，何浪找到董事长黄雅琴，特意向她汇报四十八崀特别是古板村前段时间禽畜瘟病流行的情况。

"好多人家的猪栏鸡舍都空了。莫家成一家大大小小十五头猪，几十只鸡鸭，几天之内死得精光，真是惨不忍睹。古板村的村干部很头疼，全村被那个禽畜瘟病闹得人心惶惶的，连青蒿都没心思护理。其他村子的情况，大体也好不到哪里去。"

"有这么严重？"

黄雅琴也没想到，专门种植青蒿的地方竟然闹起禽畜瘟病来，她心里一激灵：不行，这事真得好好捋捋。

"董事长，我有一个不成熟的想法……"

何浪说着，看看黄雅琴脸上有什么表情变化。

"你有什么想法？说来听听。"

黄雅盯着何浪，示意他继续说下去。

"我想——如果我们公司以青蒿原料，开发一种专治动物瘟病的新产品，有没有这个可能？"

何浪怯怯地问黄雅琴。

"以青蒿为原料，开发专治动物瘟病的新产品……"

黄雅琴没有立即回答何浪，这个突如其来的问题，使她一时间陷入深深的思考。

关于四十八峎禽畜瘟病流行的情况，黄雅琴有所耳闻，她也知道融州其他地区也受到波及。何浪今天这一番话让她突然产生了内心的冲动：是啊，青蒿素作为治疗人类疟疾的主打药物，疗效这么神奇，为什么不试着开发一种可以帮助防治动物瘟病的青蒿素新产品呢？既能解决老百姓禽畜瘟病治疗的难题，又可以给公司生产经营开辟新的途径，为公司的多元发展提供一种新的可能。再说，有丽丽团队作为我们的技术支撑，成功的把握应该很大，很值得一试。研发成功，也是功德一件，善莫大焉。

"这个毛小子，一不留神想到我前头去了！"

黄雅琴对何浪又多了一重发自内心的赏识。

恰巧项丽丽的项目组过些时候要到融州来，黄雅琴决定，等项丽丽他们过来的时候，就当面与她探讨研制开发青蒿附属产品——防治禽畜疾病的动物饲料添加剂的可行性。

　　"项组长，刚从三江得来的'天湖冰芽'，说是养颜极品，你尝尝怎么样？"

　　办公室里，黄雅琴特意为项丽丽沏了一杯"天湖冰芽"，双手递上。

　　项丽丽接过黄雅琴递上的"天湖冰芽"茶，先是在手中把玩一圈，再对热气腾腾的茶杯吹着冷气，然后喸着嘴轻抿两口，仔细回味着"天湖冰芽"沁人心脾的天然醇香，最后咂咂嘴，点头夸赞起来："唔，'天湖冰芽'果然名不虚传，真是难得的养颜好茶，黄董你真会养生啊，难怪总是这么肌肤滋润水嫩可人，不像我们北方女汉子，里外四个字：皮粗肉糙。"赞叹的口吻中，捎带着平常难得的亲密戏谑。

　　听项丽丽这么一说，黄雅琴反倒不好意思起来，连忙恭维道："哎呀，项组长怎么这样讲，可折煞我了。瞧您这天生丽质的风韵气度，本来就是清水芙蓉的北方佳人，哪里还要什么刻意打扮，魅力十足得很呢。"说着又意味深长地吟咏起来，并不住地对着项丽丽睐眼："北方有佳人，遗世而独立，一顾倾人城，再顾倾人国……"

　　看着粉黛轻施姿态优雅的黄雅琴，项丽丽仿佛受了感染，不由自主地拢一拢瀑布般泼洒的乌黑长发，像是自言自语般接着应和起来："北方佳人，遗世而独立，哈哈哈！"

　　"宁不知倾城与倾国，佳人难再得——"

　　两人相视一笑，端起茶杯叮当一碰，滋溜一下，茶入心扉，酣畅淋漓。

　　三杯茶下去，黄雅琴进入谈话的正题："项组长，您这位北方佳人，就是我们仙雅堂的千秋功臣啊！我与仙雅堂公司对您的感谢无法用言语来表达。自从丽丽团队与我们开展合作以来，仙雅堂可以说是诸事顺遂，如鱼得水，生产经营更是芝麻开花节节高！"

黄雅琴打心眼里感念项丽丽和她的丽丽团队——仙雅堂真是盼到福星了。

项丽丽依旧是那副北方佳人不拘小节的豪爽："黄董客气，我们都是各取所需，相互成就合作共赢。仙雅堂公司给我们的科研工作也创造了不少的优越环境和有利条件，我们也很感谢，就连我们敬爱的屠老，都曾多次亲口表扬您和你们公司的情怀与担当呢。应该说我们是珠联璧合，绝代双娇。"

"对对对，完美的结合！"

黄雅琴满脸洋溢着抑制不住的喜悦，尤其听说敬爱的屠老也对自己和公司赞扬有加时，更是情难自禁。

"将来的合作还多着呢。放心吧黄董，我们北方人说话做事从不拐弯抹角，凡是你们企业所想的，也是我们丽丽团队的努力方向。回报社会造福于民，是我们共同追求的目标，就是这根绳子把我们拴到一起的。"

"说得太好了，项组长简直就是我的偶像！"

黄雅琴由衷赞叹。

"过头了啊黄董，不用那么拔高，这点自知之明我还是有的。"

项丽丽还以热诚的谦逊。

"对了项组长，说到这里，我倒有个尚未成熟的想法，先拿出来请您把一把脉，看看可行不可行？"

就着项丽丽的话，黄雅琴不再藏着掖着，干脆来个竹筒倒豆子。

"黄董的决策总是不断出新，只要在力所能及的范围内，我们丽丽团队一定竭尽全力提供支撑。"

黄雅琴自谦道："项组长谬赞，谈不上什么决策，还只是一个粗略的想法，也不知搞不搞得起来。"

"说来听听，看看怎么能够帮到你们，或者又是一个漂亮的合作项目。"

"是这样，青蒿素在人类治疗疟疾方面已经取得举世公认的成果，如今算是全面普及，疗效也最为理想，这是毋庸置疑的。我由此推想，如果将青蒿素运用到动物疾病的预防和治疗实践，是不是也可以收到同样令人欣喜的效果呢？"

黄雅琴将自己的思路和盘托出，等着项丽丽的意见与分析。

"黄董，你这个推想很实际。其实，青蒿素对于动物疟疾的治疗作用，我们在当初的研究中就曾做过不少的试验，效果是肯定的。而且在动物身上取得试验成功，比人体试验还要早，人体试验是在动物活体试验成功的基础上才逐步开始的。这方面，屠老最有发言权。不瞒你说，动物疗效的试验早有定论，关于动物试验都是记录在案有据可查的，这个用不着任何怀疑。"

"也就是说青蒿素对防治动物疟疾等瘟病也是同样具有特效的？"

黄雅琴脸上显出欣慰的表情。

"当然。对了黄董，你怎么关心起动物瘟病的治疗效果来了呢？我们搞青蒿素的医学科研，都是从动物试验开始，最终的目的是为人类解除疾病的困扰。不知黄董现在要下的是哪一步棋？"

见黄雅琴对青蒿素预防治疗动物瘟病这么在意，项丽丽心中多了一分好奇，她是一个勤于思考，勇于创新的人，不然怎么会被屠老选中担当团队的领头羊呢。

"不瞒项组长说，我也是在商言商。我觉得这青蒿素在动物疾病治疗这一块应该大有文章可做，里面藏着巨大的商机等待挖掘，也就是说，从商业的角度考虑，青蒿素在动物疾病治疗上，应用前景应该也是十分乐观的，对吗？"黄雅琴还在斟词酌句，怎样才能让项丽丽举双手赞成，"当然，前段时间我们融州地区突发的禽畜瘟病，也就是五号流行病，使不少农户和大大小小的养殖场十栏九空，老百姓的损失触目惊心。再者，瘟病之后，老百姓的菜篮子直接受到严重冲击，肉价上涨好几倍，原来十来块一斤的猪肉，因为货源短缺，已经卖到三十多元。我想，作为一家医药生产企业，我们也应该有所担当，为什么眼睁睁地看着禽畜瘟病蔓延肆虐，老百姓生活成本增加，生活质量下降，却不能有所作为呢？这事让我一直不能释怀。"

"也可以这样说吧。企业利益是一方面，我看更重要的，还是企业的责任担当，企业家的仁爱胸怀，黄董，我从内心里挺你！"

项丽丽点点头，完全明白了黄雅琴的意思。

"可是，现实却忽略了青蒿素对动物疾病的治疗成果。"

黄雅琴遗憾地叹着气。

"这才是黄董的真正想法！"

"没错。我想将青蒿素预防治疗疟疾的业务拓展应用到动物特别是禽畜饲养上，饲料添加剂或动物针剂都是理想的选项。前些时间，我们融州爆发了禽畜瘟病，老百姓损失惨重。"

"那黄董有什么具体打算？"

项丽丽被黄雅琴的想法深深吸引。

"开发青蒿素附属产品，生产青蒿素饲料添加剂，进一步研制动物青蒿素特效药品，片剂或针剂。青蒿素饲料添加剂比较粗放些，也容易生产，只要配方成功研制出来，便可批量生产，一方面可以与动物饲料生产厂家直接合作，一方面可生产饲料添加剂单独推向市场，你们团队能够帮助我们根据不同动物品种，不同生长期，不同体重指标，研究一组最佳添加配比，达到理想的预防治疗效就好，我敢保证，将来的销售前景一定十分广阔，这样既找到了动物特别是禽畜疾病防治的新途径，为社会百姓解决最头痛的养殖难题，同时也开辟了企业经济增长的新路子，两全其美。饲料添加剂和动物防治药品，可以同时进行研发试验，两条腿并行。"

"好主意，我举双手一百个赞成！"

项丽丽为黄雅琴的思路热烈鼓掌。

黄雅琴一边为项丽丽续茶，一边满怀期待地看着对方："那项组长是答应帮助我们解决这些技术问题啰？"

"义不容辞，等你们的项目正式立项，我们就着手进行比对试验，提取具体数据。"

"那就一言为定！"

"一言为定！"

不出五个月，仙雅堂"青蒿素动物饲料添加剂"系列新产品顺利问世。先是在融州各大养殖场和四十八�部分农户家进行小范围试验，全部达到预期效果，使用"青蒿素动物饲料添加剂"之后，禽畜的患病率大大降低，而禽畜病体的治愈率更是提高 80% 以上，使用过"青蒿素动物饲料添加剂"的养殖场老板和农户一个个高兴得合不拢嘴，曾经空栏的养殖场与家庭农户禽畜栏里，又是"子孙满堂"的喜人景象，到处都是猪欢鸡鸣兔子蹦。

"仙雅堂公司的饲料添加剂真是好呃，我家过去养的鸡鸭，年年长到一两斤两三斤，还没得一根毛进嘴巴，就无缘无故屙痢发瘟，阴一只阳一只死光光了，也没晓得有什么方法治，买了一大堆药来喂，一点效果也没有，瘟的照瘟，死的照死。现在好，青蒿素添加剂饲料一喂，嘢嘿，又方便又管用，今年过年，肥猪欢叫，鸡鸭齐全，吃不完啰！"

"我们猪场前两年因猪瘟差点空栏，亏得底裤都没了，本来打算再拼一年，不行就彻底关门，改行做别的。今年用了青蒿素添加剂，没想到还真打了个翻身仗，实实赚了一把，几百头猪，破天荒头头到出栏。"

有了现身说法，"青蒿素动物饲料添加剂"很快便在社会上声名鹊起，订单雪片般从四面八方飞来。

"董事长，你真是神机妙算啊！"

公司里，从上到下都对黄雅琴表示出由衷的钦佩与信服。

黄雅琴额首而笑：不是神机妙算，而是要认真分析市场需求，发现商机，审时度势果断决策，抢占先机，这样才能赢得成功。再者，我们这个项目也是惠及千家万户，能受老百姓欢迎的产品，当然畅通无阻。其实，整个青蒿项目，从一开始就为我们指明了正确的发展方向。

很快，由丽丽团队研发、仙雅堂公司生产的全国首款青蒿素动物药片和动物针剂，成了各大禽畜药行最抢手的动物新药。

第十章　幸福，从青蒿出发

一

新华社电讯：经过多年的科研攻坚，丽丽团队在"抗疟机理研究""抗药性成因""调整治疗手段"等方面获得了重大的新突破，抗疟效果更加明显。国际顶级医学权威期刊《新英格兰医学杂志（NEJM）》刊载了丽丽团队的重大研究成果和"青蒿素抗药性"治疗应对方案，又一次在世界引起巨大的轰动。

又电：丽丽团队在青蒿素治疗红斑狼疮的研究上取得重大突破，青蒿素在治疗红斑狼疮上的应用，已经进入到（临床试验）二期，反应良好。这标志着青蒿素的医药治疗领域即将得到进一步的拓展，以后还将继续不断扩大。

消息传到仙雅堂公司，恰逢公司青蒿产业链规模化深加工项目工程进入竣工验收的关键阶段。

喜讯一出，公司上下一片沸腾。

"特别是青蒿素治疗红斑狼疮研究的初步成功，对于我们仙雅堂来说，意义尤其重大。一旦将来临床治疗普及，对于青蒿素的需求，肯定会成倍增加，作为丽丽团队合作者，借此机会提升企业生产效益无疑有极大的帮助。"

丽丽团队研究突破的好消息来得太及时，太振奋人心，简直就是为仙雅堂公司的发展量身定制一般，董事长黄雅琴激动得直拍手掌。

"但我认为更大的是社会效益，让患者得到及时有效的治疗，作为青蒿素半成品生产企业，我们也希望这样的成果更好地造福社会。

让更多患者因而减轻痛苦，生命得到拯救，这也是我们自豪的根本！"

也许，黄雅琴想表达的，大概就是作为医药从业者的终极理想和存在意义吧。

二

仙雅堂公司青蒿产业链规模化深加工项目工程竣工，意味着新增的四万亩青蒿种植必须未雨绸缪提早布局，目标基地依然主要在四十八弄及周边石漠化山区，附近的罗城、宜州、环江、巴马等县，都将纳入青蒿种植的拓展范围。

"今天我们专门讨论工程竣工投产后的原料基地建设问题，请大家集思广益。"

公司中层干部会上，黄雅琴说完开场白，目光犀利地扫视着在场的所有人。

人们开始你一言我一语纷纷发言，各抒己见，气氛热烈，然而翻来覆去无非是"多做宣传""充分发动""调动当地村民积极性"之类的套话，说起来头头是道，结果却没有一句能够落地。

"马栏里关猫！"

坐在后面角落的李子洲听着各位大神们的"高谈阔论"，只在鼻子里轻轻哼哼，却不出声。

"具体点，有什么可操作的办法？"

显然黄雅琴对各位的表现不甚满意，她需要的是吹糠见米的解决措施。

李子洲躲在角落暗自哂笑，恰巧被黄雅琴逮个正着。

黄雅琴伸手指指李子洲："李部长，说说你的看法吧，这几年你一直猫在基地与村民打交道，了解情况，应该最有发言权。"

众人一齐将眼光投向李子洲。

"我？"

李子洲猛然被董事长点将，在众人闪烁叵测的目光下，一时有些慌神，不知从哪说起好。虽然，对于如何扩大青蒿种植，他的确有话可说，的确有自己切实的见解。

"你你你，你个肚肚嘛，有什么锦囊妙计还不赶紧抖搂出来，让大家开开眼，让董事长宽宽心？"

坐在李子洲旁边的供销部部长，用胳膊捅一捅犹疑不定的李子洲。

供销部长讲得对，过了这个村再没这个店，是得趁此机会好好表现一番。在基地蛰伏了这么久，家里的同志，白天不知夜的黑，怕是以为自己在乡下早已消磨成啥事不明的老农伯。那就当仁不让了，也好让同志们重新认识认识自己，我李某人也是有大智慧、堪当重担、不可小觑的谋才。

"那我就说说吧，权当抛砖引玉，不对的地方，还请董事长和各位领导批评指正。"

李子洲咂咂嘴。

"别磨叽卖关子，晓得你半边屁股藏不住一个全屁！"

供销部长再次捅捅李子洲。

"赶紧赶紧，说正题，拣重点！"

黄雅琴也不想听李子洲客套自谦的废话。

"这次扩种规模空前，以往靠示范户为榜样，其他散户自发跟种的模式，显然不太适应。为保障青蒿种植跟得上公司生产发展，我个人以为，推广'公司＋基地＋科研单位＋协会＋农户'的产业新模式，势在必行。"

李子洲所说的协会，就是眼下人们熟知的合作社模式。

李子洲的提议与黄雅琴的想法果然不谋而合。

其他一切硬件都是现成，而且已经运作多年，有成功经验，现在就差一个关键环节：协会机制。

这两年，各种乡村专业合作社如雨后春笋，几乎成了一种时尚经济模式，美其名曰"风险共担抱团取暖"，成效也是有目共睹。融州本土的"金桔合作社"，已经积累了可资借鉴的成功经验。

不过，这个青蒿合作社，倒是没有其他专业合作社那么复杂，主要目标并非针对市场"抱团取暖"，也没有太多"风险共担"的因素。坦白说，青蒿草的销售，根本不需要种植者去开拓市场，仙雅堂公司是唯一应对的市场终端。合作社职责就是严格按照仙雅堂公司的计划与要求，有序组织标准化种植、管理、采收，确保青蒿种植面积、蒿草产量、蒿草质量达到公司设定的预期目标，为公司青蒿素生产提供原料保障。

"好，那就抓紧推广合作社模式！"

然而，黄雅琴心里明白，让各地同时推广合作社模式，作为一家生产型私营企业，仙雅堂公司并不具备这么大的协调能量，必须借助外力推动。

黄雅琴决定再次请县里伸出援手，首先解决好县内合作社机制，再按图索骥，依葫芦画瓢，向外县推广，便可事半功倍。

早上，郑明文一上班，秘书过来给他泡好一杯三江红茶，顺便将一份报告递到他面前："书记，这是仙雅堂公司的专题报告，县长已看过，请您审阅，他们急着等批复呢。"

"好的，我马上看。"

郑明文呷一口茶，仔细审阅着仙雅堂公司的报告。老实说，对于仙雅堂公司，他一直是偏爱的，也寄托了很大的希望。

"我们必须打造一个全新的'公司＋基地＋科研单位＋协会（合作社）＋农户'模式，从而形成一条完整、科学、高效、安全的青蒿素生产产业链。"

报告里关于合作社模式的重要性解释，也很契合郑明文的观点。

"成立青蒿合作社，好啊！"

之前的青蒿种植，虽然从县里到乡镇再到村屯，层层组织动员，但基本上自发和被动者居多，各管各顾，各自为政，基础不牢，在很大程度上，整体目标可控性相对较差，甚至影响到仙雅堂公司的原料供应保障，农户们的收入自然也要打折扣。

仙雅堂公司青蒿产业链规模化深加工项目二期工程竣工，青蒿草需求量又将翻番，没有一个专业组织来统管，肯定不行。

再说，现在各种专业合作社都摸索出了一套一套的经验，青蒿种植合作社完全可以借鉴，取长补短，这样能少走很多弯路。

郑明文与县长一商量，立即组织农业局、科技局、乡村办、民宗局等部门的头头来碰头，也没有讨论征求意见，便直接发号施令，依然是雷厉风行的作风。

"回头由农业、民宗部门牵头，组织四十八峒几个乡镇，一起弄个方案，再下到各个村屯具体落实——记住，千万不要搞出乱子来。这个青蒿合作社办得好不好，不仅关系到仙雅堂公司生产经营发展能否顺利突破，更关系到整个四十八峒数万群众产业致富的前途，关系到融州县工业与农业发展的整体布局，方案一定要缜密，要切实可行，要当成我们融州东部四十八峒石漠化地区乡村振兴重点发展战略来抓好落实，只许成功，不许失败。要甄选一批有头脑、会管理、懂经营、敢负责的青蒿能人出来领头，挑起这个重担。"

"我们立即落实。"

几个部门头头也觉得这个青蒿种植合作社是大势所趋，迟早得办，并非领导武断专行——那迟办还不如早办。

三

青蒿合作社鼓励政策一出，古板村第一个行动起来，动员会一开，农户们也觉得新鲜，个个举双手赞成："政府投钱来搞合作社，好啊好啊。"

农户们理解又偏了，以为合作社是政府直接拨款。

"有合作社帮管着，老子可以松口气，歇停歇停了，嘿嘿！"

很多老辈子，甚至想当然地把它当成了当年的农业合作社，以为又要搞大合拢，吃大锅饭呢。

韦老瓢叼着灿黄发亮的铜烟锅，露出几颗黑黄不匀的老虎牙来，一脸惬意。想着成立合作社，自己便可以高枕无忧，只管睡大觉，单等着哗哗的票子进荷包。却不知道合作社的管理更具体更规范更严格，是要给那些随心所欲、不按章法的人上紧箍咒呢。

韦家能狠狠地白一眼做着神仙梦的韦老瓢，提高嗓门："请各位明白一点，合作社不是政府投钱帮大家管理，是我们种植户的自发组织，合作社成立后将按照青蒿种植的标准要求进行统一管理，说得好听是给大家当保姆，但没有规矩不成方圆，这个道理人人都懂，归根结底，既然入了社，就得严格遵守合作社的规章制度，执行合作社的技术规范。不是可以歇停歇停松口气，而是肩上的担子更重，要负的责任更大。"

"原来政府不投钱？"

"是想空手套白狼啊？"

人群中发出一阵嘘声，兴致立马减下来。

"书记，你是说以后仙雅堂公司不跟我们签订合同，要与合作社签？"

有人禁不住向韦家能发起质疑。

"唔，也有这个意思吧，从今往后，仙雅堂公司只与合作社签订种植收购的总体承包合同，原则上不再与农户个人发生直接关系。所有青蒿地都由合作社统一按照仙雅堂公司与丽丽团队制定的种植标准监督管理、采收与送售。"

"意思是我们只能与合作社签订合同啰？"

提问的人继续追问。

"是的！"韦家能接过话头，继续解释，"所以现在要求大家加入合作社，有什么问题由合作社负责解决，前提是必须服从合作社统一管理。"

"那这个合作社还入它做什么鸟，买个棒槌捶背心，自己给自己套紧箍咒！"

有人煽风点火骂起娘来。

"这不是抓虱子上头，多卵余吗？"

"我看政府根本就没安好心，分明又要打我们钱袋子的主意！"

"卵泡，这个合作社没什么好，不入它又怎样！"

人们七嘴八舌跟着起哄，支书的话也不灵了，任他扯着喉咙喊，就是压不住众人议论纷纷。

苏子媚一看气氛不对劲，忙站起来打圆场："各位乡亲，你们误会了。"

"误会什么？书记刚才说得清清楚楚，今后一切都得听合作社的，岂有此理，我们自家种自家的青蒿，干吗非要由合作社来横插一杠子，不是脱裤子放屁吗？"

韦老瓢将铜烟锅在地上猛磕着烟灰，刚才被韦家能一顿奚落，心里很不痛快。但他的话只说了一半，言外之意却很明显。

"乡亲们，请耐心听我说几句好吗？"

苏子媚努力保持着镇定。

"说说说，看你能说出个什么花花来！"

苏子媚清清嗓子："成立合作社不是出自己的难题，而是为了更好地统一标准，规模发展，稳定发展，提高蒿草的质量与产量，整体打造产业优势，让大家手里的土地获得最大的收益，怎么能说是给自己套紧箍咒呢？再说，乡里和村里只给予政策指导，并不参与合作社的组建及内部管理，更不会从中谋取任何利益。合作社理事成员都是在你们这些种植户中公开推选，也算是较高层次的自我管理。做好了，受益的可全是你们自己啊。"

"这还差不多。"

有人似乎听出一些道道来。

苏子媚一番解释，使部分农户代表情绪渐渐平复下来，纷纷表示理解和支持，气氛又回到会议开始时的热烈祥和中。

"不过话说回来，合作社经营得好，大家的口袋鼓起来，家家户户富裕了，也算是村里的工作成绩，这一点不可否认。"

"我们要荷包鼓，村里要成绩，相辅相成，天经地义！"

有了动力，接下来的入社登记自然踊跃，但对于怎么选举理事会，谁来做这个法人代表，却又莫衷一是争论不休。不少人心里，都存着自己的小九九呢。

"阿龙，你是大老板，说话响，你来挑这个头最合适！"

有人提议示范大户覃瑞龙来做合作社成立的总召集人，也就是筹备组的组长。

"我不行，选别人吧。"

覃瑞龙自谦道。没想到自己在乡亲们心中还有这等位置，搁以前可是人人又怕又恨躲之不及的"疤老大"！虽说这几年浪子回头改邪归正，当上了全村乃至全乡的青蒿种植示范户，但曾经的恶名终究是难以洗掉的人生污点，这样的信任令他受宠若惊，同时又觉得受之有愧。

"你不行还有哪个行？别推脱了，我们就信你。"

倒是成宋老汉直接。这些年，他终于悟出了一个道理，人不是凭霸蛮耍横，也不是光靠埋头苦干，才可以飞黄腾达，得要有勇有谋，得要会抓机会，得要舍得吃苦，得要想得明白看得长远。还有，光说不练是嘴把式，前怕狼后怕虎是糯米佬，叫花子烤火只顾往自己胯裆下扒是自私鬼，不值得做大家的领头人。覃瑞龙这小子，如今脱胎换骨，是四十八峷真正的能人，有实力，也有公益心，不要说筹备组长，就是选他来做这个合作社的头头，也再合适不过。

到后来，支持覃瑞龙的人越来越多，几乎成了一边倒。

苏子媚、韦家能、莫红兵也很看好覃瑞龙，见他嘴上推脱，苏子媚便激将道："别婆婆妈妈了，大家信任你，你还扭扭捏捏像个妹姑娘一样，要拿轿子抬啊？"

"我是怕做不好，辜负大家一片信任略。"

覃瑞龙被苏子媚一说，有些不好意思，若再推脱就真显得矫情了。

"你是神仙啊，做得好做不好，还没做怎么晓得？只有做了才知道，几百亩的青蒿地都被你三分半亩地拢得起来，当个筹备组长有几难，要相信自己。"

苏子媚继续给覃瑞龙鼓着劲，她现在越来越看重这个回头浪子。

"恭敬不如从命，那我就勉为其难吧。"

盛情难却的覃瑞龙，受了第一书记的鼓励，到底不想自己成为别人眼中"扶不起的阿斗"，同意出任古板村青蒿合作社筹备组总召集人。

接下来的合作社筹备工作，在村两委指导下，由总召集人覃瑞龙主持，与各个青蒿种植户交流讨论，征求意见，很快出台了选举方案和合作社章程草案，经过主动报名和众人推选，并征得村两委领导认可，合作社理事会初选名单顺利出笼：从种植大户到少量种植者，都有代表进入理事会初选名单，成宋老汉也在推选的名单之中，这是他做梦都想不到的。

在苏子媚的鼓动与开导下，这几年的成宋老汉，表现实在是突出的，尝到青蒿种植甜头的他，带着二脑壳麻花，一心一意种青蒿，居然也零零星星整出七八亩的青蒿地来，收入一年比一年往上长，喜得他白天晚上都念叨，青蒿就是他家的活财神。听了苏子媚的话，他现在早已不打麻花了，麻花侍弄青蒿有把子力气，又舍得下米，干起活来不晓得累，连成宋老汉自己都禁不住感叹，真像一头累不死的母牛，有时兴致上来，甚至还打趣麻花，说不下蛋的母鸡看起来比下蛋的母鸡皮毛更光鲜，更禁老。当然，说这话时，他的心里是舒坦惬意的。嗬嗬，这个老犁槁子（不正经的老顽固）！

接下来是首次社员大会，进行理事选举。

"覃瑞龙。"

"覃瑞龙。"

"覃瑞龙。"

……

唱票结果，覃瑞龙得票最高，当选古板村青蒿合作社首任理事长。众望所归，掌声雷动！

韦老瓢、莫家成、莫红兵、成宋老汉也没有悬念地入选理事成员，支书韦家能为避嫌，坚决拒绝进入理事推选名单，不在选举候选人之列。

"乡亲们，别的客套话我就不说了，承蒙大家信任，选我来当这个首任理事长，说老实话，我是有点诚惶诚恐。但我在这里先表个态，一定全心全意为大家做好服务，为每个社员争取最大的利益。同时也恳请大家支持我的工作，就是心往一处想，劲往一处使，坚决按照政府、仙雅堂公司和丽丽团队的标准要求，严格管理自己的青蒿地，扎扎实实把各家各户的青蒿种得更好，挣更多的钱，像我一样，早日住上漂亮的青蒿楼，过上富裕安康的日子，然后将古板村每个屯每个寨搞成人人羡慕的美丽乡村。大家说要不要得？"

"好！"

"要得！"

"看你的了，我们跟着你干就是！"

众人一齐喝彩。

"那我们就实打实地干起来，将能种的土地全种上，能开的荒地全部开出来，到下个蒿草种植季，我们再见真章，为自己露脸争光。今年是合作社成立的第一年，希望青蒿种植面积、蒿草采收量和青蒿收入，能够实现历史大跨越，谢谢！"

"好！"

覃瑞龙右手一挥："安排！"

亢奋的社员们却一时蒙在鼓里，你瞅瞅我，我瞅瞅你，不知道新官上任三把火的理事长，还有什么重大决策要宣布，以为接下来要"安排"地里的活路呢。这未免也太心急点了吧？

"哎哎哎，阿龙理事长，没听明白，你不会是要安排我们大撮一顿吧？"

几个嘴大的人灵机一动，故意撩贫起覃瑞龙来。

"没问题啊，顺便烫条土肥猪，搞个庆典宴，让大家乐呵乐呵——钱由我来出！"

覃瑞龙打个响指，慷慨道。那气概，真像个指挥若定的将军。

原来，他的"安排"还真被这些油滑的大嘴巴们说中了，就是大撮一顿。

"中午饭统一安排在村两委广场。两百斤的大土猪，二十只土鸡十只土鸭，还有一田的新鲜禾花鲤鱼，一大缸米二酒，请各位父老乡亲放开肚量，保证管够！"

红光满面的覃瑞龙继续补充道。

四

早上一上班，仙雅堂办公楼便热闹起来。

一身西装笔挺的何浪，拿着喜糖美滋滋地来给同事们发请帖。

"没想到，阿浪，公司这么多美女排着队等你，都没一个入你的法眼，居然跑到基地拐了人家小苏书记——你可以啵！"

"你个没良心的，多少痴心妹子，眼睛又要为你哭成猪尿泡啰。"

"怪不得，在公司总难见到你的真身，几个月也不露一次面，还以为你为公司坚守岗位无私奉献，原来却一直躲在基地的温柔乡里搞甜蜜蜜。"

"嘁，早晓得能遇到这种美事，当初我就应该主动要求去基地，那就没你小子什么份了！"

"行了狗屎运，艳福不浅啊！"

"恭喜恭喜，收获小苏书记就意味着收获了古板村，收获了四十八崀，爱情圆满的同时，也算你为公司立下大功一件！放心，到时我们保证个个随大礼！"

有恭喜祝贺的，有调侃玩笑的，也有暗自失落的，当然，个个带着衷心的祝福。

何浪精神焕发，一边发着喜糖喜烟，一边"嘿嘿"笑着，不迭地向大家作揖致谢，幸福洋溢在满是阳光的脸上。

"兄弟姐妹们，仙雅堂是我的娘家，你们可都是我的娘家人，礼不礼的不要紧，人可一定到场啊，要不然到时我好没面子呀！"

依照苏子媚的意见，两人的婚礼定在四十八崀古板村村委会举行。

一个月前，两人在筹备婚礼时，苏子媚咬着何浪的耳朵，郑重坚持："我没有别的要求，想把婚礼办在村里，就这一点，你得依我。"

"听你的，只要和你在一起，婚礼在哪里举办都可以！"

沉浸在幸福喜悦里的何浪，完全顺从苏子媚的意见——将婚礼放在古板村举行，自己也觉得新鲜浪漫。

婚房门口贴着一副大红喜联，十分醒目。

上联：你种我收美满姻缘一夕定

下联：举案齐眉夫妻恩爱两相欢

横批：青蒿良缘

婚房的喜联是古板村青蒿合作社理事长覃瑞龙毛遂自荐亲自撰写的，当初连个贷款申请都要请苏子媚代笔的他，决定为一直倾力帮助自己的苏村官露一手，顺便显摆一下，虽然小学没毕业，但人聪明好学，肚子里也开始装墨水了，将来绝对是个能文能武的角色。喜联的字写得马马虎虎差强人意，横平竖直终究也能过得平常人的眼，平仄对仗不甚工整，读起来却也顺口，意思倒蛮贴切，联中更是巧妙地把一对新人因为工作结缘的关系揉合得恰到好处，这是最出彩的地方。

喜联一贴上，便引来众人争相围观喝彩点赞，让覃瑞龙这个"青蒿暴发户"美美地长了一回脸，远远立在一旁自鸣得意。

"大手笔啊，想不到阿龙居然还有这等文采，当初要是好好读书考大学，说不定现在也是哪个部门的什么部长处长局长科长，稳稳的公家人呢，唉，真是暴殄天物，可惜了！"

有人夸张地慨叹，略带着善意的戏谑。

"有什么可惜的，那些徒有虚名的局长科长们，哪个比得过阿龙牛逼，蓝龙烟见过几根，我们阿龙一甩手，整包整包丢过来，眼睛都不眨一下。"

"这么有才，怪不得能当大老板！"

有人更是露骨地当面奉承，目标还是覃瑞龙口袋里价格不菲的蓝真龙烟，五十元一包呢。

听的人都不觉得肉麻，反而佩服地点着头，认为理所当然。朴实的乡亲们，向来习惯以成败论英雄，谁考上大学了，谁提拔当官了，谁发家致富了，甚至谁起高楼大厦了，都是值得夸耀的资本，学习的榜样。平素在家里教育自家孩子，或评论某人，概莫能外。

覃瑞龙是满足的，他现在需要的，正是乡亲们的好口碑，他要彻底扫除过去的负面影响，树立堂堂正正的全新形象。果然，乡亲们的奉承话还没落音，口袋里的蓝真龙烟就掏了出来，一包不够发，又是一包。差点忘了今天是谁的主场。

婚礼上，有几位客人的到来，何浪与苏子媚事先没有料到。一个是一向不愿凑热闹、见人总觉矮一头的成宋老汉。也怪不得，当初人穷志短，人弱容易被欺，巴不得将自己严严实实裹在一个土球蛋里。如今却不同，在政府的帮助下，加上这几年种青蒿挣的钱，自己也盖起了两层的红砖楼，虽然没比得很多人家豪华气派，但住着心里敞亮，到底是咸鱼翻身，也算扬眉吐气了。放在从前，想都不敢想呢。况且，他现在也是古板村青蒿合作社的理事会成员，"小苏妹子"与"小何兄弟"举行婚礼，而且又是在村里，这么重要的场合，哪有不到场祝贺的道理，面子上讲不过去呢。

从感情来说，成宋老汉最感念的人，就是这个外来的"小苏妹子"，还有仙雅堂公司的"小何兄弟"。为使自己能够种上青蒿，两个年轻人可费了不少的心血，要不是他们极力开导与帮助，说不定自己仍旧是那块又臭又硬的茅坑石头，兀自做着一心向政府等靠要的帮扶户，不思进取，还固执地暗自窃喜呢。如今，帮扶户的帽子早已摘掉，小洋楼也如愿住上，过起了富足安康的小日子，虽然麻花的脑壳还与从前一样二，但打扮得漂漂亮亮的，看起来水灵养眼，也精神得多。

"要不是小苏妹子与小何兄弟耐心帮我，别说起洋楼住新房，只怕原来的破土棚子也早被风刮倒了。这个喜酒我必须来喝，万不能缺席的！"

成宋一点也不掩饰自己的感激之情。

另外两位客人，一个是在仙雅堂公司上班的喜宝，一个是曾结对帮扶古板村及喜宝家的陶丽虹。

何浪本来没有给喜宝发请帖，不是看不起他，而是考虑到控制邀请的人数，不好扩散范围，同时又怕他要上班不好请假，当然也想为喜宝省笔开支。毕竟他们一家刚搬去城里不久，在公司上班的时间也不长，经济上并不宽裕，能少花费几个是几个，来了不随个份子，他自己面子上过不去，不收他的礼吧，又怕他误会看不起人，肯定不答应。

但喜宝却不这样想。自己能够来到城里生活、工作，陶丽虹与苏子媚，是出力最多的，当然还有何浪、李子洲。况且自家搬新家的时候，苏子媚与村委的干部还来送过贺礼。来而不往非礼也，现在的喜宝可不是几年前那个游手好闲到处瞎混的打流汉，他也算是何浪的同事，刚刚还被提拔为车间的副班长，也算升了官，是个有地位有面子的人了。小苏书记与何副部长的婚礼，他要是不到场，那自己可真失了面子，两头都说不通。

苏子媚与陶丽虹在工作上的默契，让陶丽虹留下了深刻的印象，早就喜欢上这个心眼实在事业心强的女娃子，把她当成自己的亲妹妹了。听喜宝说起要回古板村吃苏子媚与何浪的喜酒，立马开车拉着喜宝往古板村而来，紧赶慢赶终于赶上了婚礼。到婚礼现场的第一句话就是数落新娘子："这么大的喜事，怎么不通知你阿姐，怕我吃得多啊？"

一脸喜气的苏子媚被数落得忙不迭地赔着不是："实在不好意思，小妹失礼了，阿姐等下多喝几杯。"

还有一位重量级的人物，更加令何浪与苏子媚做梦也想不到，就是北京来的项丽丽。

项丽丽当然不是专程从北京来四十八�喝喜酒，她是碰巧赶上。前些日子，项丽丽与她的团队来融州做新一代青蒿种子观察研究，一直住在仙雅堂公司基地，在何浪等人的协助下，工作圆满结束。本来已经订好了返京的机票，偶然从别人嘴里听说何浪与苏子媚要在村里举办婚礼，于是执意让助手把机票退掉，一定要等到吃罢新人的喜酒才回北京。

当项丽丽在黄雅琴董事长陪同下，将随喜的礼包送到两位新人手上，说着热情的祝福时，受宠若惊的何浪红着个关公脸，光知道一个劲地憨笑作揖，竟然口吃得说不出半句感谢的话来，平常伶牙俐齿的机灵劲全不见了踪影，全靠着临场不怯的苏子媚从容应对，才不致冷尴尬。到底是做群众思想工作的基层干部，有主心骨，有定力，任何时候都能从容不迫应对自如，撑得住场面。

婚礼由李子洲、莫红兵代表男女各方做联合证婚人。

男方亲友团中，何浪的父母端坐中央，旁边是仙雅堂董事长黄雅琴。

女方亲友团中，苏子媚的父母端坐中央，旁边是古板村支书韦家能。

"男女平等两不相亏，珠联璧合皆大欢喜！"

有人看着两位证婚人在场上相互打着眉眼，禁不住调笑起来。

双方亲友彼此施礼打过招呼，婚礼在喜庆的音乐伴奏下正式开始，两位证婚人彼此推让一番，然后由李子洲致开场白："各位亲友，各位来宾，在这个大喜的日子里，一对恩爱相亲的新人终于结成了美好的姻缘，他们一个是仙雅堂公司的优秀员工，我的高徒何浪，一个是新时代的最美村官苏子媚，正如大门上对联所写，他们青蒿良缘！此时此刻，我谨代表双方家人与单位，真诚地欢迎各位嘉宾的到来，让我们共同见证，这对时代新人步入幸福美满的婚姻殿堂！"

现场顿时响起阵阵掌声和欢呼声。

"这是最激动人心的时刻，下面请新人家长致辞，大家欢迎！"

莫红兵说罢，拍着双手，对双方家长做出请的姿势。

按照礼节，首先是女方家长上台致辞。苏子媚的父母远道而来，有些腼腆，话不多，说了几句简单客套的感谢话，便请村支书韦家能代表发言。

"各位亲友，各位嘉宾，今天，因青蒿结缘的苏子媚姑娘与何浪先生喜结连理，在这里举办隆重的婚礼，是我们古板村的大喜事，也是古板村的光彩，我们衷心祝愿两位新人，永结同心，白头偕老，相亲相爱，从青蒿出发，幸福美满一辈子！"

韦家能双手用力往下摆了摆，示意全场安静，然后继续说道："作为女方代表，我很高兴，也很自豪。子媚姑娘大学毕业，响应党和政府的号召，从城市来到农村，来到我们四十八峰古板村，一心一意为村里谋发展，为了乡亲们能够早日摆脱贫穷，过上劳动致富的美好生活，下了很大的决心，费了很大的精力，也付出了很大的心血，她为村里所做的奉献，大家有目共睹，深有体会，可以说没人能比。我们村能够成为仙雅堂公司重要的合作伙伴之一，成为青蒿种植的基地核心，能与北京丽丽团队结成科技帮扶对子，通过发展特色产业脱贫致富，可以说与子媚姑娘的努力奉献是分不开的，用功不可没来形容，我看也毫不夸张。在此，我谨代表古板村，代表全村的乡父老亲，表示衷心感谢。"

全场再次响起热烈的掌声。

平常不苟言笑的韦家能，今天一开口便滔滔不绝，把苏子媚从里到外夸了九百九十九次，直夸得苏子媚脸上彤云乱飞。

接下来是男方家长致辞。何浪的父母都是老实巴交的庄稼人，木讷实诚，虽然是自己儿子媳妇的婚礼，可这么大的场面上，就是有千言万语也说不出一句圆圆的客套话来，还没说上两句，便不知如何往下说了，只好双手作揖，一个劲地向女方父母、亲友，向在场的来宾们，表达自己最朴实的谢意和歉疚。

"今天的婚礼选择在我们女方工作地举办，我们感到十分荣幸，在此恭请男方'娘家人'——尊敬的仙雅堂公司黄雅琴董事长致辞。"

证婚人莫红兵扯起喉咙，拍着手掌，请黄雅琴上台。

身着西装短裙的黄雅琴站起来，先给在场的人们深深地鞠上一躬，谦逊道："有证婚人的金玉良言，我就不说了吧？"

"要说要说，一定要说的，是你黄董的英明决策，才有青蒿牵下的红线，成就了两位新人的美好姻缘，怎能不说呢——大家说是不是？"

莫红兵将目光转向满堂宾客。

"是呀，黄董事长别客气，讲讲嘛！"

台下应声一片。

黄雅琴拢一拢头上飘逸的卷发，微笑着走上主席台，清了清嗓子："好吧，既然盛情难却，恭敬不如从命，那我就讲一讲，给新人的婚礼助助兴。"

黄雅琴顿一顿进入正题："首先，在这个美好的日子，衷心祝贺两位新人喜结良缘，幸福快乐白头偕老。刚才证婚人说了，你们因青蒿良缘，我还想补充一点，这份美好的青蒿良缘，不仅是两位新人的，更是仙雅堂公司与古板村的，是仙雅堂公司与四十八�各位父老乡亲的。

"你们的结合，也是仙雅堂公司的一大喜事，仙雅堂不仅有何浪这样的优秀员工，如今又有幸迎娶了子媚这样的优秀媳妇，作为公司领导，我倍感欣慰和自豪！其次，既然说了，那我就索性再多啰嗦几句，平常难得与各位见面唠嗑，借着今天这个美好的时刻，在这里喧宾夺主，向大家宣布一个特别的好消息——"

黄雅琴先是提高了声调，接着又顿了顿，仿佛酝酿一种特别的氛围和情绪。

"什么好消息，是青蒿吗？"

人们禁不住好奇，目光集中在黄雅琴身上，有些迫不及待。

"对，正是关于青蒿的——"

黄雅琴再次拢拢飘逸的卷发，半仰着头，看一眼身边高出自己一截的项丽丽，诡秘一笑，卖了个关子。

"是不是今年青蒿草的收购价又要往上涨了？黄董你金口玉言，一诺千金，太感谢啦！"

"各位，回答你们这个问题之前，请允许我先隆重介绍今天来到新人婚礼现场的尊贵嘉宾——来自北京的国家中医科学院中药研究所项目组组长项丽丽博士。我要说的关于青蒿的好消息，正是项博士与她的丽丽团队带给我们来的。"

"好！"

掌声，热烈的经久不息的掌声。

项丽丽抿着带笑的嘴，颔首致意。

"作为我们的合作伙伴，丽丽团队对青蒿素的医药科研最近又取得了世界性的重大突破，青蒿素在治疗红斑狼疮上的研究应用，已经进入到临床试验二期，效果明显，反应良好。红斑狼疮被医学界称为不死的癌症，现在终于有了对付它的克星，这一新的科研成果，意味着青蒿素的医疗应用范围又将扩大，青蒿素的需求量无疑会大幅增加，对于提升企业的生产经营和扩大青蒿种植，必将带来巨大的发展前景。说得直白一点，正如各位所希望的，我们种植的青蒿草也会越来越值钱！当然，更大的喜悦还是良好的社会效益，因为有更多受病痛折磨的患者可以得到及时有效的治疗，而造福社会，造福人类，正是我们的初心，也是我们追求的终极目标！"

结婚典礼一时变成了热闹的青蒿素研究成果新闻发布会。

婚礼上来得最多的客人，自然是四十八峃古板村的村民和仙雅堂的职工同事。听了黄董事长发布的重磅新闻，更是喜不自胜欢欣若狂。

黄雅琴说完，举起手中的酒杯，话头一转："好了，新闻联播就先到这里，言归正传，我提议，为新人的幸福——干杯！"

"董事长慢一下，慢一下，还有个程序没执行，先请新人喝了这杯交杯酒。"

李子洲笑眯眯地走上前来，身着旗袍的礼仪小姐，端着红绸铺垫的托盘紧随其后，盘中两只高脚酒杯盛满了象征幸福爱情的玉液琼浆。

"对对对，新郎新娘先喝交杯酒。看我这一高兴，人就懵懂，只顾着要喝喜酒，居然把最重要的环节给忽略了。"

黄雅琴自我解嘲地笑起来。

"交杯酒，交杯酒，交杯酒……"

台下的宾客大声附和着。

"亲一个亲一个！"

交杯酒喝过，热烈的起哄声一浪高过一浪，像一片恣意欢腾的海洋。

一对甜蜜的新人相互深情地看着对方，两张蜜意绵绵的嘴笑意盈盈地缓缓凑上去，凑上去……幸福地对接在一起，像太空上精确制导的空间站，严丝合缝久久不分。

两位证婚人手握酒杯，与来宾热情相邀："执子之手，与子偕老。现在，让我们举起手中的酒杯，共同祝福新娘新郎：百年好合永结同心，幸福美满比翼双飞！"

"干杯！"

叮叮当当的碰杯声响彻婚礼现场的每个角落。

婚宴开启，觥筹交错，欢声笑语，把喜庆的气氛再度推向快乐的顶点。

何浪挽着苏子媚，穿梭在酒席间，给每一桌客人敬酒酬谢。

当两位新人来到黄雅琴与项丽丽的席前，苏子媚端着酒杯正要说话，何浪猛然对着苏子媚冲口而出："请叫药神。"然后调皮地望着一旁微笑的项丽丽与黄雅琴。

一开始，在座的人都没有回过神来，拿眼睛瞟向何浪，当他们的目光转到项丽丽与黄雅琴身上时，顿时明白过来了。

"药神干杯，一起向未来！"

全场的人将酒杯举向项丽丽与黄雅琴，群拥而呼。

五

沉浸在新婚幸福中的何浪，最近文思泉涌诗兴大发，早上起来，推开窗户，美妙的灵感又上来了，冲着正在梳妆的苏子媚高声喊道："娘子快过来。"

"你又要做什么？"

苏子媚拢着头发，往发梢处套发夹。

"你过来看嘛，外面的景色好美啊！"

苏子媚嘟着嘴："一天看百回，还这么大惊小怪的，以为又发现什么新大陆了呢。"

"你过来嘛。"

何浪一边向苏子媚热情地招着手，一边继续催促。

苏子媚走向窗边，走向何浪，带着朝阳般的美丽心情。

何浪双手搂过苏子媚，对着她的脸一阵猛嘬，直嘬得苏子媚娇喘吁吁。然后两个人脸贴着脸，相拥着依偎在窗前，一起望向空阔的窗外，但见：

茫茫苍苍的四十八崀绰约多姿，云雾缥缈之下，满眼是望不到头的茂密青蒿，漫山遍野青翠欲滴，像波涛起伏的绿色海浪，绵延不绝。青蒿地之间，交错的水泥村道，将一座座壮家村寨串成彼此联结的珍珠，旭日辉映下，一幢幢漂亮整洁的小洋楼叠成一道道亮丽的风景线——这些漂亮的小洋楼，四十八峑的壮家人自豪地称它们为青蒿楼。

"此时此刻，我想吟诗一首！"

何浪清了清嗓子，学起电视剧里宋晓峰的滑稽腔调。这是他们最写意的南方乡村爱情故事。

"你倒是吟呀，我的大诗人！"

"娘子请听好——"

不想何浪竟声情并茂脱口而出：

"久慕融州风物优，四十八峑别开眸。

深山尽是摇钱树，只在药神善策谋。"

诗歌押韵居然四平八稳朗朗上口，令苏子媚惊奇不已。苏子媚踮起脚尖，在何浪的前额上粲然一吻："想不到，你还真有才，好诗，赞了。"

"真的假的？"

"真的，这回是真心实意地赞。"

凝望着远远近近的青蒿楼，苏子媚猛然想起那天在婚礼上，何浪让她叫黄雅琴董事长与项丽丽博士"药神"的场景，不禁深有感触——

如今，这些青蒿楼骄傲的主人们，也一个个成了名副其实的"青蒿药神"，并用自己的勤劳与奉献，成就了融州"世界青蒿之都"的美誉。

"加油吧，我的青蒿药神，明天会更好！"

苏子媚心花怒放，面对着一排排一幢幢的高楼，默默地祝福着。